U0550773

自己的命案自己破

HOW TO SOLVE YOUR OWN MURDER

AN UNMISSABLE MYSTERY WITH A KILLER HOOK!

KRISTEN PERRIN

克麗絲汀・佩林

陳柚均 譯

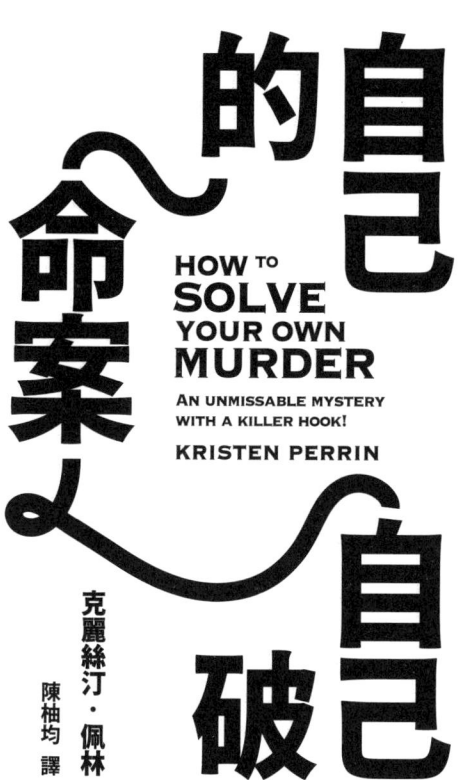

目錄

獻給湯姆。

諾爾城堡鎮鄉鎮市集，一九六五年

「你的未來將有一堆枯骨。」佩奧妮．蓮恩夫人（Madame Peony Lane）面色凝重地說出了一個將決定法蘭西絲．亞當斯餘生命運的開場白。

法蘭西絲靜默不語，雙眼直盯著眼前的女人，儘管兩個朋友對她可怕誇張的言行只是咯咯地笑著。從裝飾帳篷的華麗串珠門簾，一直到佩奧妮．蓮恩俗氣的絲綢頭巾，整件事都充滿了好萊塢場景的膚淺媚俗。佩奧妮．蓮恩本人絕對沒有超過二十歲，儘管她在言語中加入粗嘎刺耳的聲音，試著讓人看不出年紀，但這招並不管用。一切看來如此不足信，他們都不該認真當作一回事，但他們也未嚴肅對待，除了法蘭西絲之外。

她將每一個字都視為真理。隨著她聽聞每一句對於她命運的臺詞，她的表情都會變得更繃緊一些。就像熱水調皮地試探著它的沸點，逐漸釋放蒸汽，卻尚未準備好爆發一般。

當女孩們走出靈媒帳篷中的一片黑暗時，在八月明亮的陽光下，法蘭西絲的眼睛甚至連眨也沒眨一下。她的頭髮又長又鬆散，散發著紅金色的光芒。一個賣太妃糖蘋果的男人目光停留在她身上，但她卻沒注意到他。在得知可怕的命運預測之後，她無法留意任何事物。

艾蜜莉挽著法蘭西絲的左臂，蘿絲緊貼著她的右側，三個女孩行走時有如一串雛菊，穿梭在販售古董及小飾品的攤位之間。他們對賣香腸的屠夫嗤之以鼻，卻停下腳步看看被陽光照射得溫暖的純銀項鍊。這只是讓法蘭西絲轉移注意力的伎倆，但最後艾蜜莉買了一條精美的項鍊，鍊子的末端有一隻鳥。她說，這是一個好兆頭，因為她的姓氏是史派羅[1]。

正面應對問題的人是蘿絲。

「法蘭西絲，你看起來好像死神找上你一樣。」她說。蘿絲用手肘輕撞了法蘭西絲一下，試著讓她恢復一些活力，但法蘭西絲的表情只是更加嚴肅。「總之，這一切全是胡扯，你知道的吧？沒有人能預見未來。」

艾蜜莉用一條絲帶綁起自己金色的長髮，然後將那條小鳥項鍊掛在她的脖子上。在陽光的照射下，項鍊閃耀著光芒，與他們身後的狩獵用具小攤上一把刀刃間接地閃光相映。艾蜜莉注意到法蘭西絲驚恐地盯著那條項鍊。

「怎麼了嗎？」艾蜜莉問道。她的聲音很無辜，但她的表情並非如此。

「一隻鳥，」法蘭西絲說，瞇起了雙眼，「占卜師說，『這隻鳥會背叛你。』」

「那我有一個完美的補救方法。」艾蜜莉說。她衝進人群之中，幾分鐘後回來了。她的掌心中有另外兩條閃閃發光的小鳥純銀項鍊。「給你和蘿絲。」她笑著說。「這麼一來，你永遠不知道會是哪隻鳥背叛你了，你也有可能背叛自己。」她笑了起來，笑容狂野、毫不隱晦，就像艾蜜莉本人

1　Sparrow，可作為姓氏或名字，意指「麻雀」，源自中世紀英語及古英語。

一樣。

法蘭西絲絕望地看著蘿絲，想要尋求些許的理解，但蘿絲也大笑著。「我的意思是，我認為這其實是個好主意，將命運掌握在自己手中！」蘿絲戴上她那條項鍊，彷彿要進行示範一般。法蘭西絲猶豫了一下，最終仍將項鍊放進裙子的口袋。「我會考慮一下。」

「哎呀，開心一點嘛，法蘭西絲。」艾蜜莉說。「你要是再繼續生悶氣，我就不得不親手殺了你了。」艾蜜莉的眼角皺了起來，彷彿表面之下有另一陣笑聲沸騰著，她再次挽著他們的手臂。

「你們兩個可以正視那件令人毛骨悚然的事嗎？」法蘭西絲放開他們，停下了腳步。她將滿是汗水的手掌在自己樸素的棉裙上擦了擦，然後將雙臂交叉於胸前。她的裙子口袋裡露出長方形小筆記本的一角，手指沾滿了墨跡，因為她急於記下占卜師所說的每一個字。

蘿絲以兩個大步跨過他們之間的距離，用一隻手臂摟住她的肩膀。她的距離如此之近，一頭黑色且俐落的鮑伯頭輕拂著法蘭西絲的臉頰。「我覺得那個女人只是在尋你開心而已。」

「但是她說了是**謀殺**，蘿絲！我無法忽視這件事！」

艾蜜莉翻了個白眼。「喔，說真的，法蘭西絲！放、下、這、件、事。」她強調了說出來的每一個字，像是咬下了一口又一口的清脆蘋果，配上蘿絲如白雪公主般的容貌、艾蜜莉發出的金色光芒，法蘭西絲突然覺得她們都像是童話故事裡的角色。然而，在童話故事中，當女巫告知你未來的命運時，你就得留神傾聽。

艾蜜莉和蘿絲再次分別挽著法蘭西絲的一隻手臂，繼續逛市集，但現在一切安靜多了，彷彿這一天都被棉絮給填滿了。陽光依然耀眼炙熱，帳篷裡的木桶裡仍舊裝著艾爾啤酒。空氣中瀰漫著太妃糖燒焦的氣味以及淡淡的煙味，但法蘭西絲的腳步變得沉重而堅決。她低聲地一遍又一遍重複述說自己的預言，直到它被銘刻於記憶之中。

你的未來將有一堆枯骨。當你以一隻手的掌心握住女王時，你的緩慢死亡就恰好開始了。小心那隻鳥，因為牠將背叛你。在那之後，就再也無法回頭了。但女兒是伸張正義的關鍵，找到那一個恰好的女兒且讓她親近左右。所有的跡象終將指向你的謀殺之謎。

這則預言聽起來好像不太可能發生，她應該一笑置之才對。但這些話早已在法蘭西絲的腦海中種下了種子，微小的毒根已在她身上紮根蔓延。

三個女孩充分享受了這個午後時光，沒過多久，不用勉強也能開心大笑了。笑話、八卦以及那些點綴她們友誼的小事又再度重現。十六歲的時候，人生的高低起落有如呼吸般自然，而這三個女孩的呼吸，比多數的女孩更為深切。

不過，對他們而言，若真有什麼不幸之事的話，那就是三這個數字了。因為一年後，他們就不再是三個好朋友了。其中一個女孩將會消失，而且不會是法蘭西絲．亞當斯。

當地警探將會取得一份公開檔案，唯一的證據裝在一個小小的塑膠袋中，以釘書針釘在失蹤人口報告上方，文字說明簡短得不太尋常。那是一條小小的銀色鏈子，上面垂掛著一隻小鳥。

第一章

這時正是那種悶熱難受的夏夜，黏膩的溼氣讓人得以在空氣中游泳。當我從皮卡迪利線的列車中出站時，即使面對著伯爵宮站的過時老舊，也感覺像是吸入了一股新鮮空氣。當我一路爬了三層樓梯才踩在街道上時，早已氣喘吁吁，在背包裡翻找水瓶。我只找到一個保溫瓶，裡面裝滿了早上泡好已不新鮮的咖啡。

當我吞下那些咖啡殘渣時，穿著西裝的苗條男士如同城市中的瞪羚般從我身邊走過。口感如我預期般令人作嘔，但我需要一些咖啡因。我的手機響起，我將它從口袋拿出，忍住查看電子郵件的衝動，接聽螢幕上閃現的那通電話。

「珍妮。」我讓一切的疲憊透過聲音流露出來。「拜託告訴我你已經在路上了。如果沒有後援的話，我真的無法再面對媽媽的地下室。我上星期清理物品時發現了一些蜘蛛，巨大的那種。」

「我已經到了。」她說。「但安妮，我會站在前門臺階上等你來，因為我不想在屋子裡被你媽拖著四處走，還要聽她告訴我要打掉哪些牆面。」

「好主意。還有呢，我認為她沒有權利打掉那棟房子的牆面，那房子根本就不是我們的。」

「光是這個理由就足夠了。我猜，她正處於靈感爆發的狂熱階段，畢竟她即將在泰特美術館舉辦私人畫展。」

我皺起了眉頭。媽媽是位畫家——確實是位相當知名且成功的畫家。或者說，她曾經是這樣的畫家，直到人們對她的作品失去了興趣。不幸的是，這段職業生涯的低潮期，和她損失職涯早期賺得的一筆錢同時發生，所以我一生中大部分的時間，我們的生活形態就流轉於非法占用空屋以及節儉度日之間，因為這一切充滿了放蕩不羈以及藝術氣息。「我的意思是，媽媽在設計狂熱階段時，只會讓我不斷檢視自己空空的收件匣，所以我基本上會同意參與任何她要我做的事。我的背包裡裝滿了油漆色票以及許多壓抑已久的挫敗感。我已經準備好著手整理這個地下室了，除了那些蜘蛛，那些蜘蛛算你的。」

「噢，屬於我自己的蜘蛛大軍，」珍妮輕柔地低聲說，「這正是我一直想要的呢。」她停頓了一下，似乎在仔細考慮接下來要開口說的話。「為什麼空空的收件匣會讓你感到困擾？你最近有寄出投稿信件嗎？」從我們九歲起，珍妮就是我最好的朋友。上個月，我被裁員失去了低薪的上班族工作，她成了我可以傾訴的可靠肩膀，也是激勵我的人生教練，堪稱完美組合。她用絕佳的理由來說服我，要我利用這個機會追尋我的夢想，追隨謀殺懸疑小說的寫作工作，因為並非每一位苦哈哈的作家都有一位在倫敦市中心擁有一間八房豪宅的媽媽，只需要你幹一些雜事就讓你免費入住。

對於一個不得不搬回老家的二十五歲成人而言，這並不是常見的安置方案，儘管附加的負擔便是要處理媽媽的情緒。起初，搬離家中讓我成功擺脫了這件事，但現在確實感覺又退回原先的狀態了。不過，在切爾西[2]的那棟房子裡，我有屬於自己的一個樓層，而這個地方正在以一種浪漫的方式分崩離析。我童年時的臥室有一盞水晶吊燈，上頭滿是灰塵，少了幾顆水晶，它鬼魅般的光線投射於我在櫥櫃裡發現的一台古董打字機上。我不曾利用它來寫作；只是時不時敲一敲鍵盤來營造一種情境。它有一個格子圖案的塑膠外殼，帶有一種讓我喜愛的一九六〇年代氛圍。

「我最近寄出了一份最新手稿給幾位文學經紀人。」我說，珍妮還沒回應我時，我輕咬著嘴唇。「距離我寄出的前幾封電子郵件，不過也才隔了一星期。」我擦了擦脖子後面的汗水。我正沿著伯爵宮路步行，努力穿越路上的車流。我的背包有千斤重，但圖書館正舉辦一個促銷活動，我對此毫無抵抗力。我買了七本阿嘉莎．克莉絲蒂（Agatha Christie）精裝書，是用來**研究的**，這很合理。「不過我已經開始覺得我寫的書其實糟透了。」

「一點也不糟。」

「不，確實如此。我只是一直沒看透，直到我真的將書稿**寄給**那些人**閱讀**為止。」

「但你對這份書稿很有信心的呀！」珍妮說。我聽得出她語調中的高漲情緒；她準備要切換成啦啦隊鼓舞模式了。

在她真正進入這個模式之前我就打斷她了。「我曾經很有信心，但現在只是更明白世事而已。當一個小孩偶然走到你面前時，孩子的媽媽會微笑著看著這個情境，猜想著你會覺得這小孩和她心目中認定的一樣可愛，你知道的吧？但是這個小孩明明就流著鼻涕，衣服上還黏著一些食物殘渣。」

「呃，我知道呀。」

「我就是那個媽媽，我只是將那流著鼻涕的孩子推到世人面前，還以為大家會跟我一樣覺得他可愛。」

「那你就擦去他的鼻涕。等他乾乾淨淨時再推到世人面前。」

「是啊，我想這就是書稿編輯的功用。」

我聽到電話另一頭的珍妮倒吸了一口氣。「安妮，你現在的意思是，你把書稿寄給了文學經紀人，但你根本沒有**編輯**內容嗎？」珍妮的笑聲拉得特別長，也笑得很厲害，很有感染力。等我轉彎走向崔根特路時，也忍不住笑了。

「我真的興奮過頭了！」我喘息著，大聲笑了出來。「你知道我做了什麼事嗎？就是寫下了許許多多的文字，都在『全書完』時達到高潮。」

「是的。我真為你感到驕傲。不過，我認為你至少先讓**我**看看，再寄給其他那些經紀人吧。」

「什麼？不要！」

「如果你不讓我看，**那為什麼又要寄送給那些陌生人呢**？」

「先掛電話，我快到了。」我拖著腳步走到路的盡頭，珍妮坐在階梯上等著我。

媽媽的房子悲慘地座落在一整排豪華房屋的盡頭，活像是萬聖節本人去參加花園派對一樣。我

2 Chelsea，英國倫敦西南部一個高級住宅區，於泰晤士河北岸，為藝術家和作家的文化聚居地。

向珍妮揮手，她輕輕拍掉自己別致裙子上的灰塵，用手撥弄著她的黑色長髮。她的時尚品味無可挑剔，我用手撫平了自己寬大的夏季洋裝，重新思考當初怎麼會買下這個醜陋的東西。不知原因為何，我似乎老是被那些讓我穿起來活像維多利亞時代鬼魂般的衣服所吸引。再加上我蒼白的皮膚、金色的捲髮，好像只會為人們帶來這種印象。

像媽媽一樣，我和珍妮都在中央聖馬丁藝術與設計學院就讀藝術系。珍妮的父母在她仍是個嬰兒的時候，便從香港搬到了倫敦，他們絕對被我歸類在我見過最可愛的人們之中。有時，當我渴望擁有一個舒服穩定的環境，這包括了一個爸爸以及兄弟姊妹時，我就在放學後去珍妮家而不是回家，即使珍妮去上網球課或在其他地方，但我永遠不會告訴媽媽這件事。她的爸媽會讓我坐在桌前寫功課，我也會和他們全家人聊天，同時嗅聞著道地的家常菜香味。

珍妮畢業時，她已踏實站穩腳跟，進入自己夢想職業的領域。她拒絕皇家阿爾伯特音樂廳的布景設計工作，成為哈羅德百貨櫥窗設計團隊的一員。她為此而生並創作出許多傑作，特別是在聖誕節之際。

「好吧，」她挽著我的手臂說道，「我們這就來看看，你媽媽的地下室裡有什麼東西吧？」

我們倆一塊抬頭看了房子好一會。兩扇骯髒的凸窗襯托了通往前門的石頭階梯。很久很久以前，那道大門肯定是綠色的，但多年來門上的油漆已一層又一層地剝落，木頭也些微變形了。不過，我真是喜愛那扇大門。四個樓層外，昔日粉刷白牆的宏偉景象仍隱約可見，大部分的老舊天鵝絨窗簾仍遮蓋著窗戶。

「謝謝你陪我做這件事。」我說。我甚至不知道我該感謝什麼，因為這是我度過童年的房子。儘管家裡只有我和媽媽，但它一向是為我帶來快樂的地方。我想，我只是很感激我打了一通電話，而珍妮就出現了，即使對話內容也不過是，**嘿，想要和我一起清理舊地下室嗎？**

「這沒什麼。」珍妮回答。「上星期你就把比較困難的差事做完了，對吧？」

「呃，不用提醒我了。有太多的盒子和皮箱了。我僱用的那些搬運工全都是莽撞鬼；他們將所有東西全都扔進他們的貨車裡。我想我聽見很多次玻璃碎裂的聲音。但我還是在虛線上簽上自己的名字了，接著將所有東西送去法蘭西絲姑婆位於多塞特郡的詭異豪宅。當她發現自己那堆舊東西突然送上門來時，我希望她不要太生氣，這全是因為媽媽堅持要將地下室改造成工作室。」

「事實上，法蘭西絲是這棟房子的主人，對吧？」

「沒錯。」

「但為什麼我沒聽過關於她的事？甚至沒見過她呢？」珍妮的聲音如此開放坦率，但語氣裡卻有一絲刺痛，彷彿她懷疑我沒告知她一些重要的事。

「你別放在心上。」我說。「我也不曾見過她。她顯然不喜歡倫敦，也不喜歡離家旅行。而且她這麼有錢，根本懶得查看這個地方。我想，她甚至每星期會寄一點錢給媽媽。這件事有點愚蠢又過時，就像父母每星期給你零用錢一樣，但媽媽也不曾因為她的自尊心而不接受金援。有一次，我問媽媽法蘭西絲姑婆為什麼要寄錢來，但她就是輕輕帶過，只是聳了聳肩。」

「嗯。」珍妮說，我看得出來，她正在消化這些新資訊，還不打算放過這件事。「這聽起來令人毛骨悚然，但她去世後會發生什麼事？她有孩子嗎？會將你們趕出家門嗎？」

「不，媽媽將會繼承這一切。」我為珍妮的反應做好心理準備，因為這是十六年的親密摯友可能早該知道的事實。我並沒有打算隱瞞她；老實說，我只是不曾想過要告訴他這件事。法蘭西絲姑婆和我之間的距離如此遙遠，我的預設心態讓我以為這棟房子確實屬於我們。我忘了她的存在，直到我不得不做些什麼為止，例如整理她所有的舊東西。

但珍妮只是低聲吹著口哨。「家族遺留的大筆財富呢。」她翻著白眼說。「我一直認為這種概念不存在於世上，是電影裡才有的東西。」

我們推開堅實的前門，當然沒上鎖。媽媽一向不鎖門；她說，如果有人在崔根特路上選擇一棟房子搶劫，那也不會鎖定我們家。我的目光掃視著走廊上裸露在外的磚塊，大半灰泥牆面留下斑駁的痕跡。媽媽說的沒錯，任何竊賊只要看見一層層剝落的壁紙，就會認定此處沒什麼值得偷竊的東西。那他們就搞錯了，因為媽媽多數的藝術品都價值不斐。不過，她從來就不肯賣掉放在家中那些早期的作品。她在這方面如此地多愁善感。

「在這裡！」媽媽的聲音從位於房子後方深處的廚房傳來。我們躡手躡腳地穿越兩個巨大的空間，多數用來作為起居室的地方，但媽媽卻將這裡作為工作室空間使用。多個巨大畫布倚在牆上，地板上多處油漆潑濺的痕跡。媽媽從幾十年前就放棄在地板上鋪防塵布了。從兩片凸窗透入的陽光成了欠缺活力的黃色光線，穿過至少積累二十五年的城市塵垢。我這輩子從來就沒有媽媽清理那些窗戶的印象，但我早已習慣了這樣的光線，如果她真的清理的話，我想那陽光或許會過於刺眼、過於明亮，就像在晴朗的夏日摘下太陽眼鏡。

媽媽用一條綠色頭巾把一頭灰金色頭髮盤在頭頂，手中拿著一杯快空了的紅酒，桌上有兩杯滿滿的紅酒正等著。她在巨大的範圍內一邊盤旋走動，一邊炒洋蔥，這是她唯一的烹飪技能。烤箱裡有食物，但我懷疑只是在加熱半成品，即將以炒洋蔥加以點綴後立即上桌。

「桌子上有你的郵件。」媽媽沒有轉身便開口說道。

「羅拉，我先說聲你好。」珍妮對著媽媽說。她的語氣充滿戲謔，而媽媽轉身在珍妮臉頰上飛快地吻了一下，臉色看起來有些愧疚。

她走近向我打招呼，並將她手中幾乎要空了的酒杯遞給我，接著拿走桌上滿杯的玻璃杯。

我的舌根嘗到了如瓦斯煙霧的氣味，但媽媽比我更早聞到了。「爐火滅了，等我一下。」她拿一根長火柴劃過煎鍋底部的圓環點燃了火，然後將炊具上的旋鈕轉至關的位置，接著使勁打開烤箱門。這爐子太老舊了，你必須整個人傾身探頭進去，並以明火來點燃，在過程中冒著瀕死的危險。我明白最好別再提出更換爐子的建議，因為多年來我們討論過太多次了。媽媽覺得這爐子既復古又時髦，但對我來說，每次看到它時，我都得費力別讓自己回想起希薇亞・普拉斯[3]的事。

我坐進包包旁邊的木椅，拿起寫有我名字的厚信封。我的心猛烈地跳了一下，因為我最近參加

3 Sylvia Plath，一九三二年生於美國波士頓，以半自傳性質的長篇小說《瓶中美人》（*The Bell Jar*）享譽文學界，並於一九八二年榮獲普立茲獎。她於一九六三年二月十一日開瓦斯自殺身亡，此生成為文壇傳奇。

了幾場小說寫作的競賽。然而，多年來，卻不曾收過任何單位的回覆信件，一切都透過電子信件進行。我的大腦出現一些愚蠢的幻想，期望有人會因為我的創作而關注我。我喝了剩下的一大口，那肯定是超市自有品牌的餐酒，味道嘗起來就是股頭痛的氣味。

我以手指滑開信封厚實的封口，取出一封信件，信箋上端印有寄信人的文字訊息：

安娜貝爾・亞當斯小姐：

我們敬邀您前往高登、歐文斯與麥特洛克有限公司的辦公室，與您的姑婆法蘭西絲・亞當斯女士會面。此次會面旨在探討您身為亞當斯女士遺產及資產的唯一受益者所需承擔的職責事宜。

我在此停頓。「等等，這是法蘭西絲姑婆的律師寄來的。」我說。「看來這封信上的收件名字有誤，上面寫的應該是羅拉才對，因為是關於遺產的事。」

珍妮靠在我肩上，仔細瀏覽著這封信。「這裡確實寫著**姑婆**。」她說，並指著頁面上的文字。「這看起來不像寫錯。」

「喔，她**沒寫錯**。」媽媽厲聲說。她走到桌邊，從我手中奪走那封信。她盯著它看了好長一段時間，直到洋蔥散發出燒焦的焦糖味，接著將信扔到桌上，回到爐火旁。在整個鑄鐵煎鍋著火前，將其從爐灶上移開。

珍妮一邊咕噥著信中其餘的內容，一邊再度掃視著鉛字字體。「**我們敬邀您前往**這個什麼什麼的**辦公室……**這只是會面的指示說明。時間就是幾天後，地點在多塞特郡一個名為諾爾城堡鎮（Castle Knoll）的地方。我的天，」她低聲說道，「一個住在寂靜鄉間、關係疏遠的姑婆？還有一大筆神祕的遺產？這真是一個模擬藝術形態的人生案例呢。」

「我確定這筆遺產是要給母親的。據說，法蘭西絲姑婆極其迷信，所以我猜想她是基於迷信觀念而改變主意要剝奪媽媽的繼承權。但實際上，」我慢慢地補充說明，「基於我曾聽聞關於法蘭西絲姑婆的各種故事，這極有可能是她會做的事。」我看著珍妮驚愕的表情，我覺得自己得向她好好說明法蘭西絲姑婆不尋常的背景。「這是家族傳說。」我說。「我真的沒有和你說過嗎？」珍妮搖搖頭，抿了一口桌上玻璃杯中剩下的飲料。我看著媽媽。「你想說法蘭西絲姑婆的故事嗎？還是我來說？」

媽媽回到烤箱旁，再次與烤箱門搏鬥，拉出一個烤盤，裡頭裝有一些無法辨認的食物。她拿起鑄鐵煎鍋，用力刮下燒焦的洋蔥放到烤盤，從她隨意放入餐具的籃子裡抓起三把餐叉，將這些東西放在我們之間，餐叉以奇怪的角度卡著彼此。她接著攤坐到一張椅子上，又喝了一杯酒，對著我輕輕搖了搖頭。

「那好吧。」我說，試著切換我最適合說故事的語調。珍妮接過酒瓶，將我的酒杯倒滿。「當時是一九六五年，法蘭西絲姑婆十六歲。她和她兩個最好的朋友去參加一個鄉鎮市集並算了命。法蘭西絲姑婆得知自己的命運預言：**你將會被謀殺，最後變成一堆枯骨。**」

「喔，劇情太浮誇了，我愛死了。」珍妮說。「不過，如果你要寫懸疑推理小說的話，安妮，而我是基於滿懷的愛意這麼說的——你需要多下一點功夫在寫作上。」

媽媽又拿起這封信，仔細研究它，好像它是什麼犯罪證據。「預言不是這麼說的。」她平靜地說。「預言是：**你的未來將有一堆枯骨。當你以一隻手的掌心握住女王時，你的緩慢死亡就恰好開始了。小心那隻鳥，因為牠會背叛你。在那之後，就再也無法回頭了。但女兒是伸張正義的關鍵，找到恰好的那個女兒且讓她親近左右。所有跡象終將指向你的謀殺之謎。**」

我將其中一把叉子插入厚厚的一層奶油之中，我懷疑那是特易購超市冷凍區買來的馬鈴薯千層派。「對了。無論如何，法蘭西絲姑婆這輩子都深信預言終將實現。」

「那真的……我搞不清楚她究竟是太悲慘了還是太精明了。」珍妮說。她轉向媽媽。「這麼說來，安妮真的不曾見過這位女士嗎？」

媽媽嘆了口氣，一邊心不在焉地玩弄著洋蔥。「我們大多時候就是讓法蘭西絲住在她的大豪宅裡，讓她過她自己的生活。」

「等等，你有一位擁有鄉間莊園的姑姑，卻忽略她不管？」

媽媽輕蔑地揮了揮手，駁斥了珍妮的評論。「大家都不想管法蘭西絲。她很瘋，瘋到她成了當地的傳奇人物——那位擁有一棟巨大鄉間別墅、家財萬貫的奇怪老太太，只會不斷挖自己身旁人們的醜聞，好阻止任何人謀殺她。」

我問道：「那麼，你會打電話給這位律師詢問是不是搞錯了嗎？」

媽媽捏著鼻梁，把信遞給我，「我不認為這件事**有**搞錯什麼。我也想和你一起去多塞特郡，但那個日期是刻意安排的。」

我再次細看了這一封信，我慢慢意識到，「是你在泰特美術館的展覽期間。她是刻意要確保你不能去？」

「法蘭西絲或許很瘋，但她也精於算計，而且還喜歡玩遊戲。」

「好吧。」我說。一想到會錯過媽媽在泰特美術館的展覽，我的肩膀就垂了下來。但看來這次會面關係著我們的生計。「但是，為什麼是我呢？」

媽媽在開口說話前先是長長地嘆了一口氣。「她這一生一向謹記這個預言，多年來，我就因為其中一段話而成為她唯一的受益者——**但女兒是伸張正義的關鍵**。我是她家族之中唯一的女兒；我父親是法蘭西絲的哥哥。」

「那句話的第二段，」我一邊沉思一邊說，「**找到恰好的那個女兒且讓她親近左右**。」

媽媽點了點頭。「看來，法蘭西絲早已認定我不再是那個恰好的女兒了。」

第二章

諾爾城堡鎮檔案，一九六六年九月十日

我將這一切記錄在此，因為我知道我眼前所見的某些事件，可能就是未來的關鍵。現在看來無比微小的細節將變得極其重要，反之亦然。所以我將統整所有事物，仔細地寫下筆記。

薩絲仍然認為我對預言的執著近乎瘋狂，但她不明白我為何如此堅信此事。

因為，在我們見到占卜師之前，早就有人不斷恐嚇我了。

我在裙子的口袋裡發現了一張紙條，上面寫著「我會將你的屍骨裝入箱中」。當我想到那張恐嚇字條時，我不寒而慄，但我必須密切留心，若能從中注意到一些線索，或許就能讓我阻斷早已啟動的厄運。

然後，那則預言出現了——「你的未來將有一堆枯骨。」骨頭已被提及了兩次，這不可能只是巧合。接著，艾蜜莉又在幾個星期前消失了，幾乎是被告知預言後的一年。

警方約談我時，我看得出來，他們不全然相信我所說的話。甚至，他們還問我是不是想得到更多關注，因為現在大家的目標都是尋找艾蜜莉。

所以，我也懶得告訴他們其他的事了。我當場就決定了，我要親自處理這件事。因為我最不希望的，就是讓警方瞭解過去一年所發生的一切。

第三章

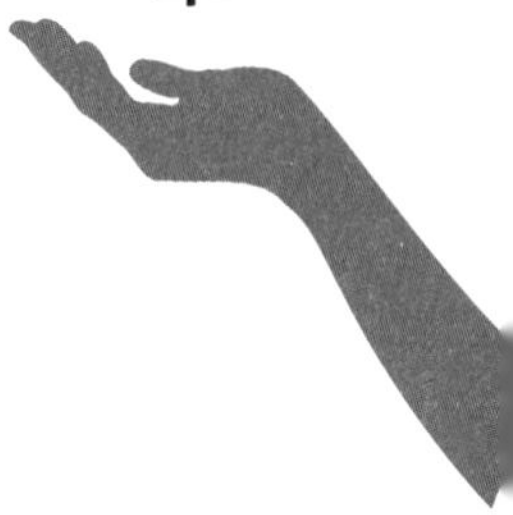

我搭乘的火車只開了三站，就幾乎空無一人了，在這座城市消逝之前，所有通勤者就已下車離開了。兩小時後，映入眼簾的是多塞特郡連綿起伏的綠色山巒，我感到興奮不已。我拿出隨身攜帶的一本空白筆記本，試著寫下描述風景的文字。這趟火車不會一路開到諾爾城堡鎮，所以我得再轉乘一輛從沙景鎮出發的公車，每小時只有一班車。

最後，火車搖搖晃晃地行駛至終點站，我發現我要轉乘的是一輛經典的敞篷雙層公車，專門服務前往海邊的遊客。我像個小孩一樣坐在公車最上層，它喀嚓喀嚓地行進，經過一個偏僻的村莊，最後到達諾爾城堡鎮。那整整四十分鐘的過程，我吸入了令人頭暈的糞肥味與遠處的海風氣味，但伴隨著斑駁的燈光和鄉間的景致，這股氣味成了迷人如畫的風景，一點也不令人反感。

諾爾城堡鎮這個村子看起來活像是餅乾罐上的畫作，全是狹窄的小巷和乾砌石牆，另一端有一座高高的山丘，草木叢生的山肩上矗立著一座原先是諾曼式建築的城堡，如今只剩下搖搖欲墜的廢墟。山坡上有吃草的羊兒，當我們沿著城堡四周的道路行駛時，我在座位上就能聽見羊群發出奇怪的咩咩叫聲。

與高登先生這場會面，我早到了幾分鐘，所以我沿著鵝卵石鋪成的商業大街四處晃逛。當我稍微用手抬起背包時，我心想自己是否應該多帶幾本書。或者該帶的是第四本筆記本，以暗紅色皮革裝訂的那本。

這個村莊如此之小，我只需要轉個圈就可以將一切盡收眼底。隱約可見另一端那個廢墟城堡，山腳下有一家名為「死亡女巫」的老舊酒吧。外觀上看來，就算真有鬧鬼也適切合理。酒吧的石板屋頂傾斜著，好像屋子的側柱早已感到疲累，無法再支撐下去了，厚實外牆的白色油漆被陽光曬得褪色，甚至出現了剝落。村莊裡的其他角落一塵不染，感覺就像是電影場景。早上十點，一家老式糖果店早已擠滿了遊客，維多利亞風格的火車站占據了酒吧旁那條街道極大一部分。等待發車的火車引擎散發出蒸汽，許多家庭正排隊要購買車票，前往那輛火車唯一的目的地，即鄰近的海濱小鎮。

商業大街的另一端有個可愛的石造建築物，向下凝視著同一條路的死亡女巫酒吧。鮮紅色的招牌上寫著「克倫布威爾熟食店」的金色字樣，喜樂洋溢得像是「死亡女巫」的對立面，一同矗立於商業街道的兩端。熟食店附近就是城堡之家飯店。看起來像是那種精品、完美、豪華路線的飯店，收費可能十分高昂。

最終，我打開了高登、歐文斯與麥特洛克有限公司的大門，其實也不過是商業大街上一整排排屋中的其中一棟。令人意外的是，這個開放、通風的空間令人愉悅舒服，畢竟他們起居室的空間裡就塞了四張桌子。綠色銀行家檯燈的光芒與從前門玻璃透進來的光線相互輝映。角落一張大書桌前坐著一個圓臉的男人，其他桌前空無一人。

「不好意思，我要找高登先生。」我說。

那個人抬起頭來，對我眨了眨眼睛。他看了看手錶，又抬起頭來。「我是華特．高登。你是安娜貝爾．亞當斯嗎？」

「是的，我就是，叫我安妮就可以了。」

「很高興見到你。」他說。他起身和我握手，但沒有要離開桌前的意思。「你知道的，你長得就像是羅拉的翻版。」

我無力地笑了，因為我時常聽到這句話，早已不是新鮮事了。但這確實提醒了我一件事，媽媽就在這附近長大，有些諾爾城堡鎮的人在她年幼時就認識她了。我真希望她曾在我小時候帶我來訪，但她和父母處不好，總說倫敦是我們唯一需要的地方。

「我剛剛和法蘭西絲通話了。」高登先生說。「我們恐怕得將這場會議轉移至格雷夫史當莊園舉行。她的汽車出了點問題，我們只需要等所有人都到達，就能一起前往了。」

我主動坐到他桌前的一張椅子上，他這才意識到自己很無禮，沒有指引我坐下，但為時已晚。在這些事情上，我不是很守舊的人，但高登先生顯然如此──他穿著一套皺巴巴的西裝，卻用心地以一條口袋方巾裝飾，他看了一眼旁邊的桌子，嘴裡咕噥地說一些祕書和茶的事。「你剛剛說了『所有人』。你是否介意我問一下，我們在等的人是誰嗎？我以為會面的人只有你和法蘭西絲姑婆。」

「哦。」他看起來有點慌亂，開始翻找桌面上的一些文件。他試著讓自己看起來專業正式，但我看得出他相當緊張。「針對莊園未來的計畫，法蘭西絲擬定了一些相當**有創意**的改變。所以我們要和薩克森．格雷夫史當、艾娃．格雷夫史當會面，他們會晚一點出現，他們總是刻意遲到。」

我左右為難，我要不就是開口問薩克森和艾娃．格雷夫史當是誰，要不就乾脆閉嘴，這樣我就不會顯露出自己和那位突然決定讓我繼承財產的姑婆有多麼疏遠了。如果格雷夫史當莊園是法蘭西絲的房子，那我猜想那些人是她已故丈夫的親戚。

「而我的孫子奧利佛隨時會回來。」高登先生繼續說道。「他也會參與這場會議。啊，說人人就到。」

我在椅子上轉過身，看見門上的玻璃浮現出一道側影。門另一側的人辛苦的轉開門把，因為他試著平衡地拿著一個擺滿外帶咖啡的托盤。當高登先生快速起身要幫忙，而那道門打開時，一道晨光在我身上投射了一道金色的線條。奧利佛．高登終於跨過門檻，樣貌有如雜誌人物般燦爛俊美。如果真要說些什麼的話，那就是他打扮得**過於**得體正式了，就像「穿著要符合你想從事的理想工作，而不是你目前的工作」那種態度。他穿了淺藍色的襯衫，顯然是為了襯托他的眼睛顏色而選擇，領子處開著一顆鈕扣，未繫領帶。他穿著灰色西裝褲，肩上背著皮革製筆電包。

他一手拿著一個瓦楞紙托盤，裡面放了幾杯咖啡，另一手拿著一個相當精致的蛋糕盒。蓋子上**城堡之家飯店**的字樣閃爍著金色光芒。

「安妮，這是我的孫子奧利佛。」高登先生說，他的語調之中充滿了一種所有祖父母都有的驕傲。「奧利佛，這位是羅拉的女兒，安妮．亞當斯。」

「安妮．亞當斯。」奧利佛緩慢地重複說道，一邊嘴角微微上揚。他一邊說著我的名字，一邊歪著頭，焦糖色的頭髮輕輕滑過額頭。這看起來像是個熟練的招式，讓我立刻下定決心要對此免疫，不受影響。「這是個很棒的名字，」他說，「就像漫畫裡的名字一樣。」

「什麼意思呢？」

「你知道的，就像露易絲．萊恩[4]或小辣椒．波茨[5]一樣。」他微微舉起雙手，彷彿在對我脫帽致意，只不過手裡拿著的是外帶食物。

「很高興認識你。」我說，我發現自己臉上不自覺綻開了笑容。我喜歡他迷人的外表下偷偷潛藏著一個宅男。接著，他像是特意控制了自己的言行，換上了務實幹練的面具。「法蘭西絲還沒來嗎？」他問高登先生。「我想帶著咖啡和蛋糕現身，我認為她會很欣賞我這種表現吧。」

高登先生揚起了一側的眉毛。「是你準備的嗎？還是蘿絲呢？」

奧利佛臉上展現更自然流露的微笑。「好吧，是蘿絲準備的。她在城堡之家飯店外面埋伏我，將所有東西都交給我了。我認為這是她提醒法蘭西絲她想參與其中的方式。」

「如果有人因為被排除在外而生氣，為什麼還要送上免費的蛋糕呢？」我說。「這似乎與一般人的做法相反。」

高登先生給我一個似笑非笑的表情。「確實如此，但蘿絲這種人總是會過度展現善意，好獲得大家的關注。」他以一隻手撫平口袋裡的方巾，但這個動作恐怕只會讓它變得更皺些。「好吧，法蘭西絲可以自己找時間跟蘿絲討論，但我們恐怕得帶著這些蛋糕上路了，因為法蘭西絲無法進城，她那輛舊勞斯萊斯的引擎故障了。」

就在此時，一位氣質優雅的女子走到門前。

「天啊。」奧利佛咕噥著。「我不知道我們今天要和艾娃打交道。」

那個女人漫步走了進來，視線高於我們的頭頂，彷彿我們不是她到此要會面的人。她一頭銀色頭髮紮成整齊的馬尾，我猜她五十多歲左右，卻有一張永不顯老的臉龐，讓我不禁懷疑，諾爾城堡鎮是否真有可以注射肉毒桿菌的地方。她穿著一件與長褲顏色相配的奶油色西裝外套，如果珍妮在這裡的話，她就能辨識出那一套是香奈兒還是迪奧。

「華特。」她高呼高登先生的名字，像是要發出一則聲明，簡短的問候讓人立刻覺得她是管事的人。

他從辦公桌上站起來，又再次慌亂地翻閱那些文件，好像他做了什麼不該做的事情被發現了。

「艾娃，你好。請坐在羅拉旁邊的椅子上吧。」他說。

「安妮。」我糾正了他，那名女子朝我的方向揚起了下巴，帶著如同小鳥般的好奇心。

「是的，當然，請原諒我，安妮。」他說。

---

4 Lois Lane，美國DC漫畫旗下人物，是大都會《星球日報》旗下的一名記者，也是超人克拉克・肯特的同事和妻子。

5 維吉妮雅・「小辣椒」・波茲（Virginia Pepper Potts），美國漫威漫畫中一名女性角色，在《鋼鐵人》漫畫中擔任重要配角，為「鋼鐵人」東尼・史塔克的助手與女友。

「那麼。」艾娃交叉雙臂，向我靠近了一步，她抿起嘴唇，露出一種奇怪的滿足姿態。「你是羅拉的女兒呀？難怪。她自己不來，卻派你來此處理這個壞消息。」

「壞消息？」我說。我感覺自己像是走進了陷阱，但我想知道她究竟是在說什麼。「我只知道法蘭西絲姑婆邀請我上門。」我口中說出的這些字句聽起來相當過時，好像我是珍・奧斯汀小說中的人物般，一直被**邀請上門**。

她又再次轉身對著高登先生講話，我的肩膀放鬆了一點。這就像是空調吹出的北極寒風已遠離我，現在正瞄準空間的另一頭。「是的，法蘭西絲更改了她的遺囑。她將羅拉排除在遺囑之外，這是她幾天前親自交待我的。」艾娃的口氣如此實事求是，幾乎算得上冷漠。就像一部自然紀錄片的旁白，以沉悶單調的方式講述獅子進行一頓盛宴中發生的可怕屠殺。「她會到此向我們說明這一切嗎？我十二點三十分在南安普敦有一頓重要的午餐，所以我不能在這裡乾等。而且羅拉若沒有繼承權的話，她的女兒也不必待在這裡了。」

我忍不住發出一聲驚訝的哼聲，而高登先生結結巴巴地說道：「艾娃，你不是認真的吧！法蘭西絲根本不在場，所以請不要多加揣測。等我們見到她時，她就會立即解釋一切了。薩克森在哪裡？」

「薩克森還在沙景鎮醫院忙著進行屍體解剖。完成之後他還得開一小時的車，而且還是假設他能準時搭上渡輪的情況下。所以他和我說了，他若是不在場，就請大家先繼續進行會議，我事後再向他更新細節。」

「法蘭西絲可能會不滿這樣的做法。」高登先生說，身體向後癱坐在椅子上。當我們等著艾娃做出反應時，氣氛十分緊張，她的表情變成了一種傲慢的輕蔑。無論基於何種原因，這世上所有像艾娃的這種人都不覺得我會構成威脅，在這種情況下，這顯然是一種優勢。

我臉上露出一個燦爛的笑容，說：「抱歉，我沒聽說你和法蘭西絲姑婆有什麼血緣關係。你是她表妹之類的嗎？」

「我的丈夫薩克森是法蘭西絲的侄子。」她自滿得意地說。

我想，媽媽從來不曾提及法蘭西絲姑婆還有其他親戚，因為她一向都是遺囑中唯一的親人。我開口想要提問時，高登先生向我靠了過來。

「薩克森是法蘭西絲丈夫的侄子。」他說，主要是對我說明。「薩克森的父母去世後，格雷夫史當勳爵便收養了他，而法蘭西絲與他的叔叔結婚後不久，薩克森就去了寄宿學校。多年來，她在經濟上支援他，就像她照顧羅拉一樣……」他斜眼看了艾娃一眼，艾娃正仔細看著高登先生旁邊那面牆，好像他發出的噪音只是無意義的嗡嗡聲，而她正試圖找出造成的原因為何。「但他們從來就沒有特別親近。」他總結地說。

「至於羅拉呢，」艾娃繼續說道，彷彿剛才沒有其他人說話一樣，「謝天謝地，法蘭西絲終於明白覺悟了。多年來，那棟切爾西的房子一直都屬於格雷夫史當家族，而且應該永遠如此才對。我上星期去莊園時，看見羅拉無緣無故就寄來一些法蘭西絲的舊皮箱。這件事讓法蘭西絲下定決心，她打算將你們兩個驅趕出去。」

我的胃部因不安而絞痛不適。「打包的人是我。」我緩慢地說。「將那些皮箱送至格雷夫史當莊園的人是我，我的名字就寫在法蘭西絲簽收的搬運收據上。等等，難道這就是她突然對我感興趣的原因嗎？為什麼這件事能說服她任命我為她遺產的唯一受益者？」我的腦袋有一點無法運轉，因為我完全想不通。

但與此同時，如果艾娃說的沒錯呢？如果法蘭西絲姑婆收到了這些來自切爾西的皮箱，讓她確信是時候來驅逐這些長期看管她房產的人了，那該怎麼辦？

艾娃看起來氣炸了，這證實她聲稱自己確知薩克森會繼承產權的說法，不過都是虛張聲勢。顯然當她聽聞法蘭西絲姑婆在遺囑中刪除媽媽的名字後，她做出了這樣的假設。

「當我們與法蘭西絲會面時，這一切疑問都將獲得解答。」高登先生回覆。他看起來更為疲倦了，而我意識到他比我一開始認定的年紀更大。他肯定已七十多歲了，退休後仍持續工作著。

「我又感到困惑了。」我說。「在這次會面中，法蘭西絲姑婆只是要當面告訴大家新遺囑的文字內容嗎？這做法……很正常嗎？」

「法蘭西絲做事一向隨心所欲。」高登先生說，然後重重地嘆了一口氣。

「你的意思是指，她的生死都依循著一九六五年那該死的靈媒預言！」艾娃厲聲責罵著。「那隻可怕的老蝙蝠！」我的雙眼睜大，但全神貫注。這時艾娃情緒失控了，眼前一個刻意保持鎮靜沉著的人如此失態，一旁看著十分過癮。「法蘭西絲拒絕支付我們的婚禮費用，除非我們更換場地，你知道嗎？我們一心想在維多利亞女王鄉村俱樂部舉辦，但法蘭西絲拒絕接受！就因為俱樂部標誌上有維多利亞女王的畫像，不論是餐巾紙上的花紋，或酒杯上的雕刻，都代表著她一整晚都**以一隻手的掌心握住女王**。太荒謬了！她對所有手掌大小的女王都有**發自肺腑**的反應！」艾娃說「發自肺腑」的口氣讓我因厭惡而退避，就好像我們都將被剝一層皮般。

艾娃突然轉身看著奧利佛，好像現在才注意到他在此一樣。「華特，你的孫子為什麼在這裡？這是格雷夫史當家族的事。」

高登先生拿出自己的口袋方巾，擦了擦額頭。「艾娃，容我提醒你一下，法蘭西絲邀請了薩克森、安妮以及奧利佛參與這次會議。她並未邀請你前來。」

「那奧利佛呢？」艾娃不打算掩飾自己臉上的訝異。「如果她想留下什麼給高登家族的話，那為什麼不邀請**你**呢？切爾西房子和格雷夫史當莊園留給我和薩克森，還有一些有情感價值的瑣碎物品就給你了，華特。這麼一來就合理了。」

高登先生捏了捏自己的鼻梁。「艾娃，能請你停止**猜測**法蘭西絲的遺囑如何安排好嗎？我得說多少**次**——」

奧利佛拿著車鑰匙，朝我的方向點了點頭。「我可以載你一程。我們先行離開，好嗎？不必拿你那些行李了。」奧利佛一邊說，一邊瞥了一眼放在角落的皮革旅行包。「你可以等會面結束後再回來拿。」

我們快速逃離辦公室，像是從一場火災逃離一般，甚至向其他人低聲說一句**待會見**也省了。

第四章

諾爾城堡鎮檔案，一九六六年九月十五日

丁伯河正在執行河川疏浚工程，這條河從隔壁郡流過來，穿過格雷夫史當莊園，接著流入村莊。他們關切的是河水深處，因為河水流至村莊時已淺到見底。河水最深的一處就在格雷夫史當莊園，這件事也讓我無法停止產生聯想。

因為，這就是一切的開端，真的。在深夜偷偷溜進莊園是艾寶莉的主意，她行事就是如此魯莽。

我不得不先暫時放下這本書，因為彼得在此，他正在和媽媽爭吵。沒人受得了他娶的那個名叫譚茜的女人，但如今他們擁有了一個孩子，我想就沒有回頭路了。他們迫切想要一個孩子。當她不再需要擔憂這件事之後，或許會變得比較好相處。

十七歲就當了姑姑並不尋常，不過，當你的哥哥大你將近十歲時，我想就會發生這種事。儘管我不得不承認，小羅拉最可愛了。她一個月大了，我一看見她，她便會發出可愛的咯咯聲。不過，她長得確實和她媽媽很像，這就令人有些惋惜。

第五章

我們走向奧利佛的車時，他的表情令人難以捉摸。見到艾娃後，我的腦袋感覺就像是個凌亂的房間，所以我讓自己專注看著他線條俐落的下巴輪廓，同時思考要說些什麼話回應他剛才說的漫畫角色。

他按下手中的鑰匙扣，一輛看起來完美無缺的BMW停車燈開始閃爍。他將車平行停在商業大街上，完全擋住了人行道。幾個路人對我們怒目而視，他們得走到馬路上才能繞過他的車，但他若不是沒注意到，就是毫不在乎。

奧利佛啟動引擎準備倒車離開時，空氣中只有一片尷尬的沉默。他將車窗搖下一些，讓夏季的空氣吹拂在我們臉上，我先前一直未能消滅的緊張感都被一吹而散。我們彎進鬱鬱蔥蔥的鄉間步道，我想將頭探出窗外，呼吸頭上那片林蔭大道的綠色氣息。然而，我忍住這股衝動，因為我並非黃金獵犬。

「那麼，你在倫敦是做什麼的？」他問我。他開車過彎的方式照理說會讓我感到緊張不已，但他有一股滿懷自信的氣息，像是他很熟悉這條路一般。

我停頓了一下，因為此刻的我應該要開口說，**喔，我是一名作家**。珍妮說，當人們問起時，我應該要告訴他們這就是我的工作，因為實際上來說，這正是我目前在做的事，只是我拿不到薪水，甚至也得不到關注。當我腦海中閃現一個空蕩蕩的收件匣時，我輕咬了自己的嘴唇。

「我正處於一個轉職的過渡期。」我說，這在形式上而言並非謊話。「目前我會利用這段時間來探索幾個創意性專案。」我又陷入一陣沉默，於是我又立即開啟閒聊話題，如此一來我們就不會深入探究「創意性專案」的本質。「那你呢？你住在諾爾城堡鎮嗎？我的意思是，你開車熟門熟路的，就像個當地人。」我笑了，但我的評論讓他的眼睛瞇了起來。

「喔，不。我也一樣住在倫敦，在傑索普．菲爾德工作。」他停頓了一下，像是我應該知道這家公司，但我腦子裡一片空白。我想到一些類似的公司名稱，想試著推斷他從事的產業。「傑索普．菲爾德」聽起來像是高盛集團[6]或普華永道會計師事務所[7]。「金融業嗎？」我提出猜測。

他哼了一聲，我便知道自己輸掉這一場了。他提及漫畫角色時的和藹親切，肯定只是僥倖而已。奧利佛或許很有吸引力，但我已經感覺到他有點混球了。

「房地產開發。」奧利佛最後說道，開向一座山丘時熟練地換檔，那山路絕對沒有容納兩輛車會車的空間。「傑索普．菲爾德**就是**倫敦規模最大的房地產開發公司。不過我們的專案遍及全國各地。實際上是全世界。」微風輕輕地吹亂了他的頭髮，他沙金色的頭髮有如一陣海浪，以奇異的角度向上湧動，然後又平靜地落下。我強忍著想笑的衝動。

對於我說他居住在諾爾城堡鎮的假設，他似乎很生氣，但我不知道原因，所以我決定要問他一些問題。

「高登先生是你的祖父，對吧？那你是在這裡長大的嗎？或者會在美好的夏季時光來拜訪他呢？」

他迴避這些間接的暗示，掩蓋與諾爾城堡鎮的任何關聯，絕口不提他優越教養背景的相關細節。「沒錯，但我大部分的時間都待在寄宿學校。我就讀哈羅公學，就和薩克森．格雷夫史當一樣。」他自豪地說。「接著就讀劍橋大學，後來就直接搬到倫敦去，並開始在傑索普．菲爾德工作。所以，我很難說自己真的在此長大，因為我有很多時間都待在其他地方。」

我想起了自己的童年，從頭到尾都待在倫敦。我和媽媽週末會搭地鐵在附近兜轉閒晃，就像彈珠台裡的銀色小球一樣。我一直以為在鄉間長大的人都對故鄉有一種**歸屬感**，但聽聞奧利佛談論自己與諾爾城堡鎮之間欠缺情感連結，我便知道自己才是那個有歸屬感的人。這件事讓我感覺到自己暫時平靜下來了。和媽媽一起生活，那搖搖欲墜的成長過程或許不同尋常，但至少十分快樂。不過一想到我們在切爾西房子裡的生活，我又開始感到擔心了——**萬一艾娃知道一些我不知道的事情呢？**我用力地吞了口水，一想到這裡喉嚨就開始發緊。

6 Goldman Sachs，成立於一八六九年，總部設於紐約市曼哈頓，為全球知名的投資銀行及證券公司，為全球客戶提供投資建議及金融服務。

7 PricewaterhouseCoopers，前身為一八四九年成立的普華會計師事務所（Price Waterhouse）和一八五四年成立的永道會計師事務所（Coopers & Lybrand），一九九八年於倫敦合併成為普華永道（PricewaterhouseCoopers）。主要服務有企業諮詢、財務諮詢、管理及人力資源諮詢、流程優化及技術解決方案，為全球頂級會計公司，位居四大會計師事務所之首。

「所以你覺得自己和諾爾城堡鎮完全沒有情感連結嗎？」我問道，語氣中毫不掩飾自己的懷疑。「你小時候沒有在城堡廢墟裡狂奔，或者午餐在蒸汽火車上吃便當嗎？」

奧利佛只是聳了聳肩。

「這真是令人有點難過。」我說。

「那是因為你不在小鎮長大。對你來說，諾爾城堡鎮或許看起來是個古色古香的地方，但住在這裡真的很無趣。就我個人來說，我寧可住在其他城市。」

「只有無趣的人才會覺得生活無趣。」我反駁他的話，這是媽媽最喜歡的口頭禪之一。「不過別擔心，如果你有一個平淡無奇的童年，我可以幫你杜撰一個更棒的童年。」我停頓了一下，想觀察景色來尋找靈感，一心想要徹底捉弄惹惱他。「那邊那個小丘，」我說，「你八歲時在那裡從腳踏車上摔了下來，摔斷了手腕。而在那裡的那所學校，」，我指著遠處一座建築物，「是你八年級時迪斯可舞會後等待媽媽來接你時發生了初吻的地方。」

「那不是我的學校。」奧利佛堅定地說。「我剛才說過了，我讀的是寄宿學校。」他很惱怒，但我更喜歡他這個樣子，至少他的怒火是真實情緒。

「而在**那邊**呢，」我指著一片布滿帳篷的田野，有許多家庭正在那裡露營，「讀完劍橋大學一年級那個夏天，你回家鄉探望親人，就在那裡失去了童貞。雖然有點晚熟，但也沒關係。要怪的話，我會怪那些漫畫書，但你不過是花上了幾年時間才破殼而出嘛。」

「你說夠了沒？」奧利佛厲聲說道。

我的笑容更加燦爛了，我將頭往後仰。「目前為止說完了。」我說。我閉上雙眼，透過紅金色的眼瞼看著斑斑點點的光線。

不到十五分鐘後，奧利佛的車駛離馬路，接著開進一扇雄偉的大門。白色礫石的私人車道有如一道明亮的條紋，將連綿起伏的草皮切割成兩半，車道如此之長，我還沒看見法蘭西絲姑婆的那棟房子。

我們繞過一個緩和的彎道，經過一排深綠的柏樹以及修剪整齊的樹籬後，最終那棟房子才映入眼簾，即格雷夫史當莊園。那是一棟棕黃色的石製建築，即使在八月明亮陽光的映照之下，仍顯得莊嚴且陰鬱。三個樓層的窗戶在陽光下閃閃發光，窗框上的菱形網格顯得優雅。我可以看出房子遠遠向後延伸，不僅有空間的深度，也有宏偉的外觀。車道一側有位孤零零的園丁正埋頭工作著，將寬闊的樹籬修剪成波紋的外形。樹籬看起來如此雅致，卻也令人感到有些毛骨悚然。我們把車停在大型環狀車道前方，卻只看見一輛古董勞斯萊斯，它的引擎蓋開著，好像有人在修車時突然被叫走了。」

我和奧利佛在巨大的橡木大門前站了一會，我用手撫摸著門上的華麗雕刻。藤蔓、荊棘以及錯綜複雜的渦旋圖案以某種方式相互結合，我覺得自己像是陷入迷宮之中。我很緊張，終於要見到這位在二十五年後突然召喚我前來、難以捉摸的姑婆了。不過，這是種充滿興奮的緊張，像是等待著你覺得自己表現極佳的面試結果。

當我按下黃銅門鈴時，房子深處響起了複雜的樂鐘鈴聲。沉默持續了很長一段時間，奧利佛試著敲了敲沉重的鑄鐵門環。三聲厚重的撞擊在空氣中迴響，聲音響亮得幾乎像是槍聲。時間一分一秒過去，看起來不可能有人來應門了，所以他試著轉動兩扇門的把手，但都鎖上了。

「我們應該去問那位園丁嗎？」我沒有想到自己會發出如此顫抖的聲音，因為這棟房子讓我感到心神不寧。「我的意思是，你認為他會有鑰匙嗎？」

奧利佛對我挑起一側眉毛，他臉上那表情好看得令人惱怒。「嘿，阿奇！」他一邊大喊著，一邊直盯著我看。他的嘴角抽動著，顯現出一抹狡猾的微笑。他當然認識園丁，**他就是在這裡長大的**。我想要翻白眼，但我似乎無法將目光從奧利佛堅定的目光上轉移開來。「我得去扶著阿奇從梯子下來。」他輕聲地說，現在又換上滿臉得意的笑容。「你知道的，他的膝蓋不太好。十八年前，當我玩鞦韆繩掉進丁伯河時，他將我從河裡拉了出來，而他的膝蓋就這樣脫臼了。」

我不確定這是否是一派胡言，但我知道這是奧利佛延續路程中那個鬥嘴比賽的方式。我們身後那位園丁仍修剪著樹籬，在我們相互凝視的比賽之中，他生鏽剪刀的喀嚓聲成了唯一的背景噪音。最早轉移視線的人是我。

的確，園丁看起來確實年紀太大了，無法在搖搖晃晃的木梯爬上爬下的，我光是看著他，就不禁咬緊了牙關。男子轉過身，用手遮住眼睛，眨了幾下眼睛後才認出了奧利佛。

「奧利佛．高登，」他緩慢地說，「這麼快就回來了？」

我轉向奧利佛。「回來？」

「喔，我稍早時有來過。」他漫不經心地說。

「為什麼？」我直截了當地問道。

他盯著我看。「這件事很重要嗎？據我所知，你甚至連法蘭西絲都不曾見過，現在你突然就變成她的私人祕書了嗎？」

一聽見他的話，我退縮了一下，但我立刻對自己如此讓步而感到憤怒。「我來這裡是因為我對這裡感興趣，因為我需要見見她。我只是問你稍早為何來這裡，因為——」

「你太愛管閒事了。」他打斷了我的話。

我皺起了眉頭。「我只是好奇。」

園丁阿奇又回去修剪樹籬上幾根零落的樹枝，當奧利佛仔細掃視我時，他每剪一下的喀嚓聲似乎都更加響亮。最終他說：「法蘭西絲有一些資產的問題，她邀請我一同共進早餐，我們一起討論了幾張舊有的平面圖。」

我沒有時間進一步細究這個問題了，因為阿奇開始從梯子爬下來，一隻手拿著長柄修枝剪刀，費力地要找到平衡。奧利佛將雙手插在口袋裡，直到我清了清嗓子，他才不情願地抽出雙手前去協助阿奇。我不認為阿奇的膝蓋狀況有那麼糟糕。

「這一位是誰呢？」這時阿奇的腳已踩在碎石上，開始拿著一塊小布擦去額頭上的汗水。他像是故事書中的一位老園丁，因為他身穿破舊的工作服及工作靴，臉上有深深的皺紋，臉上的膚質如皮革般，因為他大半輩子都待在戶外。破爛的帆布扁平軟帽裡露出一縷銀髮，汗水順著他的脖子流了下來。

「我是安妮．亞當斯。」我說，他伸出握手的掌心有如乾裂的土地般乾燥。

「我是阿奇．福伊爾（Archie Foyle），」他說，「很高興認識你。」

「你是這裡唯一的園丁嗎？」我問道，一邊環顧四周的樹籬和草皮。「這看起來像是一份艱鉅的工作。」

阿奇笑了，眼周的細紋皺得更厲害了。「**貨真價實的**園丁只有我一個。說真的，法蘭西絲准許我做自己喜歡的事，其實呢，她有一個專業的園藝綠化團隊，每星期都會來一次，帶著他們的乘坐式割草機及吹葉機。我負責那些需要小心處理的細節，因為我喜歡這些事，她便放手讓我做。但現在農場的工作已占據我大部分的時間，所以只要我有空閒時間就來修剪樹籬。」

我的目光掃視那一整排波紋狀的樹籬，高度是我身高的兩倍，沿著車道綿延了至少一百碼，尾端則銜接著柏樹。「這太令人欽佩了。」我說，這是我的真心話。如今更仔細地看著這排樹籬，我已不再覺得毛骨悚然了。視覺上有如一陣波動起伏的綠色波浪，身為見過不少藝術作品的人而言，我想我有資格說這是優異的佳作，這位園丁是名植物雕塑家。

「謝謝，這裡就是我驕傲以及喜悅的來源。除了我之外，沒有人能碰這些樹籬，除非我死了。即使如此，我也曾問過法蘭西絲，我死後是否能將我埋在樹籬之下，這樣我的鬼魂就能阻撓任何試圖破壞樹籬的人了。」說完這個不太好笑的玩笑後，他笑了一會，但當他一看見奧利佛，突然就笑不出來了。

我的大腦開始回顧稍早的事，因為我感覺到這裡有些事正在發生。奧利佛、房地產開發、與法蘭西絲姑婆共進早餐，以及平面圖。「你剛才提到了農場對嗎？」我問道，試著要舒緩突如其來的緊張氣氛。

「沒錯，福伊爾農場。」阿奇指著房子側邊一個被磚牆圍住的花園。「在規則式庭園[8]之外，大約半英里之外就是我的田地、我的農舍，以及各式各樣的東西。也就是說，在格雷夫史當莊園併吞這裡之前，這裡曾經是福伊爾農場。但我的孫女告訴我，當她銷售的起士、果醬以及其他一切產品的標籤都標記了莊園的名字之後，她的生意有了很大的進展。她在鎮上經營一家叫克倫布威爾的熟食店。」

我們的對話被輪胎在礫石上打滑的聲音打斷了，因為艾娃．格雷夫史當開車過彎的速度如此之快。她無視我們，把車停在最靠近房子的地方，高登先生那輛樸素的雷諾汽車緩慢地停在她後方。他正行駛於她疾速揚起的一陣灰白塵雲之中，如果一輛車會咳嗽的話，我想那輛可憐的雷諾肯定會咳嗽不止。

「阿奇，」奧利佛緩慢地說，「你覺得你能讓我們進屋嗎？」

「我不能。」他實事求是地說。「我沒鑰匙。」

我們看著艾娃和高登先生重複我們稍早進行過的流程——按門鈴、敲門、再按一次門鈴。時間

8　formal garden，又譯為「正式庭園」，具有明確結構及對稱布局的傳統風格歐式花園，常見於大型歐洲宮殿。

一分一秒地過去，卻無人前來應門。

「我們應該擔心嗎？」我問道。「法蘭西絲是那種安排好會面，然後就忘記的女人嗎？」

「也許她正在講電話。」奧利佛說。

「或者是洗手間。」我敢打賭這件事。奧利佛惱怒地看了我一眼，但我聳了聳肩。「這是一個沒來應門的正當理由。」

又過了五分鐘後，艾娃顯然開始不耐煩了。我看向遠遠的阿奇，他正帶著一臉擔憂的神情看著我。

「不過呢，華特好像有鑰匙。」阿奇說道，語氣充滿了好奇。

我們轉身便看到高登先生打開了門，於是我和奧利佛趕緊追上其他人。當我們匆忙穿過車道、進入昏暗的走廊時，我向阿奇點了點頭，又揮了揮手，他全程專注地看著我們。等到沉重的大門關上，他才轉開執意凝視著我們的視線。

走過明亮的白色礫石車道後，屋子內部感覺特別昏暗，我們的腳步聲在鋪有瓷磚的入口通道迴響著。一切都散發著家具上光劑以及舊地毯的味道。

「法蘭西絲？」高登先生大聲喊道，但他的聲音聽起來相當疲倦，而且也傳得不遠。

「法蘭西絲，是我，艾娃。」艾娃起伏的腔調聽起來鋒利尖銳，將聲音傳向較遠的地方。那聲音迴盪至走廊盡頭，讓我感到煩躁不悅。我打了個寒顫，跟著高登先生穿過一道門，進入一個空間巨大的長方形房間。看得出這是舊有的古老建築，因為空間前後兩側各有一座堅實的石砌壁爐，地板上鋪有老舊的石板，而非木頭或地磚。上頭有拱形天花板以及深色橫梁，裡頭擺有光亮的長桌與高背椅，讓人覺得身處古代的宴會大廳。我想像著吟遊詩人在此進行表演，而優雅的人們享用著雉雞料理與餡餅，但這裡也有令我顫抖不止的陰鬱氛圍。看來，法蘭西絲姑婆似乎也一樣感覺到了，因為高聳的窗戶四周皆懸掛著裝飾的花朵，壁爐四周擺放了成套的扶手椅，讓這裡感覺更舒適溫馨。天花板上懸掛著一盞巨大的水晶吊燈，數百顆水晶閃閃發光，指向下方之處有如匕首。

大廳四周點綴著花藝擺設，約莫有七組鮮花排成一整排，看起來有點奇怪，直到我注意到上頭的標籤：**準備送去教堂**。長桌中央有一組引人注目的鮮花裝飾，至少有四英尺高。「這真的太美了，」我說，「法蘭西絲姑婆要出租房子當婚禮會場之類的嗎？」

「不，」高登先生漫不經心地說，「法蘭西絲最大的興趣是花藝。她是一位狂熱的業餘花藝師，她要阿奇每天早上從花園裡把一些鮮花拿進屋內。不過，這些花**的確**有可能用在婚禮上，因為教堂裡所有花藝都由法蘭西絲一手包辦。」

「哇。」我說，因為這確實很了不起。

我們穿越這個空間盡頭的另一扇門，進入了比我想像中更為舒適的一個圖書館，牆面陳列著許多深色皮革的精裝套書。巨大的方形窗戶讓進了一大片明亮陽光，映照著懸掛在外的紫藤，為房間增添了一絲綠意。

當我跟隨著大家一同進入時，空氣中瀰漫著一種不尋常的緊繃感。我發現高登先生皺著眉頭看著房間中央，一張巨大的木桌上擺放著一束凌亂的玫瑰花。相較於四處整齊擺放的花瓶，那束花看起來格格不入。所有人都不自覺地放輕步伐，踩踏於綠色圖騰的地毯上也沒發出任何聲響。

「法蘭西絲？」高登先生再次呼喊著。房間裡的一片寂靜令人窒息。

我們接著便看到了，所有人的目光不約而同地聚焦在同一個地方——地板上的那一隻手，從桌子後方探了出來。那隻手蒼白無色，只見從掌心流向地毯上的一條血痕。

第六章

諾爾城堡鎮檔案，一九六六年九月二十一日

我們第一次造訪的夜晚時值三月，很早就天黑了，接連好幾個月，我們都感到極度無聊到了無生趣。但艾蜜莉早已勘察過這個地方，並在花園裡破敗不堪的區域中找到了一處完美地點，我們可以在此喝酒、抽菸，找些樂子。因此，當然了，她會得意洋洋地帶領我們繞過荊棘叢，爬越可穿過圍欄的地方。

我和約翰交握著的手相當溫暖，在月光下他不斷注視著我。在顏色單調的光線中，他的沙色頭髮和雀斑褪色變淡，襯托出他英俊的側臉輪廓。華特．高登走在前頭，一手拿著已開瓶的啤酒，另一隻手則不時摟住艾蜜莉的腰際。他在一隻耳朵後方藏了兩根大麻菸，以隨意且自信的姿態邁開步伐。艾蜜莉時不時傾身在他耳邊低聲說話，她的聲音低沉且急切。以我對艾蜜莉的瞭解，有可能是一些不得體的話語。

蘿絲走在隊伍後方，她在第一個晚上格外安靜。一整個冬天，她交了不少男友，但她卻老是因為一些理由拋棄他們。阿奇．福伊爾的嘴裡有股味道，個性也太魯莽了。此外，他住在寄養家庭，有可能招致一些危險，不過華特喜歡他，因為他是他主要的大麻供應商。接著還有泰迪・克萊恩（Teddy Crane），蘿絲說他的青春痘問題太嚴重了。

「你知道格雷夫史當太太是怎麼死的嗎？」艾蜜莉問道，用她一貫特別浮誇的才能。「天啊，那是什麼名字呀。」她的笑聲有如銀鈴般。「這個家族不斷遭遇厄運。」小艾的聲音變得低沉沙啞，她這不是準備要說個可怕的故事，就是要說些粗鄙的笑話。

她放下她那頭長髮，以一把珍珠裝飾髮梳固定在頭頂上。我感到惱火，因為那不但是**我的**珍珠髮梳，還是我的招牌髮型。從一月開始，不，在更早之前，她就一直刻意做一些模仿我的事。起初，她的模仿同時伴隨著一些讚美，「我就是太愛你那幾件棉裙了！我可以向你借一件嗎？」或是「我現在會擦薰衣草的護手霜，就是因為那會讓我想起你。」她總是帶著迷人的微笑說著這些話。但我認識艾蜜莉一輩子了，她的笑容向來不是如此單純。她的一切舉止都有背後的意義。

「是哪一位格雷夫史當夫人呀？」蘿絲問道。「好幾年前，他們家族大部分成員不都死於一場車禍了嗎？」

「只有幾個人而已。」艾蜜莉甩了甩自己的手，彷彿三條人命毫無意義似的。三年前，格雷夫史當勳爵的長子駕駛著跑車，乘客是他的父親以及妻子。行經莊園附近一個髮夾彎時，由於轉彎速度過快而翻車，車內三人當場死亡。關於他為什麼在彎道處高速行駛的謠言比比皆是，包括了酗酒、激烈的爭吵等等，四處流傳著各種理論。最受人們津津樂道，也最為悲慘的一個解釋，是格雷夫史當家族兄弟的大哥故意翻車肇事，因為他的妻子和他父親外遇。

「或許沒人知道真相為何，但格雷夫史當兄弟之中最小的盧瑟福（Rutherford）在年紀輕輕的二十歲時，不僅突然成了格雷夫史當家族貴族頭銜的繼承人、獲得了土地，還成了當時七歲侄子薩克森的監護人……所以盧瑟福做了他認為自己該做的事。他結婚了，而且很快就結婚了，只是這段婚姻沒有維繫很久。

「如果你要說的是目前這位格雷夫史當夫人的話，」蘿絲說，「她沒有死。」蘿絲呼出一口氣，像冰冷空氣中的一朵雲般。「她離開了。如今越來越常發生這種事了；已是附近流傳許久的老掉牙故事了。她遇見一個她更喜歡的傢伙，故事就此結束。」

「喔，事情還不止這樣呢。」艾審莉說。「我之前來這裡時找到了一項證據。你們想要看嗎？」

「我想看。」約翰說。他刻意以一種調皮的方式輕捏著我的手，走路時我靠得離他更近一些。他身上有鬍後水與薄荷的味道，這代表他打算要在當天晚上跟我親近。我也輕捏他一下作為回應，在黑暗中微笑著。他扶著我跨過一棵倒下的樹木，在前方的華特用手推開眼前擺盪的樹枝，好讓艾審莉方便通過。他正好在這時機點鬆開了手，樹枝便接著打在蘿絲臉上。

「華特！」我尖叫出聲，但他們已遠遠地走在前頭了。我停下腳步幫蘿絲挑出她衣領的松針，約翰上前幫我們兩人推開樹枝。

「那個混蛋。」她一邊咕噥著，一邊輕輕撫平自己的頭髮。平常的話，蘿絲會對著華特大喊大叫，但今晚她似乎過於疲累。我為她感到難過；我想，我和艾審莉搶先一步找到諾爾城堡鎮少有的有趣男孩了。約翰傾身親吻我耳下的位置，我很高興在陰影之中看不到蘿絲的臉。但即使在黑暗之中，我仍感覺得到她的目光持續注視著我們。

我們再次趕上了艾審莉和華特的腳步，我決定要好好闢切艾審莉的鬼故事，如此一來，他們或許就不會再找蘿絲麻煩了。

「整個鎮的人都知道近期這位格雷夫史當太太，盧瑟福的妻子，離開她丈夫了。」我說。「你有什麼證據可以證明她並未離開呢？」

約翰很有興趣扮演偵探。「整個鎮的人**都**知道，」他說，「但沒有人從盧瑟福口中聽聞這件事。他從來不參與諾爾城堡鎮的社交活動，他就是那種住在鄉間別墅，卻只去倫敦參加派對的有錢人。」

「你說得對。」蘿絲輕聲說道。「他還擁有一棟豪華的房子，就在切爾西一條住了上流階級人士的街道上。」

艾審莉轉向蘿絲。「你怎麼會知道這件事？」

「阿奇．福伊爾告訴我的。」蘿絲說道，她挺直了肩膀，像是要挑釁艾審莉是否敢質疑這一點。一旁看著太有趣了，就像觀看一場網球比賽。「他曾經住在格雷夫史當莊園中，一棟農場住宅裡。」

「啊，我都忘了呢。」艾審莉露齒而笑。「蘿絲的壞男孩阿奇知道所有八卦。那麼，他有沒有告訴你那位太太發生什麼事了？」

「只說她離開了。」蘿絲清楚說道。

「喔，她是離開了沒錯……」艾審莉停頓了一下以創造戲劇性的效果。「她是離開了這個塵世。」一聽見她的蹩腳笑話，華特就咯咯地笑起來，並選擇在這個時刻環抱住她。當他親吻她的脖子時，她發出一聲輕微的呻吟，然後伸手去拿他的啤酒，並喝了兩口。在我們後方的蘿絲點了一根香菸，打火機一閃，瞬間閃現橙色的光芒。

「她被刺殺了。」艾審莉以嚴肅的口吻說出這句話，讓我們停下了動作，仔細關注著她。「以一把手柄上鑲有紅寶石的古董匕首刺殺，我看過那把匕首，它被埋在地底。接著，他將她的屍體扔進了丁伯河。」

「小艾，這說法太誇張了。」我搖頭說道。樹林左側傳來樹枝突然斷裂的聲響，我緊張地笑了一聲。

約翰從蘿絲手中接過一支香菸，當她的打火機再次點燃出火光時，我發聲尖叫了起來。點燃打火機時，瞬間的光芒照亮黑暗中的一張臉龐。那是一張小孩的臉，一個目光堅定的男孩，他正注視著我們。約翰第二次點燃打火機，小小的火焰閃爍跳動時，那張小臉就此消失。

華特擔憂地轉圈張望，尋找那個男孩。蘿絲走近抓住我的手臂，顯然也很驚慌失措。然而，艾審莉的反應很不尋常，約翰的反應也是。那時我早就應該要發現了，但腎上腺素在我的體內湧動，直到後來，我開始回首過往時，才將那些線索一一拼湊起來。當時，我早該知道了。

艾審莉的神情毫不驚訝，約翰的臉上充滿了憤怒。

「你這個小變態，你在哪裡？」艾審莉大聲喊道。「出來，給我出來，不管你在哪裡都給我出來！」

約翰放下我的手，走向剛才我們看見那張臉凝視著我們的地方。他整個鑽進樹林，更多樹枝斷裂的聲響打破了一片黑暗。

「哎呀，嘿，放開我啦！」一個聲音尖聲尖氣地說。約翰從樹林中出現，拖著一個年紀不到十歲的男孩。約翰粗暴地緊抓著他的手臂，這很不尋常，因為我現在突然想通了，我完全知道那男孩的身分了，我們現在都知道了。你**不應該**拖著薩克森．格雷夫史當到處走，把他當成一隻流浪貓。對他叔叔的情況，村莊裡的人可能知之甚少，但大家都知道他的家族不僅富裕，還有貴族頭銜。這些都是強而有力的特權，不論你以前是否曾見過這種人。

「約翰，」我說，「你在做什麼？放開他。」

這時薩克森注意到我，用打量的眼神看著我。他的目光在約翰和艾蜜莉之間來回掃視，蒼白的臉扭曲著，帶著像是期待的表情。約翰將他放開，走回我身旁，基於保護而伸出手臂環抱著我的肩頭。

薩克森拍了拍約翰剛才緊抓的手臂，像是要擦掉頑劣的污漬。

「他是可怕的小偷窺狂。」艾蜜莉不滿地發出噓聲，刻意要讓薩克森聽見。

薩克森嗤之以鼻，但他的臉上卻露出了笑容。「我就住在這裡，我想做什麼就做什麼，擅自闖入的人是你們。我應該告訴我叔叔這件事吧？」他向我和約翰靠近了幾步。「我想我應該這麼做才對，我知道你們的名字。」他盯著艾蜜莉看，接著又一一地看向我們其他人。「我知道你們所有人的名字。」

「你才不知道。」蘿絲反駁他的說法。

薩克森的腳步繞過約翰，直到他站在我身旁才止步。我試著打量他到底是怎樣的人，但我很難看透。他的行為舉止相當古怪，看起來就像是被困在十歲男孩身體裡的老人。

「我才不怕你，薩克森。」我平靜地說。「我不在乎你是否要告訴你叔叔我們偷偷溜進來你們家族的土地。這是我們的選擇，跟你一點也沒有關係。」

「這句話，」一個聲音柔和的男中音說道，「聽起來真是令人耳目一新。」盧瑟福・格雷夫史當從樹林深處走了出來，彷彿是在幕後等待合適時機上場的演員。

第七章

高登先生瘋狂地衝到桌子旁，跪在法蘭西絲姑婆面前，但我們其他人都遠遠站在後頭。她像是一個木偶般癱倒於地，睜大的雙眼像是凝視著遠處。我深深地吸了一口空氣，試著壓抑逐漸蔓延全身的恐慌。我可以感受到其他人的騷動，但我的視野邊緣開始變得模糊，像是這空間裡的一切都失去焦點，除了我面前那個毫無生氣的肉體。

除了她手上的血跡。我注意到她的雙手上都有血，她看起來似乎沒有受傷，但她的手卻滿目瘡痍。手上沒有割傷，而滿是**刺穿的**傷口，她的手掌上布滿了出血的小洞，有如不祥的災星。

我的呼吸變得急促，於是我試著放慢呼吸。我轉移自己放在法蘭西絲身上的目光，看向她身旁地面上的一團混亂。她手邊放著幾朵長莖白玫瑰。她摔落地面時，手裡肯定緊緊握住這些花朵。我想像著是多麼可怕的一陣刺激，能讓一個人用力緊握帶刺的長莖而刺穿自己的雙手，我感覺到喉嚨發緊。

「見到血，我反應一向不太好。所謂的**不好**，是指我看到了血、針頭、任何一種外傷，甚至是醫院以及手術室內的整體氛圍，都往往會讓我感到暈眩。

然而，這絕對不是什麼輕傷。我感覺自己開始往靠窗的座椅退，噁心及頭暈同時突擊我了。

「我的天啊。」艾娃喘息著。「真的有人這樣做了，**真的**有人謀殺她了。這麼多年過去了，對於她自己的預言，她說的都是對的。」她發出了一聲大笑，然後又驚恐地掩住了嘴。我注意到她的雙眼濕潤了，而她的雙手些微地顫抖著。

高登先生彎下腰，小心翼翼地試著摸法蘭西絲的脈搏，並搖晃她的肩膀，但面對不可挽回的事情，這一切都只是無效的嘗試。因為很明顯，現在任何人做什麼都無法幫助我的姑婆了。

我感覺脖子開始流下溫熱的汗水，我坐在靠窗的椅子上，伸手要去拉拉桿來打開我身後的窗戶。空氣，我需要空氣。

艾娃鎮定了下來，開始冷靜地撥打自己手機上的一組號碼。奧利佛轉過身去，將雙手放在臀上同時踱步著。他深深地呼吸，沉浸在自己的思緒中，如果我呼喚他的話，我想他也不會聽見我的聲音。

高登先生一抬頭，就直盯著我看，他像個小孩一樣睜大雙眼。

「我……」他說，接著又停了下來。

「她死了，對吧？」我說，吐出了沙啞的聲音。

艾娃在我面前傾斜地站著，我趁機閉上雙眼深呼吸幾次。她對高登先生說話，好像他是這空間裡唯一的人。「我已經叫了救護車，他們大約十五分鐘會到達。」

「你報警了嗎？」我問道，仍然試著控制自己的呼吸。我感覺到自己的手心開始冒汗，接著又想到法蘭西絲姑婆手掌上的那些血點——在自己如此慌張的時候，我該怎麼辦？細數一下四周有哪些東西是藍色的？還是我能嗅聞到五樣東西的氣味？我不想這麼做，因為我想到的只有聞起來像銅臭的血腥味。這太荒謬了，因為我現在只聞得到玫瑰的氣味，並混雜了房間裡其他花束的細微香氣。我專注在那些事情上，如此一來我就不必盯著地板上的屍體看了。

「不，我只有打電話呼叫急救護理人員。」艾娃說。她聲音中的顫抖消失了，但她的語調之中卻有一絲我無法解讀的緊張感。

「為什麼？」我哽咽地說。我仍然看著那些花朵，試圖讓自己沉靜下來，這帶來了一些幫助。我發現，黃色和橙色的洋牡丹，與乳白色和桃色玫瑰交融在一起。我深吸了一口氣，轉身面對艾娃。「剛才說她被謀殺的人不就是你嗎？」

艾娃用一種憐憫的神情看著我，好像我只是個小孩。「那只是一種過度反應，我太震驚了。不過，再看看她的樣子，她顯然是心臟病發作或是中風之類的。她會流血只是因為她在倒地之前痙攣發作，才用力地將那些玫瑰握緊在手中。」

「這些想必是由警方來認定的事吧。」我瞇起雙眼說道。如果我將這件事寫成了一本小說，艾娃選擇不報警的決定，顯然就會被判定為一種可疑的行為。

「我不知道你們其他人是怎麼想的，」她說，好像我剛才不曾開口說話一樣，「但我不想一直待在屍體旁邊。」她針對性地看了高登先生一眼。「如果你需要找我的話，我就在隔壁的房間。」她走向圖書館角落裡的一扇小門，它巧妙地隱藏在通往上一層畫廊的鐵製樓梯後方，我之前未曾注意到。

奧利佛抬起頭來，一言不發地跟隨著她走過那扇門。我回頭看看高登先生，不知道該怎麼做才對。「我們應該……留在這裡陪她嗎？」我提問道。我仍感到頭暈目眩，這讓我的聲音有如蝴蝶般飄忽。

高登先生起身，將雙手撐在膝蓋上使力，因為蹲了很久而特別費力。他悲傷地搖搖頭。「我認為沒有必要了；我們幫不了法蘭西絲。如果可以的話，我不想讓艾娃離開我的視線範圍。」

我開口想要問他這麼說的理由，但我還沒來得及開口，他就轉身走進那扇門了。我就是忍不住，又再次回頭看躺在地板上的法蘭西絲姑婆，玫瑰到處四散在她的身旁。有一半的花卉仍鬆軟地散落在桌面，另一半則插在桌子中央的花瓶之中。

最後，我轉身背對著她，因為艾娃那句說得有道理，我也不喜歡和屍體共處一室。我站了起來，快步穿過圖書館角落那扇不起眼的小門。結果，這扇門會通往另一個空間，讓法蘭西絲姑婆能全心投入於執念之中，預測發生在她自己身上的謀殺案。

小房間裡的空氣混濁且不流通，讓人感覺陰森森的，彷彿它早已聚合其中涵蓋的所有事物，容納了法蘭西絲多年來收集的每個理論與偏執。這裡沒有窗戶，但有人打開了燈光來點亮一片昏暗。微弱的螢光燈泡一邊閃爍、一邊嗡嗡作響，所以當我看見幾個燭臺以及一盒長火柴時，我劃開其中一根火柴點燃燭芯。但是，有了燭光似乎只讓氛圍變得更糟糕，感覺整個空間都充滿了哀傷。

最後，當我仔細地看著遠處的牆面時，這種感覺只是更加強烈。

我低聲吹了下口哨，因為法蘭西絲姑婆甚至設置了她自己的謀殺調查關係圖。範圍從地板一路延伸至天花板，中心處有她的名字和照片。許多彩色細繩延伸拉向各處，不論是釘在牆面上的舊照片，或是便利貼、筆記本紙頁以及新聞剪報等，幾乎填滿了其中所有的空間。

「好吧，這有點太過頭了。」艾娃一邊嘀咕著，一邊看著謀殺調查關係圖。她那張原先看不出年紀的臉龐突然充滿了蔑視，接著從牆上猛然取下一張便利貼。她瀏覽了一下，接著便一邊嘲笑，一邊將那張紙揉成一團。

我真的很討厭這種事。我將掌心壓在眼皮上，直到壓力讓我眼前看見星芒為止。

我熱愛謀殺懸疑小說。但是在發現了姑婆的屍體之後，身處這個空間並面對她對自己謀殺案的執念……我強烈地感覺到，這不僅僅是一個故事，而謀殺案本身也不只是一個謎題。這是一種自私、不可改變且錯綜複雜的行動。

「安妮，妳還好嗎？」奧利佛拉了拉我的手肘，將我從自己深陷的螺旋之中拉了出來。高登先生看了我一眼，然後繼續研究調查關係圖。

「還可以。」我說，但我的聲音顫抖不止。「我現在真的不想待在這個空間裡，但我也不想待在那裡，我們有其他地方可以去嗎？」

「我們應該要待在一起才對。」高登先生說。「我們可以去廚房，那樣應該會比較好……」

「我要留在這裡。」艾娃說著，又從牆上抽走了一張便利貼。「這裡寫了各種謊言，我要釐清這件事。」

「不要碰！」我說，我的話語如此有力。如今我的腦袋清醒了一點，我對艾娃破壞調查關係圖一事感到不滿。我看了看地面，看看艾娃是否將揉成一團的便利貼扔在地上，但地上完全沒有東西。我清了清嗓子，瞇起雙眼看著她。「萬一她真的被謀殺呢？而牆面上那些東西就是證據該怎麼辦？」我問道。

艾娃猶豫了一下，卻還是從牆面撕下了另一張紙。

「這件事不如這麼看吧，艾娃，」奧利佛平靜地說，「妳一旦弄亂了法蘭西絲的這些筆記，就會讓你看起來有罪。」

艾娃將手臂交叉於胸前，用一種挑釁的眼神看著我們。「好吧，」她說，「但我還是要留在這裡。這裡也有一些關於你們的事情。」她說，意有所指地看了高登先生一眼。

高登先生的表情看起來很感興趣，而非擔憂，他更仔細地看了看調查關係圖。奧利佛指著另一個牆面，牆上掛有更多照片及細繩，排列的規模較小些。「這是青少年時期的你，」他對高登先生說道，「不論如何，我都認得出這張照片。」

我緩緩走向奧利佛站駐足之處，花了一點時間細看房間內其他地方。每個書架上都塞滿了書籍，看起來都是法蘭西絲姑婆個人收藏的謀殺主題特選藏書。植物百科全書與化學教科書相鄰，真實犯罪故事的藏書也比比皆是。心理學、謎題、毒藥以及武器類書籍則不按照邏輯順序排列，這令我感到不解。

一盞蒂芬妮風格玻璃落地燈下方有一把破舊的皮革扶手椅，但椅子並不是面對書籍，而是面對一張較小的拼貼表格，上頭有彩色細繩、照片、剪報、手寫筆記，以及警方的調查報告。其中一張舊照片上有個女孩，髮色有如被漂白後的稻草，這張照片位於這井然有序的一片混亂之中，她的名字被仔細地寫在下方的一張紙張上。

艾蜜莉・史派羅，最後一次露面是一九六六年八月二十一日。

又是另一張謀殺調查關係圖。

奧利佛從牆面上拿起他提及的那張照片遞給我。照片下方寫著**華特・高登，一九六五年十月**。照片中的他較為削瘦，也較有笑容，有一頭棕色長髮，看起來有些神似披頭四的一位成員，而且穿著一件看起來很不對勁的緊身高領毛衣。我的臉上浮現了一絲微笑。

高登先生走向我們來細看這張照片，但他只是速速看了一眼。他低頭看了看手錶，好像他能用手錶追蹤救護車的位置一樣，但顯然只是想看看牆面以外的其他地方。

艾娃現在正一個一個拉開文件櫃的抽屜，卻發現抽屜都上鎖了。我內心燃起了一絲滿足的火花：我很高興艾娃無法窺探法蘭西絲姑婆更深一層的祕密。

「艾蜜莉・史派羅是誰？」我問高登先生。

高登先生沉默了一會，艾娃則正環顧四周，臉上露出厭惡的表情。奧利佛試著表現出感興趣的樣子，但他一直在檢查自己的手機。

「她是法蘭西絲的朋友。」他輕咳一聲，然後繼續說。「也是我的朋友，她在我們十七歲的時候失蹤了。」

艾蜜莉的照片下還有另一張照片，折角處已老舊並捲了邊。三個女孩挽著彼此的手站著，我認出左邊的金髮女孩是艾蜜莉。艾蜜莉有修長的骨架及金髮，與她身旁年輕的法蘭西絲形成了鮮明的對比。她的面貌出眾，一頭蓬鬆的秀髮有著秋葉般溫暖的髮色，波浪狀地垂至腰間，一把閃閃發光的髮梳將她臉側的秀髮固定至後方。她臉上布滿了淺色的雀斑，高高的顴骨顯得特別高雅。多數的青少年都長滿了粉刺、動作笨拙，但命運卻眷顧著這三個女孩。從這張照片之中，我看得出來她們是學校的風雲人物，走到哪裡都會引人注目。

有一個我不認識的人挽著法蘭西絲另一側的手臂，她是一個五官輪廓分明、留著深色鮑伯頭的女孩。她的完美穿著讓我想起了一九六〇年代的祕書，而不是一個青少年，儘管她看起來和另外兩人同年。照片上的題詞寫著：**艾蜜莉．史派羅、法蘭西絲．亞當斯、蘿絲．福雷斯特（Rose Forrester），一九六五年。**

在那段題詞下方，正是寫滿了一整個牆面的相同筆跡。

> 你的未來將有一堆枯骨。當你以一隻手的掌心握住女王時，你的緩慢死亡就恰好開始了。小心那隻鳥，因為牠會背叛你。在那之後，就再也無法回頭了。但女兒是伸張正義的關鍵，找到恰好的那一個女兒且讓她親近左右。所有的跡象終將指向你的謀殺之謎。

「是那句著名的預言。」我說。「我真想知道，她為什麼如此確信這是真的？」

我舉起手指撫摸牆面上寫的字，此刻我才注意到有些句子旁邊的手寫痕跡。「她將這些事情一一打勾，」我說，「就像勾選一份清單。」

奧利佛將雙臂交叉於胸前並看著牆面。「也許這些是她認為早已成真的事。」

「她在此打了勾，**當你以一隻手的掌心握住女王時，你的緩慢死亡就恰好開始了**，以及**小心那隻鳥，因為牠會背叛你**。關於女兒及謀殺的這兩句卻留下了問號。但在這裡——**你的未來將有一堆枯骨**，這一句也被她打勾了，而且看起來是最近的事；她用粗體簽字筆打勾是最近的事，因為其他字跡都已褪色了。看來，她深信這一切終將成真，只不過這句是最近發生的事。這句話之中的枯骨意指的是什麼事？」

我的大腦開始逐步折解那則預言。什麼樣的女王能以手掌捧在手心呢？我立刻想到了，是一枚硬幣——每一枚硬幣上都刻有女王的頭像。但是，這似乎太司空見慣了。

我又想到，圖書館裡擺有一個棋盤，但如果法蘭西絲姑婆對那則預言如此迷信的話，她又怎麼會擁有一個棋盤呢？如果是我，我會希望所有大小可以一手掌握的皇后，[9]棋子都遠離我身旁。

小心那隻鳥，因為牠會背叛你。我的目光落在照片旁的題詞。艾蜜莉的姓氏是意指「麻雀」的史派羅。我想知道究竟發生了什麼樣的背叛，但如今也問不了法蘭西絲姑婆，我永遠都不會知道了。我看著高登先生，他正站在較小的調查關係圖旁。他小心翼翼地伸出一根手指，觸摸著艾蜜莉的照片。

我也許無法問法蘭西絲姑婆發生了什麼背叛事件，但我在想高登先生有可能知情。然而，它的細節可能並不重要了。就我的角度來看，最重要的是她目睹了那則預言中的事件成真，而最近期發生的一句是**你的未來將有一堆枯骨**。

而且，她要不就是自然死亡，要不就是被謀殺身亡。

我的思緒被一聲模糊的「你好」打斷了，是從屋內他處傳來的回音，而艾娃喊道：「在這裡！」我們很不情願地拖著腳步走回圖書館，這時正好有兩位護理人員進門。其中一位是看起來六十多歲的女人，深紫色的頭髮長出了金色的髮根，另一位是和媽媽年紀相仿的高大男人。不過，他實際上或許更年輕一些，可能接近五十歲吧？他身材削瘦，有一頭深色捲髮，完全沒有灰白的跡象，但臉上卻因為長時間在外奔走，而留下了飽經風霜的痕跡。

「瑪格達（Magda）、喬（Joe），謝謝你們前來。要請你們看看法蘭西絲。」高登先生一邊說著，一邊帶他們去她倒下的地方。

第二次看見法蘭西絲姑婆的屍體讓我開始暈眩，感覺腳下的地面不斷搖晃。我確知，如果我再不離開此處的話就要暈倒了。

名為喬的急救護理人員摸了摸她身上幾處脈搏。「是的，她恐怕已經死亡了。」他溫和地說。

「你打電話給我們時也有報警嗎？」

---

9 西洋棋中的三十二枚棋子中包括了「皇后」（Queen），可以橫、直、斜走任意步數，是棋盤上最具權勢的一角。

高登先生皺起了眉頭，搖了搖頭。「電話是艾娃打的，我們都不明白她為何只打電話叫救護車，但那時你們已經在路上了。在一片混亂的情況下，她的看法聽起來是正確的——除了法蘭西絲的雙手看來被玫瑰刺傷了之外，沒有任何謀殺的跡象。我們做錯了嗎？」高登先生看起來很震驚。

「應該要叫警察來嗎？」

「既然我確認她已經死亡了，我們就必須報警，」喬說，「這是正式程序。但就我看來，這似乎像是自然死因。當然，進行屍體解剖就能確定了，我相信薩克森很快就能完成這件事。」

我使勁地吞了一口口水。薩克森？法蘭西絲的姪子是驗屍官？我依稀記得艾娃稍早時提到他在忙著屍體解剖的事。我的手開始感覺到麻木，我得呼吸一點空氣。

我伸手要扶住後方的窗框時，喬注意到我的不適，他緊抓我的手肘扶著我走出門外。我在大門前的石階坐下，將頭垂放於雙膝之間，平穩且緩慢地呼吸。這需要一些時間，但這陣暈眩終將消散。

「如果你需要的話，我可以拿一些水給你喝。」他說。他坐在我身旁，雙手放在膝蓋上，看著窗外一片鮮綠色的草地。阿奇·福伊爾沒有在此修剪樹籬，已不見蹤影。

「我現在沒事了。」我說。「不過還是很謝謝你。」

「你就待在這裡吧。如果你感覺好多了，我就回去協助瑪格達了。」

我點了點頭，他進門去。

大約十五分鐘後，有兩名身穿制服的警察到達現場，但他們進進出出的速度相當快速，而我坐在格雷夫史當莊園的前門臺階上，茫然地看著這幅景象。不久之後，奧利佛和高登先生也和我一同坐在臺階上，不過艾娃的態度從容不迫，直到蓋上白布的輪床被推出前門時才走出屋外。我們所有人都移開了目光，唯有艾娃目不轉睛地跟在後頭，像是送葬隊伍準備啟程。

「你確定不是有人殺了她嗎？」當急救護理人員經過我身邊時，我軟弱無力地試著詢問道。

「看起來不像。」喬說。「你們誰知道她的近親是誰嗎？以便我們通知他們。」

「嗯，顯然就是薩克森了。」艾娃說。

高登先生說話之前，紫色頭髮的護理人員瑪格達插話了。「艾娃，是這樣嗎？因為我很確定全村莊的人都知道法蘭西絲選擇侄女羅拉作為繼承人，而且這件事已經定案許多年了。」兩個女人冰冷地凝視著對方，此時高登先生清了清他的嗓子，瑪格達又猛然地抬起頭來看。

「瑪格達，你打電話給羅拉之前，也許她女兒安妮得是第一個告訴她這個消息的人吧？」

「我，嗯……」儘管我沉默的時間沒那麼長，但發出的聲音像是被砂紙刮過般沙啞。

喬站在救護車駕駛座那一側，車門正打開，而他的表情就像是第一次見到我。「妳是羅拉的女兒？」他問道，停頓的時間比我預期的更長。「妳肯定就是了。」他回答了自己的問題。「現在我看著你時，就像是看著羅拉。應該是頭髮的關係吧——你的捲髮根本就揭露了這件事。」他微笑著，卻又帶著些許悲傷。

「我常常聽到有人這麼說。」

「很高興認識你。我是喬·勒羅伊（Joe Leroy）。」他說。他走到我身邊，伸出一隻手，儘管他握手的力道有些虛弱。我握了他的手，思考著我是否應該重複我的名字，儘管他早已知道了。「我好幾年前就認識羅拉了。」他沉默了一會，接著又嚴肅地看了我一眼，說道：「我對你姑婆的事深感遺憾。」他坐進駕駛座，拉下無線電接收器，說了一些我聽不懂的話。

「你受驚嚇了吧，」瑪格達說，「你應該去村莊裡吃點東西，或是好好坐下來休息。村莊裡的飯店會是一個你能好好吃飯、休息的地方，飯店主人是喬的媽媽蘿絲。她或許會想見見你，蘿絲是法蘭西絲的好朋友。」

我想起了那張照片，有三個手牽著手的女孩，是法蘭西絲姑婆、艾蜜莉·史帕羅，以及蘿絲。現在蘿絲是三人小組中唯一倖存的成員。

喬的注意力又回到了我們身上，他的神情看起來有點痛苦。「拜託，」他說，「如果要去飯店的話，請不要告訴我媽媽關於法蘭西絲的事，告知她這件事的人應該是我。」

「沒問題。」我說。

高登先生拿取褲子口袋裡的鑰匙時引起了一陣叮噹聲響。「我得回辦公室了。」他平穩地說。「安妮，你打算在諾爾城堡鎮待上一段時間嗎？」

我深深吸了一口氣，欣賞著我眼前一片廣闊的花園。此時，艾娃早已在車內握著方向盤、啟動了引擎，看起來她已經準備好要去任何地方了，只要能離開這裡。遠處的奧利佛正以手機通話中，考量到我們剛才發生的可怕經歷，他看起來出人意料地欣喜。

「是的。」我最終如此回答，帶著堅定的信念。我有一種無法抗拒的直覺，無論現在有什麼繼承權的問題，這裡都有我必須完成的一些事。我腦海裡想像著法蘭西絲姑婆的謀殺調查關係圖，我發覺自己很想瞭解她究竟是什麼樣的人，又是什麼原因驅使她對預言如此著迷。「我應該會去飯店問問有沒有房間。」

「瑪格達，」喬一邊喊叫，一邊啟動救護車，「我們得出發了。」

「好的。」她說。她跳上副駕駛的座位，對著喬點了點頭。「很高興認識你，安妮，我對法蘭西絲的事深感遺憾。」救護車沿著碎石車道駛離時，車頂上的藍色燈光無聲閃爍著。

奧利佛一邊打電話一邊坐進車裡，甚至懶得問我是否需要搭便車回村子。我的胸口冒出一把無名火，我想知道他究竟在談什麼生意。他這個人肯定有什麼問題，不管是什麼問題，肯定就在電話線的另一端。我和高登先生看著艾娃的車跟在救護車後頭沿著車道開出去，奧利佛尾隨在後頭。

「嗯，你願意載我一程嗎？」

高登先生微笑時，他的眼睛邊緣出現了皺紋。「當然。我先把房子大門鎖上就行了。」

我們倆停下動作，看著有精美雕刻的木門。他翻找著口袋裡的鑰匙，卻什麼也沒有。「稍等我一下，安妮，」他說，「我肯定放在房子裡的某處了。」

「我來幫你找。」我說。我不明白為什麼，但我不想獨自一人在外頭，盯著阿奇．福伊爾的樹籬看。如今，整個莊園感覺處處危機。

我們穿過長長的入口門廊返回，走過充滿回音的石砌工藝飯廳，進入圖書館。空間中央的巨大桌面仍有四散的鮮花，但其他一切擺設井然有序，絕對想不到幾分鐘前地板上還躺著一個死去的女人。

我最後環顧這一切時，高登先生已趕忙走進了小前廳。桌子邊緣擺放著一本皮革封面的綠色小筆記本，打開時，我看見了在小房間牆面所見那些有如蜘蛛網般的相同字跡。我一打開便看見了這句話：「**華特．高登走在前頭，一手拿著已開瓶的啤酒，另一隻手則不時摟著艾蜜莉的腰……**」

這是一本日記。第一頁寫上的日期為**一九六六年九月十日**。我細想了一會，決定將它塞進背包。就名義上來說，如果我是法蘭西絲姑婆的資產受益人，這就不算偷竊了。即使只是一眼瞥見的幾個字，也讓我明白這本日記或許能提供我欠缺的背景資訊。

桌上凌亂的花束又再次吸引了我的注意力。花束之中一半的花朵，應該是法蘭西絲姑婆從附近樹籬摘取組成的。野花和花邊狀的峨參，與長莖白玫瑰擺放在一起，坦白說，擺起來十分難看。靠近窗邊的其他花藝設計，就像會出現在鄉村生活雜誌上的擺設，一切都十分相襯，那色系讓我聯想到映照於松樹旁的夕陽，著實為完美的平衡。

我心不在焉地拿起桌上花束掉落的一片樹葉。有人將原先地板上的長莖白玫瑰放回桌上，疊放在周圍四散的野花上。

花束的配置奇異地令人震驚，無法轉移視線，可能是因為看起來太**不對勁**了。這個花瓶裡甚至有三葉草，以及帶有明亮橙色的野罌粟花，就像閃閃發光的霓虹色氣球。有一半東西軟趴趴地倒落一側，特別是完全沒骨架可言的三葉草，它不僅雜亂叢生，還將其他植物給壓彎了。只有玫瑰以挑釁的姿態直立高挺，它們的尖刺在窗戶照進的陽光下閃閃發光。

我湊近一看，白玫瑰上的尖刺正以凶狠的目光回望著我，我終於明白是哪裡不對勁了。自從我第一眼看見這個花束，這個細節就不斷困擾著我。

我聽見了鑰匙叮噹作響的聲音，這時高登先生正穿過那道小門並走近，但我沒有抬頭。

「這玫瑰有些問題。」我說。

「什麼意思？」他伸出手要拿出一朵玫瑰。

「不要！」我向前傾身，在他觸碰之前先抓住了他的手腕。

「怎麼了？」

「那些玫瑰……有……那是針嗎？」我說，但我聽見的卻不像自己的聲音。「花莖上的尖刺上好像有金屬的東西。每一朵都有。」

高登先生傾身向前，穩定地呼著氣，匆促的空氣中夾雜著咒罵聲。他看著花束，就好像它突然長出了觸手一樣。「我……是的，就像你說的。我不明白怎麼可能會如此，但那些是針沒錯。」他用手梳理著僅存的幾縷頭髮。

我小心翼翼地以指尖拾起一根玫瑰的長莖。當我拿著玫瑰並放在燈光下照射時，我看見每根尖刺裡，都有微小的尖銳金屬片被小心地安插其中，讓兩者於末端處完美地對齊成一直線。我艱難地吞嚥了口水。如今，我們肯定需要一位警探介入了。

第八章

在諾爾城堡鎮警察局裡，警探羅文．克萊恩（Rowan Crane）坐在小辦公室後方的角落，大口喝著咖啡，眼睛直盯著窗外看。高登先生和我說他的名字，並告訴我可以去哪裡找到他，他便急忙回去辦公室了。

時間已是午後，警察局裡彌漫著倦怠的氛圍。除了一個脾氣暴躁的前台服務人員外，這裡就只有那位警探了。由於他還沒有注意到我，我便趕緊趁機打量他。他的衣著休閒輕便，穿了深色牛仔褲及T恤，外面套著並不搭的淺棕色西裝外套。他看起來約莫三十出頭，有一頭亂糟糟的黑髮，若不是因為鬍鬚修剪整齊的話，看起來就會像個放縱不羈的人。這讓他看起來有點粗獷的時尚感，但他給人的整體印象就是個早上只做基本打扮就出門的人。

他轉身並注意到我，我馬上就感受到他打量的眼神。這種眼神只會花上一秒鐘，卻似乎掌握了所有你不想揭露的細節。這位警探有一雙深棕色眼睛，睫毛出奇地濃密，他的目光快速掃視著，焦點從我凌亂金髮挽起的小圓髻，轉移至我手指上的鋼筆墨水污漬，再看見手上抓著的塑膠購物袋，最後鎖定了那些從袋子裡探頭出來並鑲滿細針的玫瑰。

他的目光不帶任何批判，但我覺得在我有機會說出造訪的原因之前，我早已被列為證據之一了。我的手掌開始發癢，心不在焉地用一隻手輕輕在牛仔褲上滑了滑。

「有什麼幫得上忙的嗎？」他問道。他有洪亮的聲音，散發出一種讓我直覺上立刻產生好感的權威氣度。接著，我的防衛心又突然穩固地回來了。每當我遇到這種人（這情況相當少見，因為當今除了經典文學之外，有什麼能靜默地散發出一種居高臨下的氣質呢？），我就會特別謹慎行事。若只因為基因上的偶然，使某人的聲音具有令人卸下心防的效果，這並不代表你應該就此消除疑慮。

「是克萊恩警探嗎？」我問，儘管辦公桌上一塊長方形小匾牌上就寫有他的名字。

「我就是。」當我將購物袋換到另一隻手時，他的目光又轉向我的雙手。

「我叫安妮．亞當斯，我來這裡是因為我的姑婆剛去世了，我發現一些奇怪的東西，我想應該拿給你看看。」

他辦公桌對面的那張椅子似乎自動滑了出來，過了一會我才意識到他用腳將它推向我。「也許你應該從頭開始說起。你的姑婆叫什麼名字？她是什麼時候死亡的？」

我甩開背包，坐在椅子邊上，那是那種坐起來不舒適的塑膠椅。「我們應該是幾個小時前才發現她的吧？」我以問句的方法描述，是因為我的時間感如今以不尋常的狀態運行。「急救護理人員將她帶走了，但也來了幾名警察。」

他看起來若有所思了一會，然後拿起一枝筆，心不在焉地敲著他面前的一疊紙張。「警局沒接到任何電話，」他緩慢地說，「但我想，急救護理人員應該是通報了小丁伯區（Little Dimber）的警察，如果他們正好比較接近該區或是在兩個區域之間的話。」他拔開筆蓋寫下一些文字，但他的表情並未透露太多資訊。

「急救護理人員說她的死因看起來沒有什麼可疑之處，而且……」我停頓了一下，試著讓我的解釋聽起來不像是語無倫次的閒扯，但這招仍然不管用。「我的意思是，法蘭西絲姑婆的年紀也大了。我的姑婆，法蘭西絲．亞當斯。」

當我提到法蘭西絲姑婆的名字時，他的筆從手中滑落。

「喔，天呀。」他說著，身體稍微向後靠。「我深感遺憾。我很喜愛法蘭西絲，儘管她老是打電話來詢問各種小事，她這個人太有意思了。」

「**有意思**只是一種客氣的說法。」靠近大門那位前台服務人員在她的辦公桌上大聲說道。

「好了，莎曼珊。」警探平靜地說。「法蘭西絲才剛去世，而她的侄孫女就在此。請給予他們一些尊重吧。」

莎曼珊坐在那種有滑動滾輪的辦公椅上，她在椅子上轉了一圈，然後向前滑動了幾英尺，卻沒有起身離開椅子。她留著一頭完美的灰色捲髮，但看起來並沒有比法蘭西絲姑婆年輕多少。

「尊重？就像法蘭西絲對我們的尊重嗎？那個女人浪費警方的時間與資源，遠比那些在萬聖節惡作劇的孩子還多呢。」

「莎曼珊。」克萊恩的語氣中帶著警告意味，但莎曼珊顯然是不會在意的那種人。

「還記得有一次，法蘭西絲打電話告訴我們有人拿著槍指著她嗎？結果，原來是她的園丁將一棵樹修剪成了奇怪的形狀，樹木的影子看起來就像是一個拿著步槍的人。只是個**影子**，羅文。那時市中心有一輛汽車被偷了，卻有一半的員警在格雷夫史當莊園對付那個**影子**。」

「莎曼珊——」克萊恩警探皺了皺眉頭，但莎曼珊仍繼續說下去。

「不行，我一定要說！她的親戚們該應該要知道，她的瘋狂執念讓整個村莊付出多大的代價！你想想她是怎麼對待你的，**克萊恩警探**，你應該站在我這邊才對。」

「法蘭西絲姑婆對待警探的態度很惡劣嗎？」我驚訝地眨眼。「你應該想想她有多麼擔心被殺害，她也只是想讓他站在她那一邊而已。」

「她對跟鳥有關的名字都很反感。」莎曼珊厲聲說道。「因此，她對整個克萊恩[10]家族的態度都很惡劣。」

「喔，沒錯。」我咕噥著，想著她那則預言：**小心那隻鳥，因為牠會背叛你**。

克萊恩警探伸出一隻手沿著下頜輕撫，並停頓了一下，似乎想要對莎曼珊說出自己的想法。然而，他只是顯露出一種公事公辦的表情，他轉而背對著她。

莎曼珊聳了聳肩，將椅子一路滑至她的辦公桌前。

「你可以告訴我發生了什麼事，以及在場所有人的名字嗎？當你提及發現她的事時，你說了**我們**。」

我向他描述了我今天早上經歷的具體細節，我發現，我講述這件事時，像是在述說書本上的一

---

10 Crane，泛指鶴科的鳥類，英文意思指「鶴」及「蒼鷺」。

個故事般，讓我覺得較能置身事外。我就像是另外一個人，透過一扇窗戶，看著另一個安妮發現自己的姑婆猝死在她豪華大宅的地板上。

我差點又要開始解釋花束的事，但我直接將塑膠袋裡所有亂七八糟的物件交給警探，我不想再看到那些利針了。當我這麼做的同時，我的手掌抽痛著。有那麼一瞬間，我的思緒直接連上了法蘭西絲姑婆的預言——關於死亡的字詞，而相關的那一句**以一隻手的掌心握住**浮現在我腦海中——當我思緒不停轉動時，這句話如箭般擊中了我。

「喔，**他媽的**。」我小聲且生氣地說。我不記得自己曾碰觸過玫瑰。事實上，我知道我沒有，我真的很小心。

我真的沒碰到嗎？

但是，當我看著我的手時，我看見手掌上以及幾根手指之間形成了幾個小水泡。我一定碰觸過**什麼**。我再次發誓自己沒有，這次態度更為堅定。

克萊恩警探傾身向前，額頭的皺紋顯現他的擔憂。

「這看起來很嚴重。」他低聲地嘀咕道，小聲到像是在自言自語。

我急忙地將所有話一次說出口。「那些玫瑰裡面藏了針！她死亡之際仍緊緊握著，她的雙手都被刺傷了！我來這裡就是為了這個原因！」

克萊恩警探冷靜得令人惱火，他將手伸進抽屜，拿出一隻手術手套，像醫生般啪地一聲立即戴上。當他輕輕握住我的手腕，朝著他的方向傾斜，檢查我的手掌時，我感覺自己活像是大半個犯罪現場，另外一半則像個急診室的病人。他用另一隻手小心翼翼地拿出袋子裡的花束，用他裸露的手將另一隻手套捏在指尖之間。他將那些花擺放在桌上，接著又回頭檢查我的手。

「你有聽見我剛才說的話嗎？」我提高音量，而莎曼珊辦公椅滾輪的吱吱聲讓我想逃離警察局。我覺得她可能會指責我**在公眾場合大吵大鬧**，就像以前我那個瘋狂姑婆一樣。這讓我的決心更加堅定，要讓他們認真看待此事。「我的法蘭西絲姑婆死了，」我喊道，「手裡拿著插滿細針的玫瑰，我不知為何也碰觸到了！為什麼現在還沒有人叫救護車？」

「因為我認出了那束花中的一種植物，**以及**你身上的皮疹。」克萊恩平靜地說。

「是的，我想我們都認得出玫瑰和峨參。」我厲聲說道。

克萊恩警探仔仔細細看著我，仍然用拇指和食指輕輕握住我的手腕。他低下頭，將我的手放在他檯燈的燈光下。

「那不是峨參。」他說，用下巴朝著那些混亂成堆的植物點了點。「這是一種會刺激皮膚的雜草，諾爾城堡鎮每年夏天都會長這種雜草。總之，我會帶你去看醫生，一些抗組織胺乳膏就會好轉。」

「不然那到底是什麼？」我問道。我仍舊無法完全地平靜下來，但他對這一切如此確信無疑，我感覺到自己的肩膀開始放鬆下來。

他再次以打量的眼神看著我。我發現他已注意到我蒼白的臉色，以及當我的掌心向上擱在桌面時，那雙手正輕微顫抖著。「這不重要。」他心不在焉地說。

「這對法蘭西絲姑婆來說重要嗎？」我冷靜地問道。每當有人對我隱瞞事情，好讓我不會驚慌失措時，我都會察覺到。我感到惱怒，但我抱持著這種感受，因為這有助於我明確清楚地思考。

他什麼話都沒說；只是突然關掉了檯燈，從椅子上站了起來。

「法蘭西絲姑婆這一輩子都深信有人要殺害她，然後有人發現她死亡了，而**這些東西**就放在她的桌子上？」這句話從我嘴裡脫口而出；我滿懷沮喪，因為我呈交了花束，上頭布滿針頭及某種刺激皮膚的雜草，交給這位警探後，他卻不能好好地嚴正地看待。「那你要調查一下花束的事嗎？」

克萊恩警探送我走出警察局，當我們走出門外時，他向莎曼珊簡短地點了點頭。

「你們這個家族都是業餘的偵探，對吧？」他咕噥著。「你最後一次和你姑婆對話，是什麼時候？」他問道，不打算回應我的問題。

我不想承認我從未真正和她交談。「我從倫敦來到這裡，是為了參與和法蘭西絲姑婆的會面。在我們到達她家之前不久，華特．高登才和她通了電話——他或許是最後一位與她交談的人。」

克萊恩什麼話也沒說；只是皺著眉並點頭。我盡量不看自己的手掌，但我仍然無法克制，感覺自己有些站不穩。

克萊恩抓住我的肘部，溫柔地領著我沿著諾爾城堡鎮的蜿蜒小巷行走。建築物的沙石外牆被午後的金色光芒映照著，但我只是忙於說話而未能留意。

關於我觸摸了什麼，儘管他沒有提供所有相關資訊，但克萊恩並沒有讓我感到脆弱不安——事實上，恰好相反。他靜靜地聽我宣揚自己的理論，時不時提出一些反對意見。

「我看到法蘭西絲姑婆完成的那些花藝布置了。它們太美了，就像專業的婚禮花藝設計。」

「嗯，她為許多在諾爾城堡鎮舉辦的婚禮設計花藝。還有每星期教會的鮮花布置。」克萊恩說。

「是的。高登先生曾提到這一點。」我說。「我們看到準備好要送去教堂的一排鮮花。但那束玫瑰看起來如此凌亂，就像是從樹籬上摘下的。我想，是有人刻意寄給她的，知道她會拆開那束花。」

「除非她的死亡發生在她正在插花的時候。」他心不在焉地說。「你假設這束花是要**送給**法蘭西絲的。萬一她是**送花的人**呢？是她為別人準備的呢？」

我氣急敗壞地開口。「你真的認為有人會送上這種陰險毒辣的東西去別人的婚禮嗎？甚至還送去**教堂**？」我問道。

「我不知道，也許有人惹她生氣了。法蘭西絲很會記仇的。」他補充道。

我要將這則資訊歸檔以備日後參考；這件事感覺很重要。

「她對教會有什麼不滿嗎？」我問道。

「她確實和教區牧師有過段往事。」克萊恩說。他皺起了眉頭，彷彿自己忍不住開了口，卻發現為時已晚，而他不該吐露此事。

「一段**往事**？是指——」

「你就忘了我說了什麼吧，安妮。我們就快到診所了。」

「你覺得，這段往事最近有造成她的困擾嗎？」

「我剛才就說別再提了，安妮，那已經是很久很久以前的事了。」他的聲音帶著輕微的火氣，

事實上他已向我下達了命令，卻只讓我更想忽略他的警告。

「很久很久以前？就像是……一九六五年這種很久很久以前嗎？在她聽見那則預言的時候嗎？」我腦子裡正狂亂地思考著。「或是一個月前呢？發生了某種和花藝相關的爭執，然後……」我試著想像，法蘭西絲姑婆與教區牧師的爭論，會如何與枯骨扯上關係，並給她一個理由驗證她那一部分的預言，但我腦子裡一片空白。

「就像是一九六五年這種很久很久以前。當時我有一位家人認識法蘭西絲，所以當我有禮地請你不要再提時，我有我自己的道理。」他停了下來，他看我的眼神是如此嚴正，讓我在他面前退縮了一步。「在你生出任何想法之前，我要請你別去打擾那位可憐的牧師，而我敢說你一定會這麼做，你就是這種人。約翰已經經歷太多事了。」

我心想，**太有意思了**。如果我要解開這些花背後的神祕面紗，就得將另外一個新名字加入我的解謎筆記。**約翰**。

我將目光移開，而直到那時，我才注意到我們已到達一道毫不起眼的門前，門片漆成令人愉悅的綠色。它坐落於一排石屋之中，這些房屋看起來相當古老，一定建造於城堡仍完整無缺的時代。克萊恩警探用指節輕敲著門，就連他的敲門聲聽起來也如此專業。大門旁邊有一個說明手術進行中的標示牌，負責執行的是一位艾西．奧烏蘇（Esi Owusu）醫師。

應門的是一位穿著實驗室袍的女人。克萊恩警探帶著一臉歉意地說：「艾西，你有時間看一位沒有預約的病人嗎？」

醫生看起來有點氣惱，但仍給了我一個同情的目光，那是一位醫療專業人員即使在最糟糕的日子也能表現出來的專業。「應該可以。」她招手示意我進去。「星期二是我的文書工作日，我一向不看診的。但我今天太忙了，突然需要進行緊急的屍體解剖之類的。」她尖銳的目光看向克萊恩，他們之間傳遞了一種電流，那是居民之間才有的交流。我感覺自己睜大了雙眼，為什麼一位當地全科醫生需要進行緊急的屍體解剖？這肯定不是指法蘭西絲姑婆吧？這也太快了吧？

「拜託，艾西。」克萊恩說。「我真的不想特地帶她去急診室，可以趕緊處理吧？」我的手現在因疼痛而不斷抖動，皮疹的範圍也在不斷蔓延。

「好吧。」她說。她把門開得更開些，招手要我們進去。「告訴我吧，是什麼問題讓你如此迫切地需要就診？」奧烏蘇醫生的聲音溫柔且平穩。我突然覺得口乾舌燥，醫生手術室內的日光燈讓我頭暈得更厲害，而我手上的疼痛以及不斷攀升的恐慌，像是在嬉戲般彼此呼應。

遠處傳來塑膠袋的沙沙聲，克萊恩小心翼翼地取出花束。奧烏蘇醫生戳了戳它，然後低聲對克萊恩說了些話。

我聽到他洪亮的聲音說出**毒堇**（**hemlock**）[11]這個詞，但我只感到頭暈目眩。我感到頭昏、不對勁，有種怪異的感覺，自己的骨頭似乎就要融化了，這時有一隻手臂將我拉到椅子上坐著。

在一切變成一片黑暗之前，毒堇這詞如回音般不斷在我耳邊迴響。

---

11 毒堇（Poison hemlock）常生長在湖泊和沼澤邊緣的潮濕地帶，誤觸後起初會全身乏力、肌肉萎縮伴有劇痛，其後心跳減慢，可能於二小時內毒發死亡。

第九章

諾爾城堡鎮檔案，一九六六年九月二十一日

「我是可以問問你們在這裡做什麼。」盧瑟福說道，他的目光依序鎖定我們每個人。他看著手裡拿著華特的啤酒的艾蜜莉，接著看著拿著香菸的蘿絲，又看著約翰手臂正搭在我肩上的我，眼神像是能看穿我們所有人。「但我想我早就知道了。」他的嘴角揚起一抹淺笑，像是想到了一個只有他理解的私房笑話。

他比我預期的更年輕些，但根據鎮上的流言，他只有二十三歲。他肩膀寬闊，比我們任何人都高上許多。我無法清楚看見他的雙眼，但他的下顎有一個令人生畏的傷口，我想像著，如果被逼著打場拳賽，他能吃下超級多的拳頭來取得勝利。我想知道他為什麼這年紀就結婚了，但話說回來，他不僅英俊且富有，當人們兼具這兩個條件時，要找結婚對象並非難事。我猜想，他在二十歲時就背負著照顧他姪子的責任與頭銜的重擔。在這種情況下，我也不會想要孤單一人。

艾蜜莉挺直了肩膀，也懶得藏起手中的啤酒，但我知道那不過是她虛假的自信。她的目光意味深長地掃視著我，然後又轉向格雷夫史當勳爵。她直盯著他的雙眼看，我確定我看見她輕輕地搖

頭。我感覺自己像是被公開展示般不自在，彷彿四周流傳著一個笑話，而我就是其中的笑柄。

他的目光在艾審莉身上停留了很長一段時間。「那你又會是誰呢？」他問道。

艾審莉因為吃驚而發出了一些聲音，但接著向前邁開一步並用微笑掩飾。「先生，我是艾審莉，這是華特。這幾位是蘿絲、約翰，以及約翰的女朋友。」她一一指著我們所有人，我感到惱怒，因為我只有「約翰的女朋友」這種頭銜。

「我明白了。所以在這深夜時刻，你們來我的莊園做什麼？」

艾審莉清了清嗓子，這一切突然變成一場完美的表演。「我們很抱歉，但你明白這是怎麼一回事，對吧？村莊裡沒有人明白我們需要的樂趣有多麼無害。」她將目光朝下看了片刻，接著又抬起頭來，直視著格雷夫史當勳爵。她走離華特身邊約兩步的距離，走路時微微歪著頭，好讓頭髮散落於肩上，再將一縷頭髮輕拂至耳後，臉上露出緊張的表情。艾審莉一點也不緊張，但她很擅長假裝自己很緊張，藉此擺脫一切困境。根據我的猜測，可能再過一兩分鐘，我們就會看見她流下虛假的眼淚，聽著她說自己會上教堂的承諾。

他一掌高舉於空中，打斷了她的話語。小艾讓自己的臉皺得更厲害了，但她的觀眾早已沒興趣看下去了。

「只能待在莊園東側的樹林區域及希臘神殿廢墟，不要破壞任何東西。」他說。我看見他上揚的嘴角，我想他和我們之間或許也沒什麼不一樣。近年來，在他承擔了這麼多責任之前，他是否也曾與朋友一起來此開派對狂歡呢？否則，我覺得他沒道理不命令我們立即離開。也許，我們代表了他無法擁有的一段過往。

「遠離規則式庭園及房屋旁的任何一處空地，無論什麼理由，都不准接近那個廢棄的農舍。首先，水車壞了，所以極為危險。我不想再看見丁伯河打撈起屍體了。」他轉過身來，凝視著我好久，我感覺到約翰挺起了他的肩膀。「薩克森喜歡四處流浪。」他嚴厲地看了他的侄子一眼。「所以，如果你再見到他，請將他帶回屋子。你——你叫什麼名字？」

我必須清清嗓子，才能開口小聲說出「法蘭西絲」。

「法蘭西絲。」他重複。他給了我一個溫柔的微笑，我想他應該很感激我稍早沒有怒罵他的侄子，畢竟他那舉止有如惡魔之子。這時我想了起來，當盧瑟福從樹林裡出來前的幾秒鐘，我們還談論著他的妻子時，我的臉頰就紅了，而我這時站立之處有充足的月光照耀，我知道他肯定看見我臉紅耳赤的樣子。

他的臉色變了，笑容也變得傲慢起來，那種笑容來自於確知自己擁有多少力量，也明白如何利用這種力量的人。他對我伸出一根手指，示意我走近一些。我情不自禁地想要靠向約翰。突然之間，這一切都像是個陷阱，但我還是向格雷夫史當勳爵一步步走近。

「法蘭西絲。」他說，這次聲音更輕柔了。「妳喜歡猜謎嗎？」

我大吃一驚，他的問題聽來如此荒謬，我憤慨地小哼了一聲。他是誰呀，是守護著那些傾倒的神柱，想要考驗我的獅身怪物斯芬克斯[12]嗎？如果這裡有廢墟的話，那就和貴族們在花園裡建造的那些希臘神殿一樣——全都虛假不實。這整段互動過程都讓我感覺不太對勁。

當我被一種突如其來的大膽無畏所征服時，我的心跳加速了。

「不，」我說，「我不喜歡猜謎。除了神話之外，那不過是一個藉口，讓人們得以散布自己虛妄的智慧。」

他開口發出一聲大笑，饒有趣味地將頭向後仰。當他再次注視著我時，眼神裡充滿了堅定的認可。

「我喜歡你。」他說。

艾蜜莉在後方嘲笑不屑。也許她很生氣，因為她的戲劇演技還比不上我的反抗讓格雷夫史當勳爵感興趣，或許她只是感到嫉妒，因為我突然成了他的焦點。

沉默了很長一段時間，我意識到自己應該說點什麼。我不知道他是在稱讚我還是只是說出他的想法，但我說：「謝謝您，先生，不，是閣下。謝謝你沒有趕我們走，也沒有生氣。」我急忙補上這句話。

他的笑容更加燦爛了，潔白的牙齒在月光下閃閃發光。「請叫我福特。」他目不轉睛地看著我，卻讓我有點相信艾蜜莉所說關於紅寶石匕首以及丁伯河的故事了。那不過是一個眼神，卻讓我有種被獵殺的感覺。

---

12 斯芬克斯（sphinx），古代希臘神話一種長有翅膀的怪物，擁有獅子的身體，卻有女人的臉孔，牠的惡趣味是出謎語考驗過路的行人，猜不出來就會當場被牠生吞活剝。

艾蜜莉擠進我們兩人之間的空隙，他的目光轉移。「別擔心，福特。」她輕鬆地喊出他的名字，好像他們是多年的朋友。那一夜之後，如果又見到他的話，我仍然會稱呼他為**閣下**。「我知道我們可能看起來有點任性瘋狂，」艾蜜莉繼續說道，輕鬆拋開了她緊張的面具，就如同她不費力就能立即變臉，「但我們真的非常尊敬你。」

他沒有回應她；只是若有所思地點了點頭。「來吧，薩克森。」最後他開口說道。

薩克森經過艾蜜莉身旁時，我聽見他低聲說了些話，他的話語在空氣中嘶嘶作響。「小心點，」他說，「我們就喜歡任性瘋狂的東西。」然後他咧嘴一笑，跟隨他的叔叔穿越那片光禿禿的樹林。

所有人動也不動，彷彿時間停滯。終於，艾蜜莉的笑聲傳至四面八方，凝固的冰冷空氣瞬間被打破。

「真是奇怪的一家人啊！」她說。

蘿絲在前頭的路上走走跳跳，她的下巴左右晃動著，等她走回來時看起來已平靜了許多。

「他們絕對離開了，對吧？」華特說。

「他們離開了。」蘿絲回覆。在我們遇見格雷夫史當一家之後，她看起來更像她自己了。我們像是一同經歷了一次小小的冒險，她活躍了起來。

我承認，我也覺得更加充滿精力。這同時是一次僥倖脫險、一個謎團，以及一張免費通行證，三者合而為一。

約翰將背包的背帶調得更高一些，對我咧嘴一笑，其他人則低聲談論著剛才發生的事。他再次握住我的手，我們沿著樹林中的一條泥土路走，往薩克森與他叔叔離去的反方向邁步。

「那麼，小艾，這座希臘神殿廢墟在哪裡呢？」我往背後喊叫。約翰邁開堅定的步伐向前走去，牽著我的手穿過一片黑暗。

我聽到艾審莉冷笑了一聲，接著說：「沿著右邊的路走，約翰！」但約翰早已朝著那個方向走去。最後，我們抵達一片空地，月光是如此光潔明亮，我這就明白為什麼有人選擇在此建造一座隱蔽的建築物了。四面八方都被樹林包圍，形成了一片由松樹和樺樹組成的屏障，但抬頭一看就會發現天空與星星看起來如此巨大壯觀。那是一個晴朗的夜晚，我看得見北斗七星。

「法蘭西絲，別再盯著那片天空看了。」華特嘲弄地說。「我們來釋放一下情緒壓力吧。」我聽見啤酒開瓶發出的嘶嘶聲，看到艾審莉和華特坐在一根倒下的古希臘神柱上。

我們四周都是人工建造的廢墟，其中有園藝設計師精心放置的石頭，讓它看起來像是一棟神祕的建築物，但實際上就是一個座位區。「那麼，大家想做什麼呢？」華特問道，此刻我的鼻腔裡充滿了他大麻菸的味道。

艾審莉吸了一口菸，雙眼瞇了起來。「會怎麼選太明顯了吧。你和我去抽菸，蘿絲去生悶氣，約翰和法蘭西絲會溜去躲起來做愛。」

「喔，小艾，你太破壞氣氛了吧！」華特笑著用手肘推了她一下。

約翰的下巴微微地繃緊，不過沒有回應她的話。艾審莉總會用這種方式來貶低一切，她總是將不該說出口的話攤在光天化日之下，讓一切看起來都像個笑話，傷害人們的心，但我不會讓我的感情變成一場鬧劇。

我再次握緊約翰的手，肩膀向後挺直。我以自己最自鳴得意的表情說道：「好吧，不論我們做什麼，至少不是把時間浪費在你們這些失敗者身上。」這不是最犀利的回嘴，卻是我所能想到的最佳回答。

但艾審莉全身繃緊，像是我在宣戰一樣。她的臉上浮現出一個邪惡的笑容。

「別擔心，法蘭西絲。」艾審莉輕柔地說道，幾乎像是呢喃了。「我明白，要在一群人之中當最後一個處女肯定不容易吧。不過，老約翰很有經驗的，所以你肯定能得到妥善照顧的。」

「別聽她的，法蘭妮（Frannie）。」約翰低聲說道。「我們走吧，我們不用聽她的屁話。」

我給了他一個緩慢的長吻，只是為了讓自己看起來對艾審莉所言毫不在乎。他帶著我走至另一條通往黑暗的小路。

我們沉默地走了一、兩分鐘，約翰在前面帶路。他的背包鼓鼓的，塞了毯子跟我原本就知道他帶著的一瓶酒。我沒有把我們的計畫告訴艾審莉，但我懷疑約翰告訴她了，不過我猜我們是有點明顯了。我們當然不能去對方父母的家，也都沒有車。華特開車載大家來這，把車停在一英里外的路邊，如此一來我們就可以步行至艾審莉發現的圍欄破損處然後鑽進去。

在我原先的想像中，這似乎相當浪漫，但當我們走在那些枯枝上，想在樹林裡尋找一處沒有荊棘或潮濕樹葉的地方時，這一切就變得像是一種為了達到目的的手段。我低聲咒罵著。艾審莉就是想要藉此干擾我的思緒。

「我真的開始討厭她了。」約翰說道，好像他也聽見我腦海裡的聲音一樣。

「我也是。」我說。我們兩人都不再進一步討論此事，但能達成共識就是一件好事。

我們終於在一棵巨大的松樹下找到了一個隱身處，那裡的地面鬆軟，有掉落滿地的松針，低垂的樹枝為我們提供遮蔽。當我們躲至大樹的庇護下，我感覺到緋緊的下巴開始慢慢放鬆。這個地方很隱密且安全，太完美了。

約翰一定也有相同的感覺，因為他對我微笑並吻了我，接著打開背包，鋪開了毯子。他拔出酒瓶的軟木塞喝了一大口，然後將酒瓶遞給我。我懷疑，當他從父母的酒櫃拿出那瓶酒時，酒瓶早已半空了。

我喝了一大口，紅酒從我下巴滴落，我笑了笑，他用手指擦去滴落的紅酒，然後將酒瓶放在一邊。他再次吻我的時候，態度嚴肅認真，我們的動作也變得更加急切。當我注意到約翰的手打開我襯衫扣子時如此有把握，而解開腰帶的速度如此之快，我甚至沒有注意到時，我盡量不去回想艾審莉說的話。只有我不熟悉地摸索著，我再次覺得艾審莉真的很討人厭，因為我覺得自己對約翰而言不夠好，而這念頭讓我感到窘迫，也覺得我的憂慮會讓自己顯得不成熟，讓我們倆都無法好好享樂。

我痛恨她，害我得以一種全新的方式思考這件事——它變成一個要抵達的終點線，而非我想像中那種緩慢的樂趣。我只想達成這個里程碑然後了結整件事。

約翰沿著我的脖子往下親，進入我襯衫鈕子解開的凹處，我終於開始放鬆下來。我看著一旁散落的松樹斷枝，周圍的泥土味讓我下定決心，不能讓艾審莉影響這件事。我開始閉上雙眼，終於發出一聲愉悅的嗚咽，手指纏繞著約翰的頭髮。但是，樹林間有一道暗淡的影子移動，喀嚓一聲地讓樹枝發出聲響。

「該死，」我說，「約翰，是那個孩子。」

約翰把臉抬了起來，我緊拉起上衣，心中湧起一股憤怒、羞恥、失望，以及困窘。

約翰仍然在我身體上方，腰帶垂下拍打著，但其他衣物仍舊整齊地紮在褲頭裡。我趕緊扣上我襯衫上的釦子，但這一幕接下來會發生什麼事也夠明顯了。薩克森卻動也不動，讓整件事變得更加詭異。他為什麼不逃跑？當我穿上羊毛大衣時，他就站在那些樹枝的後方盯視著我們，面無表情。

當約翰轉身，並以憤怒地快動作繫上腰帶時，我可以看出他一貫冷靜的舉止，突然出現一些開始沸騰的情緒。他突然繃緊肩膀、咬緊牙關，他起身的力量如此猛烈，我擔心他可能真的前去追捕薩克森。

「薩克森，滾一邊去。」我大聲喊道，語調中有一半是憤怒，一半是擔憂。不管他是否算得上是變態，他仍是個小男孩。

這似乎打破了咒語，但正當薩克森轉身逃跑時，約翰追上了他。我急忙起身要跟上，卻被毯子給絆倒了，倒地時酒瓶裡的酒渣濺到了毯子上。

我馬上又跳了起來，荊棘在我的手掌上留下了尖刺，同時也聽見薩克森在前方樹林中高聲尖叫。

距離我和約翰躺下不到十英尺的地方，突然來到那排大樹的終點，取而代之的是莊園連綿起伏的草皮。我不知道我們離那片空地有多近，但一想到我和約翰的親密互動如此暴露於視線下，我便感到不寒而慄。那一刻，我開始痛恨格雷夫史當莊園的一切。這個地方既怪誕又迷人，但我再也不想看見這裡了。

我將雙臂抱於胸前，脖子深深埋進我的羊毛大衣裡，試圖讓自己消失不見。然而，現在我聽見了薩克森的哭聲，因此趕緊向前跑去，看到他躺在草地上，約翰令人生畏地向他逼近。

「你做了什麼？」我跑到約翰身後時，對著他大喊。

約翰轉過身，雙手舉在空中。「什麼也沒做，法蘭妮，我發誓！我只是想訓斥他一下，結果他卻絆倒了！」

我看著薩克森，他現在將雙膝抱於胸前，月光下的臉頰閃爍著淚光。我看見他褲管的膝蓋處磨破了，也受傷破皮了。我伸出一隻手要拉他起來，他便握住了。我對他並沒有太多同情，畢竟他這個男孩太奇怪了，但一看見他膝蓋破皮而哭泣，讓我開始猜想，他這孩子或許也只是需要一些健康的娛樂來打發時間。他膝蓋破皮的合理原因，應該是在夏季陽光下和朋友們一起爬樹而受傷，而不是因為鬼鬼祟祟地在樹林裡偷窺，住在難以捉摸的叔叔所擁有的莊園。

我想，他年紀還這麼小，就因一場車禍失去了父母及祖父，這是多麼可怕的事。希望他對村落裡流傳的流言蜚語毫不知情。

「來吧，」我對他說，「我們陪你走回房子。」

薩克森吸了吸鼻涕，抓住我的手臂。「我不要跟他一起去。」他說，瞇起眼睛看著約翰。「他剛才推我！」

「那明明是謊言，你心知肚明！」約翰反脣相譏。我相信約翰說的話，但我真的不想成為他跟薩克森之間的裁判。我覺得疲倦了，不論是我與約翰錯過的親密時刻、艾審莉和她扭曲惡劣的話語，甚至是近期困擾著蘿絲的神祕事物，我對於這一切紛擾所造成的情緒感覺全被壓抑於表面之下，就要不受控制地朝著四處傾洩而出。

我嘆了一口氣。「那就走吧。」我對薩克森說。「約翰，等我把薩克森送回家後，我就會去找你跟其他人會合。」

約翰抓住我的肘部，將我從薩克森身旁拉開。「不，法蘭西絲。」他低聲地說。他傾身在我耳邊低語著，不讓他人聽見。「我看見格雷夫史當勳爵盯著你看的眼神了。這整件事不太對勁，我不喜歡這些事。」

我低聲道：「我只是陪他走到屋子去，我不會進去。」

約翰看起來有些擔憂，接著就生氣了。「我會跟在你們後頭。」這樣的約翰讓我感到陌生，有那麼一瞬間，我思考著他是否真的推倒薩克森了。

我心中燃起熊熊怒火，今晚發生的一切奇異事件，終於讓我崩潰了。然後我看著約翰，純粹地盯著他看，我突然意識到，表現異常的人並非只有格雷夫史當一家。「你不是會做這種事的人。」我平靜地說。

「法蘭西絲，我——」

我的怒視打斷了他的話語。「你一定有什麼事。」我說。「艾審莉剛才的評論……」

「不要聽信她說的話！你知道她是什麼樣的人。」他向前走了一步，輕輕握住我的手。薩克森在附近一棵樹下看著我們，他明亮的雙眼突然不見淚痕。不知道為什麼，他現在看起來像是會因為好玩朝著一群鴿子扔石頭的那種男孩。

我閉上眼睛幾秒鐘，讓肺部的一呼一吸緩慢地進行。我可能過於敏感了；這對我而言一直是個問題。天呀，相信占卜師的人是我。約翰是對的，我太容易被艾審莉激怒了，這也是因為我讓她得手了。

「如果我過度保護你了，我很抱歉，」約翰說，「但一想到你單獨和他們之中的任何一個人相處，不論是叔叔或侄子，這讓我非常擔心。」

我飛快地吻了他一下，說：「我不會有事的。你只要……展現你對我的信任，相信我能夠照顧好自己就好，你就和其他人一起等我好嗎？我不知道薩克森怎麼了，但我累了，我只想確保他安全回到家中。」

約翰猶豫了一會，一隻手揉著脖子後方。

「約翰，」當他拒絕看著我時，我說道，「你不是我爸！」

他終於點了點頭。「神殿遺址見，我會和其他人一起等你。」

「謝謝。」

我沿著那條小路，朝著薩克森站立的地方走去。「我們動作快一點吧，」我對薩克森說，「天氣很冷，而且老實說，我想回家了。」

我們默默地走了整整一分鐘，薩克森．格雷夫史當是那種讓沉默變得令人不安的人。對於約翰在我身上交纏的那些時刻，我感到罪惡，卻也對被窺探一事感到憤怒。

「你不應該暗中偷窺別人。」當我和薩克森穿過那片草皮時，我還是忍不住說出來了。「無論你看到什麼，這都不是小孩——」

「喔，我很清楚那些性教育的事情啦。」他說。「但我幫了你一個忙。我知道你認為我是個變態，但你男友更糟糕。」

「不好意思，你說什麼？」我氣急敗壞地說。

「他可能是告訴你，你送我走回家太不安全了，但他其實只是不想讓你和我說話而已。」

「這太荒謬了。」我說。我們正靠近大宅，往後門的方向走去，後門兩側都有明亮的彩色玻璃窗。

薩克森聳了聳肩。「相信你想相信的事吧，我只是想幫你。」他轉動門把，回頭看了看後方。

「進來吧，福特叔叔想和你說說話。」

第十章

我醒來時，克萊恩已經離開了，奧烏蘇醫生遞給我一個裝滿冷水的紙杯。

「給你，你現在看起來好多了。」她說。她的聲音很溫暖，帶著些許西非口音。她可能約莫四十多歲，當我環顧四周時，我發現她的門診室完美無瑕，個人風格恰到好處且讓人感到舒適。這些雜誌看起來都很新，還有一個「拿走一本，留下一本」的二手舊書書架，裡面有一些相當不錯的著作。魚缸底下放了一盒兒童玩具，裡頭那些金魚在頭頂燈光的反射下閃爍著銅色光芒。我專注地注視著過濾器流淌而下的細小水流，這有助於我擺脫突如其來的疲憊感。

「不好意思，」我虛弱地說，「剛才警探是不是提到了**毒堇**？」

「你不會有事的。」奧烏蘇醫生說。「看來你確實誤觸了一束毒堇，它就在你提供羅文調查的那一束花之中，不過就像他告訴你的一樣，毒堇在一開始接觸時只會引發皮膚刺激發紅，但疹子很容易處理的。」

我如釋重負，緩緩地點了點頭。我感覺四肢疲憊無力。這就是恐慌發作的狀態，發作完之後就會耗盡全身力氣。我或許該找一位不錯的物理治療師。

奧烏蘇醫生拿某種藥膏擦抹在我掌心。當我看了藥膏一眼並咬著嘴唇時，她解釋：「是外用類固醇藥膏。」

「我以為毒堇是一種劇毒。」我說。「你知道的，發生在蘇格拉底[13]身上的故事。」

「如果你攝取了，才有可能致命，」奧烏蘇醫生解釋道，「又或者以某種方式進入你的血液之中才會。但你不會有事的；你只是誤觸了。夏季時，這種情況發生的頻率高得嚇人。毒堇並不常見，但確實在該地區生長氾濫。」奧烏蘇醫生停頓了一下，然後又說了一句「我對你痛失親人深感遺憾」，並輕輕拍了拍我的手背。

「謝謝你。」我說，雖然我覺得自己幾乎像個冒牌貨，因為我跟法蘭西絲姑婆其實不太熟。我並不值得奧烏蘇醫生為我皺起額頭上的細紋，但是，就我在諾爾城堡鎮的短暫時光，如果問我**確實**瞭解了什麼關於我姑婆的事，那就是面對自己被謀殺的事實，她肯定會感到忿恨難平。但誰不會呢？不過她極度專注在這件必然發生的事，所以每當我將思緒拉回那個特定的謎題時，我都感覺自己正在為她爭取她應得的尊重。

「毒堇進入血液之中才會致命。」我低聲咕噥著。「如果那些針本身沒有毒，但不論是誰將針安插其中，都是為了讓法蘭西絲姑婆割傷手指，讓毒堇進入她的血液之中，這有可能嗎？可是……難道她無法分辨毒堇和峨參之間的差異嗎？」

「她可能確實無法分辨。」奧烏蘇醫生若有所思地說。「她做的事就是插花；她不是種植或採摘那些植物的人。據我所知，她的園丁會不斷為她提供剛採摘的鮮花，我猜想，任何一位格雷夫史當莊園的人都不會容許那裡長雜草，不論是峨參**或是**毒堇。」

我沉靜了一分鐘進行思考。關於法蘭西絲姑婆花藝設計的一切細節，看來奧烏蘇醫生都瞭如指掌，也許這就是「在一個關係緊密凝聚的社區中，每個人對一切都瞭若指掌」的情況吧？不過，她的反應相當敏銳，在我尚未提出疑問之前就先得知我在想些什麼。

「我們下葬我已故的父親時，法蘭西絲為我們布置了葬禮上的鮮花擺設。」她說。「她是個很有同情心的人，和她談論花藝時總能讓我暫時脫離哀傷。」奧烏蘇醫師嘆了一口氣。「村莊有許多人會告訴你法蘭西絲有多奇怪，而且……她確實也**有**那一面。我的確有許多討厭她的理由，因為她時常驚慌失措地打電話給我，因為一些謀殺密謀或其他事情。」

「我知道她一向如此。警察局有一位名叫莎曼珊的女士對此有許多意見。」我補充道。

「我們這些人，這麼說吧，我們這些和謀殺案沾得上邊的相關職業工作者，都接了太多法蘭西絲的電話了。我本人、警察局的警員們、瑪格達和喬，他們是急救護理人員——」

「是的，我剛才見到他們了，當時……」我的聲音逐漸變得微弱。

奧烏蘇醫生點了點頭。「有趣的是，法蘭西絲實際上大大地拓展了我對當地及家庭常見毒物的認知。你不要再用那種眼神看我了。」她害羞地對著我笑了。「我知道這聽起來不太尋常，但法蘭

---

13 蘇格拉底（Socrates）為古希臘哲學家，和其追隨者柏拉圖以及柏拉圖的學生亞里斯多德並稱希臘三賢。西元前三九九年，他被指控「不敬神」以及「腐化青年」被判處死刑，相傳他就是喝下毒堇汁而身亡。

西絲打電話給我，時常是因為她擔心自己攝取了別人對她下藥的有毒物質。依照她的要求，我花了很多時間檢查她是否有各種症狀，像是鉛中毒、漂白水中毒、化學肥料中毒，以及殺蟲劑中毒等。曾經有一次，她認為她的酒裡頭被加了洗手液，但那瓶陳年老酒只是單純變質走味了。不過呢，有一次，法蘭西絲認為有人將一個單節鋰電池放進她的食物裡頭，當時我對她已經快要失去耐心了。不過，我們仔細檢視吞下電池後可能產生的所有症狀，將她送到醫院、幫她拍了X光，最後發現她只是有相當嚴重的胃灼熱，可能是因為壓力造成的。」

「聽起來真令人沮喪。」我說。

「確實如此，但我絕不會將病患拒之門外，只因為他們有這類特殊行為的歷史。結果，那次事件竟然救了我姪女的命。隔天，我去我姊姊家，她一歲的孩子突然病得很嚴重。毫無理由懷疑她吞了鋰電池，但問題是，一旦吞下電池就沒有太多時間了，它會非常、非常快速地致命。也許只是因為我當時的思緒仍沉浸於法蘭西絲的憂心之中，或是基於某種直覺，但我們趕緊將我的侄女送去急診並救了她一命，因為我堅持要求他們檢查她是否吞下一顆電池。事實證明，她確實有。我不是個迷信的人，但那天我突然開竅了，我開始理解法蘭西絲有多麼恐懼，也知道她的朋友並不多。當村子裡其他居民在她背後竊竊私語時，我最起碼能做的事就是繼續相信她。」

「哇。」我吸了一口氣。我身上的疲倦感正消散而去。「聽到你姪女的事我很難過，但很高興她沒事了。」

奧烏蘇醫生挺直身子，彷彿她的思緒一直在房間裡飄蕩，現在是她將那些想法好好整理表現的時候了。

「我看得出來你有點擔心那些花。」她說。「但是，請相信我和羅文可以妥善處理這件事。我和法蘭西絲曾達成一個協議，當她去世時，我將負責解剖她的屍體，並在她宣告死亡後儘快進行。」

「這個約定聽起來怪怪的。」我緩慢地說。

「但從你所說的這些事看來，她信任你，而她信任的人並不多。」

「我知道這聽起來很奇怪，」醫生坦白說，「但是……」她的聲音逐漸減弱，不想進一步說明。

「當這件事發生時，她針對自己的遺囑做出重大的改動。我認為這之中可能涉及到一些非法的犯罪行為。」我說。我希望自己能信任奧烏蘇醫生，而且得知法蘭西絲姑婆也信任她之後，有助於我建立對她的信任。儘管**對我說明**姑婆對她深切信任的人，正是奧烏蘇醫生。不過，就我聽來，醫生談論法蘭西絲的方式相當真誠。

「好吧，我要說的是，法蘭西絲說，她的屍體絕對不能送去驗屍官那裡。她說，這有利益衝突。關於這一點，我也同意她的看法。」

「驗屍官是薩克森，」我說，「對吧？」

「是的。」她的聲音很平靜，卻沒有正視著我。奧烏蘇醫生塗完膏藥後坐回自己的椅子上。她伸手拿了紗布以及醫用膠帶來包紮我的手掌，直到水泡完全被包紮起來為止。

「屍體解剖的結果要多久才能公布？」

「通常需要幾天的時間。」她停頓了許久才答覆。「有些東西需要在醫院的實驗室裡進行化驗；

我這裡欠缺一些化驗的設備。但如果實驗室沒有增援人手的話，或許最快能在明天收到結果。在你提問之前，我無法隨意透露我的調查發現，直到提交報告為止。如果發現有任何涉及謀殺的跡象，」她意味深長地看了我一眼，「這份報告將會直接提交給克萊恩警探。」

「既然我是她的近親，是否能讓我隨時得知現況呢？」

「我不確定你是否被列為近親，安妮。她可能沒有更新她的紀錄。不過，我會幫你查一下，之後再回覆你。」當她看到我消沉地垂下肩膀時，她咬著下嘴唇。「不過我**可以**告訴你，你很快就會接到華特．高登的電話了。又或許是你母親會接到電話。我不清楚你們家族的狀況。」

我還來不及做任何回應，門就打開了，我認出了迎面而來的急救護理人員瑪格達。「嗨，奧烏蘇醫生，今天早上門診結束後我另外還有一個問題，你介意我來徵求你的專業意見嗎？」

「不介意，請進。」奧烏蘇醫生說。「安妮，你應該沒事了。如果一天左右還沒有消退的話再回來看診，也請依照包裝上的說明持續塗抹藥霜。」奧烏蘇醫生拿起一管藥膏，將其放入一個白色小紙袋中，接著遞給我。

「謝謝。」我說。瑪格達輕輕向我揮了揮手，我轉身面向奧烏蘇醫生。「我以為你星期二都不幫病人看診的。」我說。「當克萊恩警探敲你的門時，你說你每週二都在做文書工作。」

「哦。」她看了看瑪格達，接著又看了我一下。「我一向願意為其他專業醫護人員破例。」她快速地答覆。她展開笑容，但眼睛四周卻不尋常地緊繃著。

在不干涉他人私密醫療問題的情況下，我就不多說什麼了，接著走向門外。奧烏蘇醫生帶著瑪格達走入門診後方的一間診察室，我聽到門關上的聲音，以及低沉的對話聲。我聽到一聲低沉的笑聲，接著是更多吵雜的對話。

小小候診室的對面是小小的接待櫃檯，櫃檯上有一本打開的門診預約簿，我就是管不住自己的好奇心。

奧烏蘇醫生今天的門診安排就在上頭了，而且上面並非沒有預約門診。

瑪格達出現在門診預約簿上兩次。一次是今天早上九點三十分，接著是十一點四十五分。光是這點就讓我感到困惑，誰會這麼快就預約回診？更奇怪的是，十一點四十五分，瑪格達才剛搭上救護車，正要帶著法蘭西絲姑婆的屍體離開。我們原本約好十點半在律師辦公室見面，思量一下早上的情況，我猜測我們大約在十一點左右發現她的屍體。若瑪格達真的要趕上預約的時間，她必須在載走屍體後就直接趕到這裡。

除非，她收到的通知是將法蘭西絲姑婆的屍體載到此處？但為什麼要將瑪格達列入門診預約簿呢？更何況，是在門診預約簿上都是空著的情況下？

不過，日程安排中還有我更為關切的事情。法蘭西絲．亞當斯的預約時間是九點四十五分。

當然，法蘭西絲姑婆也有可能因為車子故障才無法前來看診。但是，也有可能是她看完診回來後要再次前往村裡開會時，才發現車子出了問題。在如此忙碌的早晨，如果還要將她與奧利佛的會面列入考量，時間是怎麼安排的呢？這裡不太對勁。

我喜歡奧烏蘇醫生，我也希望自己可以信任她，但我從口袋裡掏出手機，拍下了門診預約簿。

我打開寫筆記的應用程式，快速寫下我對時間安排的想法，包括我在與奧烏蘇醫生交談後所提出的一些問題。

我得知有四個人在法蘭西絲姑婆去世前不久見過她：奧利佛，他去了她的莊園討論一些財產問題，這點獲得阿奇．福伊爾的證實；高登先生說，阿奇每天早上都會從花園裡送來鮮花，讓法蘭西絲姑婆插花；現在，還有瑪格達**以及**奧烏蘇醫生，前提是法蘭西絲姑婆確實前來看診了。

撇開我對這些人（或對法蘭西絲姑婆）瞭解不足的問題，就無法確定他們之中是否有人抱持著殺害她的動機，我突然想到了關於這些花的一些要點。

她死去那天，凶手究竟是否見到了她，這都不重要了。這就是在毒堇之中埋針的高明之處。設計這個花束的人能夠在數英里之外寄送而不受懷疑。送來花束的時間可長可短，或許她過了幾個小時或幾天的時間才覺得它醜陋得難以入目，而困擾到得拆解花束並重新設計。

如此一來，就追蹤不到花束的來源了，或許法蘭西絲本人都不知道花束從何而來。

除非特殊的例外。「她之所以沒有扔掉它們，」我大聲對自己說，「像她這種擅長花藝設計的人，會保留如此醜陋的東西，唯一的原因是贈禮對象之於他們有重大的意義。如果她知道對方可能前來拜訪，便會注意到沒有擺設那花束，才會留了下來。」

這樣就降低一些機密的程度了。這肯定是諾爾城堡鎮的某個人，而且一定是她身邊的人。從法蘭西絲確實將鑲滿細針的玫瑰一一拔除的事實來看，那也是一個很瞭解她的人。這樣的計畫永遠不可能有十足把握，除非這個人**真的**瞭解法蘭西絲姑婆。

我聽到吱吱作響，有人轉動了診察室的門把，所以我趕緊回到前門，努力盤算關上門的**咔噠聲**，剛好能讓我同時開啟另一扇門不被發現。我不確定自己是否真的脫困了，因此以最快速度迷走於諾爾城堡鎮迷宮般的後巷，我終於回到了商業大街，這時教堂的鐘聲響起。

第十一章

諾爾城堡鎮檔案／一九六六年九月二十一日

我在大門前猶豫了一下，既然我已經護送薩克森安全到家了，我屏著呼吸，禮貌地向他道別。然而，有一位管家過來迎接我們，在我還來不及拒絕之前，便以極佳的效率引領我進門。在不請自來地跟隨薩克森走入這棟陌生大宅時，她的出現讓我感覺舒心，裡頭的一切是如此明亮且溫暖，讓我的心情放鬆了許多。

這房子如此巨大，我行經走廊時都聽得見腳步的回聲，所有東西都被拋光擦亮，閃閃發光。到了巨大的飯廳時，我在閃閃發光的吊燈下放慢了速度，但薩克森在我前方跳躍著，早忘了自己膝蓋上的擦傷。我得跟上他才行，因為我不想被發現自己正無禮呆滯地傻看著一切。

薩克森引領我走進圖書館，他的叔叔坐在一張皮革扶手椅上，大腿上放著一本書。他翹著二郎腿，下巴靠在一隻手的拳頭上，彷彿這本書極其無聊，但他無論如何都必須讀完。這情景讓他看起來更加年輕，我也承認這讓我措手不及。

他看見我時，臉上瞬間露出喜色，這不同於他剛才長久盯視著我而令我不安的眼神，以至於我開始懷疑，我們初次見面時，我是否只是有點緊張。可能是外頭的幽暗處以及非法入侵被抓到的震驚，讓我產生了不必要的擔憂。

「法蘭西絲，你好！」他說。他站起來向我打招呼，好像我是一位尊貴賓客，而這是一場雞尾酒會之類的。「謝謝你帶薩克森回家，我真的很感激。請你坐下來吧？我請他們送些熱茶來。」

當時我簡直無言以對，一個拒絕的理由我都想不出來。我應該要說我得和朋友會合即可，但他早已揮手示意管家前來。薩克森在角落裡的一張小桌子旁坐下，開始移動棋盤上的棋子，因此我並非與格雷夫史當勳爵兩人獨處一室。室內的一切被熊熊火焰的橙色光芒所籠罩，整個場景讓人感覺如家一般舒適。

我不想失禮，因此開口說：「謝謝你，格雷夫史當勳爵，有熱茶就太好了。」他伸手要拿下我的外套，我便聳肩將它甩了下來，管家很快就拿走了。

「請叫我福特。」他說。

我被帶到薩克森對面的一張扶手椅前，而不是他叔叔旁邊。「你會玩嗎？」薩克森問我，緊盯著那些棋子而未抬起頭來。

「恐怕不會。」我說。福特離開了一會，幾秒鐘後出現時手裡拿著一把小木椅，他一定是去走廊上或廚房裡拿的。突然之間，要記住他名字就變得容易多了，因為他給人一種漠不關心的感覺。他向後坐在那把椅子上，靠著我和薩克森之間小桌子的一側。這讓他看起來就像是我在舞會上遇到的某位男孩。他可能是泰迪．克萊恩或阿奇．福伊爾，或是偶爾和蘿絲約會，有時在身邊徘徊不去的那種對象。我能在火光中看見他的側影，他以那種老派的方向將自己的黑髮向後梳，就像十年前流行的那樣。那種髮型一向讓我想起我的父親，但在福特身上卻不會。他的鬍子刮得乾乾淨淨的，思考時會揉搓著自己線條硬挺的下巴，輪廓又變得更柔和一些。他目不轉睛地盯著棋盤。

我們三個人圍坐於小小的西洋棋桌旁，這感覺（描述這件事太詭異了，因為還不到一個小時前，我痛恨著這個令人毛骨悚然的巨大莊園，並發誓再也不會回到此處）就像是在惡夢中被拉了出來，顯現我對於幻想的恐懼有多麼愚蠢。與薩克森和福特坐在一起，卻感到相當愉快和睦。他們是一個小家庭，他們決定讓我短暫地加入一會。

福特出手移動了一顆棋子（當時的我認為那顆棋子是騎士，但我不確定，那時我還不知道遊戲規則）後又坐下來，看著薩克森思考。薩克森終於出手了，滿懷期待地看著他的叔叔。當福特再次開口對我說話時，他仍然盯著棋盤看，聲音平靜輕柔。

「我認為你那些朋友配不上你，」福特說，「但這只是我個人的看法。」

我張開了嘴想要回應，但他所說的這句話著實太令人驚訝了，讓我又沉默了片刻。我想起他在樹林裡問我是否喜歡猜謎的奇怪問題，我覺得他似乎又想找我麻煩了。所以我說出腦子裡想到的第一句話，而不是你與一位勳爵喝茶時應當要說的有禮應答。「你又是怎麼知道的呢？」我一邊問道，一邊試著將目光集中在棋盤上。「你根本不瞭解我。我有可能是這群人之中最糟糕的一個。」我偷偷抬頭看了他一眼，發現他也正看著我。

福特的臉上綻開了一個燦爛的微笑。「完全沒錯。」他說。他的目光又回到了棋盤上，又下了一顆棋子。「但直覺告訴我，你根本就和他們不一樣。」

我決定不回他話，但隨後福特傾身靠近我，低聲地說：「通常這個時候，你會對我說，我也不瞭解他們。」

我感覺自己內心滋生了一種叛逆的情緒，因為福特確信自己能摸清我的個性，我喜歡這種感覺。「也許下次我來的時候，你可以將劇本提前交給我。如此一來就我能記得所有臺詞了。」我終於和他四目相交，也溫柔地微笑著。

他那低沉的笑聲從胸口深處傳了出來，而我再也無法將他與村裡那些男孩相提並論了。當我環顧這座藏書室，我發現他完全來自另一個世界。他的世界有隨意購買的昂貴藝術品、倫敦高級社交聚會、莎士比亞的稀世珍本，以及我只在書本上讀過城市名稱的旅行遊歷。我的自信心有些動搖了，畢竟我怎麼可能對這種人感興趣呢？

接著，我感覺到自己的矛盾，因為我真心想要引發他對我的興趣。這就是我迫切想要的。

我告訴自己，得要擺脫那些讓我陷入困境的愚蠢咒語，當我注視著薩克森時，他的表情有助於我進一步釐清思緒。他的視線在我和他叔叔之間來回掃視著，帶著冰冷的神情。

「我們不喜歡你的朋友。」薩克森說。「我們每一次見到他們都覺得不太喜歡他們。」

「我不明白。每一次？等一下，」我緩慢地說，「你以前曾看過艾審莉來這裡嗎？」這個問題從我嘴裡脫口而出，而我這才意識到自己在打艾審莉的小報告，說她在莊園裡四處窺探。但這並不重要；兩人都沒有任何反應。

等到福特朝我看時，他的臉上露出了柔和的表情。那倒不是因為憐憫，而是我似乎說了一些天真或討人喜歡的話。我突然又覺得自己比他年輕許多了。「他們這些人連續來幾個星期了。」

「連續幾個星期？」我有些結巴，雙眼在圖書館裡掃視了一大圈，就好像牆面上的數百本書中能為我找到一些答案似的。我注意到我們一旁的銀色托盤上放著幾杯熱氣騰騰的茶。「他們裝得好像不曾來過一樣。我的意思是，艾審莉說她曾經來過，但其他人……為什麼要在這種愚蠢的事上撒謊呢？」

福特沈默不語，但當他看著我思考時，眼睛閃閃發光。我不在乎是否要讓他留下好印象了，因為我不喜歡被人這麼消遣玩弄。

「而你呢……」我在腦子裡回放稍早我們在樹林裡「遇見」他的場景。「為什麼你要假裝不認識他們呢？單獨挑選了我，還問我了猜謎的事？對你來說，這只是一場遊戲嗎？」我能感覺到自己怒火中燒，但我並不打算控制情緒。

福特沒有對我的情緒做出反應，卻也沒有改變話題。他懶洋洋地拿起一顆棋子，用大拇指和食指轉動。「我喜歡精采好玩的遊戲。」他這樣回道。「一看到有機會可以給你朋友艾審莉一個教訓，我就把握住這個機會了。」

「教訓她？為什麼？要怎麼教訓她？」

我的思緒飛快地旋轉著，想著這群人會溜到此處的可能性，而艾審莉在過去幾個星期所說的那些藉口又湧現於記憶中。艾審莉說她必須照顧她年幼的表弟，又或者說蘿絲身體不適的那些日子。

艾蜜莉多次聲稱，華特和約翰被父母處分，天黑之後不允許外出。找藉口的人一向是艾蜜莉，我也一直相信那些話。其中有多少是謊言呢？但除此之外，為什麼要說謊？為什麼要將我排除在外？我做了什麼嗎？

我一直掛念著要盡快和他們會合，才不會讓他們擔心，但一得知他們的背叛，我就決定留下來，要待多久就待多久。我通常算不上是個叛逆的人，但自從我踏入格雷夫史當莊園以來，我的想法似乎變得更加叛逆了。突然之間，我想在那些朋友不在場的情況下做出一些選擇。即使最終結果證實他們是壞人。

薩克森移動他的棋子時，福特漫不經心地聳聳肩。「他們會撒謊，也許是因為他們不想讓你覺得自己被排除在外。」他說道，聽起來客觀公正。

「你沒有回答我關於教訓艾蜜莉的問題。為什麼是艾蜜莉？」我拒絕成為對抗艾蜜莉計畫的一步棋。我很清楚的是，如果她到此造訪，她的野心就是為了要瞄準這位迷人的百萬富翁。問題不在於她會使出什麼絕活，而是她是否能手到擒來。

儘管福特絲毫不感興趣，但薩克森卻很好奇，在椅子上跳來跳去的，臉上寫著對於一些有趣八卦的渴望。一個十歲的孩子有這種模仿成人的舉止不太尋常，我也開始對他看不出年紀的行為感到不安。

「你朋友艾蜜莉有好幾次惹福特叔叔生氣。我想，她希望他這時正好要尋找一位新的妻子。」薩克森接著說道。他翻了個白眼，哼了一聲，這終於合乎他的真實年齡了，但當叔叔銳利地看了他一眼時，他突然就被壓制住了。

薩克森說話的方式很奇怪，而看到他和叔叔的相處方式，終於讓我明白了原因。如果他的叔叔是他唯一的同伴，他又經歷了失去父母這般可怕的悲劇，也難怪薩克森說話的方式就像個小大人。

「他們真的沒有那麼糟。」後來我這樣回。相較於喜歡玩遊戲的古怪勳爵，站在朋友們那一邊似乎較為安全。將我排除於群體之外，也似乎是只有艾賽莉會玩的策略，我之後會找她商量這個問題。這也解釋了蘿絲最近的行為為何不太尋常。她非常忠誠，這整件事顯然讓她感到不安。「艾賽莉和華特有時會製造一些麻煩，」我繼續說道，「我承認我和他們漸行漸遠，但蘿絲和約翰都是很好的人，我認識他們一輩子了。」

「我確信他們是好人。」福特回答道，他的語氣現在流露出全然的無趣。我實在太愚蠢了，但我對於被用來當作讓艾賽莉嫉妒的人，使我非常憤怒，而且我和他們相處得越久，我就越清楚當下正在發生的事情了。在這一點，艾賽莉和福特看起來是天生絕配。我不知道為什麼，但最近艾賽莉將我視為威脅，過去幾個月她會模仿我的樣貌，衣服借了也不還我，那不是為了奉承討好，而是某種遊戲。如果真是如此，那她和福特還真是天生一對。我從來就沒有玩遊戲的天分。

我想著要離開此處，但將我留下並占用我好一段時間，福特就已經是在對我朋友們表達他的立場，不管他的立場是什麼。一想到要回去面對約翰的尷尬，以及和其他人之間令人困惑的氛圍……也許我不擅長玩遊戲，但我可以嘗試看看。「那麼，教教我關於西洋棋的事吧。」我突然就開口這麼說了。

顯然地，這是最為正確的開場白。福特與薩克森進行了短暫的眼神交流，薩克森微笑著將棋子掃走，重置了棋盤。

「給你。」福特說著，遞給我一枚棋子，眼神裡帶著友善的笑意。「你拿著皇后吧。」他對著我微笑，彷彿自己為我戴上了一頂王冠。

我一手拿著棋子，懶洋洋地從旁邊的托盤裡拿起了一個茶杯。那杯茶仍然令人愉悅卻十分燙手，裝在精致的骨瓷茶杯中。

直到我看見安放在我掌心上的皇后，我的背脊突然感到一陣涼意。我猛然想起占卜師說的話——**當你以一隻手的掌心握住女王時，你的緩慢死亡就恰好開始了**。但我不能驚慌失措，因為福特的目光正如此專注地看著我。

我的思緒飛快地運轉，我想著近期自己握於手中的各種女王，彷彿生活中常見的小小女王就足以消除文字的力量。硬幣，到處都是，而且我上星期不是還和哥哥一塊打牌嗎？那時我就握著女王牌了。就像艾蜜莉當時購買那幾條小鳥項鍊時所言：只要讓此事變得普通平凡，就能讓它看起來愚蠢無聊。

我深吸了一口氣，感覺情緒更在掌控之中了。但回想起來，那正是我的世界開始改變的一刻。我那則預言的一部分已鎖定到位。

「在我們學習規範與基礎之前，」福特繼續說道，「我希望你能瞭解一些關於西洋棋的知識。人們喜歡將西洋棋視為一種哲學，這完全沒錯。它可以是生命的寓言，也時常被比喻為戰爭。我認為這就錯失了遊戲中更為微妙的一些特點，但我們下次再來討論這個問題。

「雖然在許多古老的格言和短句中，會以西洋棋比喻人類經驗的某些要素，但我認為唯有一句格言超越眾多說法，總能讓我反覆思索。」

「是什麼？」我問道，覺得雙肩放鬆許多。

他伸出手，輕輕地從我的指尖拿走了皇后。我的預言再度於我耳邊響起，但這次的我感到如釋重負。也許福特拿走皇后的舉止足以拯救我。我看著他，感覺胸口有一些變化。他將皇后高舉於我們兩人之間，於是他開口說話時，也能讓我們目光相交。

「我最喜愛的西洋棋格言非常簡單：**你可以毫無計畫就下棋，但你可能會輸棋。**」他的笑容更燦爛了，將皇后放在它在棋盤上的位置。

「法蘭西絲，你有計畫嗎？」薩克森問我。

「我並沒有意識到自己需要一個計畫。」我說。我有一種感覺，我們談論的話題不再只是西洋棋了。

「那麼……」福特說，他將雙手放在椅背之後，讓自己的肩膀放鬆下來。他若有所思地看了我一眼，最後才說道，「幸運的是，我們的人生道路有所交集了。」

「我的直覺告訴我，這件事無關乎運氣。」我說。

他以幾乎難以察覺的方式對我抬了抬下巴，就像我獲得了一分。

第十二章

我正準備前往城堡之家飯店辦理入住，這時高登先生突然衝了進來。這是件好事，因為我這才想起自己將旅行包留在他的辦公室了。

「喔，安妮，我很高興見到你。」他拿起一條皺巴巴的手帕擦拭額頭，這似乎是他緊張時的習慣。「法蘭西絲的最後心願之一是，在明天早上宣讀她的遺囑之前，請你留在格雷夫史當莊園。如果你不介意的話，我已經在外面為你安排好一輛計程車，可以載你過去，好嗎？」

「我……」我清了清嗓子，跟隨高登先生來到了大街上，計程車的引擎空轉等候著。「這聽起來有點幼稚不懂事，但一想到要獨自住在那棟大宅，就在法蘭西絲姑婆……」

「我完全可以理解。」高登先生說。「但根據法蘭西絲的遺囑，薩克森和奧利佛也被提及了，所以他們也會留下來。我相信艾娃應該已經在那裡，因為她將自己視為薩克森的一部分，並且……好吧，你也見過她了。你只需要保持警覺就好了。」他深有含意地看了我一眼，我點了點頭。

「我恐怕得留下來完成一些工作。」他一邊說，一邊將我塞進那輛計程車。「那我們就明天早上見吧。」

我將背包丟到後座一旁的空位，計程車隨即啟動。我不會說自己是輕裝出行，只是將一些必需品塞進包包裡，但我的背包裡其實塞滿了筆記本、小說、便利貼、記事小卡、太多幾乎用不上的筆、我那老舊的筆記型電腦，以及一些至今未曾翻閱、說明如何寫小說的書籍。

我注意到車上已放好我的皮革旅行包，裡頭裝滿我各種少量衣物及盥洗用品。那旅行包是我在切爾西家中地下室找到的，但是在計程車上時我才注意到上面有著「RLG」的姓名縮寫。法蘭西絲姑婆的丈夫又叫什麼名字來著？這正是我應該弄清楚的另一件事，尤其我如果確實是那個**恰好的女兒**的話。當我充分意識到自己的不足之處時，我開始感到意志消沉。我覺得自己毫無資格參與其中，即使我嚴格來說確實是家庭成員，但我被法蘭西絲姑婆選中，似乎只是基於一個不太合理的理由。

在我釐清這些事情之前，我得打電話給媽媽，因為我需要一個踏實的支持力量，回到熟悉的現實之中。第二次鈴聲響起時，她就接了起來，我記得那天晚上她要在泰特美術館舉行展覽，這麼重要的一個夜晚，我實在不應該打擾她。老實說，我很驚訝她竟然接了電話，但事實上她的答覆讓我感受到一絲溫暖。或許，她也需要聽聽她所熟悉的聲音。我想，現在也許不是告訴她法蘭西絲姑婆過世的適當時機。

「安妮，嗨。」她說道。她的聲音裡透著一種勉強的輕快活潑，當她過於努力試圖融入一個讓她不安的地方時，她就會表現出這種樣子。我和媽媽的關係或許時好時壞，但當我聽到她那種口吻時，正是我感到與她最為親近的時刻了。

「嗨，媽媽。」我說。「抱歉打擾你了，我剛想到今天是你的開幕之夜。恭喜你！」當我說這句話的時候，我的聲音充滿了勉強的輕快活潑，我感覺自己就像是她的回聲。「一切都還好嗎？」

我能夠聽到背景的喧囂聲，不時夾雜著輕敲香檳酒杯發出的聲響。我想像著她的展覽空間內，牆面被徹底地照亮了，展示羅拉．亞當斯個人風格的全新畫作——這些作品乍看之下或許雜亂複雜，但仔細一看就能發現其中不同的層次，就像媽媽本人一樣。她的主題一向是衰敗的城市空間，以一種生氣蓬勃的方式將其描繪成被自然世界重新占領的樣子。

「進行得相當順利。」媽媽說。「我認出了好幾位到場的藝術評論家，大家對這些畫作都讚不絕口，而且展覽的門票已經售罄了。」

「喔，媽媽，這太棒了！」我說。我由衷地流露興奮之情。我深知這些認可對她有多麼重要，尤其是自從九〇年代的鼎盛時期之後，她早已經歷過一段毫無生氣的枯竭期。儘管她明白自己能繼承法蘭西絲姑婆的遺產，但我們的經濟狀況卻一向拮据，就算她出售一些早期畫作獲得一些意外之財，但這筆錢也隨著我父親的離去而消失殆盡。「你有事就忙吧。」我又補充了一句。

「不，我想聽聽你的聲音。你最近如何呢？法蘭西絲姑婆還像以前一樣瘋狂嗎？」

「嗯。」我停頓了一下，想辦法跳過關於法蘭西絲姑婆的話題，但不知怎的，她察覺到我沉默背後的心事重重。

「安妮？一切都還好嗎？」

「我現在不想告訴你這件事。老實說，我打電話給你時，我忘了現在是泰特美術館的展覽期間。」我緩慢地說。

媽媽嘆了一口氣，但並沒有不悅。「別擔心讓我不高興，安妮。就算有什麼壞消息，那也就是壞消息罷了。」

我咬著嘴唇點點頭，儘管她看不到我。「法蘭西絲姑婆過世了，媽媽。我真的感到很遺憾。」

突然間，一陣沉默籠罩了我們。「我需要去諾爾城堡鎮嗎？」即使媽媽心情難過，她也會隱藏得很好。她總是能做到這點，我知道她能安然堅強地度過這一夜，向這個世界展現羅拉．亞當斯最優異的一面。不過，我自己的感覺卻很糟糕，好像成了將法蘭西絲姑婆的靈魂帶到她開幕之夜的信使。

「目前不必。」我說。「請放心，一切都在掌控之中。如果我需要你，我會告訴你的。」說出這句話時，我心底卻感到些許畏縮，因為我和媽媽都知道這並非事實。每當我需要媽媽的幫助時，我總是求助於他人，或自己想辦法應對。她在某些方面很出色，但她始終無法扮演解救他人的救生索。這句話的誠實版本應該是：「如果我需要你的話，我會打電話給珍妮的。」

「好吧。」媽媽說。又停頓了一會，而這次是如此尷尬。「安妮，你能幫我一個忙嗎？」

「嗯，當然。」

「法蘭西絲姑婆保存了一套非常詳盡的檔案，就在圖書館旁邊的一個小前廳。你能幫我拿回其中一份檔案嗎？因為那個……很重要，不要讓其他人拿到那份檔案。」

我的思緒飛快地流動，然後又漸漸停息了。「我……好啊，當然。你需要哪一份檔案？」

電話另一頭又傳來一聲嘆息，聲音聽起來如此疲累。「山姆．阿靈頓（Sam Arlington）。」

是爸爸。

我用手向後梳理一下頭髮，卻忘記了頭上已經堆積成一個凌亂的髮髻，於是我拉下髮帶，讓頭髮向各個方向散落。法蘭西絲姑婆擁有一份關於我父親的完整檔案，這本應該讓我感受到某種情緒，但我發現我所有感受都指向了媽媽，因為她早就知道那份檔案的存在，甚至可能知道檔案一切內容。突然間，我感覺到媽媽已不再是我熟悉的那個人了。

「安妮？你還在嗎？」

「是的，」我說，「我還在。我去幫你拿那份檔案。」

「謝謝，」她說道，聽起來鬆了一口氣，「想讀或不讀，都由你自己決定。」

我對此感到憤怒，因為無論如何，這件事當然取決於我。如今在諾爾城堡鎮深入瞭解法蘭西絲姑婆人生的人是我，現在卻還得瞭解媽媽的人生。

「我該讓你回到你的場子了。」我說道，同時提醒自己，我剛才告知媽媽她的姑姑去世了，就在她職業生涯最重要的夜晚之一。就像往常一樣，我收拾整理她留給我的複雜情緒，以便日後再應對消化。

「是啊，我該去忙了。」

「我很遺憾，關於法蘭西絲姑婆的事，而且還發生在這個時間點。」

我們結束通話，我注意到計程車司機一直透過後照鏡盯著我。

「盧瑟福・勞倫斯・格雷夫史當（Rutherford Lawrence Gravesdown）。」司機在鏡中與我四目相交時說道。

「抱歉，你說什麼？」

「你包包上的那個姓名縮寫。」他補充道。「我得載你去格雷夫史當莊園，所以我就拼湊出這個答案了，那是傳家之寶吧？」

「嗯，是的。」我花了一點時間仔細打量那個計程車司機，因為我一直以倫敦人的心態旅行，而倫敦司機通常姓氏不明，且人數眾多。但是，這裡是諾爾城堡鎮，在他聽力可及的範圍內，我剛才和媽媽進行了相當私人的對話，足以讓他在鎮上的酒吧裡徹底高談闊論。

後座的我看不清楚他的樣子，但看起來和媽媽的年紀相近，一頭短髮早已完全斑白。他有寬闊的肩膀及濃重的菸味。

他把車開進環形車道，停在格雷夫史當莊園前方。付完車資後，我下了車，走到他搖下駕駛座車窗的地方。他對著房子投以一眼怒視，嚇得我不由自主地向後退了一步。

但他一看見我，臉上就又換上那張親切友好的面具。「你是羅拉的女兒，對吧？」

「我是。」我說。我對他特別小心，但保持禮貌的本能反應也很強烈。

他露齒而笑。「我們有一段過去。」他說。「我和羅拉，那是很久以前的事了，當時我們還是青少年。」他又再次怒視著房子。「法蘭西絲介入並結束了這一切。我不想說死者的壞話，但你就不必擔心羅拉會因為她過世而心碎了，他們的關係中並沒有愛。」

我克制不了自己，驚訝得瞠目結舌。這個男人不只偷聽了我的對話，還是媽媽的前男友？現在他倒是很樂意插手管我的事？他以為自己是誰呀？

他不斷說下去，而我只能站在那裡，眨著眼睛看著他。「你和她長得太像了。」他笑了笑。

「請轉告她，雷吉・克萊恩（Reggie Crane）向她問好。」

「你剛才是說克萊恩嗎？你和羅文・克萊恩警探有一樣的姓氏？」

雷吉點點頭。「那是我兒子。我猜你已經見過他了。」

「是的。」我溫和地說。「見過面了。」但我**無法**將那位沉穩的警探與這位愛管閒事的計程車司機聯想在一塊，但我想了想，人們在外表和舉止上與父母有天壤之別，也是正常不過的事。

直到計程車緩緩駛離車道時，警察局接待人員莎曼珊所言又再度浮現於我的腦海之中。

她對整個克萊恩家族的態度都很惡劣。

我想知道她到底有多麼糟糕，是否糟糕到讓他們想要置她於死地。

第十三章

「哈囉。」我一邊拉開巨大的前門，一邊微弱地說。「艾娃？」

阿奇．福伊爾從最靠近的一道門探出頭來，讓我嚇了一跳。「她在村莊裡。」他幾乎是帶著愉悅的心情說道。

我凝視他許久。「我以為你沒有鑰匙。」我說。

「我沒有，但我的孫女貝絲有。她在廚房裡，她要我從農場拿一些新鮮的農作物過來。她有時會為法蘭西絲下廚料理，我有提過這件事嗎？她通常不會在星期二來訪，但由於目前的情況……」他的聲音逐漸減弱，沉思了一會。他的黑色眼睛突然聚焦一亮，好像此刻才看見我一樣。「華特告訴我們明天早上要宣讀遺囑，所以貝絲會為大家準備一頓豐盛的早午餐。法蘭西絲肯定希望她這麼做。」

「我明白了。」我慢慢回話，聽起來比我內心所想的更加猜疑。我真的需要學會掩飾情緒，最合理的猜測，似乎是阿奇將這些花送去給法蘭西絲姑婆，儘管他是園丁這點是唯一的依據，每天早上都替她送上鮮花，但這一切看來有些太過便宜行事了。

這時，我突然想起一件事——阿奇就這樣從可以通往圖書館的門道走進來。今天早上，我們這群發現屍體的人，可能不僅踩踏了各種關鍵性的纖維或毛髮，而且無論是誰殺了法蘭西絲姑婆，都有辦法污染犯罪現場。一想到圖書館現場尚未進行蒐證調查，且任何人都能閒晃進入，這讓我感到擔憂。「阿奇，警察來過了嗎？」我問道。

「是的，他們是一整個團隊，就連克萊恩警探，也就是泰迪‧克萊恩的孫子，也和其他成員在此一起進行犯罪偵查的工作。他們離開後，圖書館就被鎖上了，而華特擁有唯一的鑰匙。但你已經看過圖書館了，如果你想的話，我可以帶你參觀其他地方。」

「或許下次吧。」我帶著虛弱的微笑說道。「我想自己四處看看，然後找個房間。等我安頓好後，我會向貝絲自我介紹。」

「你請便吧。」阿奇說著，朝房子後方走去，我猜測那就是廚房的方向。

我背起背包，將旅行包留在走廊，穿過巨大的飯廳，來到圖書館的門口。我本來不打算私自闖入的，但阿奇突然出現，好像他是從這個方向出來的一樣，這讓我感到不安。

我試了試把手，它完全沒上鎖，門很容易就打開了，沒有拉警戒線或其他任何示意封鎖犯罪現場的跡象。阿奇要不是搞錯了，就是在說謊。

我跨越那道門，發現裡面的一切看起來都完好無損，還散發著輕淡的松木香氣。這個空間的另一頭，小前廳的門微微開著，我又想起了阿奇如何費盡心思向我解釋圖書館的門已經鎖上了。當我到達前廳時，這裡空無一人，看起來和之前一樣。

法蘭西絲姑婆的文件櫃突兀地聳立在那裡，倚在牆上，彷彿一群悶悶不樂的青少年，當我走向文件櫃時，我感覺自己手臂上的汗毛都豎起來了。我特地不去看牆面上所寫著的預言，但當我包紮敷料下的掌心不斷抽痛時，我的雙眼掃視到「掌心」和「手」兩個詞，這樣的聯想令人覺得特別詭異。

這裡總共有十個金屬文件櫃。依我看，這些文件櫃似乎從一九八〇年代就在這裡了，但這可能只是我個人的嚴格評斷。第一個原因是，它們被漆成老派的酪梨色，並且因長時間的頻繁使用導致抽屜接縫處的油漆不僅局部剝落，甚至磨損到一片光滑，露出下方的銀色金屬。

每個櫃子都有自己的編號，都貼有黑色的標籤機貼紙。最左側的第一個抽屜微微開著，上方的金屬鎖上掛著一串鑰匙。同時，還懸掛著兩把巨大的萬能鑰匙，我猜應該是這座大宅以及一些附屬建築物的鑰匙。然而，圈環上還有一串小小的鑰匙，讓我不禁將頭偏向一側後伸手撫摸，側耳聽著它們像小風鈴般叮噹作響。所有鑰匙看起來都一樣，上面貼著與文件櫃相對應的編號。稍早時，當我和艾娃、奧利佛、高登先生等待護理人員時，這些東西都不在這裡。警察一定是在那之後才發現了這些東西。有趣的是，他們為什麼會將它們留在這裡。

我先從第一個抽屜開始，畢竟它沒有鎖上，我想檔案應該也會按照字母順序排列，我父親的名字「山姆．阿靈頓」應該會在裡頭。

但結果並非如此，卻有不少名字，顯得一團混亂。我看不出有真正的排序，我開始感到沮喪，繼續翻閱那些名字，看看我是否認識任何人。

後來，我看見自己的名字。

我抽出一份輕薄的檔案，裡面有一張我和媽媽的合照，地點是我在中央聖馬丁學院的畢業典禮，還有幾頁胡亂隨機的物件，我不敢相信有人會覺得是重要的東西。有一些以前學校的報告，我曾放在LinkedIn網站上的履歷，以及當我寄送地下室那些行李箱給法蘭西絲時，搬家公司開出的搬運收據影本。我的簽名整齊地落在收據最下方，我想知道為什麼她要保留這種不重要的文件副本。

在此，我的其他家人們都沒有相關檔案；沒有任何關於媽媽又或是我祖父母彼得和譚茜（Tansy）的東西。對我來說，這裡其他檔案都是陌生人的名字。最後，我注意到所有檔案之前都有一張厚實的卡片，上面寫著「待確認的祕密」。

我迅速拉開另一個抽屜，發現有幾張將檔案分隔開來的卡片，標籤上的文字標題令人越看越驚恐。第一份文件寫著「縱火罪」（Arson），而令人驚訝的是，該檔案裡頭有三份文件。幸好，那些是我不認識的人名。下一個標題是「人身侵犯」（Assault），這標籤下列有的名字數量令人擔憂，接著是「破產」（Bankruptcy）等無止盡的檔案標籤。

因此，結果證明，她的編排系統**確實依照**字母的順序排列。只不過是依照不同祕密的字母順序來排序。

胃部突然一陣絞痛，每打開一個抽屜，痛感似乎更加惡化。我不確定我是否應該對法蘭西絲姑婆感到憤怒，因為她總是以輕率的態度來定義她的朋友和鄰居，又或者應該為她感到遺憾，畢竟她這一輩子始終在缺乏信任的汪洋中載浮載沉。

最後，我看到了字母「I」，裡頭有山姆·阿靈頓的名字，就在「不忠」（Infidelity）的檔案中。我小心翼翼地抽出那份文件，發現它厚實得有如一本中篇小說。「不忠」這個類別占據了整整一個抽屜，一想到這些檔案背後代表了多少顆破碎的心，嘴裡就出現了一股酸澀的味道。法蘭西絲姑婆是否曾將這些祕密洩漏給別人知道？或者，她挖掘這些祕密，只是為了剷除一些身分不明的敵人？我並不清楚我父母的婚姻終結的原因；那是在我出生之前就發生的事，那對我而言從來都不是重要的事情。媽媽從未加以解釋，所以也沒有什麼好說的，父親並未參與我們的人生。

我眨了眨眼，試圖擺脫這些思緒。我的視線恰好落在抽屜後面標有姓氏「克萊恩」的地方。我直覺地伸手抽出那份文件。這份文件很厚，裡面的紙張比我父親的文件還要多。我沒有打開來看這份文件是關於克萊恩家族哪位成員，但我驚訝地發現自己暗自希望它和那位警探無關。

我跟他相遇時，發現他並未戴上結婚戒指，如果他真的犯下了不忠的罪行，那也是他自己的事，除非法蘭西絲姑婆認為這是她應該插手干涉的事。這裡還有一份標記為「格雷夫史當」的檔案，但我手上的資料已經超出我的負荷了。這份文件是在說明薩克森或者艾娃的事情嗎？或者有可能跟法蘭西絲的丈夫有關？

我突然想起，艾娃執意要撕下法蘭西絲姑婆調查關係圖上那些便利貼，我跪下將克萊恩和阿靈頓的檔案放在地板上，拿出了那個格雷夫史當的檔案，快速地打開翻閱。裡頭的內容不少，但似乎全都是關於我所不認識的格雷夫史當家族成員。內容不曾提及薩克森、艾娃，或是盧瑟福，但裡頭確實包含了一些單獨的文件。其中一個是哈里森．格雷夫史當（Harrison Gravesdown），另一個叫艾塔．格雷夫史當（Etta Gravesdown），最後一個是奧莉薇亞（Olivia）。看起來，格雷夫史當家族並不是特別忠誠的一群人。

我將格雷夫史當家族的檔案放了回去，關上抽屜，是時候找個房間了，如此一來才會有個私人空間，讓我得以思考自己多麼想瞭解這些不忠的祕密。

我上樓時，注意到其他人已經占好了自己的房間——在我看見的第一個房間裡，艾娃的白色名牌西裝外套已掛在衣架上，吊在華麗的四帷柱床上方。這不像是我的作風，但我還是衝了進去，直接走向那件西裝外套。也許是因為我剛才花了不少時間探查大半個城鎮的祕密，所以就算是翻找艾娃的口袋，我也並不感到羞恥。

在她的口袋中，我找到了一張從法蘭西絲姑婆的調查關係圖撕下的便利貼，還有另一張折疊起來的紙張。我將所有東西都塞進自己口袋，然後快步離開那個房間，輕輕關上身後的門。

在隔壁那個較為寬敞的房間裡，我看見床上扔著奧利佛空空的筆記型電腦包，可以從窗戶俯瞰玫瑰花園。但我想我已經到達了我窺探能力的閾值，奧利佛給我的印象除了有點天真之外，相對較為無害，所以我決定不碰他的東西。相較於這個惡名昭彰的格雷夫史當家族，他其實顯得特別乏味。

我繼續沿著走道走下去，雙腳安靜地踩在拋光木地板中央的深紅色地毯。終於，我找到一個有一片大窗戶的小房間，我將背包扔在靠牆面的金屬床架上。那扇窗戶以彩色玻璃作為邊框，當傍晚最後一束暮輝透進來時，在地板上投射出令人愉悅的色彩。

不知道先前是誰在使用這個房間，它比其他房間小多了，而且跟我在其他房間看到的優雅四帷柱床相比，床也特別樸素。地板是簡單粉刷過的木板，中間鋪有一張整潔的小地毯。這或許是管家的房間，或是其他家務人員的房間吧？

當我盤腿坐在床上，面前擺好準備打開來看的文件檔案時，我才終於注意到我的旅行包被小心翼翼地放在房間另一頭的小衣櫃旁。

我驚訝地眨了眨眼。這或許只是阿奇好意協助的行為，但儘管如此，這個舉動仍舊讓我感到些許不安。我確信這裡還有更多房間，他怎麼知道我會選這個房間呢?或者，這正是他要發表的聲明：**這就是你的歸屬之處，只得隱匿在下人的房間裡。這房子並不屬於你。**

我覺得我的腦袋開始疲憊混亂了，而且更糟的是，我還餓得要命。自從搭上火車之後，我一整天都沒吃過東西。說實話，原本我一直沒覺得餓，但突然間我餓昏了，胃裡像是沒有東西能消化了一樣。

我把文件放進背包，緊緊夾在法蘭西絲姑婆的綠色日記（諾爾城堡鎮祕密閱讀清單上的待讀讀物）以及我的一疊筆記本之間。我把一整包東西滑放至床底下，儘管我確知，如果有人前來窺視的話，那正是他們會先打探的地方，但我也不能將所有的東西都擺在清楚可見的地方。

我回到樓下，沒多久就找到廚房了。我聽見阿奇吹口哨以及低沉的談話聲。我感到困惑的是，如果貝絲原本計畫在早上做早午餐的話，那現在她為什麼會在這時候下廚。但我確實知道，如果你打算烤麵包，前一天晚上就有許多準備工作要進行。

廚房非常巨大，光線充足。大小相當於大多數人在倫敦市中心住的一整套公寓。遠處的牆壁旁有一座巨大的雅家爐[14]，對面則是一座巨大的中島，上面放著厚重的木塊。空間的另一端有一個極大的壁爐，大到我都能被放進去，石頭壁爐前擺放著兩張扶手椅。我發現，其中一張扶手椅的扶手上放了一件紫色的羊毛衫，就在這時，中島旁的女人轉身發現了我。

貝絲．福伊爾（Beth Foyle）看起來約莫大我十歲，擁有一頭深色的捲髮，她那張美麗的臉龐難以用傳統的審美標準來定義。她有著鷹鉤鼻，高大的身材，而她選擇凸顯這些特徵而非遮掩，使她不僅漂亮，而且擁有引人注目的魅力。她從頭到腳都穿著一九三〇年代的衣著，她的紅色口紅和深藍色的茶歇裙，看起來就像是在做烘焙時最稀鬆平常的打扮，就連她的牛津高跟鞋也不會顯得格格不入。她的裙子外繫著一條圍裙，看起來像是一九五〇年代的產物，或是手工特製的復刻設計。她正在撒滿麵粉的中島上小心翼翼地揉麵團，但一看見我就停下了動作。

「哦！」她在頭的一側揮動著一隻手，就連這個動作也顯得復古且時機恰到好處，像是即將與亨佛萊．鮑嘉（Humphrey Bogart）吻別的英格麗．褒曼（Ingrid Bergman）。「你是羅拉的……你是安妮，對吧？」

「嗨，對的，我是。」我向她輕輕揮了揮手，但她在中島旁走來走去，一邊擦拭圍裙上的麵團碎塊，準備要正式和我握手。

「我是貝絲。」

---

14 Aga，一種可用以烹飪或取暖的保溫爐灶。

阿奇不在這，但我發誓剛才真的聽到他吹口哨了，或許貝絲也能吹出相同的曲調。

「很高興認識你。」我的肚子發出咕嚕的叫聲，決定直接切入重點。「阿奇說你打算要準備明天的早午餐，但現在有什麼可以吃的嗎？」我問道。「我知道我這麼問實在太失禮了，但我真的餓壞了。」

「當然！」貝絲說。「但我會幫你準備更豐盛的餐點。你喜歡喝湯嗎？我做了義大利蔬菜濃湯和一些脆皮麵包卷，本來是準備給爺爺當午餐的，但他根本沒吃。」她這時已走到大冰箱前，拿出一個昂貴的Le Creuset鑄鐵鍋，接著將它放進雅家爐中其中一個隔間烤爐。我發現，雅家爐看起來像是全新的，櫻桃紅的琺瑯完美地搭配著貝絲的紅唇。

「謝謝。」我說。我走近雅家爐，欣賞它閃亮的鍍鉻握柄。

「你喜歡嗎？」她問道。「需要更換新火爐時，法蘭西絲特別請我挑選的。」她說。一提到法蘭西絲姑婆，貝絲的臉色就沉了下來，但她將一切情緒都小心翼翼地隱藏起來，難以讀懂她的真實感受。儘管她表現出上個世紀的端莊拘謹，但我並不認為她像艾娃那樣，一切的舉動盡是表演。老實說，我不知道應該如何看待她。

「對不起。」我說。「你一定和她相當熟識。對你而言，今天應該是很糟糕的一天。」

貝絲給了我一個含著淚光的微笑。「我一向透過料理來整理自己的情緒。我發現這對我很有幫助。」她說道。「不過，還是謝謝你。」

最後，她從爐子裡取出熱湯，為我舀了一碗放在我面前。我認真看了一眼，看起來確實很好吃。快吃完那一碗湯時，我看了看那兩張空無一人的扶手椅。

貝絲順著我的眼神，看見其中一張扶手上掛著的紫色羊毛衫，嘆了一口氣。

「是法蘭西絲的。」她說。「我覺得不該挪動它。」她的淚水盈滿雙眼，接著又移開了視線。她忙著從烤箱裡拿出一些東西，等到她回頭看著我時，臉上的表情又有點太開懷了。

我想起阿奇提及的，他們的農場位於格雷夫史當家族的土地上。我開始思考，法蘭西絲姑婆的離世會如何影響他們的未來。這個問題讓我困擾不已，最終我下定決心，認為詢問農場的情況不會太失禮。或許，有人關心她和她家人的處境她會感到高興。

「貝絲，我有點納悶，法蘭西絲姑婆過世後，你家的農場會怎麼樣呢？」我說。

貝絲在圍裙上擦了擦自己的雙手，皺起了眉頭。「喔，我想這件事取決於繼承的人是誰。」她的語氣聽來輕鬆隨意，但顯然也是被情勢所逼。「我必須承認，如果法蘭西絲選擇將農場留給我們就太好了，但高登先生通知我們了，我們的農場並未涵蓋在遺囑之中。」

「真是太令人遺憾了。」我說，我確實有這樣的感受。法蘭西絲姑婆不保護那塊農場，也不讓它歸福伊爾家族所有，這似乎不太公平。這個莊園已經夠大了；不會有人也需要那塊農場吧？真不知道，這一切背後是否還有更多故事。

貝絲輕輕點頭，給了我一個充滿感激的微笑。「好吧，我們就期盼一切順利吧。」她說。她忙著在檯面上撒上更多麵粉，然後又揉了一個大麵團。

我帶著精明狡猾的念頭猜想著，她明天這頓早午餐的真正目的，該不會就是要緊迫盯人並密切關注她的未來吧。如果我是她的話，我可能會這麼做。

就在此時，我注意到我們也正被他人監看著。

廚房後方有一個開放格局的巨大玻璃溫室，需要往下走幾階才能到達。如此宏偉的建築似乎不適合用**玻璃溫室**（Conservatory）這個詞來形容，我看得出來，它的歷史悠久，而鬱鬱蔥蔥的植物掩蓋了空間的深度。這裡或許也能稱為日光室（solarium），又或者是柑橘溫室（orangery）。透過蕨類植物和棕櫚樹的葉子，傍晚的光線稀稀落落地照映著，為一切披上如糖漿般的光芒。如果我有一絲想要探索這座大宅的念頭，這會是第一個區域（除了圖書館，但我現在對那個空間有種複雜難解的感受）。要不是有張臉貼在離廚房最近的一片窗格玻璃上，我可能已經開始探索了。

「有個看起來身體虛弱的女人正盯著我們看，」我緩慢地對貝絲說，「我應該讓她進來嗎？」

貝絲先是睜大了雙眼，接著看向那張臉。她又嘆了一口氣，但這聲嘆息與其說是悲傷，倒不如說是沮喪。「蘿絲，」她小心翼翼地說道，提高自己嗓門，即使隔著玻璃也能聽見她的聲音，「你想喝杯茶嗎？」

蘿絲。我回想起那張照片——法蘭西絲姑婆、失蹤的女孩艾蜜莉·史帕羅，以及他們的第三位朋友蘿絲·福雷斯特。她是急救護理人員喬的媽媽，所以她一定是之後結了婚，成了蘿絲·勒羅伊。蘿絲是城堡之家飯店的經營者。

那張臉遠離了窗邊，我聽見植物叢林某處傳來玻璃門的碰撞聲。因此，肯定有一扇門可以穿過溫室並通往花園。蘿絲從蕨叢之中現身，一手拿著粉紅色朱槿，另一手拿著打了結的手帕。

她看起來和照片上一模一樣，只是年紀大了些。她仍然留著她富有個人特色的鮑伯頭，而她的襯衫和西裝外套似乎都是由一九六〇年代的聚酯纖維剪裁而成。如今她已有一頭灰黑雜白的頭髮，卻相當適合她稜角分明的五官。她的顴骨變得更為突出，這讓她的棕色眼睛看起來更寬一些。看著蘿絲時，我想到艾蜜莉和法蘭西絲姑婆現在才七十多歲，而七十歲其實也並沒有那麼年老。

但蘿絲看見我的那一刻，臉色就變了。她的眼中充滿了憤怒，隨後是一陣驚慌不安。她拿著手帕的手不安地在空氣中打轉，最後，當她注視著那些空無一人的扶手椅時，我感受到了她突然湧上心頭的悲傷。

「蘿絲，進來坐下吧。」貝絲溫柔地說。她將蘿絲帶向其中一張扶手椅前，接著去廚房水槽為她倒了一杯水。

蘿絲閉上雙眼，用鼻子深深吸了一口氣，吸入充滿了整個空間的新鮮麵包香味。最後，她直率地說：「妳一定是安娜貝爾了，很高興認識你。請原諒我，我看見你的那一瞬間太驚訝了，但我知道終究會見到你。法蘭西絲曾經提過你。」

「我也很高興認識你。」我說。「法蘭西絲姑婆曾經提過我嗎？我沒想到——」但蘿絲的抽泣打斷了我的話。

「我很抱歉。」蘿絲擦著眼睛說。「我平時不會這樣的。你也看到了，我在失去了法蘭西絲後……」蘿絲語不成聲，一隻手突然飛速掩住自己的臉，就像一隻在藏身之處受到驚嚇的小鳥。她吸了吸鼻子，然後捏住了鼻梁，彷彿如此一來就能忍住淚水。

「我對你的失去深感遺憾。」我說。「我知道你是法蘭西絲姑婆的朋友。」

「我是她**最好的**朋友。」她激動地說。我被她瞬間轉變的語氣嚇了一跳，關於悲傷我知之甚少，但我明白悲傷是難以理解的一件事，轉瞬之間，一個人可能突然從悲傷變得憤怒。我突然覺得自己太年少無知了。

「蘿絲，」貝絲溫柔地說，「我們能為你做點什麼嗎？」

「我只是……我需要看看……」蘿絲哽咽說不出話，然後又稍微恢復了。「喬告訴我法蘭西絲逝世時，我感到非常內疚！先前我們都不相信她說的話。」她的聲音顫抖著，語帶氣惱。「她當初說得**沒錯**！這麼多年了，她說自己會被謀殺的說法都是對的。」

「沒有人可以確切知道這件事。」貝絲說。

我決定了，現在不是分享我個人推論的時候。這個可憐的女人才剛得知最好的朋友逝世了，如果在此刻告訴她，可能是鎮上的某個人、一個法蘭西絲熟識的人殺害她……這似乎太殘忍了。

「但一定有人會發現的。」她平靜地說。「我對法蘭西絲有信心，她為此準備了六十年。警方一定會查出是誰幹的，對吧？」她看著貝絲，又轉向我，然後又轉回去看了貝絲。「法蘭西絲最重視公平正義了，我們不能讓凶手逍遙法外！」

「警方正在調查這件事，」我說道，「我相信他們會妥善處理，替她伸張正義。」我其實也不太確定，但在這種情況下，這樣說似乎才是對的。蘿絲稍微平靜了一些，一邊擤鼻涕，一邊點點頭。

「安妮，」貝絲站在蘿絲身旁說道，「你能不能幫我找到我爺爺？看看他能否載蘿絲回村莊。他就在花園裡，我可以透過那一側的玻璃看見他。」

蘿絲瞇起了眼睛。「我沒有那麼老，我自己開車來的！」她厲聲說道。

「不管怎樣，」貝絲說，「我希望爺爺能和你一起開車回去。你的情緒太沮喪了，在這種情況下可能會發生危險。」

「我真是受夠和阿奇・福伊爾搭同一輛車了。」蘿絲咕噥著。

貝絲給我一個尖銳的眼神，我點了點頭，走到外頭尋找阿奇。

他正在修剪玫瑰花，那些深紅的玫瑰正一一凋零。當我們回到廚房時，蘿絲已經比先前狀態鎮定許多了。她用手心撫平頭髮，那條手帕已消失不見。

「嘿，蘿絲，」阿奇說，「你能順道送我去酒吧嗎？我今天的工作結束了。」

「應該可以。」蘿絲說。起身時，她從扶手椅上拿起那件紫色羊毛衫，輕捏了一下，然後將它披在自己的肩上。

阿奇向她伸出手臂，那姿態彷彿是要引領她走向舞池，我看著他們一同消失在蕨叢之中。

第十四章

我原本打算利用晚上的時間來查看我塞進背包的那些文件，但當我一喝完貝絲的熱湯後回到我的小房間時，一整天積累的疲憊襲來，讓我幾乎睜不開雙眼。早上，直到奧利佛來敲我房門，請我十分鐘後到樓下，即將要宣讀法蘭西絲姑婆的遺囑，我這才醒來。

我努力要讓自己看起來體面一點，但我也只有一件備用的洋裝，感覺也不太適合這種場合。不過，我唯一的選擇就是穿昨天穿的那套衣服，這顯然更不妥。這件洋裝是珍妮在哈羅德百貨公司瘋狂購物後不要的衣服，但至少是設計品牌。上半身的衣料貼身，下方的裙擺向外開展，讓我感覺更加暴露，畢竟我通常會將自己隱藏在厚重布料之下。我再將頭髮盤於頭頂上，對著牆面的全身鏡照了照自己的模樣。

我又驚又喜。也許是因為昨天我不斷耳聞自己和媽媽有多麼相像，但這件衣服看起來時尚又雅致，感覺自己像是另外一個人。我深吸了一口氣，稍稍以手撫平海軍藍色調的絲綢，然後走出房間並走下樓梯。

隨著宣讀遺囑的時間逼近，高登先生帶領我們前往圖書館，一切都顯得莊嚴。裡面的空氣有些悶熱，但相較於昨天，此處還是有些微妙的變化。所有花束都移除了，甚至連窗戶旁漂亮的花藝設計都不見了，讓這個地方感覺不那麼幽閉恐怖了。清晨的陽光透過窗戶照射進來，濕漉漉的草地看起來已準備好接受陽光的洗禮，曬乾上頭的水滴。我發現，貝絲在長桌的另一側擺滿了早午餐，卻完全沒有人碰，讓我感到有些愧咎。有人挪動了那些椅子的位置，高登先生坐在圖書館中央的大木桌後方，而我們就坐在面向他的位子上，除了仍未到場的薩克森之外。一切都相當正式，如同我的想像，一個極其富有的人的遺囑和遺言，應該以這種正式的方式宣讀。

艾娃．格雷夫史當坐在最遠的左側，旁邊有一張為她丈夫準備的空椅。我坐在空椅子另一邊，接著是奧利佛．高登。他口袋裡的手機不斷振動著，每當他查看手機，他都會刻意將肩膀傾斜，好和我保持距離。從他憔悴的神情看來，我推斷打來的人若不是他的老闆，就是他有個控制狂女朋友。

團體之中新增了一位有趣的新成員克萊恩警探，儘管他沒有和我們其他人坐在一起。我驚訝地發現自己竟很開心能見到他，他讓一切感覺更為平靜、更為安全。他的手臂下夾著一份看起來很重要的檔案，傾靠於一個窗框旁，靜靜地看著我們所有人。當我坐下時，他向我輕輕點了點頭，此外都保持著沉默。我敢打賭，無論要賭上我多少錢，他身上那份檔案正是奧烏蘇醫生的驗屍結果，而我非常好奇地想知道裡面寫了什麼。

高登先生清了清嗓子，特意看了看手錶，接著又意味深長地看了艾娃一眼。「我不明白，薩克森為什麼會遲到，開會地點就在**他目前住的房子裡**。艾娃，如果五分鐘內他還沒來，我就要搜遍所有房間，把他拖到這裡來。」

艾娃看起來氣得要命，這種反應得搭配舞台燈光及管弦樂團。她全身每一處都顯得彆扭造作，有如一人演出的獨角戲。「別開玩笑了，華特。這是薩克森**自己**的家，他是在這裡長大的。看在上帝的份上，有點同理心吧，他可能得點花時間應對那些難以擺脫的回憶。」

「這點我很清楚，艾娃。」高登先生平靜地說。「但你忘了一件事，我有太多將薩克森從藏身之處拖出來的經驗了，如果他一直沒改掉小時候在暗地監看情勢後才要現身的惡習，我也不會感到太驚訝。」

這倒勾起我的好奇心了，但沒有人進一步詳細說明，若要開口探問似乎也很奇怪。

艾娃選擇轉移這個話題。「奧利佛在這裡做什麼？」她問道。

我自己也不斷在思考著這個問題。我知道法蘭西絲姑婆曾在遺囑中提到他，但原因卻始終是個謎。我暗自地高興著，因為艾娃積極地提出一些我覺得難以啟齒的問題。

「當我們宣讀遺囑時，很快就會解釋到這一點了。」高登先生說。

我感覺得到克萊恩警探在空間另一頭的堅定眼神。圖書館的門砰地一聲關上，除了警探之外的所有人都嚇了一大跳，剛好在這個時候，一個有著灰褐色濃密頭髮的男人大步走進圖書館。「大家，真是抱歉。」他說，給房間裡所有人一個溫暖的微笑。

「薩克森終於來了。」高登先生說。

薩克森穿著一套剪裁高貴的灰色西裝，合宜地搭配他纖細的身材。他的身高或許差一點就接近一八〇公分了，相較於艾娃不間斷的表演，他所散發出來的自信更為真誠。他有方正的下巴以及綠色的眼睛，我彷彿能聽見珍妮在我腦海裡稱呼他為「銀狐」[15]。他注意到我盯著他看，然後退後了一步。

「你不是羅拉。」他直白地說，但臉上仍保有笑容，沒有提出我和她長得很像的評論。

「不是。」我說。我坐直了一點，找回我幾分鐘前穿上這件衣服照鏡子時的感覺。「我不是。」

「薩克森，這是安娜貝爾．亞當斯，安妮是羅拉的女兒。」高登先生說。「她現在也被捲入了一切的——」此時他低頭看著面前的文件皺起了眉頭，皺得整張臉都鬆垂了，「混亂之中。」他自言自語地說出了最後一句話，面對這份遺囑，他似乎明確清楚地表達出自己的感受。

薩克森走了過來，坐在我身旁空著的椅子上。他傾身向我說道：「很高興認識你，安妮。希望這一切都能公平、輕鬆地解決，這樣可憐的華特才不會因壓力過大而崩潰。我想艾娃昨天可能沒有讓你覺得受到歡迎，你得原諒她。我想，她只是將她對羅拉的反感發洩在你身上而已。」

我不確定自己事先是如何預期遇到薩克森的情境，但絕對不是如此。他或許只是反映艾娃的另一面鏡子；或者他不過是個事務繁忙、地位重要而無法正視我存在的人，畢竟他都遲到了。但薩克森卻平靜地坐在我旁邊，帶著一種相當通情達理的姿態，同時也瞭解這種情況會讓我多麼尷尬不安。這倒是個令人相當愉悅的驚喜。

「謝謝你。」我說。

---

15 Silver fox，指頭髮已灰白，但外表仍帥氣迷人的中年或老年男性，具備自信和成熟的品味。

我一時想著，媽媽可能做了哪些讓艾娃不高興的事，但就我目前為止眼前所見的艾娃來看，他們幾乎算是個性南轅北轍的兩個人。媽媽可能會找機會逗弄激怒對方，一想到這點，就有一陣熱流湧上我的心頭。

「好的，那我這就來為大家簡單說明一下。」高登先生戴上老花眼鏡，接著拿起眼前的一疊紙張。「法蘭西絲並沒有分割她的財產；它得保持完整性。這包括切爾西的房子、格雷夫史當莊園所附屬的農場和土地，以及整個莊園本身和四周的土地。此外，還包括了四千萬英鎊。」

艾娃拍拍手掌，吸了一口氣，但立刻以一聲咳嗽來掩飾。薩克森對她輕聲發出責難的嘖嘖聲，高登先生則以老花眼鏡上方的視線冷漠地看了她一眼。

所有人都保持安靜後，高登先生便繼續說道。「薩克森、奧利佛，以及近期取代了羅拉的安妮仍然是受益人，但這就是事情開始變複雜的起點了。要解釋這一點的最佳方法，就是直接閱讀法蘭西絲所提供的一封信給的大家聽：

最親愛的薩克森、安娜貝爾和奧利佛：

相信我，我希望能以正常的方式來處理這件事。我稍後會談到奧利佛，但首先我要先向薩克森和安娜貝爾說明。我很早就知道我的生命會因為謀殺而終結，因此我要將自己所有的財產，包括我所有帳戶中的資金，留給成功解開我謀殺之謎的那個人。」

多年來，我在這個小鎮上始終受到不公平的對待，只因為我所深信不疑的事。每個人對他們所保守的祕密感到焦慮，對我挖掘祕密的能力也感到不安，因此他們才竭盡全力要詆毀我的名聲，說我是個瘋子。不過，我一直都明白，諾爾城堡鎮這地方不對勁，那些暗藏在我們街道、教堂牆壁、甚至我自己房子的裂縫裡的那些祕密，讓我們從骨子裡徹底地腐敗。我一直都知道，這些祕密最終將會致命，畢竟以前也曾發生過。

在這個地球上，我要做的最後一件事，就是讓你們兩人信服這件事，並期望在這個過程中，你們也能讓整個城鎮深信不移。

願你們之中最優秀的人繼承了我的財富，而非我的命運——

當我試著理解法蘭西絲的話時，驚訝得瞠目結舌。我再次感受到命運之手如此多刺扎人，自從我們找到法蘭西絲姑婆以來，這正是我一直努力在做的事。就算要**幫忙**，我似乎也無能為力。我覺得自己不過是法蘭西絲姑婆預言中的一部分，也可能是那個恰好的女兒。

這時，艾娃結結巴巴地說：「不好意思，她可以這樣做嗎？讓我們在此不斷繞圈圈？」

克萊恩警探低頭看了看手中的文件，不知道他是否聽見艾娃所言。

高登先生再次清了清嗓子。「艾娃，並沒有你所謂的**我們**。這件事只涉及薩克森和安妮，以及在場的奧利佛及警探，但如果你讓我好好說完，我就快說到重點了。」

當然，凡事都有規則。我不希望你們無所事事，任憑我的屍體在地底下腐爛，而正義遲遲未得到伸張。我給你們一星期的時間。如果你們到最後都沒有解開我的謀殺之謎，那麼我所有的財產就會一件一件單獨售出，交由我們年輕的房地產開發商奧利佛．高登和他所屬的傑索普．菲爾德房地產公司負責。我不在乎這個莊園最終成了一個購物中心或是採石場。如果你們將這件事搞砸了，這將會影響全村的後代子孫。至於售出的所得金額，以及我其餘的財產，都將歸英國王室所有——

我忍不住了，我成了下一個打斷的人。「但是農場、貝絲、她的祖父以及他們的農場事業會發生什麼事呢？」

高登先生看了我許久，我不確定，他是感激有人跳脫自己的利益範圍來思考這件事，還是感到疲倦了，因為我提醒他這份遺囑有如一顆炸彈，將對整個村莊造成劇烈的衝擊。他沒有答覆我，只是繼續讀了下去。

「不過，我也不希望你們為了得到想要的結果，而急忙地胡亂拼湊出不正確的答案。因此，你們的調查發現必須由克萊恩警探來核實，不論是有凶手落網或是達成有把握的切確結論。而是否有人確實達成目的，華特將擁有最終的決定權。如果你們基於任何原因而被判入獄，他也有權取消你們任何一人的資格——」

「所以我們可以謀殺對方，只要能僥倖逃脫刑罰就沒關係了。」薩克森諷刺地說。「真是高尚呀，法蘭西絲。」薩克森再次傾身向我靠近，補充說：「別擔心，安妮，我不會殺害你的。」

「我太感激了，薩克森。」我回答。「我也不會殺害你。」然後我們都笑了，畢竟才初見一個陌生人十分鐘就開口說出這種話，這實在太不尋常了。

「事實上，」華特說，「這**正是**遺囑中一項簡練確切的補充條款。這點會讓你們留意對方的舉動。畢竟法蘭西絲也不希望遺產落入一個不值得之人的手中。」他高舉著信件至他的鼻子底下，繼續讀下去。

「我不會在此說明任何自然死亡的應急措施，這就是我對必然發生之事的堅定信仰及信念。相信我，如果我知道誰懷有殺害我的計畫，我肯定早已向警方報案了（克萊恩警探可以證實此事，我已嘗試數次了）。多年來，我一直試著找出最終殺害我的凶手，但要解開一個尚未發生的罪行有極高的挑戰性，因此我必須將這個環節交給你們了。

我試著以計畫的方式玩這個遊戲，但看來我還是輸了。所以我安排了我不在場也能持續進行的一項計畫。

祝好運

法蘭西絲

震驚不已的我們默不作聲，感覺像是過了幾分鐘之久，直到我決定要打破沉默為止。

「如果我們一起解開這個謎題呢？」

「又或者我們其中一人解開了呢？」薩克森問道。

克萊恩警探轉頭看著薩克森，嘴角微微上揚。「為什麼？你打算認罪了嗎？」

「純粹從學術的角度來看，」薩克森回答，「我想知道，法蘭西絲把這件事想得多麼透徹。這真是一項令人驚嘆的陰謀。」薩克森似乎只覺得自己被逗樂了，彷彿這不過是場有趣的遊戲。

奧利佛一直忙著在手機上打字，但他突然抬起頭來說道：「我並不想幫助破解這起謀殺案，我來這裡只是為了確保……」他臉上的表情足以使牛奶凝結，我突然意識到他怒火中燒。「不過，既然美麗的法蘭西絲認定即使在她死後，我的職涯前景也可供人們隨意玩弄，但我也不希望在睡夢中遭謀害，畢竟這一切已成了殘酷的割喉戰，」此時他瞥了艾娃一眼，「我想特別指出一件事，以法蘭西絲的死亡時間來說，我們都是清白的，當她遇害時，我們都在諾爾城堡鎮的同一間辦公室裡。好吧，除了薩克森以外的所有人。」

「這點其實並不重要。」我說。「這些花在近期任何一個時間點送到她手中都合理，凶手有足夠的時間逃離。」

克萊恩警探輕輕地讓身體離開他所倚靠著的窗台。「殺死她的並不是那些鮮花。」他平靜地說。

「那些……什麼？」我眨了幾下眼睛，試著理解毒堇進入血液中為何不會致死。

「那她搞錯了嗎？她沒有被謀殺嗎？」薩克森問道。

「我沒有這麼說。」克萊恩簡短回覆。他仔細地觀察著艾娃和薩克森，打量著他們的反應。薩克森同時也凝視著他，意識到自己正被警探審視著。艾娃似乎對周圍事物毫無知覺。

「嗯，當她遇害時，我們都在高登先生的辦公室裡。」艾娃回答。「法蘭西絲沒有打電話通知你說要改變會議地點嗎？所以我們都待在那裡時她還活著。而薩克森那時正要從醫院回來，他人就在渡輪上。」

「我這裡有一張船票，如果有人需要的話。」薩克森平靜地說。

「沒人要討論房間裡的那一頭大象。」[16]奧利佛打斷對話，聲音異常地刺耳。

「哪一頭？」我脫口而出，因為我確實想得到這空間裡有好幾頭大象。

奧利佛無視我，轉身對警探說話。「克萊恩警探，死因是什麼？我看你手裡都拿著那份驗屍報告了，難道你不打算告訴我們嗎？」

「喔，是那一頭大象呀。」我說。

克萊恩警探動也不動，只是看著奧利佛微微一笑。

「好吧。」奧利佛說。「如果她是自己死了那該怎麼辦？」

「什麼，你認為她會選擇自殺，就為了讓大家歷經這一切繁瑣程序嗎？」艾娃說道，好像覺得這說法也可能是真的。我不喜歡妄加評論，但我開始認為艾娃．格雷夫史當並不是特別聰明。

---

16 the elephant in the room，帶有諷刺意味的英文俚語，表示「人們眾所皆知，卻不願多談或觸及的棘手問題」。

「不，我的意思是指，她如果是心臟病發作呢？我不知道，或許是突然糖尿病休克之類的呢！那又該怎麼辦呢？」

克萊恩警探終於向前邁出了一步。他走近高登先生坐著的地方，將檔案放在桌上。「她的確是心臟病發作了。」他緩慢地說。

奧利佛嘆息了一聲，又將手伸進口袋裡拿手機。

「但那並不是自然的病發。」克萊恩警探一邊說，一邊打開那份檔案。「法蘭西絲是對的。有人謀害她。」

第十五章

諾爾城堡鎮檔案，一九六六年九月二十三日

約翰保持著距離，迴避我任何問題，不論是關於格雷夫史當莊園的，或是我不在場時他們都在做些什麼。薩克森的警告在我心頭揮之不去，有如一陣難聞的氣味。「我知道你認為我是個變態，但你男友更糟糕。」

然而，每當約翰閃躲了一個問題，他就會有一些貼心的舉動：從遙遠的倫敦訂購的一瓶香水，或一本我最喜愛的書。他將我們名字的第一個字母刻於樹幹上，說他愛我。而慢慢地，在接下來的一星期左右，原先冷冰冰的關係開始升溫。

值得慶幸的是，約翰也同意，格雷夫史當莊園中的樹林並非世界上最浪漫的去處。他為我們的第一次想了各式各樣的點子，例如在黑暗中偷偷溜到城堡的廢墟中，或是和華特借用車子一晚。但是，自從與福特和薩克森那段共處的時光後，這些朋友就讓我感到不自在。

艾蜜莉仍然堅持認定，格雷夫史當莊園是鬼混時最令人興奮的去處，而有一晚，警察覺得我們過於吵鬧，才七點就將我們從村鎮公用綠地[17]攆走時，她更加堅定了。和往常一樣，發出一切噪音的人是華特。他決定一邊唱著奇想樂團[18]的〈你真的迷倒我了〉（*You Real Got Me*），一邊對著一棵樹小便，告訴我們他撒尿的時間可以拉得和這首歌一樣長。華特總會做這種事，他真是個長不大的孩子。

蘿絲又和泰迪．克萊恩復合了，就在我說服她泰迪臉上的青春痘會消失不見，治療之後一定會變得非常英俊之後。我沒有說謊；在那些粉刺之下，他仍有一張俊美的臉蛋。他甚至有深色的頭髮以及分明的五官，和一股穩定的氣度，讓人覺得有安全感。我只是覺得，蘿絲有時根本看不見長遠的事情。

約翰和泰迪再去多買些啤酒時，華特的歌聲將警察引來之前，我終於有機會和蘿絲談論我所有矛盾不安的感受。自從我們溜進莊園以來已過了兩星期之久，我不斷在腦海中回放著所有經歷。我內心有一部分明白，這些朋友們說謊成性，得要提防小心才是，我不想被愚弄欺騙，但我也察覺到，長時間的不信任或憤怒只會讓人筋疲力盡。

我坐在蘿絲旁邊的野餐毯上，一隻手臂環抱著她的手臂。我穿著兩件針織套衫，因為艾蜜莉借走我的羊毛大衣，並拒絕歸還。

不知何故，她身穿我外套的樣子，就好像那一直都是她的一樣。我看了她一會，笑著和華特說話。她穿起來的樣子更好看，雙排的金色鈕扣、鐘形剪裁穿在我身上過於時髦。不過，那些鈕扣確實讓我感到太痛苦了，雖然這正是我一開始選擇它的原因。它如此獨特，鈕扣上有跳躍的雄鹿，我從未見過有這種獨特細節的大衣外套。

「天啊，你一定凍壞了，法蘭妮。」蘿絲說，她輕揉著我毫無遮掩的手臂，想讓我暖和起來。

「沒那麼嚴重。」我說，但這時是四月初，天色漆黑一片，所以這顯然就是個謊言。

「我要堅守立場，把你的外套拿回來。」蘿絲說。「這借得夠久了吧。」

「什麼，你說小艾借的東西嗎？她就是這樣，你知道的。此外，只要是我借給她的任何東西，我都明白我或許就永遠失去它了。」

「你還看不出來嗎？不僅僅是如此。她模仿你的方式太過頭了，你太善良了，一切都被你輕描淡寫帶過了，但這真的……她真是太會算計了。」

一瞬間，兩星期以來的一切感受全湧上了心頭。但我搖了搖頭，感到厭倦。「你**太**相信她了。」我說，但我思考著蘿絲的話。那些字句附和了我的直覺，我最深切的焦慮，就是艾蜜莉公開宣告我是她的敵人。她工於心計，我們都知道這一點，我只是不太明白她的心機為何突然針對我而來。一般而言，這種事和異性脫不了關係。

「法蘭西絲，只是……」蘿絲用手爬梳著頭髮，咬住下唇。有那麼一刻，她似乎要告訴我些什

---

17 The village green，為小鎮或村落中常見的一片草地，通常位於村鎮邊緣的一塊公共開放區域。

18 The Kinks，英國搖滾樂團，一九六四年由戴維斯兄弟成立於倫敦，在英國擁有極大影響力，其融合民謠的流行搖滾在美國也受到歡迎。

麼，但隨後又低下頭，什麼也沒說。

我看見約翰和泰迪在酒類商店前方抽菸，所以我把握了這個機會。「蘿絲，為什麼你們溜進格雷夫史當莊園，卻沒有任何一個人告訴我？」

蘿絲皺起了眉頭，好像我拿尖刺戳了她一下，而且遲遲不抬頭。「對不起，法蘭妮，是因為小艾。你也知道她的個性，如果我告訴你我們去過的話，她肯定會恐嚇我。」

「好吧。」我嚴厲地說。「那你一開始為什麼要和他們一起去？」

蘿絲看著她的雙手，接著又看著我。「我只有第一次參與，直到後來我才明白艾蜜莉對我撒了謊。她說你不舒服待在家裡。在那之後我再也沒有和他們一起去了，我發誓。」

「好吧。」我輕慢地說。「不過，我還是覺得你有些話沒說出口。福特說他以前曾見過艾蜜莉，他試著要警告我，要我遠離你們所有人。第一次去莊園時究竟發生了什麼事？」

蘿絲看了看酒類商店的方向，艾蜜莉和華特正買了些啤酒。「我、約翰和華特就做些平常會做的事，但小艾卻消失了一段時間，直到該回家時才突然出現。華特對此有點生氣，他們開始爭吵，因為她去了哪裡，似乎再明顯不過了。」

「她走向大宅去了。」我說。我不明白這個念頭為何令我灰心，連我自己也同樣抱持著懷疑。我曾在那裡待了一小時聊天喝茶，但得知艾蜜莉也曾造訪之後，心裡又湧現一陣酸楚。腦海中突然浮現了薩克森發表的言論：「艾蜜莉有好幾次惹福特叔叔生氣。我想，她希望他這時正好要尋找一位新的妻子。」

這群人正穿過公用綠地向我們走來，我看著穿著我羊毛大衣的艾密莉。她勾著華特的手臂一邊搖擺一邊大笑著，她那頭金髮劃過了一片黑暗，他看著她的樣子，彷彿她是一顆流星，是夜空中的一道光，一生之中只能看見幾次。

華特剪了頭髮，就和約翰現在的髮型一模一樣，修剪得整整齊齊的，甩掉了幾星期之前的披頭四髮型（mop）。這太令人好奇了，因為華特很愛護自己的頭髮。他樂見老太太們對他竊竊私議說「流氓」的臭臉，也喜歡被海灘上的女孩們攔住，對他說他看起來多麼像喬治・哈里森[19]。我就想當然地認為，時尚正不斷地變化，而我始終是個局外人。

這是個很容易得出的結論，因為我總是最後一個知道的人。我應該問自己的問題是，華特為什麼突然想讓自己看起來像約翰。

「我這裡有最棒的驚喜遊戲。」艾密莉走近時說道，她燦爛地笑著，在我身旁坐下。她將手伸進自己的（我的）大衣口袋中掏出一樣東西，是毫無光澤的金屬材質，夜裡一片黑暗籠罩著它奇怪的曲線。

泰迪咒罵了一聲，蘿絲抓住我的手臂，將我拉得離艾密莉更遠一些。

「小艾，你搞什麼鬼啊？」我尖聲說道。她掌心之中有一把左輪手槍，看起來幾乎像是戲劇裡的道具一樣沒有殺傷力。「你去哪裡拿的？」

---

19 George Harrison，出生於英格蘭利物浦，英國歌手、作曲家、專輯製作人，以披頭四樂團的主奏吉他手身分最廣為人知。

「而且為什麼要拿這個？」泰迪補充說道。蘿絲就坐在那裡，恐懼得說不出話來。「我找到能打開我爸爸槍櫃的那把鑰匙。」艾審莉說著，抑制自己的笑聲，卻變成了一種憤憤不平的鼻息聲。「這件事並不難。至於，**為什麼**這麼做呢？」此時，她瞇著雙眼瞪了泰迪一眼，那眼神幾乎像是大叫著**掃興鬼**。「為什麼不呢？那麼，大家有玩過俄羅斯輪盤嗎？」

就在此時，華特開始對著樹幹撒尿，發出低沉吼叫的吵鬧聲，值得慶幸的是，這足以引起鄰居們的關注，他們大聲警告著警方正在前來的路上。

艾審莉厭世地嘆了口氣，但我覺得她沒資格擺出這種態度。在諾爾城堡鎮表現得像個反抗者一樣，並沒有讓她看起來比大家更為成熟。

「下次吧。」她氣呼呼地說，再度將左輪手槍塞進自己的口袋裡。「在他們拿著乾草叉來追捕我們之前，大家趕緊鑽進車子裡吧。」

艾審莉漫步走回華特身旁，當她轉身背對著大家時，蘿絲將手伸進了自己外套的領口裡。

「她太過分了。」蘿絲說，我看到小鳥項鍊上的鍊子發出一點微光，就像黑夜裡一聲微弱的哭泣，然後蘿絲把手伸到頸子後方要解開鍊子。

最終，她解開了項鍊，將它丟到了綠地上。「法蘭西絲，你也應該丟掉你那一條。」蘿絲說。

我確實考慮過這件事。但是，我、艾審莉，以及蘿絲一同歷經的過往——這麼說吧，那是長久以來讓我們維繫關係的黏著劑。當然，關係的黏性逐漸消失，但我覺得有必要提醒蘿絲，那關係並未完全消失。

「蘿絲，我們很瞭解艾審莉。你想想，當她會這麼做的時候——」

蘿絲打斷了我的話。「她以前從來不會有這些舉止。」

「確實如此，但她也變得更親近了。蘿絲，你也明白原因是什麼，這次可能也不例外。」

艾審莉的母親費歐娜．史派羅（Fiona Sparrow）一向是具備完美形象的女人。她美麗且傳統，對艾審莉抱持著極高的期望。她的父親是當地的議員，正因為他們一家有如此非凡的魅力，所有鎮民都迫切想讓他們留下好印象。

艾審莉的姊姊十五歲時就逃去了倫敦，他們在家絕口不提她的名字。艾審莉被當作獨生女生養，但她姊姊留下的那塊空白，只是讓費歐娜更堅決地改寫自己過往的失敗，讓艾審莉有所成就。費歐娜有強大偏激的控制欲，她精心挑選艾審莉穿上的每一件衣服，將她打扮得像個活生生的洋娃娃。

我在黑暗中看著艾審莉，發現她仍然穿著費歐娜．史派羅的招牌高跟鞋，以及腿部後方有接縫線的長筒襪，即使造訪店家也買不到。

我穿著帥氣的煙管褲，感覺相當大膽醒目，我先前在雜誌的照片中看見這種設計，就找了一些條格棉布（一場舊貨拍賣會中找到的雨衣襯裡）來進行改造。母親也為我提供了協助，這件事有趣得讓我們開懷大笑，我們將那件雨衣撕成碎片，仿照了奧黛麗．赫本（Audrey Hepburn）所穿的褲子款式。

艾審莉突然朝我的方向看，那感覺幾乎令人毛骨悚然，彷彿她能讀懂我的心思。

我回想起我們十歲時，我會時不時地突然去找艾審莉玩。當時，我、蘿絲，以及艾審莉的友誼如此簡單且輕鬆。夏天時在丁伯河上玩鞦韆繩，八月去採黑莓來填飽肚子。深信那些從樹籬中跳出的野兔能與我們對話，而我們也有馴服牠們的本事。艾審莉總能想到最有趣的遊戲、最有創意的點子。

我想，在某種程度上，是我揭開了艾審莉生活之中的各種層面。真不知道她是否會為此而責怪我。

那一天，前門開了一條細縫，好讓夏日令人窒息的氣溫中能吹進一絲微風。就像在女子精修學校[20]一樣，艾審莉頭上頂著一本書，卻無法毫不出聲地在費歐娜面前放下茶杯。我聽見費歐娜小聲且生氣的噓聲在那空間裡傳開：「如果你連這種最簡單的事情都做不了，你怎麼讓別人愛你呢？你這一輩子將永遠被困在諾爾城堡鎮了！艾審莉，你很漂亮，如果你都沒開口讓那張愛發牢騷的嘴壞事的話。你唯一擁有的價值就是美貌，因為你其餘的一切都平凡無奇。你必須學會善用你的外表，才不會丟這個家族的臉。」

杯子再度發出噹啷聲，但這次艾審莉的手抖得太厲害將它摔碎了。

費歐娜用手將整套茶具從桌面上掃了下來，那些茶具摔在牆上，如雨點般碎了一地，艾審莉只是靜默地坐在那裡，直盯著這一切。

「今天其餘的時間將所有東西黏回原狀，反省你自己有多麼笨拙。」費歐娜說。「出身良好家族的男人不會想要一位粗魯無禮的妻子。看你那草率粗心的舉止，連一個福伊爾家族的男人都騙不到，更別說是格雷夫史當家族了。」

艾蜜莉跪在地板上，開始一一拾起碎片。我心中升起熊熊怒火，身側的兩隻手都握成了拳頭。費歐娜背對著我，但艾蜜莉的目光卻掃到了我所站立的門口。她看起來又委屈又羞愧，臉上接著又浮現了一種充滿憤怒的決心。她以難以察覺的幅度搖了搖頭，彷彿在說著，**法蘭西絲，你膽敢插手管這件事**。

所以我沒有。

但是，在那件事之後，艾蜜莉的遊戲就變得更加黑暗且激烈了。這種變化並非一下子發生，而是逐步的過程，一開始時其實令人感到興奮好玩。在我們青春期的初期，艾蜜莉總會編造一些最刺激的恐怖故事，並帶領我和蘿絲召喚鬼魂或淺嘗一些虛構的黑魔法。我們一同監視村落裡的人們，當我們發現一些多半是虛構的祕密時，我們就會一起聊八卦。不過，我們從不傷害任何人，也不會傷害自己。

「我們不能將艾蜜莉所做的一切都歸咎在費歐娜身上。」蘿絲說。「她不在場，她沒有幫艾蜜莉做那些選擇。」

「也許沒有。」我說。「但是，有時我並不確定，在費歐娜的掌控範圍之外，艾蜜莉會如此玩弄我們，是否是為了得到些許人生的控制權。或者，這是一種懲罰的方式，因為我們知道的太多了。」

20 finishing school，主要是富家女子就讀的精修學校，教導年輕女性社交禮儀及上流社會文化禮儀，為進入社會做好準備。

泰迪靜靜地坐在那裡，非常機敏地假裝自己專注地看著頭上翻湧的雲朵。在黑暗的夜晚，月光透過雲層，顯露出風雨即將來臨的端倪。有人高聲呼喊要我們離開，於是我們穿越了綠地，心中卻都不由自主地浮現關於艾蜜莉的種種疑問。

當我的鞋尖勾住了蘿絲拋下的那條項鍊時，我覺得這是命運，我小心翼翼地將它從草地堆中取出。

「你知道的，那隻鳥會背叛你，法蘭西絲。」當我試著將項鍊遞還給她時，蘿絲輕聲說道。她拒絕接過那條項鍊，於是泰迪伸手拿走。

「我還以為你不相信我的那則預言。」我說。

「我開始相信了。」她說。那時有一陣寒意向我襲來。我想要陪伴艾蜜莉度過這些可怕的經歷，但那則預言開始讓我有所動搖，影響我對身旁每個人及每件事的信任。

意指鶴的克萊恩、意指麻雀的史派羅、棋盤上的皇后、鈔票上以及撲克牌上的女王——我覺得我無法靠自己戰勝這則預言。我希望有人可以幫助我。我感覺到極其又無比地孤獨。

就在這時候，我想到了，**福特，福特知道該如何計畫**。他知道遊戲該怎麼玩，又該怎麼獲勝。在那之後，我就無法停止想他。

第十六章

薩克森走到桌前拿起了檔案，揚起了眉毛示意要細看內容。警探點了點頭，薩克森將檔案帶回我們桌前。我想大家現在都有權利瞭解結果為何，而薩克森有充足的專業知識向我們說明。

「驗屍怎麼這麼快就完成了？」我問克萊恩。

「來自隔壁縣的驗屍官有空跟奧烏蘇醫生一起進行，他們的實驗室並沒有像沙景鎮那樣有堆積如山的待辦工作。驗屍通常只需要四小時左右，正式報告若延遲提交，往往是因為文書工作以及等候實驗室結果而耽擱。但以這個案子來說，所有必備的人手都剛好有空，所以處理得較快一些。」

「哦，原來如此。那麼，如果不是毒堇的話，那她到底發生了什麼事呢？那束花……奧烏蘇醫生說，毒堇進入血液中才會致命，而法蘭西絲姑婆的手滿是傷口。」

我決定和薩克森保持一點距離，他不斷自言自語，艾娃則緊貼在他背後。我起身走向克萊恩警探，他已經回到靠窗的位置了。高登先生留在原地，明確表現出他早已聽過這些事了。

「殺死她的不是毒堇，這件事似乎與命案無關。」克萊恩說。

「無關？即使這些花沒有害死她，但也肯定也造成威脅了。如此一來就有關聯性了。」我說。

克萊恩稍微傾身，輕輕碰觸到我的手肘。他平靜地說：「我正在調查此事了，安妮，讓我好好工作吧。」他如此沉靜卻具有權威，讓人放下戒心。我猛地一驚，意識到這是他擅長的本事，而他正在做的事就是**讓人放下戒心**。就他的工作範圍而言，法蘭西絲姑婆為他貼身打造了難纏又難解的事端，讓我們這群人相互競爭，以解開她的謀殺之謎。不論他試著要進行什麼調查，我們都將介入其中，而且不管發生了任何事……他想以絕佳的表現來漂亮結案，將會是一件難事。

時鐘的滴答聲讓我的大腦超速運轉，我開始絞盡腦汁，試著取得先機。我深吸一口氣，讓自己穩定下來。在書面形式上，我有一星期的時間釐清這件事，但實際上，我和薩克森都具備足夠的時間來解開謎題。

對我來說，這表示著我現在有幾個不同層面的動機。

一旦我破解了這起謀殺案，媽媽就能擁有那棟切爾西的房子，那棟讓她感到開心、獲得靈感的房子。搬離那棟房子可能會打亂她早已反覆無常的創作過程，更何況她在那棟房子裡創作了許多早期的出色作品，如果看見艾娃擁有那棟房子會讓我們心碎。

而且，我無法忍受奧利佛和傑索普．菲爾德房地產公司毀了格雷夫史當莊園的土地，拿去建造停車場或電影院。若被列為受保護的歷史建築的話，格雷夫史當莊園或許能倖免於難，但毫無疑問地，它會被賣給某個飯店開發商。這片樹林肯定會被拆平整地作為住宅區，雖然我理解人們需要更多的公寓大樓，但我確信有更理想的建造地點。

但最重要的是，我想要解決這個謎題。我已被指定完成這件事，但我卻早已忍不住要著手進行。**這裡需要我**，我，安妮．亞當斯，一位有抱負的推理懸疑小說作家。我感覺得到，這裡**發生了**

一些不尋常的事。不只是昨天法蘭西絲姑婆的事，而是一個跨越數十年的故事。

奧利佛慢吞吞的聲音打斷了我的思緒。「如果克萊恩警探先偵破了這場謀殺案，那要怎麼處理呢？」

薩克森猛然抬起頭來，每個人都看著高登先生。「如果警探先偵破了謀殺案，那麼遺產就會透過奧利佛進行出售。」高登先生的臉色陰沉，彷彿內心正在醞釀著一場風暴，卻被他努力壓抑著。諾爾城堡鎮是他的家，但據我目前看來，他的孫子卻想盡辦法減少在此度過的時光。我很懷疑高登先生會樂見格雷夫史當家族的土地變成公寓大樓或汽車經銷店家。

「所以，」奧利佛緩慢地說，「我可以選擇加入警探這一隊，或者——」

「我們不會是同一隊。」克萊恩毫不猶豫地打斷他。

奧利佛不理他。「或者，我只需要坐在這裡，等著這兩個人失敗就好了？」

然後我和薩克森對看了一眼，那時我幾乎看出他的心思了，他意識到自己得提心吊膽地等著後續發展。他終於明白，這不僅僅是我們兩人之間的競爭——在這件事上，奧利佛和克萊恩警探也必須承擔工作上的風險。奧利佛只需要等著我們失敗，克萊恩也不希望我們搞砸他的調查行動，但我們必定會造成破壞。對我和薩克森來說，最合乎邏輯的做法，就是不和警方分享我們的重大發現或證據。我再次看向克萊恩，發現他早已緊盯著我看了。我發現，他的動作總是領先我五步，這讓我感到不安。他不僅握有警方的資源，而且也迷人過了頭，不符合我的喜好。如果我是他，我會盡力讓我們其中一人站到他那一邊，而且誰都看得出來，他想說服的對象並非薩克森。

眼前有太多的變數，令人不知所措，高登先生的立場也不完全中立。這時我腦海中浮現昨天拿到的綠色封面日記，我打定主意，一有獨處時間就要來讀它。

我感覺自己咬緊牙關，下定決心。我需要一本筆記本；我應該將這件事寫下來。我很慶幸，房間裡有好幾本空白筆記本等著我。

我感覺到克萊恩的手再次放在我的手肘上，他傾身靠過來並說：「你還好嗎？」

「沒人受傷，我也不會輕易屈服。」我咬緊牙關說道。

「我只是想確保你沒事。」他說。奧利佛緊盯著我們，目光冷靜並精於算計。然而，身處這些人之中，我感覺得到，大家會認為我是最容易出錯的薄弱環節。安妮．亞當斯，白天是近期被解僱的行政助理，晚上則是懷抱著寫作夢想卻不成氣候的作家，暈倒時老是選擇最不恰當的時間與情境，脫離現實的當代藝術家羅拉之女。

手裡拿著驗屍報告的薩克森走到我面前，將文件遞交給我。和我一樣，他也正在權衡所有互動狀態，臉上卻特意不帶任何表情。

「她的手法太高明了。當然，這遊戲讓我感到厭惡，卻很合乎情境。福特叔叔知道了也肯定會為她感到驕傲。」

從某個角度來說，如果我無法解開謀殺之謎，薩克森可能是下一個最佳人選。如果他贏了的話，我或許能和他達成某種協議，請他讓我們留下我們那棟房子。我也下定決心要盡我一切所能，但明智的做法就是考量所有的可能結果。房地產開發公司聽起來就是個可怕的結果。另一個法蘭西絲姑婆的天才之舉，就在大家眼前。

一旦所有鎮民得知我們若失敗了會有什麼後果，必定會向我們提供手上能提供的一切資訊。當然，除了凶手之外。但這計謀真是太精明了，如今，法蘭西絲姑婆真的迫使所有曾對她抱持懷疑的人，認真看待她的事情了。

我看著手中那份檔案。「所以我們要看的重點是什麼？她的死因是什麼？」我低聲問他。

克萊恩從我手中拿走了幾張文件。他以探究質疑的眼神看著我，我的怒火再度燃起，就算他昨天如此溫柔地照料暈倒的我。「我應付得來。」我直盯著他說。

「她被下毒了，但下毒的方式幾乎無法查明檢驗。幸運的是，奧烏蘇醫生非常細心，也因為法蘭西絲是她的病人，她注意到許多醫生不會注意到的事。」

「是什麼樣的毒物幾乎無法查明檢驗？」

「這並非尋常的毒藥，奧烏蘇醫生先前會定時為法蘭西絲注射一些維生素。她極度缺乏維生素 B_{12}，體內維生素過少時，需要以服用藥錠之外的方式來加強補充，但某些維生素及礦物質劑量過高的話可能會致命。」

「哪些？像是 B_{12} 嗎？」

「不，像是鐵，這正是造成法蘭西絲心臟病發作的原因。她血液中發現的鐵質含量足以致命，而奧烏蘇醫生在法蘭西絲身上發現了另一個注射部位，似乎有人在她身上注射了鐵。但是，有個令人困惑的部分是，這麼大量的鐵並不容易取得，醫生的診所內也不會備有注射鐵的皮下注射針筒。」

「那是從哪來的？」

克萊恩將文件放回我手裡仍打開著的資料夾中。「這正是我們目前試圖確認調查的事。」

突然間，薩克森顯現急切地想要離開的樣子。他看了一眼身旁的艾娃，他們離開之前，薩克森轉身朝向我。

「安妮，我會助你一臂之力，創造機會均等的競爭環境。」他的笑容看起來很真誠，但比他第一次向我打招呼時更加含蓄壓抑。

「為什麼？」我問道。我不確定我和薩克森之間的互動將會如何演變，我們會成為爭奪遺產的對手嗎？或是達成協議並共享遺產的隊友，以取得最佳機會來拯救一切，不讓一切落入奧利佛和傑索普．菲爾德房地產公司的手中？

「畢竟你初來乍到，不像我那麼瞭解這個小鎮，所以我覺得這麼做相當公平。」他的聲音聽起來平穩且務實。看來薩克森很認真看待這場比賽，我們之間的氛圍讓我確切感覺到彼此是壁壘分明的敵我兩方。不過，至少他是從公平的角度來看待此事，我深信這遠比艾娃的態度有誠意多了。

薩克森輕敲我手中那個驗屍報告的資料夾。「克萊恩說的沒錯，全科醫生手上不會握有如此高劑量鐵劑的注射針筒，不過格雷夫史當莊園裡有人持有這種東西。」

「什麼？」我驚訝地眨著眼睛，因為我想不到薩克森指的人是誰。

「貝絲的妻子美雪（Miyuki）是一位醫治大型動物的獸醫，在阿奇．福伊爾的農場裡開設一家動物診所。根據驗屍紀錄所寫的，法蘭西絲被注射的鐵，足以用於一匹馬的單次劑量。」

第十七章

諾爾城堡鎮檔案，一九六六年九月二十六日

當我們被趕離村鎮公用綠地時，我們全都擠進了華特的車裡，艾蜜莉坐在駕駛座。如果開車的人不是她，我們也許會去其他地方，但她帶大家回到了格雷夫史當莊園外那個圍欄破損的地方。

「如果我們得到進樹林裡玩的許可，為什麼還要偷偷潛入圍欄，這不是一種愚蠢行為嗎？」我說。

「**愚蠢行為**。」艾蜜莉用單調的口氣譏笑。「你說話就像我奶奶一樣。」

「不要再煩法蘭西絲了，小艾。」約翰說道，語氣聽起來很疲憊。我坐在他的腿上，因為華特車子的後座只能容納三人，而蘿絲和泰迪仍處於尷尬的階段，選擇迴避對方，處於觀望的相處狀況。我確實知道，蘿絲就在那個後座失去處女之身，對象是阿奇·福伊爾，不知道泰迪是否曾聽聞這個流言。艾蜜莉總會選擇在最不恰當的時刻透露這種消息，就為了看看能引發什麼樣的混亂。

我看得出來，蘿絲也曾試著要喜歡泰迪；她總是會說，我們要一塊在諾爾城堡鎮找到兩個最俊美的男孩，接著同時結婚生子。艾蜜莉會遠走倫敦，去做一些令人們嚮往的事，對於我們這些樂於留在諾爾城堡鎮的人而言，一切就會更加寧靜太平。

「我不想去樹林裡玩，」艾蜜莉說，「我之前就說了，我有證據可以證實福特殺害自己的妻子。」她的笑容有如《愛麗絲夢遊仙境》裡頭那隻柴郡貓（The Cheshire Cat），而我覺得自己就像是掉落兔子洞的愛麗絲，在誰都明白遊戲規則的世界裡，只有我一人跌跌撞撞。

「你和他的相處狀況似乎相當友好。」我說道，蘿絲突然斜瞥了我一眼。「實際上，小艾，如果你以前曾經造訪那棟房子，我也不會覺得驚訝。」我等著看她是否會否認此事，而蘿絲嚇得動彈不得，臉上露出擔憂的表情。我想，當我以這種方式為艾蜜莉設下圈套，表面上像是背叛了蘿絲，但透露他們沒找我就一同夜遊的人其實是福特，如果真走到了這一步，我就會如實告知艾蜜莉。

只不過，艾蜜莉的笑容越來越開懷。「法蘭妮，那**你自己**拜訪福特的感覺如何呢？他是否為你送上了熱茶，還教你下棋呢？他是否也警告你，你的朋友們很糟糕呢？」

這感覺有如一整桶冰塊倒在我頭上。我不曾向他人透露關於我在那棟房子裡發生的任何細節，我只有和福特及薩克森聊天，接著就離開了。

我試著想出一些話要回應艾蜜莉，但我的嘴張得老大，像是喘不過氣一樣。約翰的手緊緊握住了我的手腕，我有一種奇怪的感覺，像是我做錯了什麼而被當場逮到了。「那麼你有什麼證據呢？」我說，拒絕落入她的圈套之中。「你說那個福特殺害自己的第一任妻子，但你知道她的名字嗎？」

「我當然知道，是奧莉薇亞・格雷夫史當（Olivia Gravesdown）。我會把我的證據拿給你們看，但我們要先進去那個廢棄的農舍才行，你們要親眼看見才會相信。」

華特發出一聲惱怒的呻吟聲，將一隻手放在艾審莉腦袋後方的座椅上。「嗯，來吧！我們不需要去什麼倒塌的建築物裡玩，我們在戶外有更多的樂趣。福特都叫我們別去那裡了，他都稱之為危險建築了。」

「你認為他為什麼要費力說服我們遠離那裡呢？」她問道。「你不想看看他到底在那裡藏了什麼嗎？我確信，一定是他死去的妻子……」

「小艾，你說話真的太誇張了。」蘿絲說。「不過，我很樂於看你裝瘋賣傻至少那麼一次。我們走吧，前往那棟潮濕的老舊建築，看看除了老鼠跟你的謊言之外，是否什麼東西也沒有。」

「哇，蘿絲，你什麼時候這麼有骨氣了呀？」艾審莉自鳴得意地說。不過，她看起來很開心，像是蘿絲填補了艾審莉期望有人扮演的角色。

蘿絲沒有回應，不過，當艾審莉停好車子，所有人都下車時，有那麼一刻，他們倆凝視著彼此，他們之間一場無聲的戰爭就此展開。先轉移視線的人是蘿絲，她接著往圍欄的小洞裡擠了進去。

當我們小心翼翼地穿過樹林時，開始下雨了，我們不得不瘋狂大步穿越一大片草地，到達這片土地的北側，即農場邊緣的起點。在夜色之中，那棟大宅成了一個黑點，如同蹲伏在河岸上的蟾蜍。

我們走近時，我驚訝地發現那個房子並未倒塌，只是詭異且寂靜。以一棟農舍而言它相當龐大，是以附近採石場的白色石頭建造而成。屋外布滿了苔蘚，並長滿了常春藤，讓它的外觀看來幾乎是綠色的。門沒有上鎖，裡面和我想像的完全不同。艾蜜莉拿出一個小手電筒，除了我之外，每個人都甩動著身體以抖掉外套上的雨水。身穿早已濕透的毛衣，我瑟瑟發抖，卻看著穿著我外套的艾蜜莉似乎溫暖舒適。

不過，很奇怪的是，這裡沒有破損的窗戶或是腐朽的地板。此處的維護狀況良好的……一點都不危險。為什麼福特會不希望我們來呢？

「這是有人居住的家，艾蜜莉。」當我們躡手躡腳地走進去時，約翰低聲說道。他說的沒錯，房子裡並非空無一物。屋內有漂亮的家具、燈具，以及一個時鐘，牆上的碗盤櫥櫃裡甚至擺放了餐具。看起來像是有人暫時出門辦事，隨時會回來。

「我們不應該待在這裡。」蘿絲說。我也有相同的感覺——從我們踏進大門的那一刻開始，我們都不謀而合地改變了對這個地方的想法。所有人，除了艾蜜莉之外。

「先等一下。」艾蜜莉說。她領著大家進一步走進房子深處，她的手電筒照在鏡面上，並以奇怪的角度反射回來。她帶大家進入的空間是一間書房，但我可以理解它為什麼會捕獲她可怕的想像力。這裡被徹底破壞得體無完膚，像是某個脾氣暴烈之人向牆壁宣戰一般。

地板上散落著相框碎裂後的玻璃碎片、成堆的書，以及損壞裂開的椅子。就連壁紙也被大面積地撕下了好幾條，我彷彿看得見這裡曾發生的一場刀戰，而每一次失手的戳刺都在牆面上留下永恆的印記，就像暴力導致的指紋。

「這裡，」艾審莉戲劇性地說，「正是他殺害她的地方。」

蘿絲從一個碎裂的相框中取出一張照片，她試著細看時，皺紋爬滿了額頭。「這是阿奇的房子，」她輕聲說道，「沒有人在此遭到殺害，艾審莉。阿奇告訴我，原先住在這的一家人被驅逐離開了。他從來沒有告訴我他住在這裡，只說過他曾住在一個農場。後來他父親離開了，所以阿奇只能寄養在這。」

「等等，你說的是誰？那個狡猾卑鄙的阿奇嗎？」泰迪問道。

「喔，是的，蘿絲曾有一段時間和一些壞男孩交往。不好意思，泰德。」艾審莉輕聲說道。「但他們被驅逐了，因為阿奇的父親是個酒鬼和賭徒，而且還和福特的妻子有染。福特告訴我，他猛砸了一些房間的東西。他說，將他們倆趕出莊園後，這就是一個發洩怒火的好去處。但是，我不覺得他只是損壞了房間……」艾審莉說。

「你根本什麼都不知道，」蘿絲說，「如果你什麼都不清楚，就是在編造一整個故事。」

「我會不清楚嗎？」她給我們一個她最無辜的表情。「福特喜歡我，他說我是可以談心的對象。」

華特展現出怒氣沖沖的陰沉表情。

「我需要一些新鮮空氣。」蘿絲說。

「我和你一起去。」我回答道，她朝門口走去時，我順勢挽住她的手臂。

外頭還在下雨，但已經轉為一陣細雨。「蘿絲，」我小心翼翼地說，「你對阿奇．福伊爾真的有什麼感情嗎？」

「不盡然。」她緩慢地說。「確實有一些，但我的意思是，當他人面對悲傷的人生經歷時，你會感同身受地為他們難過，比較接近這種感覺。阿奇經歷不少艱困的磨難，但我不知道這裡發生過什麼事。」

「我知道。」薩克森的聲音劃破了一片黑暗。

「薩克森！天啊，你嚇死我了！」我小聲且生氣地說。「你真的很喜歡這樣突然冒出來嚇人，對吧！」

「對不起。」他說，聽起來確實懷有歉意。「但你們不應該來這裡的。這裡並不危險，那是我叔叔的一個說辭，但這裡對他而言是個私密的地方。總之，你們最好在他發現你們在這裡之前離開。他有種奇怪的本領，我們莊園裡發生的一切他都能清楚知道。」

「我會把艾蜜莉拉走。」我說。「其他人就會跟著她離開。蘿絲，你陪薩克森在這裡等一下，我們等一下就帶他回家。」

薩克森若有所思地看了我們倆一眼。「你們進去之前，先來玩個遊戲。」

「薩克森，不要鬧了！我們沒有時間玩遊戲了。」我嚴肅地說。

「你有時間玩這個遊戲，這很簡單的。」薩克森的臉上刻意不帶任何表情。「這遊戲叫『以一個祕密交換一個祕密』。玩法是這樣的，我告訴你一個祕密，你也告訴我一個祕密。」

「我們兩人沒有任何祕密。」蘿絲說。

「她說的沒錯，我敢打賭，你知道的祕密是我們的五倍，畢竟你總是在進行監看行動。」

薩克森露齒而笑，因為這當然才是重點。我上次拜訪時，那個八卦讓他心煩意亂，而他現在只想找個藉口一吐為快。

「好吧，薩克森。我會告訴你一個祕密。」我說。「但你得先說你的祕密。」

「你的朋友艾審莉有一個天大的祕密。」他特別強調他的重點，一邊用手比著一個圓滾滾的肚子。「這是她從你男友身上得到的祕密，就在這片樹林之中。」

第十八章

「再跟我說一遍那件事。」珍妮說。我坐在小房間的床上，穿著昨天穿的牛仔褲和T恤。我身上多噴了一些香水，但沒過多久這種感覺便令我感到有些沮喪，我得洗個澡，換上一身新衣服。

此時，我已經厭倦要解釋自己所處的奇怪情境，所以我惱怒地哼了一聲，只是簡單說：「在法蘭西絲姑婆謀殺之謎的比賽之中，我只是一位參賽者。」

「是的，」珍妮說，「這部分我聽懂了。讓我感到困惑的是那些依字母排序的祕密，以及你為什麼還沒打開關於你父親的那份檔案。」

我注視著放在床上的兩份檔案。「說實話，」我緩慢地說，「我其實對克萊恩檔案的內容更感興趣。我看了山姆．阿靈頓檔案的前幾頁，感覺他像是個我不認識的陌生人。裡面有銀行紀錄、稅務文件，看來像是能證明他在我媽媽懷我時有外遇的一些資料，但那一切似乎都是屬於媽媽的故事。或許，往後在某個生命階段，我就會突然有興趣了，但我現在只想聚焦在是誰殺害了法蘭西絲姑婆。」

「好吧，有道理。」珍妮回答道，然後改變了話題。「你是一位懸疑推理迷，那麼你會從哪裡開始進行呢？嫌疑犯嗎？還是動機？如果我在這方面有任何派得上用場的技能，我就當你的華生醫生，但恐怕我最強的本事，就是幫你製作一個謀殺現場的縮小模型，如果有需要的話。」

「如果這是一個密室犯案的場景，我肯定會有高度的興趣。」我說。

「好吧，如果說電視教會了我們什麼的話，那就是小村莊的謀殺率高得不成比例。所以你最好還是讓我隨時待命吧，因為我確信未來總會出現一個密室。」

「我先警告你一下，從現在開始，我會非常認真地看待關於我未來的預言。」我說。我是半開玩笑的說，法蘭西絲姑婆的那則預言開始讓我感到厭煩了。「不過，像電視上那些警探一樣思考，是個不錯的起點。在多數犯罪節目與謀殺懸疑劇之中，受害者去世後的一段時間內，不論調查者是誰，他們都會提出幾個標準的問題，但往往離不開這些提問，**她有什麼敵人嗎？在她被殺害之前，有什麼異常的行為嗎？她活著時見到的最後一個人是誰？**

「喔，還有**屍體是誰發現的？**」珍妮說道，她的聲音聽起來相當興奮。

「是的，真是個好例子。如果我們從這一點開始進行，我們的目擊者就有我、艾娃、高登先生，以及奧利佛。不過，我們已經知道了，法蘭西絲姑婆的死因是被注射了鐵劑，而非被玫瑰所毒害，表面上看來，這些人謀殺她的可能性似乎降低了，但艾娃和奧利佛都遲到了，而且以死亡時間來看……從格雷夫史當莊園到村莊大約是十五分鐘的車程，這是個短暫的空檔，但也並非不可能達成。」我停頓了一下，在背包裡翻找著筆記本和筆。我拿出一本筆記本，上面有林地蘑菇的可愛插畫。為了周密謹慎地行事，我寫下了所有人的名字，並劃掉了高登先生，且在頁邊空白處舉出了我的推斷。關於那個花束，仍然有些問題困擾著我，所以我在攤開的另一頁寫下了**未解之謎**的標題，接著將**花是誰送來的，原因又是什麼？**寫在下方。

「針對自己未來即將發生的謀殺案件，法蘭西絲的調查進行得如何？」珍妮問道。「**她**懷疑的人是誰？」

我想起了法蘭西絲姑婆的謀殺調查關係圖，上面那些縱橫交錯的彩色細繩、許多不同的照片。她懷疑整個城鎮的人都有殺害她的理由，但似乎不曾意識到，她的疑心以及無止盡的祕密挖掘行動，反而**確立了**鎮民謀害她的動機。

我突然想到，我更有理由懷疑奧利佛，因為他跟法蘭西絲在早餐會議上討論了傑索普．菲爾德房地產公司針對莊園進行的計畫。

「我需要再看一眼她的謀殺調查關係圖。」我說。「它非常複雜難懂；應該將它拍下來才對。」

「你先列下自己的表單吧，」珍妮建議地說，「如此一來，你才不會因她的偏執而產生偏見。」

「說起來容易，做起來難。」我說。「如果有人殺害她，正是因為她的偏執，我能做的最有用的事情之一，就是試著理解她的思考模式。」

我們之間保持著一種友好的沉默，而我同時寫下我認為可能是嫌疑人的幾個名字。我稍早見到蘿絲的兒子喬時得知了蘿絲的姓氏，我快速地在谷歌上搜索他們的飯店事業，也找到了貝絲以及她妻子美雪（Miyuki）[21]的姓氏。名單的上半部寫著：

華特－高奎

奧利佛・高登
艾娃・格雷夫史當

我向珍妮大聲讀出下一組嫌疑犯的名字：「薩克森・格雷夫史當、阿奇・福伊爾、貝絲・高賀—福伊爾（Beth Takaga-Foyle）、美雪・高賀—福伊爾（Miyuki Takaga-Foyle）、羅文・克萊恩警探，以及蘿絲・勒羅伊。」

「這觀點或許顯而易見，但如果那個銀狐薩克森告訴你，提供鐵的人可能是貝絲的妻子，我就會立刻懷疑她。」珍妮說。

「他說他這麼做只是為了公平競爭。」我說。

「是啦。與從未謀面、來自倫敦的親戚**公平競爭**，就算對方有可能奪走你的童年家園，這完全是一件合理的事呢。」珍妮故作嚴肅地說。

「好吧，我知道了。」我放低姿態。「我得承認，我們沒必要相信薩克森所說的話。不過，我們至少知道，他當時已從沙景鎮醫院下班離開，正在回家的渡輪上。當警探要求他證實個人行蹤時，他甚至出示了一張船票。」

「安德魯那次的經驗，你都沒學到任何教訓嗎？」珍妮呻吟著說。

---

21 Miyuki，源自日語，中文譯名大多譯為「美雪」，有美麗、財富、幸福的意思。

我立即理解她的邏輯了。當時我、珍妮和安德魯都是聖馬丁學院的藝術系學生，第一個學年我就被他迷得神魂顛倒。我最終揭穿了他的謊言，得知他一直背著我和另一個女孩約會，因為我發現他為了「工作」付費使用的停車證是個騙局。也就是說，他確實付了停車費，但那裡並不是他停車的地方。

「就算薩克森有一張船票，」我緩慢地說，「並不代表他確實搭了船。」

「完全正確。」珍妮說。

回想完大學時安德魯的劈腿事件，我的思緒又回到眼前的這些檔案。

「說到劈腿，」我說，「想知道法蘭西絲姑婆懷疑哪位克萊恩家族成員外遇嗎？」

「我想知道那位性感的警探為什麼會在你的嫌疑犯名單之中。」珍妮說。

「我從來不曾用這個形容詞形容他。」我平靜地說。

「我知道，我只是想幫你畫重點而已。」

「好了，你可以把你的蠟筆收起來了。」我告訴她。

我打開檔案，一大疊紙張便滑落下來。從城堡之家飯店的住房收據，一直到監視器畫面的照片，應有盡有。我立刻認出了雷吉．克萊恩，那位載我的計程車司機、警探的父親，他深夜時與一位面容模糊不清的金髮女郎坐在同一輛車內。照片中的他們似乎正在爭吵，雷吉臉上的情緒再清楚不過。那並非是你與路人爭吵時所表現出來的激烈情緒。

我不停翻閱資料，發現了一些年代久遠的報紙。我在一張剪報上認出了媽媽的照片，大吃一驚，照片上的她正開始嶄露頭角。她在一場活動上，挽著手臂的人穿著九〇年代風格的三鈕西裝外套，是雷吉・克萊恩。

裡面沒有其他媽媽和雷吉的東西，但我記得他說他們十多歲時曾經交往過。當她新展覽的一切塵埃落定之後，我會詢問她關於他的事。

「哈囉？你還在線上嗎？」珍妮的聲音在話筒裡迴響著。

「在啊，抱歉。」我翻回文件最前面，發現我不小心跳過了前幾頁。就在那裡，頁面最上方寫著「制止令」[22]，粗體字明顯到像是對著我尖叫。「我只是……我發現了一封充滿怒火的信件，威脅法蘭西絲姑婆如果不放過克萊恩一家，就立即採取法律行動。」

「我來猜猜，那個心生怨懟的計程車司機試著要申請制止令，而你姑婆就是不肯住手，他就親自動手要讓她永遠閉上嘴吧？」

我皺起了眉頭。「這封信上沒有雷吉的署名。寄件人是羅文・克萊恩警探。」

「嗯。但你也說了，當你告知警探法蘭西絲去世的消息時，他似乎相當難過。他說他喜歡她這個人，對吧？」珍妮問道。

我感覺到自己額頭上出現了因失望而生的細小皺紋。「從這封信件的語氣來看，他似乎在撒謊。」

---

22 Cease and Desist，即「制止令」，為行政機關或法院禁止個人或企業繼續某種特定行為的命令，停止（cease）一項行為並不再從事（desist），否則將採取法律行動。

我心不在焉地在筆記本上克萊恩警探的名字劃上底線，而我那個**未解之謎**的標題再次引起我的注意。

「那些花，」我說，「絕不可能只是巧合。光是送來那些花，就已經是個可怕且具體的威脅了。」我無法擺脫這個念頭：這些花與謀殺案，在某些層面上肯定有關聯。如果我的直覺沒錯的話，這份嫌疑犯名單還得加上一個名字才對。

「教區牧師的名字叫約翰什麼的，」我若有所思地說，「我要將他加入我的嫌疑犯名單，因為高登先生曾說過，法蘭西絲姑婆每星期都會為教堂設計花藝，而克萊恩警探也曾提及她和約翰有一段過去。」我聽見電話另一頭珍妮的背景聲，我猜她的休息時間結束了。我趕緊在我的名單裡寫下**約翰（教區牧師）**。

「我得回去工作了，」珍妮說，「但我希望你定時更新近況，好嗎？我很認真地看待我作為華生醫生的職責。」

「放心吧，」我說，接著掛斷了電話。不過，我仍深陷在自己的思緒之中，但也因為珍妮說了**醫生**這個字而提醒了我，我的嫌疑犯名單還得再加上幾個名字。

我想起了我上次造訪了奧烏蘇醫生的診所，以及那本門診預約簿。假設法蘭西絲姑婆那次約診**確實**去了，那麼這個診所突然就顯得相當可疑了。我想不到任何一個奧烏蘇醫生想殺害法蘭西絲姑婆的動機，但我如果能多花些時間深入挖掘法蘭西絲的檔案，也許能找出一個原因。

我又加上幾個名字：

艾西・奧烏蘇醫生
瑪格達（急救護理人員）
喬・勒羅伊（急救護理人員）

我想找出這位牧師約翰的姓氏，就打開手機瀏覽器搜尋。在教會網站上，約翰・奧克斯利（John Oxley）的名字旁有一張照片。他站在教堂敞開的大門前，臉上掛著微笑，似乎歡迎你的加入。他看起來修長苗條、完美無瑕，就像一般牧師會有的模樣。照片中，他輕輕握著一本聖經，穿著乾淨且熨燙平整的長袍，就像穿著實驗室白袍的醫生。雅致的金屬框眼鏡以及梳理整齊的白色頭髮，讓人覺得他必定有張個人最愛的扶手椅。

我考慮用另一本筆記本來詳盡闡述每個人的樣貌，將他們視為故事中的角色。我將一大疊筆記本拿近，手指輕拂著其中一本以軟木材質作為封面的筆記本。我發現我昨天偷的那本綠色日記融入那疊紙本之中，我小心翼翼地將它抽出，盡量不讓自己懷抱過多的希望。我知道華特的名字就在裡頭，但據我所知，其餘的可能只是辨識花名或星座運勢之類的文字。

但並非如此。第一頁寫下的標題為**《諾爾城堡鎮檔案》，一九六六年九月十日**。她一開始說：**我之所以會在此寫下這些文字，是因為我知道一些我所目睹的事物，有可能會是未來的重要關鍵**。才讀了兩頁，我就發現自己緊緊抓住日記的兩側，著魔似地看著她少女時期的扭曲筆跡以及裡頭寫的文字。一個小時後，我仍然無法停止閱讀。我已經讀了三分之一，薩克森才剛透露了艾蜜莉懷孕的消息——這時，我卻被手機的鈴聲打斷了。

到了此時，我名單上有個名字已被我多次劃上底線了：約翰・奧克斯利。現在看來，最有犯案動機的嫌疑犯就是他。

我尚未提出的一個疑問是，**為什麼是現在？**自從法蘭西絲開始擔憂那則預言以來，她就一直是個愛管閒事的人了，在過往的這**六十年**。

那麼，最近究竟發生了什麼事，最終確立了醞釀六十年的命運？

第十九章

諾爾城堡鎮檔案，一九六六年九月二十六日

薩克森再次示意模仿孕肚的樣子，以確保我理解他的意思。

我睜大雙眼、繃緊下巴，卻始終保持鎮靜。這可能完全是個謊言，然而，蘿絲看起來很羞愧，卻一點也不覺得驚訝，所以我挺起身子說：「那好吧，我們拭目以待。」

我大步穿過農舍大門，回到那間被毀壞的書房，艾蜜莉正在講一些荒謬的故事，試圖吸引大家的注意力。「我們得離開了，」我說道，「而且我想拿回我的外套。」當艾蜜莉看到我身後的薩克森和蘿絲時，她的臉色變得冷酷無情。我想起第一晚造訪時約翰的態度，思緒飛快運轉著——他不願意讓我單獨陪薩克森走回家，而艾蜜莉嘲諷了約翰與異性相處的經驗。難道她所指的是他和她的性經驗嗎？我想要真相，而我現在就要知道。

艾蜜莉直視著我的雙眼說：「不行，我要留著。」

「把我的外套還給我，艾蜜莉。」我又說了一遍。我的語調很堅定，帶著怒氣沖沖的表情。「我很冷。」我和艾蜜莉面面相覷，我們都知道這段對話已無關於這一件外套。

「不，你才不會冷。」

我大步向前，不知不覺間，我一把抓住了大衣的毛料，用力將那些鈕扣向外扯開，而她對著我尖聲大叫了起來。她一邊抓著我的手臂，一邊用上她所想得到的各種可怕字眼辱罵我，其他人則靜靜站在一旁，任由這一切發生。這件外套雖然時尚卻劣質，所以幾顆鈕扣便應聲彈開了。當緊扣的外套突然打開時，其中一個口袋裡裝有的重物擊中我的大腿。這時我的視線轉向她的腹部。

「是真的嗎？」我大喊大叫。「你懷孕了嗎？是約翰的嗎？」其他人都退後了幾步，站到了我身後。

只見艾寗莉挺直了肩膀，腹部的凸起處變得更加明顯了。「我想，這終究都會明顯得被大家發現，只是時間早晚而已。」她說。她的聲音聽來如此平靜，幾乎有些慵懶了。

「艾寗莉，你搞什麼鬼？」華特尖聲驚呼著，從我身後走過來，拉近了他們之間的距離。「你說的那些關於『女人麻煩月事』的屁話，還用這些藉口突然就不能和我親近了？」

「你終究會放下的，華特。」她說。她的語氣根本是沾沾自喜，好像她早有一個縝密的計畫，不過是偶然被我們發現了。我用鼻子急促地呼吸著，感到呼吸困難，一直盯著她看。

「那麼我猜，」我咆哮著說，「看著華特想把你勒死你的樣子，他確信這並不是他的孩子。」我的話語如一陣陣鼓聲脫口而出，我的喉嚨因憤怒及背叛而發燙著。我無法正視約翰，我不願意。我身後的他一言不發，如同鬼鬼祟祟的一道影子，他不試著介入或為自己辯護，甚至不試著與我對話，眼前的事實早已說明了一切。

「我們已經好幾個月沒做那件事了。」華特說，他緊繃著臉，表情寫滿了困惑與恥辱。「當她說自己有健康上的問題、體重增加、情緒低落時，我就像個傻瓜一樣相信她。我擔心她對我不感興趣了，但我以為她終究會回心轉意。」他的眼神變得呆滯，表情在憤怒和絕望之間轉換，這兩種情緒都如此沉重，以至於他無法同時感受。「但結果，她只是在我背後胡搞瞎搞。」華特的目光轉向我肩上的一個焦點。「和我最好的朋友！」當他向約翰衝去時，他的聲音像是一聲咆哮，但泰迪・克萊恩阻擋了他的去路，這個舉動似乎削減了不少華特的鬥志。

「拿去。」艾蜜莉將那件外套扔向我。「拿走你該死的外套。」

我一把抓住了外套，基於一種奪回個人物品的奇怪衝動，我將外套穿了起來。我的手伸入口袋時碰觸到冰冷的金屬，正是剛才重擊我的那個重物。我的腦袋無法理解手裡觸碰的東西，直到我掏出了一把左輪手槍。

接著，這一切都發生得太快了。

華特突然撲向艾蜜莉——那個喜歡玩樂、總是開懷大笑，總是跟隨著艾蜜莉的華特。他打她，真的**打**了她，在我還沒有意識到之前，我已對著他們倆放聲尖叫了，由於那把槍被我握得太用力，我手裡都出汗了。

一發子彈擊中了牆壁，這座古老農舍又留下了另一道暴力的傷痕。

艾蜜莉的鼻子因為被華特的拳頭擊中而血流不止，人們對著我說話，我卻聽不見他們的聲音。我的耳朵嗡嗡作響，淚水模糊了我的視線。

於是我跑離現場，直到很久以後我才想到要把槍放去哪裡。福特應門時，我哭到哽咽，一張臉都哭花了，頭髮也被雨水淋濕了。

「我帶你進門吧。」他說。

我什麼事都沒有告訴福特；因為受寒，我牙齒打顫不止，就算我想開口說話也辦不到。他拿起我的外套，引領我坐在爐火前方，他的管家拿了一條毛巾給我，讓我擦乾一頭濕髮。

他耐心地坐在我身旁，等我冷靜下來。最終，當我感到自在一點時，我開始向他道歉，而且停不下來。這件事真是亂七八糟的鬧劇！我到底來這裡做什麼？

然而，福特讓我不覺得自己很愚蠢，他毫不費力地就將對話導向輕鬆的話題，和我的朋友們毫不相關。他向我展示了他去阿富汗旅遊時購買的一套西洋雙陸棋，而我專心地看著那些複雜的圖案。美麗的鮑魚貝和珍珠母的鑲嵌圖案緊鄰著黑瑪瑙，在壁爐的火光下令人驚嘆不已。

「阿富汗，」我一邊呼氣，一邊以手指輕撫著精美的亮漆，「是什麼樣子呢？」

「是個美麗的國家，」他說，「那裡的食物、人民，當然還有非同尋常的藝術。法蘭西絲，你喜愛藝術嗎？」

「我沒什麼文化素養，」我坦承，「如果你要問的是這件事的話。不過，我喜歡學習新事物。」

我給他一個微笑，努力讓自己只顯露一半的悲傷。

他突然抬頭仰視，是管家回來了。她身旁站著滿身濕透的蘿絲，以及走在最後面的艾審莉，她紅著雙眼、一臉浮腫。小艾打嗝不止，她的痛苦看起來並非虛假。她的鼻血順著臉龐向下流，一隻手臂放在下巴處，試著不讓血滴落地板。

一陣怒火讓我繃緊了手臂，我緊緊抓住抱枕的雙手握成了拳頭。福特立即採取了行動，因為他只目睹到當下表面發生的事——流著血的艾蜜莉哭泣著，而蘿絲看起來不知所措。他請管家拿一些溫暖的絨布來擦拭艾蜜莉的臉，然後將她和蘿絲帶至壁爐旁。他示意我坐在沙發上他身旁的位子，這是我們第一次坐得那麼靠近。事實上，距離也不算太近，有足夠空間讓我們的雙手垂放於身體兩側而不觸碰彼此，但我仍然敏銳地感覺到身旁的他。約翰對我造成極大打擊，我憎恨他和艾蜜莉，雖感到悲慘不幸，但不知為何，坐在福特身旁時，我卻覺得自己有能夠倚賴的支柱。光是看著他將大家一一安頓好，我便有一種被特別選中的奇異感受。當我看向另一邊時，蘿絲和艾蜜莉正盯著我們看，像是在看一部電影。

「你們這群的其他人去哪裡了？」福特問道。他的聲音聽起來隨性，但我在第一晚於黑暗中所感受到的那種威脅感，正悄悄滲入空氣之中。然而，當他看向艾蜜莉時，眼神之中幾乎帶著笑意，令人如此不安。

我突然希望，自己稍早時與福特獨處的時光，應該詢問他艾蜜莉先前來格雷夫史當莊園的狀況，而不是談論關於阿富汗的事。

「泰迪開著華特的車回村莊裡了，華特坐在後座，約翰坐在前面。」蘿絲小心翼翼地說。「他告訴我們，他把他們送回家後，會再回來接我們，但目前要大家一塊團體行動不是好主意，得要考量……剛才爆發的那場爭執。」

「我明白了。」福特說。他站了起來，他連這個動作都如此優雅，就像舒展開來的蕨類植物。「我去看一下薩克森，我聽見他沾滿泥巴的靴子在走廊上發出的沉重踩踏聲。等我回來之後，你們可以決定是要由我載你們回村莊，或是等待你們的朋友來接你們。」

我們聽著福特的鞋子從隔壁房間傳來踩踏著石板的聲音，直到聲音逐漸消失為止。

「艾蜜莉，你搞什麼鬼？」我終於忍不住高聲吼叫。「看來我所擁有的一切，你都想要搶走。」我從沙發上站起來，走到她面前，用刺耳的聲音低聲說道。「約翰愛我，他真的愛我。」我嘶聲說道，但我心裡卻掠過一絲懷疑的聲音。**真的嗎？稍早發生衝突時，他倒是一句話也沒說。**

「我知道他愛你。」她平靜地說。

「那為什麼？」我回擊了。「為什麼還要這麼做？我一想到這件事，就覺得很不平衡！我的髮梳、我的大衣外套……我整個衣櫃都供你取用了，你還不滿足嗎？你連我的男朋友也要搶嗎？」

艾蜜莉一言不發，卻毫不畏懼地看著我的雙眼。

「好吧，你可以擁有他。」我說。「但接著又會發生什麼事？我不想要約翰之後，你又會緊隨在我身後不斷嗅探，等著看我下個交往對象是誰嗎？」

最終，她開口了，臉上的甜美笑容讓我反胃。「法蘭妮，就這一次，情況正好相反。」她傾身靠近，壓低了音量。「這一次，我先找好了伴郎。你等著瞧吧，我將會成為莊園的女主人。」她露齒而笑，如此一來，我對福特的一切情感再次湧上心頭，但那些感受感覺如此渺小，如此愚蠢。

「你這個愚蠢的蕩婦，」我反擊回去，「這個孩子的父親到底是誰？」

艾蜜莉什麼也沒說，但關於我夜間拜訪福特一事，她當時故作神祕的回應，如今像教堂鐘聲般在我腦海中迴響著。或許，她早就和我說了答案。

「你們決定好要怎麼回村莊裡了嗎？」門口傳來福特輕柔的聲音，但他冷冰冰的眼神卻直盯著艾蜜莉。

「如果你不介意的話，我想搭你的車回去，麻煩了，福特。」艾蜜莉說。

「我要等泰迪。」蘿絲說。她在剛才的對話中都安靜無聲，但話說回來，她有什麼好說的呢？這是我和艾蜜莉之間的事情。似乎一直是如此，即使只是一把髮梳。「這樣可以嗎？我不希望他大老遠地開了回來，卻發現大家全都離開了。他都這麼有心想要幫忙了。」

「當然可以，蘿絲。」福特說。「你真是體貼的人。你也可以坐在壁爐旁，一邊喝點熱茶一邊等待。車一來管家就會知會你。」福特看著我。「法蘭西絲，你要和蘿絲待在這裡，還是與我、艾蜜莉一起搭便車？」

這是個不尋常的問題，像是被要求在兩位親密摯友之間做出選擇。但是，即使在今晚那些戲劇性事件之前，我仍然會選擇蘿絲，但是我心裡有一絲猶豫，我又回到那場遊戲之中了，我就是無法抽身。

「我和你、艾蜜莉一起。」我說。「或許我還有更多話要說。」我低聲說道，多半是對著蘿絲說。若要作為一個解釋，這聽來相當薄弱，但我覺得自己得阻止艾蜜莉的計畫，那種奇怪的直覺最終都是對的。

福特將我的羊毛大衣遞給我，當我將它披在肩上時，艾蜜莉凝視著我許久。那把左輪手槍還在口袋裡，就算福特注意到了，他也選擇不多說。

我們走進雨中，走向車道上一輛時髦的賓士。艾蜜莉不自覺地伸手要去開副駕駛座的車門，但福特先拉開了門。

「法蘭西絲會坐在前座。」他冷冷地說。我驚訝地眨了眨眼睛，雨下得那麼大，我相信自己的表情全然被隱藏起來。

「當然沒問題。」艾蜜莉說，她用一隻手撫平她圓圓的腹部，雖然很小卻因她穿著緊身毛衣而特別明顯，不知道她是不是為了今晚才特別穿上。她一直等著要將這個消息告知福特，讓他看看這一切多麼真實。過去幾個星期，她都穿著鐘形剪裁的連身裙，藏在我那件寬鬆的大衣外套之下，大概是為了掩飾她改變中的身型。但是，她今晚就透過衣著要來昭告所有人。

她搭配的裙子有鬆緊的腰頭設計，我再清楚不過了。那件是我親手縫製的，特別以奢華的燈芯絨布料縫上一個較深的口袋，花掉我所剩不多的積蓄。

但我根本不記得自己曾借給她。事實上，我確信自己不曾出借。

福特仔細地盯著遠處，就在這時，艾蜜莉繞過車頭，穿過車頭燈的光芒，彷彿要突顯她瘦弱的身軀上有一處明顯的隆起。

我們在整趟路程中都保持著沉默，但當我從後照鏡裡偷瞄了艾蜜莉一眼時，她正微笑著。

第二十章

我的手機螢幕上閃現著克萊恩警探的名字，我不情願地放下了法蘭西絲姑婆的日記。

「哈囉。」

「安娜貝爾。我是羅文．克萊恩。」

「是的。」他的電話禮儀如此彆扭，我因此微微一笑，接著卻想起他寄送給法蘭西絲姑婆那封制止令上的簽名。「有什麼需要幫忙的嗎？」我問道，我的聲音帶著一絲冷漠。

「我要回格雷夫史當莊園了。我不想嚇唬你，但我不確定那裡的安全程度。你能將自己的房門鎖上嗎？」

「為什麼？發生了什麼事嗎？」

「我查看了十一點鐘渡輪的影像監控畫面，要核實薩克森的不在場證據。」

「讓我猜猜，」我說，又想起那個不忠的安德魯，「他並不在渡輪上。」

「是的，他不在。他搭上時間更早的一班渡輪，而在法蘭西絲被殺害前後的時間，他的車也出現在諾爾城堡鎮的監控攝影機畫面上。」

「我就知道他在撒謊。」我說。

「怎麼說？」克萊恩問道。

「我很擅長識破說謊的人。」我讓這句話就此停頓，希望克萊恩也許會感到一絲愧疚。因為我越是仔細思考，相較於他要採取法律行動的威脅，「聽見法蘭西絲的消息我深感遺憾，我很喜愛她」那種話，便顯得矛盾衝突。

「嗯，我已經在路上了。我會質問一下薩克森，但請不要與他正面對質，就算這份遺產可能讓你覺得自己該做些什麼。他或許會有其他的藉口，一個不同於他告訴艾娃說他要去醫院驗屍之外的理由。謀殺案件發生時，他當時不得不堅持這個說法。」

「像是外遇這種理由嗎？」這麼一個小小村莊能有多少外遇事件呢？我抱持著懷疑態度，但或許是我太天真了。

「任何事都有可能，但在我到達之前，請不要有任何行動。先將房門鎖上，等我一下，好嗎？」

在法蘭西絲姑婆的謀殺案中，儘管我知道薩克森現在是嫌疑最重大的人，但我仍不喜歡警探對我發號施令，而且我也不覺得薩克森會真的傷害我。這感覺就像是一種威嚇我的省事做法，阻止我不進一步調查——克萊恩好像不希望我在屋內閒逛，探查他懷疑藏在這裡的東西。

「能避免的話，我就不會和薩克森說話。」我說。我非常具體地表明立場，因為當我越來越懷疑身旁的人們的同時，我暗自希望克萊恩不曾參與其他事，不過是寫了一封憤怒的信件來保護自己的父親。所以，我想讓自己保有心安理得的良知，不要開始對他說謊。至少現在還不要。

當他掛斷電話，我將筆記型電腦收了起來，並將日記放入背包。我從臥室走進主屋深處，直接走向法蘭西絲姑婆收納檔案的地方。

我到達那裡時，發現薩克森和艾娃早已開始行動了。我心裡響起一陣警報，因為有大量檔案散落一地，裡面的文件全抽了出來，我心想再也無法輕易取得某些資料了。我覺得自己好像參與了一場婚禮卻遲到，眼見自助餐區的食物只剩下軟爛的沙拉以及乾掉的馬鈴薯。

我一到場，空氣中便瀰漫著緊張的氣氛，但薩克森一看見我便禮貌地向我打了招呼。艾娃則完全無視於我，她正在深挖一個抽屜，看來她整個人幾乎要被抽屜徹底吞噬了。

我決定放棄跟艾娃用手肘推擠彼此搶看那些文件的過程，而是將注意力轉向房間其他部分。我很好奇法蘭西絲姑婆的思緒如何運作，而她最害怕的人又會是誰。因為那本綠色的日記，我覺得自己開始理解少女時期的法蘭西絲，但是，年長成熟的她是什麼樣貌呢？一個自我意識如此強烈的少女，又怎麼會變成一個偏執的女人呢？

被身邊所有親近的人們無情背叛，這可能就是個起點。

首先，我檢查了那些書架，瞭解法蘭西絲去世時是怎樣的一個人。人們的書架，就像是窺探他們想法的一扇窗戶。我注意到，科學書籍之中突然出現了占星術以及塔羅牌的套書，就像家族聚會中出現的奇怪親戚。隨處可見鳥類的雕刻工藝品，而書架中央擺放著一台肯定是古董的打字機，這區特別放置了百科全書以及花卉圖鑑。法蘭西絲姑婆的嗜好或許是插花，但看來謀殺才是她的人生重心。

回到擺放檔案的地方時，我聽見薩克森低聲咒罵著。這時，我注意到我之前在尋找克萊恩和阿靈頓檔案時漏掉的東西。有那麼一個抽屜（也僅有一個）的前方安裝了特殊的鎖頭。那是款傳統的數字轉盤密碼鎖，薩克森不停嘗試各種數字組合，但每當他旋轉一次數字轉盤，只是更加惱火。

「只要一根鐵橇就能快速解決這個問題了。」他哼了一聲。

我走近鎖頭，無目的地轉動著數字轉盤。「那樣的話樂趣何在？」

他瞇起眼睛看著我，但一側嘴角卻向上揚起，露出不自然的冷笑。「要我說的話，你覺得這之中有**樂趣**可言，是多麼不妥當的事。」他說。

我對他微微一笑，因為我感覺得到，他就是那種喜歡解開密碼的人。如果這整件事的核心不是謀殺和競爭的話，真不知道我和薩克森是否能組成一個優秀的團隊。他看起來一點也不像我在法蘭西絲日記中讀到的樣子，那個令人不寒而慄的十歲孩子，我不禁猜想著，是什麼經歷讓他從一個令人不安的小男孩，轉身變成一位成功且自信的男人。我又想起了，當薩克森一發現法蘭西絲姑婆立下挑戰後的第一句話。**她的手法太高明了，福特叔叔知道了也肯定會為她感到驕傲**。他的第一個反應是讚揚法蘭西絲設計了一個構思巧妙的遊戲，所以我確信當他面對一個謎題時，他賞識的會是一個聰明絕妙的解決方案，而非威脅得逞的手段。

我因此反駁他的說法，「**樂趣何在**這句話，一般是意味著**你如果選擇走捷徑的話，就會錯過一些事物**。在這種情況下，不論用來解鎖的密碼是哪一組數字，對法蘭西絲而言都有相當的重要性，或許對她人生的其他層面有深長的意義。」我瞥了一眼牆面上寫著的預言。「就我看來，她並不是那種會隨機設定密碼的人。」

從薩克森的表情來看，他腦海中突然閃過一個念頭，他立即轉身去開鎖。現在握有優勢的人是他，因為他認識法蘭西絲的時間最久。有趣的是，他主動告知我目前正在嘗試哪一組數字，以及其中的特別意義。他試了她的生日、他自己的生日、她已故丈夫的生日、他的去世日期（有點駭人，但考量到法蘭西絲姑婆那些陰鬱的偏執行為，這也不是不可能），更令人意想不到的是，他不假思索地說出了媽媽的生日，並嘗試那組數字。

這些數字都不對，我開口問了蘿絲以及艾蜜莉．史派羅的生日是何時。「我怎麼會知道？」薩克森尖銳地說。

高登先生的聲音從門口傳來，聽起來沉靜又哀傷。「艾蜜莉出生於一九四九年十二月一日。」房間裡被一片寂靜籠罩，薩克森將數字轉盤右轉至數字一，然後在數字十二向左轉動第二次，接著再次右轉至四十九。這組數字也行不通時，高登先生嘆了一口氣，往走廊底部走去，消失在視線之外。

薩克森轉身回到其他抽屜，艾娃仍在那裡翻找著。我拿著那一小把鑰匙打開另一個抽屜，但艾娃發出太多噪音，讓我無法好好思考。她焦躁不安地匆忙翻找東西，對我有條不紊的腦袋而言，她的舉止有如指甲刮著黑板般令人不適。

薩克森似乎被她做事的方式所影響，他一邊忙著探索抽屜一邊自言自語，也懶得隱藏自己的思緒。「顯然是村莊裡的某個人殺害了法蘭西絲，誰叫她四處挖掘人家的祕密——她總是如此，到處管別人的閒事。這件蠢事就是這麼簡單。」

我決定等他們忙完之後再回來，因為這棟房子裡還有其他可以探尋的地方。我拿起手機拍了幾張謀殺調查關係圖的照片，讓薩克森和艾娃繼續進行他們的掠奪行動。

——

我在廚房裡閒晃，但不見貝絲的蹤影。我猜想，她擺設好一整桌早午餐之後便立即離開，前去熟食店開門營業了。我有許多待辦事項。我想去看看那個農場，我幾乎聽得見一九六六年的那聲槍聲在腦海中迴響不絕，也想去看看貝絲的妻子美雪所經營的獸醫診所，並詢問她關於鐵劑的事。然而，當我在屋內走動的時間得越多，我越能具體想像法蘭西絲姑婆少女時期筆下的每個場景。

我在圖書館裡兜轉了一大圈，想像著四月裡一個漆黑的夜晚，屋內有熊熊的爐火，屋外卻下著傾盆大雨。一張大桌子後方有一組層架，上頭一個棋盤吸引了我的目光。旁邊有一個做工精致的西洋雙陸棋棋盤，折疊蓋起並上了小鎖，我輕輕將它從架上挪下來，放在桌上。

棋盤後方有一張照片，我將它拿近細看，福特、法蘭西絲和薩克森站在一個陽光明媚的花園裡。下方有手寫的描述文字——**喀布爾的帕格曼花園**[23]**，蜜月，一九六八年**。這是我第一次看見福特的照片。他很帥氣，但最引人注目的仍是法蘭西絲。相較於謀殺調查關係圖上那張她和艾蜜莉、蘿絲的合照，她看起來有些不同了。她以前就很漂亮了，但這時的她更具魅力，對自己更有自信。艾蜜莉失蹤的那個夏天，他們都是十七歲，所以在這張照片中她大約二十歲左右。

我的雙腳漫無目的地徘徊著，但一邊走、一邊思考的感覺真好。最後我來到了屋內的主走道，我沒有繞回左側穿過飯廳，而是往廚房的方向走，再去看看那令人印象深刻的日光室。

穿過廚房之後還有另一個我先前沒注意到的起居室，或許是因為得要穿越一條好長的走廊才能到達。它俯瞰著規則式庭園，有一道通往露台的大型落地玻璃門。屋體後方延伸至陡峭斜坡上的草地，在此能欣賞一整片完美的花園景致。我從玻璃門探出窺看，掃視著那片廣闊的草地。

我透過日記的視角來觀察著周遭的一切，因此不論是修剪整齊的植物，或攀爬於花園圍牆區的玫瑰，幾乎都不在我的視線範圍內。我只隱約意識到遠處有一座大型噴泉不斷地涓涓流淌，以及一座樹籬迷宮。很快地，我的目光便立即鎖定在我想看見的東西上。

站在這裡，我能辨識出法蘭西絲筆下所描述的地標。這片土地的南側四周環繞著一排茂密的樹木。沿著那裡的圍欄某處，有一個破損的薄弱之處。我不禁想著，不知道法蘭西絲姑婆是否曾站在這裡，思考著穿越那道圍欄的破網將會如何改變她的人生。

我掃視那一整排樹木，可以看到一處未被樹葉庇護的小圓圈。我想像著艾蜜莉和華特坐在那處廢墟上抽著大麻菸，而艾蜜莉則嘲笑法蘭西絲如今仍是個處女。

我想知道，艾蜜莉的孩子是否真的是福特的，但是……最終嫁給他的人是法蘭西絲。除了一

---

23 Kabul，喀布爾為阿富汗的首都，位於阿富汗東部，為連接中亞、南亞的貿易交通要道。帕格曼為喀布爾省的一個小鎮，被稱為「阿富汗花園之都」，而帕格曼花園（Paghman Gardens）是帕格曼的主要旅遊景點之一。

個侄子之外，福特並沒有孩子。我想，是因為他不曾公開承認其他孩子。我和媽媽被列於法蘭西絲的遺囑中，因為媽媽的父親是法蘭西絲的哥哥。我們與格雷夫史當家族之間並不存有血緣關係；這一切都是透過法蘭西絲的婚姻才產生了連結。我很希望能坐在這個陽光和煦的房間裡，閱讀更多的日記內容，但我聽見圖書館裡傳來一些聲音，肯定是準備審問薩克森的克萊恩警探來了。

我的視線看向遠處的農舍。它在山谷另一頭的遠處，要越過那一座橫跨丁伯河的小石橋，看起來就像明信片上的美景，或是夢境中的幻影。水車仍在轉動運作中，河流一側有一個分流處，注入一個幾乎包圍了整棟房子的大池塘，讓房子看來就像一個島嶼。我試著想像當天晚上屋內的實際情況，那時華特（高登先生）打了艾蜜莉的臉，法蘭西絲一時驚慌失措，擊發外套口袋裡左輪手槍的一發子彈。

艾蜜莉的失蹤與發生在法蘭西絲姑婆身上的事有什麼關聯？難道只是另一個讓我忍不住深陷其中卻毫不相關的謎團？這個謎團是否會用盡我本來就不夠的時間，並讓我失去這份遺產呢？法蘭西絲姑婆受害之日才過了兩天，但我早已覺得現下的任務太繁重了，剩餘這幾天的時間並不足夠。

我漫步走回與大廚房相鄰的玻璃溫室。茉莉花攀爬於一面玻璃牆上，盆栽裡的橘子樹則增添了一股清新的氣息。在這裡，你能夠想像到的各種香草應有盡有，它們不僅得到了充足的灌溉，而且被精心呵護。

我不禁思索著，法蘭西絲離世後，是誰在為這些植物澆水。貝絲和阿奇都可以進入這棟房子，我決定再次找阿奇聊聊，看看他是否能多透露一些事情。我試著打開溫室側邊一道石灰牆上的小門，我猜想這可能通往戶外。

相反地，這是一個黑暗且散發濃烈氣味的靴室，然而，就像屋內的其他物件一樣，這裡有很大的空間。一個牆面上擺滿了一整排大衣及雨靴，另一面牆上則擺放著一堆搖搖欲墜的手提箱和行李箱，儘管在昏暗的燈光下很難看清楚。這裡沒有窗戶，但另一扇門的暗色彩玻璃透入了一些微弱的光線。我透過法蘭西絲的視角來想像著這個入口，這一定是薩克森帶著她穿越的那個側門，在她來到格雷夫史當莊園的第一個晚上。

只花了一秒鐘的時間，我就認出了先前從切爾西地下室寄來的一個皮箱。我之所以會注意到，是因為皮箱的側面有蠟筆塗鴉，上面描繪著藍天作為背景，兩棵棕櫚樹縱橫交錯著，樹上的綠葉已經幾乎褪色，隱沒在皮箱的黑色皮革裡。這是我七歲時畫上去的。

那個皮箱的狀況比離開切爾西時糟糕得多，有可能是我僱用的搬家公司造成的，但它幾乎要被壓扁了，皮箱側面裂開之處甚至露出些許舊有的黑色羊毛。搬家公司的搬運收據仍然貼在破損皮箱的上方。法蘭西絲姑婆應該早就影印了一份副本，並將它放入我那一疊輕薄的檔案夾中。我看著收據最下方有我的名字與簽名，以及我姑婆在我名字下方草草寫下的字跡。

我的腦袋裡嘎嘎作響，而我的心劇烈跳動著。

但女兒是伸張正義的關鍵，找到恰好的那一個女兒且讓她親近左右。

當我將這些皮箱寄給法蘭西絲姑婆的幾天之後，她便認定媽媽不再是恰好的女兒了，是因為這張搬運收據上寫了我的名字嗎？

一道閃爍的金色微光映進我的眼簾。就在皮箱外露的黑色羊毛中，當我看到鈕扣上那個跳躍的雄鹿圖樣時，我還來不及消化突如其來的一陣驚嚇。

我突然迫切地想知道裡面有什麼。

我將注意力轉向皮箱上蓋，當我向上翻開金屬的門鎖並順勢打開時，我的雙手顫抖不止。

我首先看見另外幾顆金色鈕扣，而那些跳躍的雄鹿齊步沿著黑色羊毛大衣行進時，就像是對我發出一陣陣的警告，我的目光最終停留在那隻擱放在大衣皺褶上已成了枯骨的手。

最後，當我的肺部確實吸到空氣之後，我放聲發出刺耳的尖叫。

第二十一章

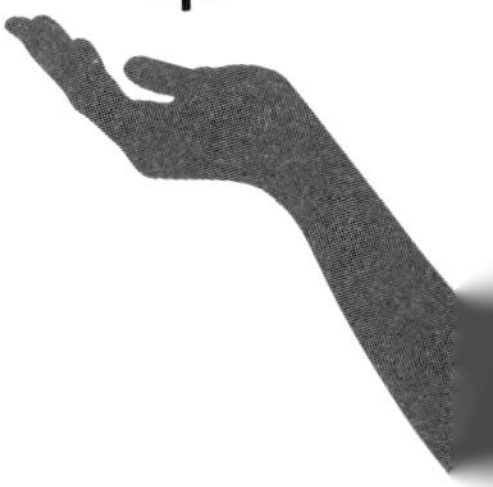

即使有一對手臂從後方摟住我，我仍不斷尖叫，因為我深信有人要來抓我了，所以才竭力抵抗對方。不過，這個人是克萊恩警探，他用他低沉又撫慰的聲音在我耳邊輕聲細語。我把臉埋進他胸口之中，努力不去回想剛才目睹的一切。

我聽不太清楚他說了些什麼，但大致上是**沒關係的、你很安全，好嗎？**這些字句，他用一隻手輕撫著我的背部，我啜泣哽咽著，感到不知所措、反胃噁心。最後，我向後退了一步，轉身好讓那個皮箱剛好落在餘光範圍。薩克森擋住我的視線，但我看得見他拿著一支原子筆在皮箱裡撥弄翻找。

「女性，頭部中槍，」他對著空氣說，「從腐爛的情況看來，這具屍體已經在此很長一段時間了。」

「當然是呀！」我喊道。「這是他媽的艾蜜莉．史派羅！」

「冷靜一點，安妮，」薩克森說道，他木然且冷靜地瞪了我一眼，那個表情著實令人懼怕。我退後了一步，回到克萊恩警探身旁。突然間，法蘭西絲筆下的那個男孩又回來了——當時只有十歲的他，鬼祟地四處潛行以收集人們的祕密，好用來對付他們。

薩克森從口袋裡掏出乳膠醫用手套並戴上。他又將手伸入皮箱內，而克萊恩伸出一隻手阻擋了他。「薩克森，這是警方負責的事務了。」

「你們隨時隨地都帶著醫用手套嗎？」我說，聲音如此尖銳。這雖然是個緊張不安且無關緊要的發言，但我若不能暢所欲言的話，可能就要吐出來了。

「無論如何，最後要處理這具屍體的人都會是我。」薩克森說，讓此處突然變得更為寒冷了。我用掌心上下摩擦著手臂，想讓身體不再顫抖，卻完全不管用。

克萊恩警探看著我，擔憂的情緒讓他皺起了眉頭。他上一次看見我這個樣子時，我接著就暈倒了。我感覺到自己正過度換氣，感官逐漸消退——聽覺、視力……胃中翻騰不適的感覺也出現了。

我深深吸了一口氣，把臉埋進克萊恩一側的肩膀。現在要關注的重點，確實不在於我離他有多麼近，足以嗅到他鬍後水的氣味，或是他似乎不介意我蜷縮在他身旁。我很快就消除了對於制止令的疑慮，這是未來的安妮才需要牢記的問題。

薩克森挑釁地看了克萊恩警探一眼，然後將手伸進皮箱。他拿出來的那件羊毛大衣與法蘭西絲姑婆的文字描述完全符合。她的日記彷彿活了過來，因為所有細節都出現了——不論是大衣外套上被扯下一半的金色鈕扣，或是薩克森從口袋裡掏出的左輪手槍。

「你們倆，現在都出去吧。」克萊恩警探立刻開口說。薩克森聳了聳肩，慢吞吞地將那把左輪手槍放回皮箱，接著緩慢地走出靴室。我花了一點時間才鬆開緊抓著克萊恩警探袖子的手指，但他給了我一個令人安心的眼神。

「我會盡快回來找你，但我現在得去工作了。」

我點點頭，拖著腳步向門口走去，當我回頭時，看見他正急切地講電話。

踏上外頭的碎石車道，我努力與那座房子保持一段距離。我沿著車道繞了一大圈，最後在車道旁的草地上停下腳步。我看見幾輛警車以及一輛救護車抵達，我想這些警車不是用來載運屍體的，因此在這幾天之內，這已是瑪格達和喬第二次被叫來處理格雷夫史當莊園的屍體了。

我決定去房子側邊的玫瑰園走走，好讓自己的思緒清晰一些。我走近時，聽到有人在高聲說話，我在花園的圍牆邊止步。在花園遙遠的另一端，阿奇・福伊爾的聲音從長滿黃色攀緣玫瑰的棚架後方傳來，他的聲音沙啞而高亢，偶爾夾雜著奧利佛急促簡短的聲音。為了聽得更清楚，我走近了幾步。

「你省省吧你！」阿奇喊道。「你沒有權利帶著你那些愛出風頭的倫敦客戶、油腔滑調的推銷話術在村莊裡四處騙人。**高爾夫球場呢，放屁！**那座農舍已有數百年的歷史，被列為二級歷史保護建築！政府才不可能讓你拆除。」

我的心沉到了谷底，但我也有那麼一點慶幸，我可以將思緒轉移至艾蜜莉・史派羅的屍體以外的問題了。

「我們其實做得到，」奧利佛迅速地反駁，「基於安全考量，那棟老舊建築已造成危險，我們早已獲得拆除許可了。」我聽到紙張發出的沙沙聲，奧利佛說：「你看到了嗎？政府規劃部門發出的許可證。」

阿奇思考這件事時，出現片刻的沉默。「是你買通那些單位了，這一切都是偽造不實的。」他嘶聲說道。「我的橫梁沒有腐壞，地基也沒問題！根本不曾有任何人前來察看。這是公然的事實捏造！我要以欺詐罪告你和你老闆！」

「噢，你辦得到嗎？」奧利佛的聲音聽起來自信且刻薄。我的視線越過棚架仔細一看，他向阿奇更靠近了一步。「你倒是可以試試看，不過，在你的訴訟書墨跡未乾前，就你近期那些活動，警方便會帶著確鑿證據來敲你大門。」

阿奇向後退了一步，看起來十分擔憂。他吞了吞口水，稍稍壓低了聲音。「你不會這麼做的。」

「我肯定會。村莊裡其他村民對你的罪行或許能視而不見，但我知道你在搞什麼鬼。」奧利佛極度厭惡地看了阿奇一眼。

我試著更靠近些，因為阿奇又降低了音量，懇求著對方。但有人從後面試著越過我，出其不意地將我推到了路中央。

我的身分暴露了，但這也不重要了。當喬．勒羅伊衝上前一把抓住奧利佛的襯衫時，阿奇和奧利佛都顯露出震驚的神情。夾在喬護理人員制服上的無線電發出短促的嘟嘟聲，但他不加理會。「如果不是為了急救公務來這裡，我會打斷你那該死的鼻子。」他氣沖沖地說。

奧利佛啞口無言，但沉默並沒有持續太久。「你到底能找我什麼麻煩啊？我來到這裡之後，其實很少和你講到話！」

「你沒看見自己造成的傷害嗎？」喬離奧利佛如此之近，他大喊大叫時幾乎吐了他一臉的口水。「你居然**膽敢**將飯店買下來！我母親全心全意地經營那個地方！法蘭西絲過世後，那個飯店對她的心理健康**至關重要**！但你卻灌輸她一堆胡說八道的鬼話，說她太老了無法善加管理，應該把飯店賣掉並邁向下一步。」

「喬，這一切都合乎邏輯。」奧利佛平靜地說。「你應該會希望她拿到出售飯店後的一大筆錢才對呀，她後半輩子都能得到妥善的照顧！」

「已經有人在照顧她了，你知道這不是錢的問題。難道，是你離開諾爾城堡鎮太久了，才讓你誤以為人們關切的事只有金錢嗎？」

喬的無線電再次發出呼叫，這次傳來的是瑪格達清晰的聲音。「你找到他，並說出想說的話了嗎？我們得行動了。」

喬急促地吐了口氣，從奧利佛身上退開。我幾乎沒注意到阿奇．福伊爾早已從花園圍牆邊的那道門溜走了，他顯然覺得受夠了。「這件事還沒結束。」喬厲聲說道。他拿起無線電，按下側邊的按鈕。「是的，我找到那隻小老鼠了，感謝你的支援，瑪格達，一分鐘內和你會合。」

從我身旁經過時，喬禮貌地向我點了點頭，接著走出了花園。我目瞪口呆地看著奧利佛，試著釐清我剛才親眼目睹的一連串威脅。

「你似乎樹立了不少敵人。」我悠悠地說。

奧利佛只是聳了聳肩，撫平喬剛才抓住他襯衫造成的摺痕。「這不過是工作的一部分。」他說。「老實說，喬並不是第一個對我說這些話的人。接近退休階段的獨立飯店業主，蘿絲也並非是我試著收購的第一位。她最終仍會屈服的，接著會成立傑索普．菲爾德房地產公司在南岸分部的主要辦公室。隨著高爾夫球場及鄉村俱樂部在附近拔地而起，我們就能直接進行管理，確保它們成為這個地區的第一個據點。」

我瞇著眼睛，「真是道德高尚呢，」帶著一絲厭惡的口吻說道，「操縱一個傷心悲痛的女人，要她放棄足以讓她度過失去摯友階段的東西，只為了讓你的公司將一家優秀的飯店變成企業辦公空間。我不得不說，我和喬對這件事的立場是一致的。」

「這樣的話，」奧利佛嘲諷地說，「我就不必浪費時間取悅安妮．亞當斯了，真是一件好事。」

他大步從我身旁走過，一雙長腿急匆匆地踏過碎石車道。

我真不應該輕率地開口表態，但等我一意識到，也為時已晚了。我應該假裝對喬的行為感到震驚不已，並展現對奧利佛的同情才對。

如今，他一定不願向我多加透露，他現在是用什麼祕密來勒索阿奇．福伊爾了。

第二十二章

我又繞到房子前方。警車與救護車仍停在車道上，意外發現艾蜜莉屍體的那陣恐懼再次湧上心頭。我跌坐在碎石車道上，膝蓋抱於胸前。我把下巴擱在膝上，將注意力放在樹籬起伏不平的奇怪曲線。

我聽見身後走在碎石車道上的堅定腳步聲，但我沒有轉身。我迫切地想讓那棟房子遠在我視線之外，但即使如此，我的餘光仍看見了從前門出來的輪床。他們將一整個行李箱放在上頭，以塑膠布覆蓋著，想必是為了保存可能留存的鑑識證據。

我腦海中低聲迴響起這麼一句話：**你的未來將有一堆枯骨**。

「喔，天呀。」我對自己呻吟著說。**將枯骨送到她們門前的人是我**。幸好，我沒有大聲說出這一句，因為克萊恩警探這時坐在我身旁。

「安妮，你還好嗎？」他輕聲問道。

「應該說……狀況確實可以再好些？」我說。我輕快的聲音，預示著我即將發出歇斯底里的笑聲或落下淚水，甚至同時來襲。

警探看著我很長一段時間。「關於那個皮箱裡的屍體，你知道些什麼嗎？」

我用雙手扶住頭。「你為什麼會這麼問？」

「你的名字就在搬運收據上。」

我抬頭向後看著克萊恩警探。「不，我什麼也不知道。我知道這聽起來不太合理，但我媽媽要我幫忙清理切爾西房子的地下室，一切都有些倉促，所以我沒有一一檢視每個皮箱。實在有太多皮箱了，我發現前幾個皮箱裡都裝滿了舊文件和垃圾之後，就請搬運工把它們全部搬走了。」我費力地吞了吞口水，盡量不去回想，童年時在地下室裡玩耍的那幾年裡，我和一具屍體只有幾英尺的距離。

「此外，你認為你母親知道皮箱裡裝有一具屍體嗎？沒人發現不尋常的氣味嗎？」

「當然沒有！那個皮箱放在我們地下室已經許多年了，而我們在我出生後才搬進來。艾蜜莉．史派羅是一九六六年失蹤的，對吧？那麼，在我們入住之前，她必定已經在那裡放了幾十年了！」我現在覺得呼吸困難，血管裡流淌著不是血，而是難以置信的驚愕。當我不斷試著創作關於謀殺的故事時，我的地下室裡卻也真的躺了一具屍體。

「好吧、好吧。我相信你。」克萊恩警探沒有面對著我，而是讓目光緊隨著我的視線，看向碎石車道的另一頭、大門之外，以及山下一塊塊田野與樹籬組成的鄉間景致。在我們的右側，我看得見那裡有阿奇．福伊爾的一些小型環形溫室。

克萊恩的肢體語言變得有些疏離，我看著他先是開口卻又閉上，他重新思考自己幾乎要開口說出的話語。等他終於開口時，他所說的話讓我感到驚訝。

「我知道你手上有法蘭西絲那份關於克萊恩家族的檔案。」他以緊繃的聲音說。

我慢慢地點了點頭，試著採取最好的方法瞭解法蘭西絲姑婆與克萊恩家族之間的問題。但是，我最大的問題，並不是姑婆對於警探父親的騷擾導致他的不滿，成了制止令信件中的憤怒字句，而是對照了他聽聞她死訊的反應，他的態度前後矛盾。

「你有說謊嗎？」我終於開口了。「當時你說你聽聞法蘭西絲姑婆去世的消息，你深感遺憾，是謊言嗎？」

「不是。」立即得到了答覆，而且帶有說服力。但是，他隨後長長地吐了一口氣，陷入沉思。「不過，我確實明白人們會如何看待這件事。如果她去世了，對我的家人而言太輕鬆省事了，她確實造成我們不少困擾，我不否認這一點。」

我抿起嘴唇，終於將膝蓋放下，盤腿而坐。「她破壞了你父母的婚姻。」我小心翼翼地說。「對吧？」

他的臉抽搐著，表情看起來像是要微笑的樣子，令人感到困惑。但他也不多說明些什麼。

「我並不想打探別人的事。」我說。

「是，你就是。」他直截了當地說。但他似乎沒有動怒，所以我就繼續說了。

「但那些照片上的日期，以及那張制止令……其中一件讓我一直感到困惑的事情是，為什麼是現在呢？法蘭西絲姑婆這輩子不斷挖掘他人的祕密，為什麼突然有人決定在此時殺死法蘭西絲姑婆呢？」

「而你發現近期我父母的婚姻破裂，你推斷法蘭西絲是造成這一切的事因，你便懷疑這足以促使一位警察部隊的成員密謀殺人？」他揚起了眉毛，我悄悄起了懷疑之心，但我仍堅守自己的立場。「老實說，我認為以調查謀殺案件為工作的人，最有可能知道僥倖逃脫罪罰的方法。」

一聽見這句，警探確實微笑了，帶著不掩飾且卸下心防的笑意。「但根據法蘭西絲頒布的命令，這之中也包括了你和薩克森。」

「是的，但直到目前為止，我們都不曾有調查謀殺案的經驗。我並不是說薩克森不可能是嫌疑犯，但至今我仍找不出他下手的動機。多年來，他都知道法蘭西絲姑婆早已決定了繼承人，也並不是他。所以，讓她好好活著才符合他的最大利益，如此一來，他才有機會改變她的想法。」

「除非，他得知她會有哪些明確規範，便殺了她並嫁禍陷害別人，接著在解謎時以虛假的證據歸罪於人，進而獲得繼承權。」克萊恩說。他逐漸展露開玩笑的笑意，我看得出來他並未將這個理論納入考量。

「看來，這將會是寫書時一個很棒的情節。」我說。「也許我會加入下個故事的草稿之中。」我們之間的空氣只剩一陣寂靜的沉默，我將思緒轉回羅文·克萊恩身上，思考他為了保護父親有可能做出什麼事。

「安妮，你很聰明，」他看著我緩慢地說，「但關於法蘭西絲的檔案，你應該要先釐清一些事。任何證人提供案情資訊，都是為了呈現事實的真相，請牢記這一點。」

我揚起一側的眉毛。「現在你是想私下幫我上一堂破案課程，還是想說服我不要將你當成一位嫌疑犯？」這句話一說出口，我就意識到自己並不認為他會殺害法蘭西絲姑婆。但是，我也明白自己不能將直覺與邏輯混為一談。如果珍妮也在此，她肯定會說我們不能依據「感覺」來偵破一樁謀殺案。

「兩種說法都算吧，」克萊恩說，「不過，由於這些檔案將成為你調查的主要來源，所以你必須知道有時法蘭西絲也會出錯。」

我感覺自己額頭上的細紋都皺了起來。「但是，法蘭西絲並未透過這些文件推斷出任何結論。那些全都是鐵證，有電話紀錄、監視器照片等。你的意思是，你爸爸和我媽媽的照片是……說真的，你到底想說什麼？」

「這些照片沒有破壞我父母的婚姻，**法蘭西絲**也沒有。而且，安妮，我是個三十三歲的男人了，我明白人們都會改變，而有些婚姻也注定不能天長地久。」他用手撫著下巴，我將那解讀為他思考的動作。他微笑著，接著繼續說道。「我的父母之所以離婚，是因為我父親是同性戀。實際上，他和我母親的關係非常友好，如今兩人分開了，卻都過得更快樂了。」

「但是……那些我媽媽的照片，還有……為什麼要發出那封制止令？我努力試著釐清所有事物的關聯性，但我似乎無法將四散的拼圖拼湊在一起。」

「這幾十年來，你媽媽是唯一瞭解我爸爸的人。他們十多歲時曾交往，但大部分的時候只是特別親近的朋友。據我所知，他們仍是如此。」

「那媽媽為什麼不告訴我關於他的事呢？」我氣急敗壞地說。我感到些許的悲傷，卻也同時感到憤怒，因為媽媽的人生中有許多我不瞭解的部分。為什麼要隱瞞他們的友誼？下次和媽媽對話時，我會將這一項加入一長串要與她討論的話題之中。

克萊恩只是聳了聳肩。「至於制止令，那是因為我擔心法蘭西絲知道爸爸的祕密，怕她在他還沒準備好之前就揭露他是同性戀的祕密。但是，當我發現她真的以為他與羅拉有染時，我就將真相告訴她，她便放下這件事了。爸爸能安心地順應自己的心，等到準備好時再出櫃。」

「法蘭西絲姑婆會這麼做嗎？揭露他是同性戀？這樣也太殘忍了。」

克萊恩警探若有所思地看了我一眼。最後他說：「不會的，她不會這麼做。但我當時很害怕，也想要保護他。關於這種事，他們那個世代的人或許無法接受，我自己的祖父就是個例子。法蘭西絲和泰迪仍然是朋友，所以我擔心她會說些什麼，以及他又會如何面對此事。」

我皺了皺眉頭。「對不起。」我說。

「謝謝你的理解。」他說。「總之，他有我的支持，他村莊裡的朋友們也相當支持。約翰・奧克斯利，那位牧師，也幫助爸爸安然度過極其艱難的時刻。此外，還有媽媽和羅拉。」

我安靜了好一會，不斷思考著。警探為我帶來一個全新的視角，讓我換個角度看待法蘭西絲姑婆的那些檔案。從一開始，我就應該仔細審查那些檔案——因為我明白，即使是看似確鑿的證據，有時也可能帶你走向錯誤的結論。

我還有多少如此脆弱且經不起任何質疑的論點呢？當薩克森熟識所有鎮民、熟知法蘭西絲所有人生經歷，而這位警探又以冷靜的專業態度領先我五步時，我該如何查出殺害法蘭西絲姑婆的凶手呢？

「嘿，」克萊恩用他的肩膀輕碰了我的肩膀，「你臉上又出現那種表情了。」

「什麼表情？」我暫時從自己的思緒中脫離，瞇著雙眼看著他。

「就像在破壞自己的信心、懷疑自己採用的手法。你不應該如此的，你確實也應該懷疑我才對。如果是我看了那些文件，我也會產生一樣的質疑。」

「那又是另一回事了——你怎麼知道那份文件裡有什麼？你看過所有文件了嗎？」

「我發出制止令之後，法蘭西絲將制止令帶去警局給我看。我們消除了彼此的誤解。如果你想再次確認此事，我們的前台服務人員莎曼珊一字一句都聽得清清楚楚，她可以證明這件事。」

我將雙手放在胸前，做出放棄的手勢，感覺到自己臉上掛著一絲微笑。「你沒有告訴我你早已看過所有文件了。」

「我沒有。」

我的不祥預感越來越強烈。「你打算傳喚他們，並把他們當作證據帶走嗎？」

「如果我認定有此必要的話。」他坦率地說。「如今出現了一具屍體，也正是法蘭西絲特別關注的一個懸案。」他停頓了一下，然後修正剛才所說的話。「官方立場而言，我無法肯定地說那正是法蘭西絲失蹤的朋友艾蜜莉．史派羅。」

「但那具屍體就在切爾西的房子裡。」我說。

「屬於法蘭西絲的房子裡。」克萊恩加以反駁。

我的思緒突然飛快地跳躍，是法蘭西絲殺了艾蜜莉嗎？

你的未來將有一堆枯骨。在我將那些行李箱寄送給法蘭西絲姑婆後不久，她就改動了她的遺囑，將我加入其中。她一定是找到了艾蜜莉的屍體，皮箱已被嚴重毀壞，裡頭的東西幾乎要溢出來了。**但女兒是伸張正義的關鍵，找到恰好的那一個且讓她親近左右**。

「法蘭西絲沒有殺死艾蜜莉。」我明確地說。「她一發現艾蜜莉的屍體後，便選擇改變遺囑並將我納入其中，因為我無意間將公平正義送上了她家門前。我敢打賭，她一發現艾蜜莉，六十年的謎題就如水落石出般清清楚楚，她也釐清了殺害艾蜜莉的人是誰。」我一想到在克萊恩面前大聲說出自己的思緒，可能不是個好主意時，便閉上了嘴巴。接著，我再次開口說：「法蘭西絲姑婆是否曾問過你關於艾蜜莉．史派羅的事？我是指近期，因為我幾乎可以肯定地說，她是在被殺害之前沒多久才發現那具屍體的。」

「她從未提過艾蜜莉。」他回道。「你認為，法蘭西絲是否有可能和殺害艾蜜莉的人對質，而凶手藉此機會殺人滅口嗎？」

我盡可能不動聲色，但從克萊恩微微點頭的動作看來，我應該不太擅長隱藏自己。最後，我決定試著利用他擁有的關係，而不是對他隱瞞自己的想法。我只需要相信自己能早他一步解開謎題，或許他也願意爭取一些時間，協助拯救自己的村莊。我希望他是我眼中認為的那種人，或者說，我希望他是我所期待的那種人。

「為了找出殺害法蘭西絲姑婆的凶手，我得找出是誰殺害了艾蜜莉．史派羅。」我轉頭看著他，輕咬著嘴唇。「關於艾蜜莉的失蹤案件，你能提供警局所掌握的任何相關訊息嗎？」

克萊恩真心地笑了出來。「我為什麼要這麼做呢？」

我深吸一口氣，準備好來踩踩看他的地雷，看看羅文．克萊恩堅定展現「請讓我好好善盡職責」的外表之下，是否願意稍稍脫軌地使壞一下。

我將手伸進背包，拿出法蘭西絲姑婆的日記。

「因為我這裡有提及某一把左輪手槍的證據。證據中曾提到某一次開槍時，在場的有一位**泰迪．克萊恩**。」

在這個情況，如果對方是奧利佛的話，他會打情罵俏地出手一擊，就從我手中拿走日記。如果是薩克森的話，他會表現得不知所措，接著或許會想方設法讓艾娃偷走我手中的日記。我眼中的艾娃就只有這個本事，出手搶奪她想據為己有的一切。

不過，他和那些人完全不一樣。他仔細地掃視著我，最終笑了出來。「我真是欽佩你。不過，我猜你不會把證據分享給我看。」

「我猜，你應該早就知道上述這個事件了？」我覺得自己真是太機靈了，幾乎克制不了自己。當我覺得自己特別聰明機敏時，就算突然像個律師般發表一些過了頭的言論，我也不會覺得難為情。

我只得孤注一擲地指望，法蘭西絲日記中提到關於槍支的事件，就記錄在艾蜜莉的失蹤人口檔案中。她失蹤後，他們肯定會約談她所有朋友，雖然蘿絲、華特和法蘭西絲可能會同意對此事保持沉默，但我敢打賭，一旦被問到「你知道艾蜜莉是否有什麼敵人嗎？」這個問題，誠實的泰迪．克萊恩就會全盤托出，而讓人洩漏祕密的一項好策略，就是提供他們某個版本的推論，他們往往會忍不住加以糾正或證實。

「它就在艾蜜莉的文件裡。」克萊恩說。

「贏了。」我輕聲說道。「所以你早就看過這份文件了，既然我都耍了詭計，騙你提供我關於裡頭的一些線索了……」

等到他再次微笑時，他的眼角皺了起來。「你沒有耍詭計，是我決定要和你分享消息。」他用手梳理著自己的一頭黑髮，讓側分的頭髮稍微蓬鬆了起來。「這得看問問題的人是誰。」他說道，給我一個犀利的眼神。

我以冷處理作為應對，因為老實說，我現在腦子裡已沒有空間思考克萊恩警探是否在和我調情。他雖然不是我喜歡的類型，卻很帥氣。他那張臉龐一看就知道不太會隨著年齡增長而有太大轉變，因為他的五官如此立體分明。

過了好一會，我才注意到克萊恩仍在說話。

「我緊急請一位警局的行政人員去倉庫中找了出來，然後檔案就直接被送來這裡了。我的祖父泰迪在艾蜜莉失蹤後接受了約談，他描述了在廢棄農舍裡發生的一起事件，艾蜜莉與華特・高登發生了爭執，接著被華特・高登重擊了臉部，接著有人射出一顆子彈，不過射偏了。」

「他有向警方坦承開槍的人是誰嗎？」

「法蘭西絲・亞當斯。此後，她成為了警方的主要嫌疑犯之一，但盧瑟福・格雷夫史當為法蘭西絲聘請了一位非常厲害的律師為她辯護，不久之後就擺脫嫌疑犯身分了。」

「泰迪是否向警方透露了艾蜜莉懷孕的事？」

克萊恩的臉上出現了一絲驚訝的神情，但轉眼間就消失了。「不，檔案裡完全沒有這項訊息，你確定她當時懷孕了？」

「法蘭西絲似乎十分確定，」我說，同時看著手中的日記。「我還沒讀完整件事的過程，但法蘭西絲懷疑，艾蜜莉正試著以懷孕來欺騙盧瑟福．格雷夫史當落入陷阱。」

「是的，檔案中有提及盧瑟福．格雷夫史當和艾蜜莉．史派羅之間的性關係，但他強烈否認此事。當時，他是諾爾城堡鎮最有權勢的男人，即使他接受警方關於失蹤案件的約談，那過程卻相當地……」他咳嗽了一聲，讓我覺得他這是為了隱藏自己的意見，「粗略草率。」

「是誰向警方透露格雷夫史當勳爵和艾蜜莉之間的性關係？」

「華特．高登。不過，他會在調查過程中將格雷夫史當家族一塊拖下水，也是有理由的，因為他正是艾蜜莉失蹤案件的頭號嫌疑犯。」

「高登先生是否曾提及和艾蜜莉有過關係的其他男人？」

克萊恩對我眨了眨眼。「沒有。法蘭西絲有提到其他人嗎？」

我腦子狂亂地轉得飛快，想到我頭痛。我低聲說：「華特想保護法蘭西絲，因為另一個跟艾蜜莉有所牽連的男人，就是法蘭西絲的男友約翰．奧克斯利。如果華特向警方透露了艾蜜莉和約翰的私事，法蘭西絲就會被認定犯罪嫌疑重大。」

「如果她就是呢？」克萊恩輕聲說道。

「是什麼？有罪嗎？不，我真的不認為法蘭西絲會殺害艾蜜莉。她在自己的小研究室裡有個較小規模的謀殺調查關係圖，以艾蜜莉為中心。我想，她在閒暇之餘會試著解開艾蜜莉的失蹤謎團。」我一想到我從未見過法蘭西絲本人時，我對於她清白無辜的信念就稍稍動搖了。於是，我看著警探問道：「她看起來，是那種會因為罪惡感而讓性格變得古怪的人嗎？」

「說實話，肯定有一些事物讓她變得古怪了。」他說。我脖子上戴著的一條項鍊被我捲在手指上，心裡感到憂心。那本日記讓我心裡一直站在法蘭西絲這邊。老實說，我喜歡她，但我強烈覺察到自己不認識她的事實。

儘管如此，我仍舊試著再次為她辯護。「但老實說，她有可能殺了自己的朋友嗎？在十七歲這個年紀？」我將綠色的日記放在我們兩人之間。「我閱讀了這些部分了，我並不覺得那些文字之中的法蘭西絲會是個殺手。她敏銳又聰明，而且——」

「如果她能全然贏得你的青睞，你們家族裡的作家也許有兩位。」

「曾有，」我悲傷地說，「家裡**曾有**兩位作家。」

克萊恩緩緩地點了點頭，我想他明白了。他將一隻手輕放於我的肩上，握緊了一會，接著就放手了。他明白，我的哀傷是因為失去一位再也無緣相識的親人。這個女人以這種方式寫下自己年輕時期的事蹟，我最期盼的事，莫過於衝進她屋內並詢問她這一切。日記紙頁之中的法蘭西絲是我想要交朋友的人。我想知道她的故事將會有什麼樣的結局。

不僅僅是她寫下並被我握在手中的故事。而是她**全部**的故事。

「幸好，我們倆之中有個人是警探。」我說，感覺自己嘴角揚起了一絲賊笑。「面對這所有的事，總得有人保持公正中立。」

「我沒說自己公正中立。」他說。他站了起來，拍掉牛仔褲上的灰塵。「總之，我不要再扮演抱持反對意見的角色了。我仍然認為，有人因為她所發現的祕密而殺害了她。」

他伸出手要扶我起身，我握住他的手。

「法蘭西絲讓我們所有人都深陷棘手的困境之中，」他繼續說道，「我最擔心的是有人預謀犯下殺人案，很大的可能是為了阻止法蘭西絲分享她手上的消息。現在你和薩克森的任務就是探查此事，而你們倆此刻就處於法蘭西絲先前所面臨的境地。」

「那個讓她被殺害的境地。」

「沒錯。」

「那我們該怎麼做才好？」

「在這一切進展的同時，我會監看這棟房子。在任何情況下，這裡都需要有警察在場，因為不只是發生了一個犯罪案件，還要重新審理一樁懸案。」

「所以你會留在這裡嗎？」

「我可能會和同事們輪流換班，但我會盡可能留在這裡。」

我點點頭。「這不僅令人放心，也令人生畏。」

他笑了，毫無防備的笑容讓我大吃一驚。接著，他的臉又繃緊了起來，我看得出來他接下來要說一些我不喜歡聽的話了。「安妮，我恐怕需要那本日記。」

我感覺到有一股氣從肺裡擠了出來，我的手直覺地握緊了日記本。「為——為什麼？」我結結巴巴地說。「這不過是她十幾歲時寫下的隨筆日記，真的，我很懷疑這真有那麼——」他嚴厲的表情讓我還沒說完就住口了。

「我會影印複本，」他說，「並儘快交還給你。」

一看見我變得冷漠的表情，他補充說道：「你不如這麼想吧——影印一本日記，總比運走所有文件容易許多了。如果我先拿到了日記，我就能從中得知我可能需要哪些文件，也就不必帶走這裡所有的文件了。」

「但我還沒有讀完全部！你給我……一個小時？或半個小時？」我正試著找到一種不妨礙警方辦案的方法，但簡而言之，我實在沒辦法做些什麼。

「對不起，安妮，我現在就需要。」

「我根本沒必要告訴你這件事！」我大聲喊道。這確實不是公正合理之事。

他伸手要拿取日記，我感到憤怒，覺得自己就像個孩子，明明糖果都到手了卻被迫要放棄交出。

「艾蜜莉．史派羅的那個謀殺案件，」我說道，手裡緊握著孤注一擲的一項計畫，「不如我們互相幫助，而偵察破案的功勞全部歸於你呢？但偵破法蘭西絲案件的榮耀，則要歸功於我。」

他將手抽了回去，雙臂交叉抱於胸前。「你的意思是指，我可以將艾蜜莉的案子結案，好讓我的上司們轉移注意力，讓他們不再關注這近期才發生，而我應該要偵辦的惡意謀殺案件嗎？如果你要為自己爭取一些時間來緝凶、拿到遺產的話，這聽起來是一個絕佳的方法。」

「太棒了，很高興你同意我的看法。」

「完全不是如此。」

「你的意思是你不同意我的看法嗎？還是不想和我合作？」

他看了我好久一段時間，臉頰因挫敗而鼓了起來。「兩個都是。現在，我都和你講道理了。我會影印那本日記並將正本交還給你，雖然我沒有必要這麼做。」他用犀利的眼神盯著我看。「還是你希望我採取正式官方的做法來處理這件事？」

「好吧。」我說。我已懶得掩飾自己聲音中的乖戾語氣，當我遞交給他時，我感覺得到自己悶悶不樂的情緒，也讓我的姿態顯得垂頭喪氣。

「謝謝你。」他說。

我朝著房子的方向走去。「與此同時，還有許多祕密能讓我盡情探索。」我提醒他。

他皺了皺眉頭。「我得出手幫助你脫離各種危險情境了，對吧？」

我以嘲笑回覆他。「我會自己脫困的，就像法蘭西絲。」

然而，接下來卻輪到我皺眉了，當然，因為法蘭西絲並未成功脫困，在那個攸關生死的重要時刻。

第二十三章

有人進來過我的房間了，並且完全不打算掩飾。我離開之前，所有的毯子都是睡醒時的一片混亂，枕頭也皺成一團了。但當我走進去時，我開始感覺到胃部翻滾。床鋪整理得整整齊齊。

我漸漸開始理解法蘭西絲姑婆的偏執了，因為一旦你開始思考謀殺這件事，你就會發現四處都潛藏著凶手。每個細節突然間都顯得像是一種威脅。我深深吸了一口氣，因為也許那只是一位我從未見過的清潔人員。但隨後，我又想著那位清潔人員是否也是貝絲，又或者，這個人的未來完全仰賴著法蘭西絲姑婆謀殺之謎的結果。

我走到床邊，小心翼翼地用手撫摸著乾淨的白色棉質枕頭套。然後，我輕輕舉起整顆枕頭，就在那裡——有一張小小的紙片，用打字機打字，紙張因年代久遠而早已泛黃。

你這個小賤人，你以為你擋得了我的路嗎？你早已習慣了用你那張完美漂亮的臉蛋來獲取你想得到的東西。如果你不住手的話，我發誓我會毀了你那張臉。我會將你的屍骨裝入箱中，寄給你所愛之人。

在我找你算帳之前，我會拿走你想要的一切。

突來一股恐懼籠罩著我，我查看身旁的環境。床底下只有我的背包和旅行包，小衣櫃裡除了我的衣服以外空無一物。我甚至試著搖動窗戶的把手，但從這裡往下看的窗外也只有陡峭的斜坡，窗戶也確實牢牢鎖上了。

當我用手拿起恐嚇字條時，我的手不禁顫抖著。其中關於將屍骨裝進箱子的那句話，立即讓我覺得似曾相識。然而，這張紙顯然已經很老舊，而且我也記得法蘭西絲的日記中曾出現過這句話。**我們見到占卜師之前，早就有人不斷恐嚇我了。我在裙子口袋裡發現了一張紙條，上面寫著「我會將你的屍骨裝入箱中」**。

接著，我想到了恐嚇字條上的最後一句話——**在我找你算帳之前，我會拿走你想要的一切**。艾蜜莉，這聽來就像艾蜜莉的口吻，也像是她對待法蘭西絲的方式。我心癢難熬，想拿到法蘭西絲的日記。但我仍清楚記得，當法蘭西絲發現艾蜜莉和約翰上床的那一夜，她寫下了什麼。在福特的圖書館裡，她對艾蜜莉大聲喊道：**看來我所擁有的一切，你都想搶走……我的髮梳、我的大衣外套……我一整個衣櫃都供你取用了，你還不滿足嗎？連我的男朋友你也要搶走嗎？**

有那麼一瞬間，我開始相信占卜師的力量，因為一旦發現了這樣的威脅，感覺就像是繼承了法蘭西絲姑婆的預言。克萊恩警探還在樓下，我考慮是否應該向他尋求協助。然而，一想到我們之前那次爭強好勝的對話，我便猶豫了。根據許多書籍中的描述，當調查謀殺案的人開始受到威脅時，這代表著他們已經相當接近終點，或者至少已走在正確的道路上。

我感受到之前的忐忑不安逐漸消退，被強烈的好奇心所取代，這一定是艾蜜莉失蹤之謎的證據之一。如果這個威脅是針對我個人而來，他們肯定會採取更直接的手段，而且會是與我有密切關聯的威脅——表明我不屬於這裡，而且我也不該拿到這份遺產。

這張紙條肯定是一九六五或六六年艾蜜莉失蹤時留下的。難道有人把它放在這裡，是為了想幫助我嗎？我越是認真思考，越覺得這是可能之事。但那個人會是誰呢？

我用手機拍下了恐嚇字條的照片，以防萬一有什麼意外發生，或者克萊恩再次來找我索討我所發現的證據。我有些擔心，是否會面臨「隱匿證據」的指控而被反咬一口，不過，我也明白，這項調查需要我做出改變，需要我打破更多的規則，需要我更大的勇氣，所以我不妨小心地繼續探索。

我再次閱讀了恐嚇字條，心裡充滿困惑。如果這是針對法蘭西絲而來，被害者為什麼反而是艾蜜莉呢？

我把字條塞進我現在認定為個人「調查日誌」的地方，然後將所有東西放回包包裡。陽光逐漸融入夏日傍晚的一片金綠色薄霧之中，儘管我才看見一具屍體沒多久，卻開始感到飢餓了。不論走到哪裡，我一直將東西全背在身上，開始覺得背痛難耐，但這個房間顯然不太安全，所以我把背包背上了就下樓了。

這時我還沒有要去廚房，因為我想先查查法蘭西絲姑婆有關福伊爾家族的檔案。不出所料，當我進入那個小書房時，薩克森又在場，這次他正在看著艾蜜莉那張小小的謀殺調查關係圖。他身旁沒有艾娃和奧利佛，而克萊恩警探仍然在外面與諾爾城堡鎮警察局的同仁交談。

「你認識她嗎？」我輕聲問道。「我是指艾蜜莉．史派羅。」

薩克森給了我一個深長的眼神，不過表情卻十分悲傷。這不太尋常，畢竟我們稍早發現屍體時他如此漫不經心。「我認識她。」他說。「她這個人……非比尋常。他們都是，包括法蘭西絲。一想到現在他們三人只剩下蘿絲一個人了，這真是令人難過。在艾蜜莉失蹤之前，他們三人形影不離。」

薩克森並不知道，我已經得知了艾蜜莉失蹤前的所有戲劇性事件，包括她去世前發生的事情。我決定在他身上試試克萊恩的理論，這個點子不會為薩克森帶來任何優勢，甚至可能會讓他與我分享情報。

「克萊恩認為法蘭西絲殺了艾蜜莉。」

薩克森沒有做出太多反應，卻皺著眉頭，但始終目不轉睛地盯著調查關係圖。

「這位優秀警探為什麼會這麼想呢？」

「那個皮箱之前放在切爾西房子的地下室。」我說。「至少放了二十五年之久，甚至可能更久遠，在我們搬進去前就已經在那裡了。」

「我很驚訝，克萊恩竟如此斷然地指控法蘭西絲。為什麼不是我叔叔呢？我叔叔去世前，艾蜜莉早已失蹤多年了，當時那棟切爾西的房子還是他的。」

我確實曾猜想過，福特是否有可能殺害艾蜜莉。在這一點上，薩克森確實比我更有優勢——關於盧瑟福．格雷夫史當這個人，我幾乎一無所知，而這個人是將薩克森撫養長大的人。我決定要不斷煩擾克萊恩警探，讓他盡快將日記還給我，因為我想知道法蘭西絲在日記中對於她後來結婚的男人揭露了什麼內幕。

但是，盧瑟福．格雷夫史當早已逝世多年了。如果真是福特殺死了艾蜜莉，從我所能推敲的任何角度看來，都與法蘭西絲的謀殺案毫無干係。我不確定是否該問問薩克森，看看他對艾蜜莉懷孕的情況瞭解多少，但那本綠色的日記我還有一半沒讀完，我必須在亮出底牌前掌握所有情報。

> 你的未來將有一堆枯骨。
>
> 早就有人不斷恐嚇我了。
>
> 我會將你的屍骨裝入箱中，寄給你所愛之人。

我心裡湧現一陣不安的情緒，當我看著謀殺調查關係圖時，突然浮現一個新的想法：或許這個威脅是衝著艾蜜莉而來。

這時，我的目光落在層架上一台老舊的打字機。

我突然有了一個可怕的念頭。法蘭西絲不曾說她在哪裡收到這些恐嚇字條，只是說她確實收到了。萬一，她之所以收到恐嚇，是因為都是她自己寫的，那該怎麼辦？**在我找你算帳之前，我會拿走你想要的一切**。然而，嫁給福特的人是法蘭西絲。

我注意到薩克森盯著我，眼裡充滿了好奇。「法蘭西絲和艾蜜莉確實為了我叔叔而產生了一些爭執。」他說。

當我看著關係圖中那張艾蜜莉的照片時，所有紅線像是產生了什麼變化，我以一種全新的方式檢視這些關係，誰離艾蜜莉最近、誰離艾蜜莉較遠，誰又因為她而受到了委屈。華特、約翰與蘿絲處在邊緣，我看見較近的人有阿奇．福伊爾、薩克森，但奇怪的是，我也看見了我的祖父母彼得和譚茜。我很驚訝，竟會在此看見彼得和譚茜的名字，或許我只是還沒讀到關於他們的文字描述。

福特甚至不在關係圖之中，但邏輯上而言，他有可能殺害艾蜜莉。根據日記所言，他可能有下手的動機，或許，艾蜜莉拿懷孕一事來勒索他，或打算誘騙他結婚，法蘭西絲姑婆肯定有證明他清白的理由。若不是如此的話，就是她確實愛上了他，讓她對他的惡行視而不見。

「這裡少了一個變數。」我說，我竟然忘了自己正在自言自語。

「有可能是什麼呢？」薩克森問道，臉上露出了一個心照不宣的表情。

我跑出那個小房間，穿過了圖書館。當我走出前門時，克萊恩警探仍在與一名穿著制服的警察交談。

「我可以和你談談嗎？」我問，有些喘不過氣。他臉上閃現一絲驚訝之情，但只維持了一瞬間。

「這件事很重要。」我補充說道。

「好吧。」他說。他對著警官低聲含糊地說了一些話，接著便跟著我走，遠至沒有人聽得見我們說話為止。我將背包從肩上卸了下來，拉開拉鍊。我拿出上頭有蘑菇的輕薄筆記本，恐嚇字條就安全地夾藏其中。

「我需要再看看那本日記。」我說。

克萊恩懶得掩飾自己的惱怒不快，對我翻了一個白眼。「安妮，我根本還沒回警局。不過，如今它就在我手中，所以就是證據了。我不能還給你。」

「可以讓我翻翻並查閱一件事嗎？我就在這裡看。」我誠懇真摯地請求，但他看起來不為所動。「作為交換，我再提供你一項物證。」

他哼了一聲。「喔，不，事物不是這樣運作的，你明明知道的，安妮。如果你發現了一些與法蘭西絲或艾蜜莉・史派羅的死因相關的東西——我並不是說那屍體肯定是艾蜜莉，只是假設——」

這時輪到我翻白眼了。「我沒有要帶走日記，我只想看一眼我讀過的其中一頁。我可以把恐嚇字條給你；我拍下照片了。」

「恐嚇字條？」他的姿態全然轉變了，言語中流露出冷冰冰的情緒。

我解釋自己如何看見這張紙條，以我想得到最為隨意輕鬆的方式。

「安妮，我剛才不是警告你了，在這房子裡要注意自己的安危嗎？當你發現的**那一刻**就應該立刻來找我才對。」他看起來很生氣，將雙手放在自己的臀部上，把西裝外套衣角推向後方，擺出一種姿勢，彷彿在大聲呼喊著「憤怒的擔憂」。要不是我現在對日記的事感到惱火的話，我絕對會被他的表現感動。

我喋喋不休地說出我的理論，表明有人想以笨拙的方式助我獲勝，偵破法蘭西絲姑婆的謀殺案，但似乎只能稍稍讓他平靜下來。最後，我從筆記本取出那張小字條。「拿去。」我說，遞給了他。「這是你的了，但拜託你，至少讓我看一眼日記好嗎？」

他回頭看看制服員警剛才所站之處，發現他現在若不是在屋內，就是在後方某處巡邏。「好吧。」他緩慢地說。他把手伸進西裝外套，從胸前的口袋裡拿出那本日記。「但你只能在這裡看，我來好好思考這個『恐嚇』的情況是怎麼一回事。」

他將日記遞給我時，打從心底的感激讓我喘了一大口氣。我專注於找到我需要的段落，盡力忽視他就站在這裡，緊盯著我的一舉一動。

當我的思緒跳轉，想到當薩克森試著打開文件抽屜時，他不假思索地說出媽媽的生日。薩克森怎麼會知道媽媽的生日？媽媽說她的父母要她遠離格雷夫史當莊園，而薩克森青少年時期大多數時間都在寄宿學校度過。

但是，當我一想到在法蘭西絲日記中，她所偶遇的那個薩克森，那個收集私密情報並靈活運用的間諜，我立即想到他知道的一個合理原因了。

我將日記翻至接近一開始的頁面，檢視著日期。最後，我找到了我要尋找的東西。

一九六六年九月十五日

彼得現在在這裡，他正在和媽媽爭吵。沒有人能忍受他所娶那個叫譚茜的女人，但如今他們擁有了一個孩子，我想就無法回頭了……

我不得不承認，小羅拉最可愛了。她一個月大了，我一看見她，她便會發出那可愛的咯咯聲。

法蘭西絲寫的不是「如今他們有了孩子」，而是寫了「如今他們擁有了一個孩子」。但當我讀第二次時，那一句「**不過，她長得確實和她媽媽很相像，這就令人有些惋惜**」讀起來卻帶著全然不同的意味。

「我得回屋裡去了，我需要做的事情太多了。」我脫口而出。我臉上肯定掛著萬花筒般複雜的情緒，因為克萊恩原先的惱怒幾乎即刻消失了。

「不如這樣吧，」他以平靜的語氣說道，「我們開車去村莊裡，去死亡女巫酒吧。我會帶一些文件去，我們點一些食物來吃，你可以坐著閱讀日記的其餘內容，你想做什麼筆記都行。我保證，當你閱讀時我就安靜工作，我們誰也不打擾誰，吃飽後我就將那本日記帶回警局。」

我想了一秒就立刻答應了。這比我所期望的解決方案更理想，更何況我現在快要餓壞了。

他速速地打了一通電話，但他沒有拿走我手中的日記，而是在草地上來回走動長達幾分鐘。最後，當我們的車子駛出碎石車道時，我突然有了個念頭。「你該不會只是想讓我暫時離開這棟房子吧？」

他嘆了一口氣。「關於留在你枕頭下的那張恐嚇字條，布雷迪警官將會審問屋內所有的人。所以，沒錯，這是部分原因。但老實說，這是我私下對你說的話，」他轉向我一會，接著又讓視線望向路面，「我只是想看看，當你掌握了所有有利資源時，會發生什麼事。」

我嘴角揚起一抹微笑。我猜，他這句話等同是要加入我的陣營了。

第二十四章

諾爾城堡鎮檔案，一九六六年九月三十日

艾審莉敲了敲我臥室的窗戶，那時已過午夜許久。雨已經停了，但天氣仍然相當寒冷，她找到一件過大的毛衣，像個賣火柴的小女孩一樣蜷縮在那裡。「我可以進來嗎？」

我咬緊牙，低頭凝視著她。

「拜託，法蘭妮，我真的得找你談談。你總不希望我大吵大鬧的，把一屋子裡的人全都吵醒吧？」

她敢。我知道她真的敢這麼做。於是我把推拉窗向上拉得高一些，她便爬了進來。

「你想幹嘛？」我要她開口說明。我充滿了如雷鳴般的怒氣，我希望我的臉色能讓她察覺這一點。她爬上我們家門前的大樹，踩上我窗戶外的窗台，我有一股邪惡的衝動，想一把將她從窗台上推下去。這不過是一時的衝動，我卻被自己的這個念頭給嚇壞了。我努力想讓自己冷靜下來，嚥下內心翻騰洶湧的情緒。

「我太惡劣了，」她很快地說道，「我意識到這件事了，法蘭妮。稍早時我在那房子裡所說的那些事——我不過是一時脾氣暴躁，沒有一句是真話。福特並不想進一步認識我，我想他識破我的伎倆了。在你對他這個人生氣之前，我得說我那些暗示性的話全是謊言。我的意思是，關於約翰的事是真的，這個孩子……」她突然停了下來，因為她發現自己提起此事時，我完全無法對她產生一絲同情。

但我立即先發制人，因為我不想讓她以自己的方式編造這段對話。她總是如此，弄得我困惑不解。「為什麼？」我厲聲說道。「我只是想知道，你為什麼得找上約翰？」

有那麼一刻，她的臉全皺在一塊，接著又振作起來，展現艾審莉真正的作風。「約翰也有責任，你知道的，這不僅僅是我一個人的事！是他先展開攻勢的，是他一直盯著我不放，他主動接近我的！」

對於這樣的藉口，我早已有所準備了。「我現在要問的並不是約翰的事，之後我會找他談談。現在我要問的問題是，**你**為什麼得做出這樣的選擇。」我的聲音鋒利尖銳，她畏縮了一下，像是我割傷她一般。這效果看得我心滿意足。

她開口又閉口了幾次，我看著她的面具逐漸瓦解。還有太多太多的事，只是她沒有說出口。我知道約翰並沒有強迫她——如果他真的如此的話，她當時肯定會立刻告訴我。對於約翰的背叛，儘管我的怒氣如漫天大火，我卻相信他不會那樣做。

「說實話，小艾。」我催促道。

最後，她嘆了一口氣，就像所有的空氣都被抽空了。她抓起一縷頭髮咀嚼起來，我已經好多年沒看見她這麼做了。我記得有一次，我看見她媽媽因為她這個習慣打了她一巴掌，當時她以為沒人看見。

「我知道華特看起來好像很愛我，」她緩慢地說，「但事實上，他已經疏遠我好幾個星期了。我懷疑母親可能發現我們交往的事，並對他言語威脅。但其實，我或許只是想試著否認事實……」她看著天花板，看見她眨著雙眼以忍住淚水，我十分訝異。「他不愛我，法蘭西絲。我想，他一直在等我開口和他分手。我試著安排兩人一塊去做一些刺激冒險和獨處的事，但他已經對我感到厭煩了。他早就離我而去了，法蘭西絲。我！你相信這件事嗎？」她指著自己的臉和頭髮，那動作讓我想起了費歐娜．史派羅。

「你在撒謊。」我平靜地說。「那天晚上華特相當生氣，我不曾看見他這樣，艾蜜莉。我從未看過他如此凶暴，你是不是忘了他出手打了你？」

「華特只是不高興自己再也不能和我上床了，但我找到了一個願意的人。」她把這件事說得好像沒有什麼，彷彿提及她和約翰上床的事，已是我們之間的正常對話。我們坐在我的床上，我的拳頭已緊握著臀部下方的毯子。

「我只是想要有人愛我，法蘭西絲。」她結結巴巴地說，接著落下了淚水。「我看到約翰愛──你的樣子……我也想要這樣。不是要約翰，而是他如此愛你的方式。」她顫抖地吸一口氣，發出了一聲抽泣。我被她嚇得說不出話來，忘了原先準備要對她說的話。我不曾看見她哭成這樣，從來沒有。

「我內心充滿了許多憤怒，法蘭西絲！為什麼我身旁所有人都過著幸福的日子，擁有關愛他們的父母、讓他們明白自己獨特之處的戀人，而我得到的卻只有美貌、空氣，與殘酷傷人的言語呢？」

我緊緊地抿著雙唇，試著釐清自己的感受。如果我是被費歐娜・史派羅這種母親撫養長大的話，我不知道自己會怎麼做。不過，我還沒準備好要原諒艾審莉，但老實說，我不確定她為什麼需要我原諒她。

「你為什麼要來？」我終究還是問了。「我從來不曾聽見你開口道歉。」

「喔，天啊，我很抱歉！」她抓住我的手，看起來如此絕望。「我真的很抱歉，法蘭西絲！以我的處境來說，家人的態度將會變得非常可怕，你是唯一我知道能尋求協助的人。雖然我之前對你的態度如此惡劣，但我們一同經歷了許多事，現在還有個無辜的孩子牽涉其中。拜託，你比任何人都瞭解我。」

一陣沉默立即蔓延開來，因為這些年我們一同共度的時光如此有分量，像個第三者般悄然進入了房間。

「那約翰怎麼辦？」我痛苦地說。「我討厭這個念頭，甚至讓我感到噁心不適，但你們可以選擇結婚。通常十七歲就可以結婚了，對吧？」我用力吸了一口氣。雖然我目前還不想面對，但我不得不放手讓約翰離開。即使艾審莉不再和他往來，即使他不停懇求我，並給我許多回到他身邊的原因，我仍必須要放下並向前邁進了。這並不代表我這段時間就不會沉浸於心碎之中，但我明白自己得踏出這可怕的第一步，遠離與他共同的過往，走向一個不確定的未來。

你的未來只剩下……

我的預言開始在我腦海中自顧自地吟誦著，有如一段祈禱文，我的思緒開始動搖不止。那隻鳥**確實**背叛了我；占卜師說的沒錯。

「我不想嫁給約翰，也不想成為一位母親。現在還不是時候。」她的表情突然多了一絲專注，少了一些絕望。

「我不覺得自己幫得上忙，小艾。」我的心情突然沉重了起來，因為被欺騙而持續擴散的不安感籠罩著我。她早已仔細考慮過這一切，而且很明顯的是，艾蜜莉來此之前早已準備好一個計畫了。我還天真地以為她的造訪只是為了得到寬恕。我想起了福特先前說過關於西洋棋的一句話：**你可以毫無計畫就下棋，但你可能會輸棋**。

艾蜜莉是一位計畫者；她一向都是。因此，我擔心自己會輸掉這一局。

「我只需要找到想要孩子的人，接著藏匿行蹤直到孩子出生為止，孩子就可以交給對方了。」

就在那個時刻，當我明白她的計畫是如此無懈可擊時，一股沉重的情緒籠罩了我。那個計畫如此完美，完美得幾乎讓人感到恐懼，她可能已經思考了這個問題數個星期了。「是彼得和譚茜。」我慢慢說出口。實際上，我很難找到反駁這個解決方案的藉口。他們經常往返於倫敦，與各個收養機構會面，但計畫卻一再落空。隨著收養孩子的費用不斷攀升，當他們來向我父母要更多錢時，艾蜜莉就在這裡。他們渴望擁有一個孩子，卻似乎永遠無法實現。

「我可以和他們談談，但小艾，如果你不是認真的，就不要讓他們懷抱著希望。我不希望你突然改變主意，讓我哥哥傷心欲絕。」

「我不會的，我發誓。我不想要這個孩子。」

我深吸了一口氣。「那麼，在孩子出生前，你打算住在哪裡？」

艾審莉突然擁抱了我，這舉動讓我嚇了一跳。「我相信你幫得上忙。」她說。「到目前為止，唯一知道這件事的人就是你、蘿絲，還有那些男孩。當然了，他們已經向我發誓會保守祕密了，但泰迪就有點麻煩，因為蘿絲對他的態度如此反覆無常。」

「那福特跟薩克森呢？」我又問道。

「這是我計畫的第二階段，」艾審莉說，「福特對你很有好感，我相信你可以幫我說情。」

「你是指，你要躲在格雷夫史當莊園裡？」

「完全正確。這個點子太完美了——那裡有許多房間，我也不會妨礙到任何人。」

「這對福特有什麼好處？他為什麼要讓自己陷入這種處境呢？」

「我認為我們可以說服他。」她說。而且她臉上的表情很靦腆，我不喜歡那個表情，我因此提出了另一個點子。

「我認為，我們應該先讓彼得和譚茜加入我們的計畫，他們或許很樂意讓你跟他們同住。」

艾審莉翻了個白眼。「我真的受不了譚茜那個女人。」她說。「他們就住在城鎮上一間小小的屋子裡。那個地方不僅會讓我發瘋，而且我父母肯定能馬上發現我的蹤跡，我確信他們一定會的。」

我們沒有一個完整周詳的計畫，只是某個計畫的開端。艾蜜莉打算向父母撒謊，說她已經被一所倫敦的祕書專科學校錄取了。這聽起來有些老套，但艾蜜莉的媽媽在戰爭爆發時就完成了其中一門教程，她至今仍認為這是所有女人必須掌握的技能。費歐娜甚至深信，當艾蜜莉成為一名祕書後，她將會遇見成功的倫敦商人，她若是打好自己手上的牌，也不需要工作太久了。這個謊言正是艾蜜莉的媽媽想要聽到的話。

然而，謊言就是這樣一回事：當謊言正好是你喜愛的點子時，你更容易相信它。

第二十五章

第二天早晨我很晚才醒來，聽到阿奇．福伊爾修剪樹籬的聲音。陽光照在我窗前，而我很慶幸昨晚能在諾爾城堡鎮樂施會[24]打烊之前找到裙子和T恤。這條裙子有大大的口袋，材質是厚重的燈芯絨，在炎熱的夏季熱浪下不太合宜，但它亮麗的深綠色，和我找到的那件絕妙的超大T恤成了完美絕配。衣服上有奇想樂團的圖樣，布料已嚴重褪色，看起來應該是二手真品。

我去樂施會的商店時，羅文．克萊恩已坐在我們用餐的位子上等我。正如他所承諾的，他讓我好好閱讀日記，而他幾乎不特別關注我，只專注在自己的文書工作。酒吧裡的食物出奇地美味，這晚多數的時光，我想我們幾乎都忘了對方也同時在此。這麼多年來，這是我與異性相處經驗中最放鬆自在的一次了。

這晚華特．高登也走進了酒吧，他只是向我和克萊恩輕輕點了點頭，接著在角落找了一張桌子坐下。他坐下時皺起眉頭，隨後從口袋拿出一個小藥瓶，吞下了幾片藥錠。一整個晚上，他除了水和咖啡以外什麼也沒喝，甚至完全沒吃東西。我不明白他出現在此的原因，也許他只是感到孤獨，喜歡這裡的氣氛。

和克萊恩共處的那個夜晚，我唯一的缺失就是做了太多筆記，花了太多時間重讀舊有的資訊，結果卻沒讀完日記。打烊時間一到，我懇求他再多給我一些時間，但這位警探毫不讓步。他確實答應會盡快將日記交還給我，但他也明白法蘭西絲姑婆的最終期限已迫在眉睫，眼看時間一點一滴地流逝，讓我感到憂心。

今天早上，我向窗外望去時，看見克萊恩警探的車還在。看來，對於他說要維持莊園內警力的說法並未誇大。

在這座充滿背叛和血案的詭異森林之中，隨著向前躍進的每一步，都會讓我發現法蘭西絲姑婆的人生中有更多混亂的迷團。

走廊盡頭有一間大浴室，裡面有貓腳浴缸和成堆的高級沐浴品，儘管時間不斷流逝，我卻忍不住想要享受地泡個澡。一泡完澡，我全身帶著騰騰熱氣，嗅來有薰衣草的香氣。我讓一頭濕漉漉的頭髮披散於背上，只要一陣夏季的酷熱暑氣襲來，就會變成隨性鬆散的波浪捲髮，看起來特別高雅時尚。艾蜜莉·史派羅的那張照片讓我想起自己的頭髮正有這種特性，但當我忍住不像平時一樣盤成高高的髮髻時，盡可能不去想著我們倆的相似之處。

我渴望新鮮的空氣，也渴望一些能分散我注意力的事物，讓我不必面對自己與艾蜜莉之間背景密切交織在一起的各種暗示。我走出屋外，一時因暴露在明亮光線下而猛烈地眨著眼。我覺得自己

24 Oxfam，為創建於英國牛津的國際發展及人道援助組織，於全球約九十個國家及地區推行消弭貧窮以及與貧窮有關的社會結構性問題的活動。

像是一隻被趕出洞穴之外的蝙蝠。我花上大半個夜晚的時間和媽媽通話，談論雷吉．克萊恩、法蘭西絲姑婆的遺囑，最後還有艾蜜莉．史派羅的事。

媽媽展現她平時的作風，隱藏自己大部分的感受。當她得知艾蜜莉．史派羅可能是她真正的生母時，她的反應幾乎和我面對父親檔案時的態度一樣，艾蜜莉只不過是一個她不認識的女人。

但是，當我告訴她關於艾蜜莉的一些故事，以及那些在我身旁逐漸解開的謎團時，我發現她在話語中的停頓越來越長，語調中的情緒也越來越強烈。當我告訴她，法蘭西絲姑婆在協助收養她時所扮演的角色時，她打斷了我的話，說她得掛電話了。我想，媽媽會以自己的方式來面對這一切。

我逐漸將家中這些女性視為孤獨的支柱。法蘭西絲姑婆在她位於諾爾城堡鎮的莊園裡默默記錄著人們的人生，而媽媽在切爾西的屋子裡足不出戶，以創作描繪自己的過去。而我呢，則遊走於他們之間，試圖釐清自己正在講述著誰的故事，我又是在經歷著誰的人生。

我若有所思地看著車道上那輛勞斯萊斯，然後決定要同時完成幾件要事。我過度沉迷於那本日記和艾蜜莉．史派羅的事，卻忘了要調查法蘭西絲姑婆謀殺案中的技術層面。薩克森的調查進度可能早已遠遠領先，儘管只過了兩天，但我感覺到時間不斷地流逝。我需要調查誰有機會接觸裝有高劑量鐵劑的注射針筒，還得查出那些花束有什麼關聯性，因為我確信這之間一定有什麼關係。此外，還有那個阿奇．福伊爾，他似乎做了什麼能讓他人敲詐他的事。我走到花園外存放物件的小屋，預期能在此找到他。

「不好意思，」我在門邊探頭說道，「福伊爾先生在嗎？」

「啊，你好，又見面了！」他對我微笑並走出小屋外見我。

「我想問問，你是否曾開過那輛勞斯萊斯呢？我希望有人能開車送我去村莊。」

阿奇看著遠方那輛舊車，那一瞬間他看起來似乎有些傷感。「當然。」他說。「我為了法蘭西絲好好照料著那輛車，或者說，之前是如此。」他的臉色沉了下來，我試著判斷那是否出自真心。接著，我立刻就覺得自己太糟糕了，我討厭自己如此檢視著每一位認識法蘭西絲的人，總試著要看穿他們，好像他們只代表著一連串的謊言，而不是活生生的人。

我將思緒拉回案件調查上。「法蘭西絲姑婆會在村莊裡四處開著那輛車嗎？」我問道。

阿奇笑了。「不，她不會這樣。比爾．勒羅伊死後，那個莊園的司機——」阿奇抬頭往上看，心不在焉的樣子，「比爾娶了蘿絲，你知道吧？」

「不，我不知道。」

「那麼呢，他去世之後，我多多少少做一些駕駛和照料車子的工作，但實際上，開車載法蘭西絲的人大多是貝絲。」

「貝絲開著這輛車？」一想到穿著復古茶歇裙、戴上藥盒帽（pillbox hat）的貝絲，我便想像著她有如電影場景裡的人，載著法蘭西絲姑婆來往各處。令人不禁猜想，貝絲究竟是先有一九三〇年代的復古衣著品味，還是駕駛一九三〇年代汽車的本事。

阿奇笑了。「她會呀！但她不會穿著那些可笑的鞋子開車，她對汽車確實展現出了興趣，所以大約是十年前，法蘭西絲要我教她一些上手的訣竅。」

「所以貝絲一邊經營自己的熟食店，還得一邊兼任廚師和司機？這聽起來是很大的工作量。」

「她的熟食店僱用了幾位員工，但她確實很努力工作。如果貝絲能學會如何駕駛這輛車，你也可以的。」

我揮手打消他的念頭。「我絕對不會開那輛車，但感謝你對我抱持著信心。不過，你若是不介意的話，我確實有些問題想請教你，好嗎？」

他笑了。「你就直說吧。」

「我們大家來見法蘭西絲姑婆時，引擎是開著的。你當時正在修理車子嗎？」

「沒有，但我注意到她將引擎蓋打開了。」他看起來思索了好一會。「現在想想，我真不明白她怎麼會自己去碰引擎，而不是乾脆向我尋求協助。我那天一大早就在此修剪玫瑰了。」

「她沒有其他車子嗎？」

「她曾經有一輛賓士；我曾經為此取笑了福特。你明白吧，**福特**——」阿奇滿懷期待地看著我，但我讓他自己說完令人翻白眼的笑話。「竟然開一輛**賓士**？對吧？」

我對他微微一笑，接著勉強擠出一些笑容以示友好。

「是的，當時他也是這麼想的。總之，諾爾城堡鎮有大半的車我都修理過了。」他自嘲地一笑，一時陷入了沉思。我現在瞭解了，阿奇．福伊爾是那種一說話便滔滔不絕的人，但如果你不讓他專注說完正事，他就會改變話題。

「你可以去問問華特．高登關於他那輛老舊休旅車的事，有好幾次，我當天就幫他把車子給修好了。那輛車開那麼久，可見證了不少事呢！」阿奇又笑了，我不得不咬住嘴唇，才能不讓自己臉上露出一絲震驚的神情，因為此刻我腦海中所浮現的，是法蘭西絲姑婆在日記中的描述，關於在華特車子後座的蘿絲和阿奇。

「你認為你能修好車，讓它恢復正常使用嗎？」我問道。

「我很樂意試試看。」他說。他走過汽車的副駕駛座側邊一邊說：「我來檢查一下電池，但先前是我將它放回原處的，所以我知道問題不在這裡。」他敲了敲放在車門底部沿著長金屬邊緣的木盒。

「那是……電池就在那個盒子裡嗎？」我說。

「不，那是汽車承載著希望與夢想的地方。」他說道，這次他的表情特別嚴肅。

我笑著。「那就更棒了。」我說。

阿奇咧嘴一笑，對於我完全是個汽車新手的事實，顯然讓他樂不可支。但我確實很想學習，因為，法蘭西絲姑婆被謀殺那天，汽車突然故障了，這絕非小事。

「去吧，去坐駕駛座，我看看引擎有沒有問題。不，不是從那邊。」當我走向駕駛座那側時，他將我攔住了。「你必須從副駕駛座那側上車。」

我想問原因為何，但他早已在車子前方了，讓引擎暴露在早晨的空氣中。沒多久，阿奇半個人都埋在引擎蓋裡，當他仔細查看時，我聽到奇怪的重擊聲與咒罵聲。

他走了回來，輕巧地坐入我身旁的副駕駛座。「我們來發動車子吧。」他說。他指導我打開各個開關，我試著牢牢記住這些順序，如此一來，我若有需要的話，就能自己發動車子了。

當車子一點反應也沒有時，我感覺有些洩氣。「也許問題出在我身上。」我說。

「胡說八道。」他說。「我真討厭出錯呢，但我得檢查一下電池。」

他走向剛才特別指示我的小盒子，不到一分鐘又回來了。「修好了。」他說。「這輛車的電池需要取出充電，我猜想，應該是我先前放回去時沒有將管線接好。」但他額頭上的皺紋又加深了，他用指甲抓著下巴，看起來百思不解。「或許我真的老了。」他說，但他的表情卻不太確定。

阿奇帶著我再次發動引擎，這次當我依照他的指示稍稍踩下油門時，引擎發出嗡嗡聲並快速運轉。我小小的發出一聲開心的吶喊，坐在這麼一輛大車的駕駛座上，有種奇怪的滿足感。

「那麼，我們帶她去兜風吧。」他說。

「喔，等等，你要我把車開出去嗎？」

「為什麼不呢？如果貝絲可以，你也可以的！」阿奇安心地微笑著。

「我認為你說得對。」我說，但我開始感到緊張了。不過，我稍稍讓自己振作起來，因為這也許是我能掌握的一件事。我喜歡自己能做好這件事的感覺，到目前為止，我的鄉間體驗讓我至少摔倒了一次，驚慌了好幾次，因此，我咬緊牙關，決定盡我最大努力來駕駛這該死的大車。「所以……我有什麼應該要知道的事嗎？」我在引擎的轟鳴聲中問道。

「嗯，對這些鄉間小路而言，這是一輛相當荒謬可笑的汽車。這是一輛勞斯萊斯第二代幻影，原先屬於法蘭西絲已故丈夫的父親。所以請不要發生碰撞，它非常寶貴，可是家族裡的傳家寶。」

「喔，老天啊，別告訴我這種事。」我呻吟著說。「我們繞個彎開去你的農場，好嗎？」

阿奇的臉色沉了下來。「我們最好去村莊裡。」他說。「我也需要去那裡買些東西。」

在離合器和排檔桿之間，我掙扎了幾分鐘，也咒罵了許多次。這完全不同於珍妮的自動排檔汽車，是我考了駕照後唯一駕駛過的另一輛汽車，而阿奇對這一切似乎感到非常開心。最後，我終於明白了這輛車換檔的原理，我們緩慢地沿著車道行駛，隨著我們身後的房子變得越來越小，就好像一條令人安心的安全毯被一把搶走了，當我握著方向盤時，覺得自己變得更加渺小。不過等我開始上手後，感覺到一種成就感，很快就確實享受其中。

「我知道是法蘭西絲姑婆將你的農場拿回來的。」我說。

「喔，那個法蘭西絲，她能大方給予，也能立刻拿走。」阿奇說。他眺望著鄉間景色，聲音突然變得特別尖銳。

「這也太隱密了吧。」我說。我看到前方即將出現一個轉彎處，那裡有一個寫著「福伊爾農場」的標誌，我當下做了一個決定，幾秒鐘之內，我猛轉了僵硬的方向盤，我們慢慢地向農場的方向開去。

「喂，拜託！不是說要去村莊裡嗎？」阿奇說。他有些氣惱，但並不憤怒。

「我真的很想看看你的農場！」我說，讓自己的聲音聽來輕快且熱情。我確實想看看這個農場，但主要是因為阿奇似乎特別想避開此處。此外，我也想找貝絲的妻子美雪聊聊，那個諾爾城堡鎮的大型動物獸醫。

但是，我們把車子停在農舍前時，那裡有風景如畫的水車、滿是小鴨的溪流，不過面對這一切事物，我的腦子卻突然被清空了，想到的是一群被警告遠離此處的青少年，甚至是一場爭執、一個被揭露的祕密，以及一聲槍響。此外，還有一個媽媽，還沒生下孩子，就將孕肚藏在一件奪取而來的大衣外套下，外套卻又因友誼生變而被猛力扯壞了。

「進來吧。」阿奇的聲音打斷了我的思緒，他聽起來很疲憊。「我來燒些開水。」

我望向農舍一側，那裡的小型環形溫室有如幾隻超大的毛毛蟲，在烈日下曬著太陽。最近的一個溫室後方有個穀倉，我看見一位穿著硬挺靴子的女人牽著一匹馬，正從拖車走向穀倉。

「聽起來不錯。」我一邊說，仍目不轉睛地盯著穀倉看。「那是你媳婦嗎？」我問道。「我很想認識她。」

他點了點頭，但看向美雪的眼神懷有戒心。「你自己去打招呼吧，要喝茶時就從側門進來。請不要穿越那些環形溫室——那裡的生態系統相當脆弱。」他立即進門並消失不見。

我繞著第一個環形溫室的側邊行走，往穀倉的方向走去，但當我看見那些溫室之間種植的植物時，我停了下了腳步。

一排排的灌木叢中綻放著白色的長莖玫瑰，在夏季的陽光下顯得雄偉壯觀。當我看見那些花莖時，一股不祥的寒意突然襲來。我很確定，這些花與帶有細針的那些玫瑰是相同的品種。無論是誰將那些花送給法蘭西絲姑婆，那些花朵的生命就從這個農場開始。

我小心翼翼地跨過那些植物，美雪發現了我。她向我輕輕揮了揮手，我得努力擺脫臉上的緊繃神情。我勉強擠出一個無力的微笑，以揮手回應她。

「你是安妮．亞當斯。」當我走近時她這麼說。她說的不是一個問句，但此刻，她也不必多問了。畢竟她的家族與格雷夫史當莊園有密切的關係，就算她知道我的身分也不足為奇。

「嗨。」我說。「很高興認識你。」她並沒有自我介紹，但我喜歡我們不必假意裝作不知道對方的身分。「你是美雪吧？」

她點點頭，拿著一根密密麻麻的刷子，輕刷著她面前那隻栗色母馬的背部。

「這位是你的顧客吧？」我說。我不知道該如何提出注射鐵質的話題，這顯而易見。我努力克制自己想衝入穀倉查看一切的衝動，但我沒看見裡頭有什麼可疑的東西，只有動物隔欄、大量的乾草，以及掛在牆面上的馬鞍。

面對我的尷尬不安，美雪揚起了眉毛並回應了我的問題。「不，這是我的馬。我通常會到府看診，我在那裡開設了一個診所。」她揚起下巴指向門口的方向，「必要的時候我會在那裡進行手術，這裡有最先進的設備。」我開口想問她是否能讓我參觀，但她給了我一個心照不宣的眼神，我便閉上了嘴巴。

「我知道你來這裡的原因。」她說。她看起來像是被逗樂了，令人驚訝不已。「我真的很想知道，你為什麼拖了這麼久才來。」

「抱歉，你說什麼？」

「宣讀遺囑那天下午，克萊恩警探和薩克森都來訪了。你進度有點落後了，安妮。」

我感覺到自己的表情有所變化，我希望自己臉上寫著困惑，而不是讓她看見我聽聞這消息有多麼震驚。「他們是來詢問注射鐵劑的事，是吧？」我的語氣有點嚴肅，而我從來就不善於隱藏感受。

美雪繼續為馬兒刷毛，馬兒開始用鼻子碰她以求關注。「他們的確問了，我會告訴你一切我告知他們的事。大約一星期前，診所遭到破門盜竊，我報案的時間點有點晚，但現在已提交文件了。」

「事情一發生時，你為何不立刻報案？」我問道。她看起來很樂於提供資訊，所以我覺得我進一步提問並不算太過分。

她皺起了眉頭。「老實說，是我急忙離開而沒把門給鎖好，因此，我在這件事上也有一些疏失。但在你提問之前，是的——我有一堆馬的藥物被偷了，其中確實包含鐵劑的注射針筒。這些是為了馬受傷時備用的藥物；這不是一件尋常的事，但老實說，當時我以為偷竊我的人是為了氯胺酮[25]。」

「你知道是誰幹的嗎？」

「如果我知道的話，警方現在早已逮捕他們了。但是，這是一家位居鄉間的診所，我也沒有什麼一流的保全設備。我沒有裝設監控攝影機，而且對我們這種住得離村莊老遠的居民來說，我們時常沒想到要鎖門。我的意思是，就連**住在**村莊裡的人也可能常忘記這件事。」

我感覺自己的肩膀頹喪地垂了下來，除非美雪撒謊，否則光是根據誰能取得馬的藥物來鎖定凶手，可能性不大。不過，這確實讓我明白了一件事——看起來，薩克森說的話很有可能是對的，用來殺害法蘭西絲姑婆的鐵劑就來自這家診所。

那些玫瑰也產自此處，但從某種意義上來說，這讓我減少一些對福伊爾家族成員的疑心，畢竟能直接將矛頭直指他們的謀殺武器不只一種，而是兩種。

儘管如此，我仍覺得這裡有點不太對勁。我回想起阿奇稍早之前的神情；當他看著美雪時，幾乎要嚇出一身冷汗。於是，我向美雪道謝，接著回到屋內去找阿奇。我差點走進環形溫室，而且我突然恍然大悟了。他那嚴肅的神情，或許根本不是因美雪而起。

所以我決定忽略他關於環形溫室的指示，直接走進他那「脆弱的生態系統」。

結果，事實證明，這裡只有一排又一排看起來健康茂密的大麻。

阿奇坐下來思考著，幾乎長達整整一分鐘了。他面前那杯茶冒著騰騰熱氣，但他卻碰也不碰。他看見我從種滿大麻的溫室裡走了出來——我應該注意到廚房窗戶俯瞰著房子的那一側才對，但這也無法阻撓我這麼做。

但他只是站在那裡隔著窗戶望著我，正在將茶杯擦乾，臉上未顯露任何表情。我們直盯著對方看，直到他終於示意我進門為止。

25　Ketamine，俗稱「K他命」是一種NMDA受體抑制劑，用於鎮靜、止痛，高劑量使用會有鴉片類藥物的效果。

「安妮，你看起來人不錯。」他說，終於喝了一口茶。「既然我和薩克森之間有一個協議，我認為我也得提供你相同的待遇，這樣才公平。」

我差點發出一聲嘆息，因為阿奇**理所當然地**會幫助薩克森。薩克森幾乎認識他一輩子了，我雖然難以想像他們是朋友關係，但我想他們之間仍然經歷過一些事。

「好吧。」我說。「我倒是感到好奇了，這是關於農場的某種協議嗎？我猜你已經聽聞法蘭西絲姑婆遺囑中的條款了。」

當阿奇意識到我並未立刻發怒或準備報警時，他看起來放鬆了許多。事實上，我唯一關切的，是他的大麻生意是否會讓他出手謀害法蘭西絲姑婆。

「我聽說了。我經營了一些副業，你知道的……但法蘭西絲，她不是太贊同這件事，她一向都規規矩矩地奉公守法。不過，這只是一項無害的生意，而且我也做了這麼多年了。」

「真有意思。」我說。我的腦子開始就這些事實記錄。「而法蘭西絲姑婆之所以對此不滿，是因為你的副業違反法規嗎？」

「她確實不喜歡我這樣拈花惹草。」他停頓了一下，然後拍了一下膝蓋。「拈花惹草！這雙關語真好笑！」

我曾想過自己能有一些不錯的早晨體驗，但和別人喝茶，開一些爺爺輩分會說的大麻笑話，完全不在我的意料之中。

「我明白你的意思。」我說。「關於那些植物，法蘭西絲姑婆並沒有採取任何行動來對付你，是吧？」

「她三番兩次警告過我，說要下最後通牒之類的。」他揮了揮手，像沒什麼事一樣。「她甚至讓傑索普．菲爾德房地產公司對農場進行估價，就是要我明白，我要是不住手的話，他們將會開啟建造公寓大樓的計畫。不過，這只不過是她的恐嚇策略罷了，我太瞭解法蘭西絲了，一切都只是棋盤上的一步棋。她只是想逼迫我採取行動，讓我做不成這門生意。」

傑索普．菲爾德房地產公司的估價，很有可能就是奧利佛取得資訊並用來威脅阿奇的方式。抽大麻是一回事，可能不會讓阿奇關太久，甚至根本不會入獄。但是，如果是種植並兜售大麻呢？那就完全是另外一回事了。

「我想，生意應該很不錯吧？」我興致勃勃地對著他揚起了眉毛。我希望阿奇認定我是他最理想的合作夥伴——如果我解開了法蘭西絲姑婆的謀殺之謎，並繼承了她的財產，我就不會阻撓他的生意。但老實說，我也不確定我會怎麼做，我相信，船到橋頭自然直，事情一來我就會找到解決方法了。

「我可以告訴你所有事，但我需要你再三保證，不准報警。你不希望那個警探偵破謀殺案，對吧？我也不想讓我的生意倒閉，而且在得知傑索普．菲爾茲對這裡進行規畫的消息後，村莊裡每個人都驚訝不已。」

「我向你保證，我不會向警方通報你的副業。」我小心翼翼地說。但他不能阻止我的是，我仍會試著遺留一些證據，引導他們一路走向那裡，但我現在並不急著這麼做，我希望自己能說服阿奇放棄非法的生意。這時，正當我要向阿奇詢問艾蜜莉・史派羅的事，以及他一九六五年時的生活，我看見救護車燈光閃爍地呼嘯而過，沿著主幹道一路駛向村莊。

我有一種奇怪的預感。但追在救護車後面也太愚蠢了；可能只是有位老人家摔倒摔傷了臀部。

不過，還沒等到我克制住自己時，我便脫口而出了。「阿奇，你可以載我去村莊裡嗎？我需要確認一些事情。」

第二十六章

諾爾城堡鎮檔案，一九六六年十月一日

我又收到一張恐嚇字條，而且比上一張更恐怖。

我不想讓福特看到字條——對艾蜜莉的一切，他都如此友好相待。他是個令人費解的人，說話機智敏銳，但有人需要他時，銳角便頓時收斂不見。於是我把這張字條折起來放在口袋，就放在第一張字條旁邊。

四月底，福特開著他那輛大車，載我們去了他在切爾西的那棟房子。只有我們五個人——他、我、艾蜜莉、蘿絲，以及薩克森。如果也算上他的駕駛比爾．勒羅伊的話，就是六人。福特明確表示，在華特毆打了艾蜜莉之後，格雷夫史當莊園不准再讓這些男孩進入。

彼得和譚茜已在前門臺階上等候，看起來既緊張又興奮。他們前來協助艾蜜莉安頓下來，但當天晚上就會返回諾爾城堡鎮。我們幫艾蜜莉搬一個行李箱以及一個可怕的蘇格蘭格紋塑膠箱，箱子裡裝有她父母作為禮物送給她的打字機，讓她用在根本不會參與的那堂祕書課程。

「這個我來搬吧。」彼得說，從艾蜜莉手中接過箱子。

「謝謝。」她回應。「誰知道呢，也許在這裡的時候，我還能加強我的打字能力。」

我和蘿絲交換了一個心照不宣的眼神。在倫敦期間，艾審莉可能會嘗試各種活動，但依我對艾審莉的認知，提高她的自身打字能力，恐怕不列在她活動清單裡的前面幾項。

艾審莉之所以會留在切爾西，是因為彼得和譚茜堅持要她定期看醫生。艾審莉拒絕看諾爾城堡鎮的醫生，她也明說了，如果她想守住懷孕的祕密，那麼在當地的醫院生產就不是個好主意。教會裡至少有兩名婦女是醫院的助產士，更何況她的父母還時常上教會。

因此，如果艾審莉不願意在諾爾城堡鎮看診，那麼讓她住在福特另一棟位於切爾西的房子裡，正是一個相當明智的解決方案。

這需要花上一些氣力來說服福特，要他動搖想法並不容易。最後，不只是我為艾審莉辯護，彼得和譚茜也加入了。我認為，當他看到譚茜如此懷抱著希望，而彼得在歷經了一切的失望之後，又如何盡全力要讓她振作起來時，他就有所動搖了。於是福特的態度軟化了，他說是因為我對艾審莉的奉獻精神讓他備受感動。福特不曾開口問孩子的生父是誰。

福特打開門，我們都拖著腳步走了進去。「喔，這裡如此高雅呢！」艾審莉倒吸了一口氣，而她說的沒錯，寬敞時尚的入口玄關處有黑白交錯的瓷磚，打磨拋光得特別極致，足以搭配懸掛於我們頭上的明亮水晶吊燈。廚房裡飄出一陣美味的燒烤香味，我不禁想著福特真是太體貼了。「我們還沒來之前，你就先派管家將房子給打理好了？」我問道。

他給了我一個心照不宣的微笑，接著說：「我並不打算只交出一把鑰匙，便將一位懷孕的少女扔在一個陌生城市裡。艾蜜莉待在這裡這段期間，布蘭查德夫人（Mrs. Blanchard）會與她同住。我還有其他幫我照料房子的員工，這是目前暫時的安排。」

「對。」我說，並以微笑回應。「暫時的安排。」

艾蜜莉從一個空間遊走至另一個空間，彷彿福特從此將這棟房子交給了她。我有一種像是被針紮的刺痛感，一種我無法清楚定義的焦慮不安。我覺得艾蜜莉像是因為懷孕而獲得了獎勵。我看著她站在走廊上，一隻手擱放在她越來越大的腹部，喜悅地將目光投向福特的背影。

我所能想到的只有一件事，**費歐娜．史派羅會感到十分自豪**。

這個念頭才剛出現，我立刻就想將它給甩掉，但它有如一根深深插入我腦海中的尖刺。我們花了不少力氣才說服福特提供援助的，不是嗎？他不曾詢問孩子的生父是誰，因為他知道艾蜜莉和約翰的事。薩克森一定告訴他了，這點我十分確信。

彼得和譚茜正與福特小聲地交談，我猜想是關於布蘭查德夫人如何確保艾蜜莉服用適量的維生素，不做任何魯莽之事，例如喝酒或抽菸，並且讓她定時去看醫生。

但無意之中，我聽見了一些我或許不該知道的事情，那些事將艾蜜莉的尖刺從我腦海中拔除，使我感覺更加平靜了。我將這些字句收疊在記憶之中，在我需要感受這些溫暖的時刻，我便會拿出來品味感受。

彼得說：「福特，你為我們以及艾蜜莉所做的一切，真的太大方慷慨了。」

福特說：「我很高興能幫助大家，但老實說，我不是為了你們，我不是為了艾蜜莉。我這麼做都是為了法蘭西絲。」

騎在格雷夫史當莊園的碎石車道上，我的腳踏車輪胎發出輕微的嘎吱聲，但我在鏈條上點了些許潤滑油，這樣就不會再嘎吱作響了。我不想讓母親聽見我外出的聲響；儘管現在才晚上九點，她認為我已經乖乖躺在床上了。與費歐娜．史派羅的觀念不同，我母親並不認同格雷夫史當一家。她說他們家族的命運肯定出了什麼差錯，不論是誰和他們有了牽連都會被一連串的厄運纏身。

我得費力地不讓母親的話影響我，因為她說的沒錯。阿奇和他那個破碎的家庭、他的父親與福特的第一任妻子為情私奔、一場車禍導致前一任格雷夫史當勳爵、他的長子以及兒媳的死亡……甚至是可憐的薩克森也適應不良。

我站在格雷夫史當莊園的大門前，不明白自己究竟在做什麼。我為什麼會在這裡？艾審莉遠遠地躲在切爾西，若如福特所說，「我不是為了艾審莉，我這麼做都是為了法蘭西絲」，那些熱情的話語以及那為我帶來的熱烈激情，在他不再主動見我後，便逐漸暗淡了。他明明可以來村莊裡的；要找到我並不是一件難事。

他為什麼不打電話找我？

驅使我按下門鈴的，正是那股憤怒的小小火花。這種大膽行事的風格實在不太像我，而是從艾審莉身上學到的。我腦子裡的理性告訴我，我得遺忘關於福特以及格雷夫史當莊園的一切，過我自己的人生，永遠不要再回到此處。

但是，現在出現了一股拉力——感覺就像地心引力。有些事物如此微妙且恆定，好像早在你骨子裡，除了遵守聽信它的種種規範之外，你的身體別無選擇。對我而言，福特就是如此，並且，我也告訴自己，我待在那裡的時間越長，就越有機會揭開神祕的面紗。他不過是個男人，不是嗎？和任何人一樣，如此破碎又充滿缺陷。我將揭開所有混亂的碎片，咒語也會就此破解。

我太愚蠢了，竟相信心也能如此運作。當時我還不明白，當你窺見他那些雜亂無章的片段，並將之吸納至體內，成為你的一部分時，那股引力是何等強大。

一名女傭一路帶領我走進圖書館，福特正坐在那裡，轉動著一個小玻璃杯，裡頭裝有少量的琥珀色液體。我們進門時，他看著報紙苦思冥想，連頭都沒抬起來。他今天沒有把頭髮高高地梳到腦後，留有些微的波浪捲度，看起來仍然相當乾淨俐落。薩克森應該已經上床睡覺了，因為福特獨自一人在這裡。

「你有向蒙哥馬利夫婦表達我的歉意嗎？」他問道。他放下杯子，目光仍盯著報紙。

「有的，先生。」女傭答覆。她不自在地切換著雙腳重心，張著嘴想宣告他有訪客，但他一直在說話，她顯然不想打斷他。

「很好。他們的派對真是越來越無聊了。同樣一群人，同樣他們一家子的女兒。」

女傭清了清自己的嗓子，他這才終於抬起頭來。

他打量著我時，臉上面無表情，接著做了一個請女傭離開的手勢。我突然覺得自己很愚蠢，穿著自己手工製作的奧黛麗・赫本風格長褲以及黑色高領毛衣，像個小孩一樣將腳踏車停在房子的前門。當我看見他下巴微微收緊時，我感覺自己像是他遊戲中的一顆棋子——一場早已結束的遊戲。

因此，我的雙腳堅定地寸步不移，我不再覺得自己愚蠢，而是憤怒。我覺得已經揭開了前幾個月的故事核心：一個無聊的貴族，利用一群鄉間的青少年當成娛樂的工具。他往火藥桶投下一點火花，就為了看看自己能否預測這場爆炸將會帶來什麼後果。

我甚至懷疑他那天所說的話。他的音量是否大聲到足以讓艾蜜莉聽見？在他跟她玩的遊戲中，難道這只是另一步棋？

我的指甲深深刺入我的掌心。我感覺到他對我的咒語正逐漸崩裂瓦解，那些微小的裂縫彷彿是因外在壓力而破裂的薄冰。

「法蘭西絲。」他這時才開口。「真是榮幸，什麼風把你給吹來了？」

他的聲音如此平靜，幾乎是冷若冰霜。我注意到他沒有邀請我坐下的意思。於是，我便自信地站在那裡，彷彿站著是我個人的選擇。

「艾蜜莉還好嗎？」我問道。當我說出她的名字時，我感覺到自己的臉揪緊了一下，也不費心壓抑語調中的激昂情緒。

他瞇起了雙眼，但沒有立即回應。他立刻以兩個動作將報紙對摺，紙張發出響亮的劈啪聲，當他將報紙放在茶几上時，力道大到發出啪的一聲。

「法蘭西絲，你為什麼不直接開口說你來此想問的事？」福特冷靜地說。

我雙手交叉放在胸前，雙眼平視著他。「孩子是你的嗎？」

他一側的嘴角上揚，彷彿被我的膽量折服了。「我不知道。」他直言不諱地說。隨後，他向後靠在椅子上，臉上僅剩的冷漠也漸漸消散無蹤。「坐下吧，法蘭西絲。你站在那裡的姿態，活像是準備要迎戰羅馬軍隊的布狄卡女王[26]。」他歪著頭，發出一聲譏諷的笑聲。

他身旁另一側有個酒吧臺車，他拿起一個空玻璃杯，倒入適量的琥珀色液體並遞給了我。我不曾喝過威士忌，而且我有些不滿，在他為我倒了一杯我或許會覺得難喝又昂貴的威士忌之前，也沒開口問我是否需要。燒焦的泥土味、焦糖，以及熄滅的火柴的氣味一下就衝進鼻腔裡，正當我開始咳嗽之際，喉嚨也像是著了火一般。

這天晚上，他第二次開口笑了，但這次像是一種毫不遮掩的回音，當他看向我時，雙眼閃爍著光芒。

心底一陣猛烈的怒火再次竄起。「不要那樣看我。」我說。

「我怎樣看你了？」他問道，又啜飲了一口酒。

「好像我那良善、不諳世故的鎮民舉止，對你而言很有娛樂效果一樣。你拒絕加入那些社交聚會是因為他們無趣，所以才將這些當地居民玩弄於股掌之中。」

他皺起了眉頭，好像我打了他一巴掌，然後用一隻手撫摸他的臉。「我想是我活該吧。」

26　Boudicca，西元一世紀英格蘭愛西尼部落的王后和女王，丈夫普拉蘇塔古斯是統治者。在丈夫去世後領導不列顛諸部落反抗羅馬帝國占領軍統治的起義，最終因不列顛軍隊的戰車被引入峽谷並被拋投標槍殲滅，她拒絕被俘虜而服毒自盡。

我嘆了一口氣，有點自鳴得意。「你說你不知道艾審莉的孩子是不是你的，究竟是什麼意思？」我補充說。

他長長地嘆了一口氣，並側著頭看向我。「你知道的，法蘭西絲，不知何故，每次我們見面時，我總是忍不住想聽看看你有什麼好建議。」他站了起來，懶洋洋地漫步至一個書架前方。「這真不像我的作風。」他說。他回頭看向我，同時以一根手指輕撫過一個書架上的拋光木材。「我老實和你說，自從我太太離開我之後，我就成了遊走在上層社會中的浪子。我在許多奢華倫敦派對中快速穿行，甚至以更快的速度換了一個又一個的女人，你的朋友艾審莉也不例外。」他又將目光轉移至書架上，隨手抽出了一本書，他那雙手似乎閒不下來。

「有天晚上，我在樹林裡與艾審莉、華特、約翰和蘿絲對質，我當時對他們說的話，就如同我第一次見到你那時一樣。只要他們不礙事的話，就可以留在這裡。大約一個星期之後，有一天晚上艾審莉來敲門，舉止大膽無畏。以她的打扮而言，她不會在社交聚會中顯得格格不入，而她的意圖也相當明確。是的，你至少在某個方面看穿了我——我當時確實很無聊。」

我又啜飲了一口酒，這次吞忍了想咳嗽的感覺。

福特將那本書放回去，又拿出另一本。「所以我就讓她引誘我了，但我相當小心。」他用尖銳的目光看著我。「我當時採取了保護措施，我不是傻瓜，我告訴她就只會發生這一次。她很不高興。我想，直到後來她才意識到，她並不比我認識的那些漂亮女人有趣。」他說話時並未看著我。

「你對這些女人的評價真是太美好了。」我平靜地說。在喝了威士忌之後，我的聲音變得有些沙啞，語氣中卻增添了一絲批評的意味。

他嘆了一口氣，短暫地看了天花板一眼。「法蘭西絲，每次和你相遇，我都會特別警告你離我遠一點。」他的聲音聽來相當疲憊，卻帶著一絲惱怒。「對於我身處的扭曲世界而言，你太正派了。」他回到剛才坐著的椅子，坐下時與我的目光相交。「所以，或許這些事都有助你進一步理解，你對我的評價都沒說錯，我是一個無聊的貴族公子，總是急切地想找新的遊戲來玩。」

我仔細觀察了他一會。這個男人不過才大上我幾歲，但行為舉止讓他像是來自另一個時代的人。「你這輩子都是如此，對吧？不僅是在你繼承遺產之後。」我仔細觀察這個圖書館，發現他剛才所站之處的書架上擺滿了軍事戰略的書籍。隔壁的書架上則是產業和經濟理論。我越是看著，越是發現圖書館裡擺滿了代表勝利的文物，有狩獵的獎盃、馬球比賽的獎盃，以及邱吉爾與拿破崙的傳記。

「這個圖書館，」我緩慢地說，「全都是你父親的東西。」

他的聲音變得特別小聲。「我父親是一位征服者。」他輕輕地搖晃著手中的玻璃杯，盯著杯中的液體看。「我從小也是這麼被教導的，但這方面表現特別出色的人是我哥哥。格雷夫史當家族的家產，在他和父親的努力下被打造成令人敬畏的存在，他們最擅長的事，就是從人們手中奪取自己想要的東西。他們死後，我也試著遵守他們立下的規範。」他苦笑了一聲，一口喝乾杯中的酒。「我唯一明白的道理，就是他們那些規範。當我的妻子離開我時，我任由殘酷無情的性情將我吞噬，我從福伊爾家族手中奪走了農場，讓他們的家人們四散各處。」

我當時不知道該說些什麼，所以也只能看著他。

「法蘭西絲，你怎能如此輕易就引導我說出實話呢？在我所認識的女人之中，你是唯一不會被我引誘至我的遊戲之中的女人，你知道嗎？光是拒絕玩遊戲，你就破壞了我所有遊戲規則了，同時也讓我明白，我的人生框架並非牢不可破，我只是一座紙牌屋。」他輕咬嘴唇，陷入了自己的思緒之中。「你要來擊垮我，對吧？」

他對下我的咒語出現了如蜘蛛網般的裂痕，雖然沒有徹底反轉改變，突然看起來卻不一樣了，這件事因其脆弱之美而變得更加有趣。

我輕敲了福特的心門，心裡開始有些東西蠢蠢欲動，一種我知道是個壞主意的吸引力。當天晚上，我帶著更加引人入勝的感受離開了。不是一段浪漫的愛情故事，而是一段充滿困惑與瑕疵的奇怪友誼。

我深陷在這一切思緒之中，加上那杯蘇格蘭威士忌，我有些頭暈目眩，所以當我凌晨一點半從後門偷偷溜進門時，我忘記要保持安靜了。母親下樓並打開了燈，臉上滿是驚訝的神情，接著是憤怒，然後才是憂心。

「法蘭西絲，你究竟去做了什麼呀？你可別說你只是起床喝牛奶什麼的。你衣著穿戴整齊，也看得出來你化了點妝。你和約翰出去了嗎？」

母親用某種表情看著我，那種表情代表著她要我吐露實情，卻又不知道該如何開口。然而，這是我想要暗藏心中而有所保留的事，我沒有告訴她我和約翰之間早已結束了。事情太複雜了，我無法說出一切感受，更何況，我並不擅長說謊。

所以我只是嘆了一口氣，說道：「對不起，媽媽，不會再發生這種事了。」

她看起來相當疲憊，卻點了點頭。「那明天就不准出去了，你一整天都要在麵包店幫我忙。」

「好的。」

一星期後，媽媽發現我凌晨兩點才回家，儘管我已經盡量保持安靜了。這件事又讓我被禁足了一整個週末。

我的父母是通情達理的人——沒有艾蜜莉的父母那麼嚴格，也不像蘿絲的父母那樣毫不關心。他們是兩個極端之間的平衡點，他們讓我享受自由，但如果我行為上太離譜的話，他們也會嚴厲懲罰我。我第三次偷溜出門時她沒有抓到我，但在第四次回家時，我打翻了她巧妙放置在後門旁的一個水壺。

那次事件後，在他們嚴格的監管下，我每個週末都充滿了各種有創意的懲處方式。整個五月，我都在整理車庫；六月和七月，則忙於清理雜草叢生的後花園。到了八月，我已除去花園中所有雜草，所以媽媽又要求我去整理對街西蒙斯老太太家的前院。因此，多虧了母親，我已經好幾個星期沒有見到福特了。

但一切又重演了，我開始思考著他為什麼不來看我。

而我開始憂心，只因我想念著他。

第二十七章

救護車就停在城堡之家飯店外。警示燈仍然閃爍著，卻已關上警鳴器了。我快速推開沉重的左右雙門，我的胃因不安而翻湧著。阿奇・福伊爾稍早時所說的話在我腦海中不停迴響著——**只剩下蘿絲一個人了，這真是令人難過。**

我腦子交織著三個好友在一起的畫面，無論是誰殺了法蘭西絲，下一個都會找上蘿絲，這幾乎是合乎邏輯的事。如果法蘭西絲查出殺害艾蜜莉的凶手，她第一個分享的對象就是蘿絲。即使法蘭西絲還沒有機會與她討論自己得出的結論，這也足以讓蘿絲成為目標。我相信，殺害法蘭西絲的凶手是個很瞭解她的人，這代表凶手知道蘿絲也將會是一個不利的累贅。

接待櫃檯空無一人，當我環顧四周，想看看護理人員可能去了哪裡時，我不禁注意到這個空間如此可愛又明亮。這裡的天花板特別高，淺黃色的壁紙呈現光潔絲滑的質地。櫃檯另一頭，我看見了兩扇高聳的凸窗，俯瞰著有一片鄉村風景的草地。外頭也完全沒人；白色帆布傘下的桌子間距一致，鋪有挺直平整的桌布。

當我注意到架子上那些黯淡的花束時，肺部裡的空氣一瞬間全被抽空——那些花幾乎已垂死枯萎，顯然出自法蘭西絲被殺害前的一雙巧手，蘿絲卻不忍心將它們扔掉。

我聽見左側橡木牆板上一扇開著的門傳來了聲音。一位穿著飯店制服的男人從那裡走了出來，當他快速跑過我身旁時，我一把抓住他的手臂。

「不好意思。」我說。「我要找蘿絲。她在嗎？」

「她此時身體不太舒服。」他說。「她的兒子正在照顧她，但我可以協助你。」

「她還好嗎？我其實是來看望她的。」我說。「我幾天前曾見過她，我的姑婆法蘭西絲是她最好的朋友。」

「她沒事，只是有些害怕。」這個男人壓低聲音說道。「這件事你就不要和其他人說了，我覺得法蘭西絲的事件真的擾亂了她的思緒。誰能怪她呢，大家都不希望諾爾城堡鎮出現殺人凶手。」

「如果是羅拉的話，」隔壁房間裡突然傳來一陣厲聲，「叫她滾回倫敦去！」

她的激烈行為讓我大吃一驚。然而，後來我想起蘿絲初次見到我的那一刻，她一看見我時，似乎立即勃然變色，接著才冷靜下來。我突然想到，她肯定有那麼一瞬間誤以為我是媽媽，真不知道媽媽究竟做了些什麼讓她如此不滿。

「我不是羅拉。」我以特別輕柔的聲音回覆，試著化解她或許是針對我的尖酸刻薄。「我是安妮，羅拉的女兒。我們幾天前曾在格雷夫史當莊園見過面，你還記得嗎？我看見外面停了救護車，我有點擔心，只是想確定你安然無事。」

四處寂靜無聲，最後在門邊探出頭來的人是喬。他綠色的急救護理人員制服有點皺巴巴的，還紅著雙眼，看起來比上次見面時狼狽邋遢許多。「又見面了，安妮。」他勉強微笑著說。「你人真好，還特地來拜訪。」

他走到接待櫃檯旁，將我拉到一邊，差點撞到旁邊的一盆蕨類植物。「法蘭西絲送給媽媽一束花，而她有一根手指被其中一根刺給刺傷了。」他的目光掃視著接待櫃檯上那些枯萎的花朵。「她怕自己中毒才這麼驚慌失措，但她沒事。這陣子法蘭西絲的事讓她極為不安，甚至擔心自己的安危。而且，奧利佛那個卑劣小人真是幫了個倒忙。」他平靜地說。「她可以見你，但拜託了，請你溫柔和藹地對待她，我會很感激你的。法蘭西絲是媽媽的一切，媽媽也是我的一切，我真的不想再見到她傷心了。」

「我明白。」我說。我比較好奇蘿絲現在會說些什麼；我有許多問題想問她。然而，面對她時，我不希望自己太勉強他，也不想成為那個一來就問長問短、一心想拿到遺產卻根本不熟悉法蘭西絲的殘酷侄孫女。

喬引領我走進一個漂亮的接待室，裡面有橡木材質牆面及切斯特菲爾德沙發[27]。一位女性服務人員跟隨在我們後方，端著茶和一個三層點心盤，上面擺滿了各種小蛋糕以及三明治，等待她將所有茶點擺設妥當時，我和喬兩人猶豫了好一會。喬示意我去坐在一張翼狀靠背椅上，正在蘿絲的沙發對面。他走到她身旁握住她的手，同時看著她，彷彿她是一顆即將爆炸的炸彈。

這時蘿絲開始盯著我，看了好一會。她看著我的眼神帶著一種認可，但在我身上看見熟悉的感覺似乎又會讓她動怒。

「呼吸，媽媽。你得好好呼吸。」喬揉著她的背部，我感到驚愕，不知道該怎麼做才對。我不能提起謀殺案一事，尤其是在她此刻這樣的狀態。

「只不過，她看起來跟她太像了。」蘿絲對著喬說。她打了個小嗝，這舉止令人吃驚，我突然想到她或許喝了點酒。她轉向我。「羅拉從來就不把法蘭西絲當一回事，但你知道，當我好好看著你時……」蘿絲的臉變得柔和起來，展現了笑容。「你讓我想起法蘭西絲多些，而不是她。我想，這是個好徵兆。」這件事很有意思，因為蘿絲知道我和法蘭西絲之間沒有血緣關係，也知道媽媽不是彼得和譚茜的親生女兒。不過，我還是很想知道媽媽做了什麼讓蘿絲不滿的事，但我猜想或許只是她的個性。媽媽總會展現一種讓人備受侮辱的態度，她自己卻毫不自覺。

蘿絲伸出手來，拍了拍我拿著筆記本和筆的手。「法蘭西絲也喜歡在那些小冊子裡寫字。」蘿絲說。她回憶時皺起了眼睛，我感覺那是一些美好的回憶。後來，蘿絲搖了搖頭，看著天花板的雙眼流下了淚水。

「真希望我有機會認識她，她的人生聽起來太精采了。薩克森和華特沒有和我提到太多關於她的事。」

蘿絲的神情頓時變得專注。「薩克森？不要聽薩克森說的話，他就是個騙子和窺探者。」

27　Chesterfield sofas，具備英國風格的經典設計沙發，命名來自於英國Chesterfield貴族莊園。特點是等高的扶手和靠背、經典的拉扣設計、鉚釘裝飾，棕褐色皮革，以及流暢的造型曲線。當人倚坐時只能端正坐姿，自然呈現出英挺與從容姿態。

「好了，媽媽，我們不如……安妮，我們可以換個話題嗎？」喬一臉懇求的表情，我點了點頭。

她的眼淚落下時，我眼見她壓抑的悲傷失去控制，抽泣聲中伴隨著心碎。她指著遠處的牆壁，牆上排列著裝飾用的書架。「喬，把那本黏貼式相簿拿給安娜貝爾好嗎？應該拿給她看看。最上層角落那邊，最右邊。」

喬站起來，走向她指著的地方，然後拿著一本巨大的相簿走回來。「媽媽，你確定嗎？我們已經討論過這件事了，這裡擺放太多相簿了，而且你最好也不要再看了。」

「所以我才要將這本送給安娜貝爾。」她說。她又看了看我，接著看著我的手，我的手緊張地擺弄著筆記本和筆。「在我和法蘭西絲時好時壞的友誼中，喬一直陪伴在我身邊，即使是在他仍是個小男孩的時候。」她伸出手，輕捏著喬的手。「如果法蘭西絲取消了午餐會，或者，喔，有一年她無法參加我的生日派對——」

「媽媽，那年她生病了。」喬平靜地說。

「我想是吧。」蘿絲低垂著雙眼說道。「這裡每張照片我都洗了好多張。那些都是過往的照片，無論我身在何處，都必須隨身有一本相簿，所以飯店裡才會有一本。但我家裡還有一本，法蘭西絲討厭我留著這些相簿，她總是說我們要向前邁進並展望未來。」蘿絲虛弱地笑了笑。「那個法蘭西絲，總是如此關切她的未來。但我們兩人多麼相像呀，你看，法蘭西絲和我一樣，花了許多時間思考著我們的青春，她或許花上更多時間也不一定，因為我們都一直籠罩在失去艾蜜莉的陰影之中。」

「我也很想看看這些照片。」我說。喬給了我一個略顯憂心的表情，我看得出來，蘿絲是那種年輕時光芒四射的人，但從那時起，一切就變得黯淡無光了。或者，這之中的快樂與痛苦混雜共存，因為艾蜜莉有如一道無法癒合的傷疤。

她將相簿遞給我，而她握著相簿的手顫抖不止。要將它交到我手上，這對她而言並不容易，我不知道自己應該有什麼反應。眼見這個悲傷的女人，我不想剝奪她過往回憶的紀念品，但將它交至我手中，她表現得好像這是個治療計畫中正向積極的步驟。

「拿去吧，」她一邊說，一邊將它遞給我，「就這樣吧，你好好留著，好嗎？」

喬將手伸進口袋，掏出一包面紙給她。「這件事讓媽媽很難受。」喬堅定地對著我說。「我應該送她回家了。」

「不。」蘿絲說，用她身為堅定的老太太才做得到的方式打起了精神，就像拉緊一個有抽繩的袋子。「我得完成幾件事。」她拍了拍喬的膝蓋。「如果我手邊有事能忙，有助於我的大腦消化這一切。你留下來喝點茶、吃些糕點，別浪費這些食物。」蘿絲站了起來，喬想跟著她並小題大作地管事，但她揮手示意要他坐下來。瑪格達進來時，她輕快地走了出去。

「那通電話怎麼樣了？」他一邊問瑪格達，一邊起身準備離開。

「嘿，安妮。」她向我輕輕揮了揮手，然後回頭看著喬。「壓力有點大，但還應付得來。有位老先生跌倒了，我就送他去沙景鎮了，我猜他得置換新的人工髖關節。」瑪格達嘆了口氣。「不過，你在這裡的時候，我又接到另一通電話，說有個小孩窒息了。那問題也解決了，所以我就沒用無線電呼叫你，不過救護車只有兩輛，讓我們的急救資源有點不足了。」

「調度又遇到麻煩了，是嗎？」喬說。

瑪格達只是聳了聳肩。「小丁伯區那裡有一整個團隊，而且也不遠，又不是在不同時區。他們調度人手來此也沒問題，但他們不喜歡我的行事風格。」

「有兩輛救護車嗎？」我問道。

「是的，不過我們總是以一個團隊的形式出動，」瑪格達說，「因此，大部分的時候，我們諾爾城堡鎮當地的小型調度中心一直停放著一輛救護車。不過這就是無聊的小事，你不會想聽的，而且，喬，我們得出動了。」

「好的。」他說。他轉向我，似乎還想多說點什麼，但想了想，他便搖了搖頭與瑪格達一同離開。

被留下的我手中拿著一本相簿，裡面許許多多的照片都讓我想起法蘭西絲日記裡的片段。我不過才快速翻了一會，法蘭西絲的故事片段便開始以彩色鮮明的畫面在我的腦海中上演。

那張相簿封面上的照片特別引人注目——是蘿絲與法蘭西絲，約莫十多歲或二十歲出頭，和兩個男人站在閃亮的勞斯萊斯前微笑著。我認出了年輕的福特，因為我曾在法蘭西絲姑婆書房裡的相框看過，但我不曾見過另一個男人。從他蓬亂的捲髮、深情凝視著蘿絲的眼神，我斷定是喬的父親。我從覆蓋照片的塑膠內袋中抽出照片，果然，名字就寫在背面：**比爾·勒羅伊、蘿絲·福雷斯**

特、法蘭西絲・亞當斯、盧瑟福・格雷夫史當。一九六六年六月。

當時，艾蜜莉還在倫敦，真不知道蘿絲什麼時候才會遇見她未來的丈夫。接待室裡空無一人，茶還溫熱著，完全沒有人碰那些蛋糕，我便小心翼翼地拿了一塊，並埋頭看著那一本相簿。也許其中一張照片中隱藏著關於艾蜜莉凶手的線索，關於法蘭西絲知道但我尚未得知的祕密。

一張艾蜜莉的照片讓我停了下來，她就坐在我們那棟切爾西房子的花園裡，那時她的肚子已經很大了。

「媽媽。」我一邊低聲說道，一邊用手指輕輕撫過照片上的孕肚。

第二十八章

諾爾城堡鎮檔案，一九六六年十月五日

「情況沒那麼糟糕，法蘭西絲。」蘿絲說道。

八月炙熱的陽光下，當我進行每星期的懲處勞務時，蘿絲就坐在一旁和我聊天。我時不時看見對街的媽媽拉開了窗簾，盯著我是否正在工作，而不是光顧著講話。她准許蘿絲來探望我，但不准援助我或讓我分心。

「太可怕了。」我說。「我汗如雨下了，我猜想，西蒙斯老太太肯定是故意種出這些雜草的吧。又或者她是個女巫，施展咒語讓我除去的雜草又再長出三倍。」

「我們把它當作一個遊戲吧。」蘿絲微笑著說。「我來除去一些雜草，你盯著窗簾看。只要一看見你媽媽，你就大聲喊出暗號，像是**雛菊**之類的。接著，我們兩人就交換位置。」

「這聽起來太愚蠢了，蘿絲。」我說。「但我願意嘗試任何能讓事情變有趣的方法。」

然而，這確實很有趣。蘿絲很擅長這種事，儘管她有時看起來冷漠且心不在焉，她不像艾蜜莉那麼大膽，但她就是能將簡單的事物變得如此特別。

艾審莉在倫敦這段時間，我們有越來越多的夏季時光就這麼度過了。

到了最後，我們再也壓抑不了笑意，於是得停下來冷靜一下，免得我媽媽走過來斥責我們。如果蘿絲被禁止來訪的話，我就得獨自一人承受這項懲處，那就會變得更加難熬了。

「你看過那個孩子了嗎？」她問道。

「沒有，但彼得和譚茜現在就在切爾西。福特讓他們在他房子裡住上幾天，如此一來，當他們學著當新手父母時仍有管家在一旁協助。」我停頓了一下，不想開口問蘿絲關於艾審莉的近況，但最後還是忍不住。「你還沒碰見艾審莉，對吧？」我問道。「現在她回來了吧？」艾審莉狀態恢復之後便離開了切爾西，顯然是直接回到這裡，迫切地重拾舊有的人生。一得知艾審莉又開始自由地在諾爾城堡鎮四處閒逛，令我感到緊張不安。我告訴自己，我早已忘了約翰，我對他的感情也消失殆盡了，但仍有一絲絲的苦澀讓我至今仍然無法釋懷。

「哦，你不知道嗎？」蘿絲說。「她這個週末回去切爾西了。她說她有東西留在那棟屋子，也打算留下來看醫生之類的。」蘿絲的嘴角歪斜了起來，我知道她也和我一樣對此感到不滿。「我沒去找她。是阿奇．福伊爾告訴我的。」

我隨即撿起一塊石頭扔向一棵樹，希望這能讓我感覺好些。老實說，一點也沒有。「天啊，我希望這一切快點結束！剛才和你談天說笑時，感覺一切就和以前一樣。好像艾審莉和約翰之間的一切混亂局面不曾發生。」

「就快了。」蘿絲說。「但我明白你的心情，我也希望一切能回到從前的樣子。或者也不完全是，至少那些不適合的男孩讓我們學得了教訓，還有那些不適合的朋友。」

我翻了個白眼，拍了拍蒲公英的羽毛球。悶熱的空氣讓它們無法隨風飛行，它們的種子漂浮不到一英寸高就落在草地上。

「福特和薩克森還是會去造訪那些寄宿學校嗎？」她問道。

「會啊，近來幾乎每個週末都會，我真懷念造訪那棟房子的時光，但你時常會去，不是嗎？」我的笑容帶著開玩笑的逗弄，因為薩絲和福特司機之間的戀情，已是我們之間公開的祕密。

當我問了薩絲關於那個司機比爾的問題時，她微微地紅了臉，但當我們聊天時，感覺一切都像是成熟大人的對話。我們早已擺脫了那些時好時壞、性情善變的年輕男孩，感覺我們的未來正逐漸步入正軌。

「我感覺一切正在往一個很好的方向邁進。」我說。「沒有艾審莉那些愚昧無知的遊戲和卑鄙狡詐的噱頭。」

薩絲微笑著，喘了口氣想要說些什麼，但當她的目光看著我身後時，表情轉變成震驚與憤怒。

「噢，你還真有膽量呀！」當約翰從西蒙斯老太太家一側雜草叢生的垂柳樹蔭後方走了出來時，薩絲對約翰大聲喊道。

約翰將雙手伸到身前，彷彿這動作足以保護自己免受她的言語傷害。「我需要和法蘭西絲談談，」他說，「這很重要，我知道她會想聽聽我要說的話。」

「絕對不行。」薩絲氣急敗壞地說。「法蘭西絲的未來一片光明，比你們這些人好上太多了！」

「拜託，法蘭西絲。」約翰說。

當我看見約翰站在那裡時，一股怒火占據了我所有思緒。我一想到，當我終結這一切時，他甚至也懶得為了我努力爭取，讓我不禁怒火中燒。

「我為什麼要給你機會，哪怕只是一秒鐘的時間？」我對他展現了輕蔑。「你明知道有個嬰兒即將來到這個世界，你卻只是繼續過自己的人生，而艾蜜莉只能仰賴我們來幫助她解決問題！我和蘿絲得收拾你留下的爛攤子，就為了讓艾蜜莉從今以後能夠遠離我們的人生！」

約翰只是看著我，眼神充滿了懇求。「對不起，法蘭西絲。我發誓，要遠離你也讓我很難受。我認為最好尊重你的意願，而且我從華特口中得知，你這陣子正和福特．格雷夫史當交往，而我……我想，這對你來說或許比較好。你知道的，和他這樣的人在一起。」

我支吾其詞，不知道該從哪開始回應。「華特到底為什麼還要和你往來？你和他的女朋友發生關係，更何況華特也不可能輕易原諒你。」

約翰點點頭，咬著嘴唇。「我知道這件事令人難以相信，但我和華特之間都講明白了。我跟他解釋了艾蜜莉的事，因為……有些事不太對勁，法蘭妮。」

「是法蘭西絲。」蘿絲厲聲說。「你那張騙人的嘴不准叫她的小名。」

當時我差點要笑出來了，因為蘿絲如此維護我，這個舉動太讓我稱心快意了。艾蜜莉絕不會為了保護朋友展現出氣勢凶猛的模樣。

然而，約翰看起來相當憂心，我覺得有點不太對勁。如果華特都原諒了約翰……這讓我覺得不太尋常。

「聽我說完好嗎？」他溫和地說。「請讓我和你單獨談談。」他的目光轉向蘿絲，接著又回到我身上。「談完後，如果你不想再看到我，我就再也不會出現在你面前了。」在陽光下，他沙色的頭髮更近似於金黃色，頭髮已垂至遮住一隻眼睛。我身側的雙手不自覺彎曲，想伸手為他輕輕撥去額上頭髮的衝動如此強烈。

「好吧。」我說。「但是在這之後，你得保證，再也別打擾我了。」

他點了點頭，再次輕咬嘴唇。他走回樹下，我們和蘿絲之間拉開了一小段距離。我轉向蘿絲，低聲說道：「如果你看到媽媽拉開窗簾，就喊一下暗語。」

她嚴肅地看了我一眼，點了點頭。

「約翰，我沒時間和你耗，所以你最好直接講重點。」我一走到樹下站在他身旁，就立刻說道。

「好的。謝謝你，法蘭西絲。趁著這個機會，我必須告訴你這件事。」他深吸了一口氣，踱來踱去的，似乎是要謹慎選擇自己的遣詞用字。

我沒有要讓他輕鬆好過些。「你就快點說出來吧。」我說。

「好吧，事情是這樣的。我知道你現在和盧瑟福．格雷夫史當之間關係密切，我也知道自己沒有權利這麼說，但我仍舊關心你，也想保護你。時間點上有些問題……天啊，這真是太尷尬又太可怕了。」他捏著自己的下巴，從脖子開始變得通紅一片。「大概是我和艾蜜莉在一起的時候。」他看著自己的雙腳，但仍繼續說下去。「她一味模仿你，但我沒有笨到被她誤導，法蘭西絲，儘管她那天晚上如此費盡心思。她拿著你的包包，身上噴了你的香水，甚至開口說一些你會說的話，也說一些你的慣用語，但直到後來我才發覺到，事實上，她當晚堅決要發生關係。她一遍又一遍地說：**我得和你在一起，一定得在今天晚上**。我身上有一盒保險套，但她堅持不用，說她現在是安全期，叫我不必擔心。」

我移開視線，不想讓約翰看到這些話令我多麼窘迫不安。但是，一想到他們在一起的情景，我就反胃噁心，儘管我腦子裡上演的畫面早已折磨我好幾個月。那就像是反覆戳刺著舊傷，次次都痛心。

「我知道要你聽這些話太可怕了，尤其是從我口中說出來，但你必須知道，我認為她就是想讓自己懷孕。我猜想，她曾和福特發生關係，想要誘騙他上鉤。她不是要敲詐他，就是要騙他結婚。而她只需要一個可以利用的男人。」

「如果真是如此，為什麼不找華特？為什麼非得是你？」

「我試著搞懂這件事，這也是我現在和華特關係好轉的部分原因。他所有的怒火都指向艾蜜莉，因為……我想，非選我不可，是因為她滿腦子執念的一部分──法蘭西絲，她**確實**有一種無法擺脫的執念，但不是對福特，而是對你的迷戀。」這些字句在我們之間縈繞不去時，約翰沉默了一會。

「不然，」他繼續說道，「福特為什麼要將她安置在自己切爾西那棟房子裡，每個週末都去看望她，不就是因為他認為她懷著自己的孩子嗎？」

「他沒有去看望她。他會去那裡是為了和薩克森一起去找寄宿學校。」

「他是這麼告訴你的嗎？因為我在村莊裡碰見薩克森和新的司機，而他告訴我他們這陣子一直住在切爾西。」

我用鼻子猛吸了一口氣，試著讓自己冷靜下來。

「她為何總要毀掉一切？」我吐出了這句話，聲音不停顫抖。

「這就是我在此的原因。我試著確保她不會毀掉別人的人生，我不想再讓艾審莉造成我們的麻煩。因為，法蘭西絲，如果她一心打算懷孕，並且想騙福特跟她結婚，或是和他達成某種金錢上的協議的話……」

「彼得與譚茜，」我低聲說道，「她不打算放棄那個孩子，因為那孩子正是一張門票，可以讓她擁有更多事物，但她為什麼還要讓他們參與其中呢？」

「艾審莉是一個計畫者。」約翰說。「他們可能只是她買的另一個保險，如此一來，他若徹底拒絕她，她也不會孤身一人，身上沒錢、缺乏援助，才十七歲就要帶著一個孩子。」

「彼得和譚茜現在人就在切爾西，他們和孩子住在那裡，艾審莉已經回來鎮上了。只是……」我感覺我的心頓時沉到了谷底。「蘿絲說艾審莉這個週末又回去了，說她有東西忘在切爾西的房子。」

「我想她前去是為了和彼得與譚茜對質。她會要求帶走自己的孩子，因為我遇見薩克森時，他也暗示地說，福特對艾審莉做出了某種讓步。」

那個賤人！憤恨席捲我全身。一談到福特與艾審莉，我便不想去思考自己的敵意情緒，抑或是那是不是他的孩子。即使我們進行了多次對話，我仍收起自己的感情，不去想他是否真的被她的遊戲給迷惑了。

但我無法思考那件事。因為在我的盛怒之中，仍有不容忽視的要事浮於水面之上，始終有遠比那些愚蠢遊戲更重要的事。

那就是彼得和譚茜。

「她打算傷害他們！」我說。「我到底該怎麼做才好？我不能讓這種事發生！」

「華特的車就在轉角處，他正處於備戰狀態。我很擔心，不知道他會怎麼對付艾審莉。」約翰遲疑了一分鐘。「他是我最好的朋友，但他並不擅長控制自己的怒氣，你也很清楚。所以我要和他一起去，確保他不會做出蠢事。此外，我不知道那究竟是誰的孩子，但我打死也不會讓艾審莉．史派羅再毀掉更多人的人生，包括那個孩子。你有最終的決定權，所以你想和我、華特一起去切爾西嗎？」

「我會掩護你。」蘿絲在樹下現身時說道。「進去和你媽媽說你要去洗手間，然後拿一些舊衣服出來。她要你戴上的那頂糟透的遮陽帽，一定要記得拿，如此一來我就能拿來遮住我的頭髮。我整個下午都會在這裡，從頭到尾背對房子，希望你媽媽會以為你只是怕曬傷。如果可以的話，拿一件衣服或披肩之類的東西，好讓我能遮掩身體。」

「謝謝你，蘿絲。」我說，然後緊緊地抱了她。「我得在花園除草到五點，你只要再騙我媽十分鐘就能離開了。天啊，這真是個混亂的局面！」

整件事混亂得令人驚慌失措，但我一把抓起許多衣物，那些我放在衣櫃後方沒穿甚至也懶得整理的一堆東西。謝天謝地，我找到那頂帽子了；這是個關鍵道具。接著，我將一堆衣服、斗篷和外套扔至垂柳樹下，蘿絲盡快變裝成我的樣子。

「天啊，抱歉，這些大半都是冬裝，你穿上去會熱死的。」

「沒關係，我會把其他的東西都隨身帶走，之後再還給你。做你能做的事，去吧，總得有人挫挫艾審莉的銳氣。」

我們車子都還沒駛離村莊，但當我一看見彼得的車停在他們家門口時，我便大聲要他們停車。華特駛離主幹道，不過拒絕開進那條漫長的車道。他想盡快到達切爾西，他告訴我，他光是願意在路邊暫停，就算我運氣好了。

「我們太晚出發了。」我看著彼得的車說道。「他們已經回來了，艾審莉早已造成傷害了。」彷彿是為了驗證我的觀點似的，福特的幻影二號從我們身旁呼嘯而過，司機甚至連看都不看我們一眼。我就快要心碎崩潰了，因為我對福特日益增長的情感竟出其不意地背叛了我。自從親眼目睹他開車前去找她之後，我對他的情感就在我心上碎成一片片。

「法蘭西絲，這件事的重點是艾審莉。」華特咆哮地說。「她在那棟透天別墅裡扮演著女繼承人的戲碼。我想讓所有人知道她究竟是怎樣的一個人，她就是個妓女和騙子，福特正要去看她的路上

——你不希望得到公平的對待嗎？」他重重拍著方向盤，看著路面，眼裡噴湧著怒火。

我確實想要得到公平的對待，但當我沿著車道底部看去，望著彼得和譚茜的房子時，我這才意識到，如果在給予他們這麼多希望後，艾審莉卻要他們收拾行李離去，那麼相較於他們的心碎難過，我這少女的心碎不過是小事一樁。因為，福特會急忙離去，顯然是去陪伴在她左右。這是難以避免之事；艾審莉一向能得到她所想要的任何東西。我愚蠢地相信了我和他之間私下的對話，而一直以來，我原來只是另一個遊戲裡的玩物，只是另一個娛樂的來源。

我不需要他，我知道我身旁有我的家人。我有哥哥，我還有蘿絲。

「我必須見彼得一面。」我說。「你要是想走，那就不必等我了。」

「法蘭西絲，你確定嗎？」約翰問道。「這件事一旦鬧翻了，你可能再也沒有機會了。」

「我很確定。我認為艾審莉最困擾的事，就是我對她的所做所為都失去了興趣。」

約翰看著我的眼神如此溫柔，快讓我碎裂成千萬個碎片。「你是我們之中最好的人，法蘭妮。」

「華特，別做蠢事，好嗎？」當華特發動引擎，迫不及待地要出發時，我大聲喊道。「你試著寬容大量一些吧？」

「你就是太寬容大量了，法蘭西絲，」華特咬牙切齒地說，「這太不合乎常情了，我希望你有一天能試著像個鬥士般反擊。」華特接著加速駛離時，汽車輪胎揚起了灰塵。

當我敲門並看見彼得來應門時，我原先預期會看見他身心交瘁的狀態，卻反而看見他這輩子最開心的樣子。他懷裡抱著小嬰兒羅拉，洋溢著驕傲和愛慕的神情。

「哦，上帝，我真擔心艾蜜莉會改變主意！」我說。

「她的確反悔了。」彼得說，他的表情陰鬱了許久。「但我已經處理好了。」他一邊微笑著，一邊親吻著羅拉的小腦袋。

第二十九章

克萊恩警探打了三通電話給我，但我在看那些照片時，先把手機調成靜音了。我終於在第四通電話時注意到手機螢幕閃爍著，我接起電話時，他的聲音聽來相當急迫。

「安妮，謝天謝地。你不在那棟房子裡，我很擔心。」

「擔心到要打四通電話嗎？我很好，我剛剛去村莊裡看看蘿絲。」

「嗯，有人拿鐵橇破壞法蘭西絲上鎖的抽屜，造成一些嚴重的損壞。而且薩克森和艾娃不見蹤影。」

「那奧利佛呢？」

「他在這，坐在屋內一個角落，看起來非常焦慮，偶爾還得接電話聽老闆咆哮訓話。他說他一早耗了大半的時間在花園裡講電話，試著在這個工作日遠端上班。」

「那他們把上鎖的抽屜打開了嗎？」

「沒有，但無論是誰做的好事，這個人肯定對此感到怒不可遏。圖書館裡像是有人在藉機發洩不滿：窗戶被砸破了，書架上的書也被扔到地上。」

「薩克森。」我說。

「也可能是阿奇・福伊爾，他稍早時去外頭修剪樹籬了。但是，沒錯，我幾乎能肯定那個人就是薩克森。」

「阿奇當時和我在一起，教我駕駛法蘭西絲姑婆那輛如野獸般的車子。」

「哦，開**那**輛車的人是你嗎？」克萊恩警探真心地笑了。

「你懷疑我的駕駛技術嗎？」

「不，我只是想像你握著那輛車的方向盤的畫面。」

「我們先不談你現在是如何羞辱我，回到剛才你認為破壞圖書館的人是薩克森的事。我同意你的看法，但我很好奇你是基於什麼理由。」

「法醫驗屍後提出鑑定結果了。已確認那是艾蜜莉・史派羅，她被左輪手槍射殺而死，就是皮箱裡那件外套中口袋中發現的手槍。安妮，看來我關於法蘭西絲的理論沒錯，我認為她可能殺害了她的朋友。」

「你有多大的把握？」這說法與法蘭西絲在日記中所寫的描述不符，但如果真是她殺了艾蜜莉，她可能就不會再度造訪那棟切爾西的房子了。

「首先，法蘭西絲請人將失蹤友人的屍體寄送至家中，而她選擇將裝有屍體的皮箱藏在家中的靴室，而不是報警。薩克森向我證實了，皮箱裡的外套也屬於法蘭西絲，他認出了鈕扣上的雄鹿圖樣。當他將這兩件事連結在一塊時，他看起來……情緒崩潰。破壞圖書館的這個人，是特別衝著法蘭西絲的照片而來。薩克森在年幼時就認識艾蜜莉了，我猜想這讓他相當難過。他甚至和我講了一個非常有趣的故事，關於他叔叔和他的一段歷史久遠的三角戀。」

「不管薩克森告訴你什麼，都是為了要把你弄糊塗。請記住，幫助你解開任何謎題，對他一點好處也沒有。」

「對你也沒有好處，你卻一直提供許多有用的資訊。」

「那是因為我不懂得確保自身的安全。基於這個原因，你必須牢記法蘭西絲的日記裡寫了什麼。我認為法蘭西絲並未殺害艾蜜莉，我認為是華特或約翰所為，甚至有可能是福特。我之所以回到房子，是因為我想去看看那些上鎖的文件抽屜。這些密碼是我腦子裡難以擺脫的謎題，不論裡頭有什麼，肯定都相當重要，我清楚知道這一點。」

「我快到村莊了，我去接你。請阿奇將那輛老車隨便停在一個地方，貝絲會把車開回去。或者，你如果在附近看見喬，他也知道如何駕駛它。幾年前，他的父親曾教他一些基本的駕駛知識。」

「我剛才見到喬了，但我想他仍忙著工作。我很高興後續會有人來處理這輛車。」我說道，心裡大大鬆了一口氣。「短期內我都不想再開那輛車了。駕駛那輛車真是有助於培養品格，但我認為我目前已培養好完善的品格教育了。」

我將蘿絲的相簿放進包包，克萊恩警探幾分鐘後就來到飯店載我了。

我們回到格雷夫史當莊園時，我發現他對圖書館狀態的描述一點也沒錯——這個地方像是被洗劫一空似的。不過，看來是蓄意的暴力行為，因為每一張有法蘭西絲的照片都被砸碎了，而她照片中的臉也被刻意除去了。如此精神錯亂的手法，在我看來就像是殺手的特定行為。

我的思緒又回到了警探那關於薩克森的古怪理論。萬一，他發現了法蘭西絲姑婆遺囑中設下的挑戰，殺了她，並陷害其他人，以便讓他「偵破」她的謀殺案件，這該怎麼辦？這是確保他繼承一切的完美計畫，設計得萬無一失。

「我認為……我認為警方應該搜尋薩克森的下落，」我慢慢說道，「儘管他現在或許就在屋內或莊園內的任何一處。他太瞭解這個地方了，他知道該躲在哪裡。」

「艾蜜莉·史派羅的驗屍報告還有另一個細節。」克萊恩說。「她身上有兩個信封，信封正面都寫了**艾蜜莉**，都裝滿了大量現金，有幾千英鎊。你有因此想起什麼事嗎？」

「有人殺了她，卻沒有拿走那些現金？」我說。「是要給孩子的。」我輕聲地說。我走到那張較小的謀殺調查關係圖旁，艾蜜莉就位於中心。「在這裡。」我指著其中一條細繩，繩子的另一頭是我祖父彼得的照片。「在某個時間點，法蘭西絲姑婆曾懷疑自己的哥哥殺害了艾蜜莉，因為我的爺爺彼得、奶奶譚茜要收養艾蜜莉的孩子。法蘭西絲姑婆認為艾蜜莉會改變主意，因為她想利用孩子來勒索福特·格雷夫史當。不過，在她的日記即將結束之際，法蘭西絲姑婆去了她哥哥家，看見他和寶寶在一起，他告訴法蘭西絲，**我已經處理好了**。」

我看著調查關係圖上彼得的名字。有一條看起來才剛畫上不久的黑色粗線在名字上，譚茜的名字上也有。「法蘭西絲排除了他們。」我說。「發現屍體的同時，她肯定也找到了那些現金，便將所有線索都拼湊在一起了。」

克萊恩警探使勁眨著眼睛，試著消化剛得知的新訊息。「所以你的意思是說，當你將皮箱寄還給法蘭西絲後，她發現了裡頭的屍體。」當他開口說出這句話時，我皺了眉頭。「她還查看了那件外套的口袋，接著又將那些錢**擺了回去**？」

「是的！不需要任何證據，光是她這個動作就足以洗清她的嫌疑，她如果在一九六六年殺死了艾蜜莉，她老早就知道外套口袋裡有什麼，因為凶手將那把左輪手槍藏在裡面，對吧？因此，過了這麼多年後，法蘭西絲姑婆才終於將彼得從嫌疑犯名單上刪除。她發現了那些信封，也認出了他的筆跡。她意識到，當彼得說出**我已經處理好了**，他的意思不是指他為了得到孩子而傷害了艾蜜莉，他只是付一筆錢收買她。」

我沒有明確表達的疑問是，如果艾蜜莉知道福特正在前來找她的路上，她為什麼還要這麼做。她為什麼要拿走那筆現金，並放棄孩子？孩子明明是她最好的籌碼，讓她有機會說服福特留在她身邊。我已經很接近答案了，我能感覺到。

「我需要離開這裡好好思考。」我說。

「我陪你走回你房間。」克萊恩回答。

「說真的，我沒事。」我說。我只是需要一點私人空間，但他卻像保鑣一樣緊跟在我身旁。

「安妮，這不是遊戲，」他說，「不管法蘭西絲一開始的意圖是什麼。」這時他變得嚴肅，雙手交叉抱胸，用他那種「警探嗓音」說話，如今我卻覺得是他刻意裝腔作勢。「別忘了這裡現在全歸我管。」他用那種口吻說話其實有點迷人，正因如此，我毫不理睬他，徑直走向我的小臥室。

「鎖上你的房門。」我聽到他在我身後說著，但我早已走上樓梯了。

這次，恐嚇字條甚至不放在我的枕頭下了，而是直接放在枕頭上。

當我像上次一樣，緊張地檢查那個小衣櫃時，我的喉嚨變得乾燥了起來，我接著檢查床底下，以防有人潛伏在那裡，準備在我關上房門的那一刻突然襲擊我。當我看到床底下沒人時，我呼出了一口氣，這才走回臥室的房門前把門鎖上。

這張紙和先前那張一樣，已經老舊發黃了，還用了舊式字體。

你這個愚蠢的婊子，你以為自己配得上嗎？你只配得上埋在地面上的一個洞，此外都不夠格。你是個妓女和騙子，我發誓，如果你還不住手的話，我就折斷你瘦骨嶙峋的脖子，像折斷一根樹枝。

儘管我仍然十分確定，這個人不是為了要嚇唬我，但那些文字仍讓我感到毛骨悚然。我想像著，十多歲的法蘭西絲姑婆用她顫抖的手拿著這張紙條讀著。然後，我腦海中浮現了有人以鐵橇破壞文件櫃的畫面，圖書館內四處的玻璃全被砸碎一地。

如此的暴力襲擊，全是針對法蘭西絲而來，或是針對她留下的記憶。

我又讀了一遍紙條，努力讓自己的思緒回到一九六五年。**你是個妓女和騙子**——是華特，這是華特說過的話。在法蘭西絲的日記中，他說他想確保所有人都知道艾蜜莉是怎樣的一個人，他當時就用了這兩個字眼來怒罵她。

我拿出我那些筆記本，將它們堆在床上時，我的雙手顫抖不止。最後，我抽出蘿絲提供的那本相簿。

我開始快速翻閱相簿，試著找出一張我依稀記得的模糊照片。當我掃視著每一頁時，一九六〇年代柯達彩色底片中原先的飽和色彩，如今已成了一片模糊。法蘭西絲姑婆穿著貼身的上衣或襯衫，塞進有花樣的棉質裙子裡，一頭披散的長髮一向閃閃發亮。蘿絲與她未來的丈夫比爾・勒羅伊挽著手。我看著這些照片時，手開始停止顫抖了，我原先以為能在此找到線索的模糊想法，轉眼間煙消雲散。這裡只有一張華特的照片，抽著菸的他皺著眉頭面對鏡頭，像是痛恨被拍下照片。

表面上一位溫順謙和、過分勞累的律師，內心是否仍潛藏著少年時期的暴戾之氣？這張恐嚇字條的線索如此明顯，為什麼法蘭西絲姑婆仍對他百般信任，讓他成為自己遺囑的執行者？**你是個妓女和騙子**。

就她去世的時間點而言，華特幾乎沒有嫌疑，但萬一他並非獨自行事，而是有共犯的話，那該怎麼辦？

奧利佛。他在第一次會面時就遲到了許久，就在法蘭西絲姑婆被殺害的那天早晨。而且，如果一九六六年殺害艾蜜莉的人是華特，這時奧利佛將會是他的完美共犯，他能確保這個祕密永遠不會被洩露出去。因為，當法蘭西絲姑婆將房產交給他出售時，他就能靠著專業獲得勝利的王牌。

我用手指觸摸著一張法蘭西絲姑婆站在海邊單手拿著冰淇淋的照片，我感到一陣哀傷，自己竟從未好好認識她。一想到她的生命終結地如此不義，我便開始心生一股憤慨，因為她所追求的，不過是受到人們真誠相待。

艾蜜莉失蹤後，不曾停止尋找她的人似乎只剩下法蘭西絲。六十年來，法蘭西絲不曾停止打聽她的下落，儘管艾蜜莉將她的年少歲月搞得一團糟，甚至多次背叛她。法蘭西絲向前邁進，她也確實展望著未來，但人們卻只認定她瘋狂怪異。不論是艾娃．格雷夫史當，或是警局的前台服務人員，每個人都有自己描述法蘭西絲姑婆迷信舉止的一套故事。

「未來，」。我自言自語。「這整個考驗究竟是為了什麼？」我沉思著。「這是法蘭西絲姑婆設下的任務，對她至關重要。她想要公平正義，她想要人們相信她，她的遺囑裡寫得清清楚楚……」

我翻開我的蘑菇筆記本，看著那些不斷困擾著我的細節，也就是我的未解之謎清單：

花：是誰送的，又是為什麼？

鎖：XX-XX-XX，左右轉動的標準數字轉盤密碼鎖

翻到了我抄下法蘭西絲姑婆那則預言的頁面，上頭同時也劃掉了她劃去的相同字句：

你的未來將有一堆枯骨。

當你以一隻手的掌心握住女王時，你的緩慢死亡就恰好開始了。

小心那隻馬，因為牠會背叛你。

在那之後，就再也無法回頭了。
但女兒是伸張正義的關鍵，找到恰好的那一個且讓她親近左右。
所有的跡象終將指向你的謀殺之謎。

我加上自己的推論，來解釋她認定每一句已實現的原因。

枯骨＝最近被發現的艾蜜莉屍體
那隻鳥的背叛＝艾蜜莉的欺騙
女王＝福特棋盤上的棋子
找到恰好的女兒＝我，因為將屍體送上門的人是我

密碼鎖的問題開始困擾著我，我想起那些老舊的數字轉盤密碼鎖。我以前常去一家健身房，我的儲物櫃上就有一個密碼鎖，當時我有足夠的錢來負擔健身房的會員費，並且對運動健身之類的事有著莫名的衝勁。基本上只能向右轉動，接著向左轉一整圈，然後再向右轉動。數字最高就到四十，順時針方向，〇和四十在相同的位置。前幾天，薩克森輸入生日作為密碼時，他的方法完全錯了，轉動轉盤太多次了。

如果我沒有翻到抄下預言那頁，我可能永遠不會發現這其中的文字模式。

我特別注意到「**恰好／右**」[28]這個字詞，出現了兩次。以及數字一。「但句子裡沒有提到**左**。」我自言自語。「除了一，就沒有其他數字了。」

我腦海中有各種想法互相碰撞著，引領我做出結論。終於，我突然想通了，我衝到樓下去。我一邊走、一邊回頭看，確保沒有人緊跟在我身後。

當我發現奧利佛擋住了我下樓的去路時，我大吃一驚。他沒有在講電話，只是站在那裡，抬頭看著我。我接近他時，放慢了速度，我每跨出一步，都會意識到他遠比我高大、強壯許多。在我還沒來得及尖叫之前，他能在幾秒鐘內壓制我。我先將這個念頭擱置一旁，小心翼翼地讓自己面無表情。

「我可以……可以讓我過去嗎？」我說。我試著讓自己看起來毫無戒心，但我覺得自己似乎欠缺說服力。

「進展還順利吧？」他輕聲問道。他完全不打算靠邊站，這令我感到不安。

「我，嗯——」我清了清嗓子，不確定該說些什麼。

他傾身向我靠近，壓低了聲音。「我送你一個免費的忠告，」他說，「別被那個警探迷惑了，裝得像個好人，卻滿口胡言。就我看來，他從你口中得到的情報已遠比他該知道的還多了。」

「不好意思，借過了。」原先流滿全身的一股恐懼，現在已被憤怒取而代之。但是，他的話確實讓我有所警覺，一陣恐懼立即襲來。奧利佛一直在注意我，如果他始終都掌握著我與克萊恩的對話，恐怕已到了緊迫盯人的程度了。

「安妮。」克萊恩警探在走廊上呼喚我，就好像我的思緒暗中將他召喚而來。奧利佛先是得意地看了我一眼，才終於移步站到一旁。

我經過警探身旁時，他問道：「你沒事吧？」但我揮手打發他的疑問，直接往那些文件櫃的方向走。他跟隨我的腳步，一臉憂心。「發生什麼事？你有重大的發現嗎？」

我無視奧利佛的警告，選擇跟克萊恩分享我的思緒。我感到驚惶失措，但與其魯莽輕率而受傷，倒不如與克萊恩分享情報，讓他站在我這邊。「人們不曾認真看待法蘭西絲姑婆的一件事是什麼？」

克萊恩的目光落在牆面上的預言，我則拿著手中的筆在字句之間劃下底線。

「這件事太愚蠢了。我在樓上時，一心只想著關於開鎖的事，向左轉、向右轉之類的。但是，法蘭西絲姑婆如此相信這則預言，這是她進行一切決策的關鍵核心。」

很快地，我在需要特別注意的那些文字下方劃好了底線。

> 你的未來將有一堆枯骨。
> 當你以一隻手的掌心握住女王時，你的緩慢死亡就恰好（right）開始了。
> 小心那隻鳥，因為（for）牠會背叛你。
> 在那之後，就再也無法回頭（back）了。

28　Right，在預言有兩處出現，意指「恰好」，但也意指「右（邊）的」。

但女兒是伸張正義的關鍵，找到恰好的那一個（right one）且讓她親近左右。
所有的跡象終將指向你的謀殺之謎。

「裡頭沒有寫著數字，讓我有些惱怒。」我說，有些氣喘吁吁。「但接著，我看見了**因為**（for）及**回頭**（back），我心想，這是否代表在你轉向一之後，便接著向左轉回四（four）的位置呢？」

「〇一、三十七、三十八。」克萊恩警探一邊大聲地說，一邊轉動數字轉盤。老舊密碼鎖的機械裝置轉動著，突然發出喀嚓一聲。

我吐出了一股充滿勝利的氣息。「沒錯。」我說。「我們來看看，法蘭西絲姑婆只想讓她最聰明又最忠誠的一位親人知道些什麼。」

那個抽屜被鐵橇給敲彎了，所以我得用力拉才拉得出來。

同時，我的額頭因困惑而皺了起來。我希望她在裡面放了關於殺害艾蜜莉的凶手的結論，甚至可能是關於殺害她的潛在凶手的理論。不過，法蘭西絲姑婆自己也說了——如果她知道誰會殺害她的話，她就直接前往警局預先通知大家了。

當我查看內容時，我便知道試圖闖入的人是薩克森，因為這裡大多是法蘭西絲姑婆發現的事物。具體來說，她握有關於薩克森的醜聞罪證，他肯定早就知道這裡頭有什麼了。

我拿出一份關於薩克森的檔案，其中多數是監視錄影畫面的照片，而且還不是只有薩克森的照片，甚至有薩克森以及瑪格達的照片，時間戳記從法蘭西絲姑婆去世前的幾個月，一直到幾天前。

「這到底是什麼呀？」我一邊說，一邊將那份文件交給克萊恩警探。

他翻了一遍，安靜了幾分鐘，並仔細地查看。他查看的同時，我將手伸進抽屜，檢查裡面是否還有其他物件。裡頭只有一塊很小的畫布，是媽媽一開始在藝術圈中嶄露頭角時的創作，不過看來它從未被出售。這應該是媽媽某一年的作品，她將它作為禮物送給法蘭西絲。這時，我眨著雙眼想止住眼淚落下，因為這代表法蘭西絲好好保管了媽媽的東西，甚至相當珍惜它。

我伸手從克萊恩警探那裡拿走一張照片，他也准允了。「是獸醫診所的藥物。」他說。

「抱歉，你說什麼？」

「你應該早就知道美雪的獸醫診曾遭破門盜竊的事，有人偷走一堆馬的藥物。」

「是的，但那件事和這些照片有什麼關係？」我問道。

「這張照片裡的薩克森將幾盒藥遞交給瑪格達……」克萊恩的聲音逐漸減弱，翻閱著法蘭西絲姑婆寫下的筆記。「依據法蘭西絲的筆記描述，薩克森長期提供作為娛樂性藥物的醫療藥品進行銷售，並利用瑪格達運送藥物至各處。」

瑪格達。我想起奧烏蘇醫生那本門診預約簿，以及那天早上法蘭西絲姑婆的預約看診。「裡頭是否有關於奧烏蘇醫生涉案的說明文字？」我問道。

當我們同時看著寫滿文字訊息的頁面時，克萊恩安靜了一會。其中有一些是印刷字體，看來像是有人提供的文字內容。「看來，奧烏蘇博士正試著協助法蘭西絲，調查清楚薩克森的商業往來。」

「這能證明薩克森偷了馬的藥物嗎？」我問道。

「這裡並沒有他出現在診所的照片，但他交給瑪格達的藥物中包含了鴉片製劑，這足以將他定罪了，但這不能作為他殺害法蘭西絲的證據。看起來，拍攝照片的人早就盯上他們的行動了，若再加上法蘭西絲的筆記⋯⋯如果她這些訊息來源可靠，那麼這件事就太糟糕了。」

克萊恩看著那些印刷字體的文字。「進行調查的是當地一名私家偵探。」他說。「我認得這信紙上方的信頭，我認識這個人；我可以請他證實這些事。他辦事很可靠，法蘭西絲選擇雇用他，我不會感到特別驚訝。」

「你看，」我遞給他一頁，「她在去世當天加上了這些筆記。你看，在這裡。」我指著日期下方她寫下的文字，認出那些字跡時仍讓我的心揪了一下。這些字和她十幾歲的筆跡十分相似，每次看到她的字，我都覺得自己早就認識她了，感覺她似乎就在這裡。

「這是法蘭西絲去世當天早上寫下的筆記。」他說，快速地掃視了一下。「她拜訪了奧烏蘇醫生，並得知薩克森長期利用瑪格達從奧烏蘇醫生的診所取得醫療級的鴉片類藥物。看來，瑪格達似乎告知奧烏蘇醫生，為了方便起見，小丁伯區的救護派遣分隊要求他們透過當地診所來訂購醫療用品。甚至，瑪格達還偽造了一封來自派遣分隊的電子郵件，以及一份官方的庫存總表來使用——你看。」他指著。「法蘭西絲那天早上拜訪奧烏蘇醫生時還影印了一份副本。」

「奧烏蘇博士為什麼不馬上揭發他們？至少也要告發瑪格達吧？」

「也許法蘭西絲沒有告訴她整件事的來龍去脈。她或許只是問對了問題，接著就回家依據手上的資訊來採取行動，或謹慎地複核正確性吧？」

我腦中又出現那種恍然大悟的卡嗒聲了。如此一路逐步拆解謎題令人心滿意足，即使我目前仍未看見最終結果。

「薩克森搭乘了較早的一班渡輪，對吧？」我說。「法蘭西絲被殺害時，他正在諾爾城堡鎮。我在奧烏蘇醫師的診所裡見到了瑪格達，奧烏蘇醫生幫我治療我的水泡時，她進來了，但是……」

克萊恩沒有說話，只是以存疑的眼神看著我，像是示意著**繼續說呀**，正是這種眼神讓我突然覺醒了。我搖了搖頭，讓自己的表情放鬆下來。這不太合理；有太多塊缺失的拼圖了。我想起了我那張未解之謎清單，雖然我已經在「鎖」這個項目上打勾了，但「花」仍困擾著我。還有殺害艾蜜莉的凶手。華特是我的首要嫌疑犯，但當時十歲的薩克森有可能殺害她嗎？我認為這兩起謀殺案脫不了關係，但如果薩克森因為法蘭西絲發現他私下販售藥物而殺害她……也許，最終讓法蘭西絲被殺害的原因**仍是**因為她挖出他人的不堪過往。

我決定將照片和筆記交給克萊恩警探——我總覺得這麼做才對，因為這都是薩克森參與犯罪行為的物證。

「我會把這些東西送到警局。」他說。「安妮，請你回房間去，鎖上房門。我馬上就回來了，我在處理這件事時，會透過無線電呼叫一位警員前來。」

「好吧。」我說。他向我輕快地點了點頭，接著便離開了。

我走向那間小小的臥室，轉動萬能鑰匙進門，然後馬上從室內鎖上房門，轉身時將鑰匙帶在身上。但當我環顧房間時，我的肚子一陣絞痛不適。我忘記得隨身攜帶背包這件至關重要的事，我把包包留在臥室，因為我急於破解那個上鎖抽屜的密碼。

自從我來到這裡就幾乎不曾碰過的筆記型電腦，如今已被砸成碎片，或許是有人拿著那支破壞文件櫃的鐵橇所為，但真正讓我胸口發緊悶痛的，是我所有的筆記本都被撕成碎紙的畫面。我一切的調查就此終結，就因一次失誤而徹底毀滅。

我將那把鑰匙放在床頭櫃上，跪在那些碎紙之間。那本筆記本的封面曾畫有令人開心的蘑菇圖樣，但如今面對它被撕毀的事實，哭泣的我顯得有些愚蠢。我眨了眨眼，深吸一口氣，盡量不讓自己感到悲慘淒涼。所有筆記都記在我腦子裡了，真的，那些紙張不過就是紙張。

接著，我徹底警覺到，自己早已成為他人的目標。無論殺害法蘭西絲姑婆的人是誰，為了保護自己的祕密，絕對會毫不遲疑地再度出手殺人。

正當那些情緒如潮水般湧向我時，我聽見房內另一邊傳來一聲巨響。我拚了命也要快點找到一項武器，不論是開信刀、髮夾都行。我終於找到了一支鋼筆，打開筆蓋，讓筆尖隨時準備就緒。要不是我真的太害怕了，我恐怕會嘲笑自己有多麼荒謬，但我慢慢地朝著房門的方向後退。

我試著轉動把手，準備立刻衝到走廊上，但把手卻動也不動。我望向房間另一頭的床頭櫃，心裡暗自咒罵著。能打開房門的那把小小萬能鑰匙就在那裡，就在衣櫃旁邊，那裡卻又傳來了第二次重擊聲。

這房間裡不只我一人，我把自己和另一個人一塊鎖在裡面了。

第三十章

我持續不斷尖聲大叫，儘管我知道四周沒人聽得見我的聲音。奧利佛，也許吧，但話說回來，如果我遇到危險，他真的會試著幫我嗎？

「哦，真是夠了！」從衣櫃裡衝出來的薩克森對我大聲喊叫。我沒有停止尖叫，於是他向我撲來，用手摀住我的嘴巴。我手裡的鋼筆一下就被拍落在地，我在幾秒內就被制服了。他將我的手臂固定在身體兩側，另一隻手仍然摀住我的嘴。我用盡全身力氣試圖掙脫他的掌控，但對於一個如此柔軟靈活的人來說，他的力氣奇大無比。

薩克森冷靜地抓住我，等我停下動作。最後，我不再掙扎，因為他沒有要傷害我的意思，但我仍思考著我所知道的每一個自衛動作，萬一用得上的話。光是想到他靜靜地**在衣櫃裡等待埋伏著**，就讓我感到相當驚慌不安，我想知道克萊恩警探說的那位私家偵探要花多長時間才能到達這裡並且來敲我的房門。到時候，我會不會早就死了？

「安娜貝爾，」他平靜地說，「我沒有要傷害你。很抱歉我嚇到你了，但我發誓，我不是故意要嚇你的。」他將手掌從我嘴上移開，仍舊握住我的手臂。「如果我將你放開，我們可以好好談談嗎？冷靜地談話，沒有任何暴力行為？」

我點點頭。我能說的不多，也無法信任自己說話的聲音。

「很好。」他說，接著將我放開。我立刻將背部貼緊房門，但鑰匙沒到手之前我仍束手無策。

「順道說一句，該對此負責任的人不是我。」他指著那些被撕碎的筆記本。

「那圖書館呢？」我問，我的眼睛立即朝著窗戶的方向看，我隱約聽見踩在碎石車道上的嘎吱聲。是那位私家偵探嗎？還是奧利佛呢？我想再次放聲尖叫，卻只是顫抖著吸了一口氣。如果薩克森想要傷害我的話，他早就這麼做了。「**那你到底為什麼要躲在我的衣櫃裡？**」

「破壞圖書館的人不是我。」他說，然後給了我一個有點不太自然的微笑。「我之所以在妳的衣櫃裡，是因為我正在尋找幾年前藏在此處的東西。我聽見你上樓的聲音，就把自己關在這裡了，我猜想你或許不會待在房間裡太久，我可以晚點再離開這裡。」

「你想尋找的是什麼？」我問道。這是值得我專注的事情，我能藉此分散注意力，讓我不去想我腦袋裡仍不斷猛烈抽動的脈搏。

他揮了揮手。「那並不重要。但這裡頭有一個暗格，這供你日後參考。如果有人需要存放謀殺理論的筆記，這會是一個更理想的地方。」他撿起一些撕碎的紙片，我在那些工整的草書中看見了**毒物**和**薩克森**兩個字詞，他接著放手讓碎片飄落於地板上。

「那麼究竟是誰破壞了圖書館？」我問道。我感到不寒而慄，因為薩克森令人毛骨悚然的現身，仍讓我感覺自己備受侵犯。但我想，那就是他會做的事——讓我想起了法蘭西絲姑婆所描述的事件，說到她一轉身便看見他站在那裡，看著在那棵樹下的她與約翰。

「我猜是高登家族裡的其中一人。」

「其中一人？是華特還是奧利佛？」

「任何一人，甚至是兩個人。這並不重要，因為不幸的是，我們倆都搞砸了。我認為，除非我們齊心協力，否則就無路可走了。」薩克森以輕描淡寫的口吻說道。

「請你回頭解釋一下那個搞砸的部分，因為我獨自一人也做得很好。」我反駁他的說法。

「為什麼，就因為你讀過了法蘭西絲的日記嗎？那本日記，真是一本不錯的讀物。幾年前，當我偶然發現它時，我自己翻閱了，只是為了想看看她對過往的一切留下什麼記憶。你難道忘記了嗎？我也在**那裡**。」

「你當時在那裡？在切爾西的房子嗎？艾蜜莉死去的時候嗎？」

「不，當我和福特叔叔到達時，屋子裡空無一人。我不知道是誰殺害了艾蜜莉；如果我知道的話，我幾年前就會開口說了。而且，老實說，我一直盼望著她有一天會出現，先前只是去瑞士阿爾卑斯山區或其他地方當個山中農牧女孩之類的。」

他只是繞著思緒打轉著，卻什麼也不告訴我。「薩克森，你到底想做什麼？」我問道。如今我的聲音聽來特別疲倦。「如果是其他人的話，一看見你從衣櫃裡爬出來，早就拿燭臺敲你了。」我看了一眼床頭櫃，那裡確實有一個沉重的黃銅燭臺。當我需要武器時，為什麼沒有好好利用呢？我和珍妮一起進行了多次線索討論，難道我什麼都沒學到嗎？

「但你並不是其他人，」他露齒而笑地說，「這就是我認為我們應該一同合作的原因，我們就不會搞砸了。」

「是你殺了法蘭西絲姑婆嗎？」我問道。我仔細地觀察他，尋找他是否有說謊的跡象，而他只是面無表情地凝視著我。

「不，」他最後說，「我絕對不會做這種事。」

「但你卻偷獸醫診所的藥物去賣？」

薩克森什麼也沒說，只是仔細地檢視自己的指甲。

「薩克森，現在那些藥品在哪？」

「你到底要不要和我合作？」

「你目前沒有說服我和你合作的理由。你究竟握有哪些情報，能讓我有意願跟你結盟呢？」

「這一切都得回到高登家族了。」他盯著我看了很長一段時間，接著揚起一側的眉毛。

「你這是什麼意思？」我問道。

「這場競賽，華特擁有最終決定權——你不覺得這件事很奇怪嗎？他同時也是她遺囑的執行者。這些年來，他一直是法蘭西絲最親密的朋友之一，也是唯一願意聽她喋喋不休的人之一，不斷聽她談論關於艾蜜莉．史派羅、棋子、枯骨，以及一切的胡扯。」

「對她而言，這些事並非胡扯。」我說。

「她也蠱惑你的心智了！」他說，然後笑了。「我想這或許是件好事。我們之中總得有個人一層一層地揭開她異乎尋常的思路。華特設計安排了這一切，他正扮演著負責指揮的馬戲團主持人。」

「怎麼說？」

「我不在那班十一點的渡輪上，但我不能告訴華特這件事。法蘭西絲去世時，我正在銀行，那家位於諾爾城堡鎮管理著法蘭西絲帳戶的銀行。我在那間銀行有個信託基金，在我小時候就設立了，我從沒想過要刪除上頭法蘭西絲的名字。當我要求銀行人員將剩餘金額的明細列印出來時，銀行員工不小心也列印了法蘭西絲帳戶的近期資訊。光是看她的律師費，就已經是個有意思的故事了。」

「你是指，法蘭西絲支付華特過多的報酬嗎？」

「不只這樣。我一言不發地拿走那些印出來的文件，當艾娃打電話告訴我法蘭西絲過世的事時，我得爭取一些時間，所以我撒了謊，說我還在沙景鎮。」

「她為什麼要多付他費用？」

「我不知道，但我懷疑，她根本不知道自己付了這些錢。我認為他在詐騙她的錢財。」

「她怎麼可能沒注意到？」我問道。「她一向密切關注著一切事物……」

「因為她的會計師。法蘭西絲與律師事務所雇用了同一位會計師。這家會計師事務所是由他們兩人的一位老朋友所經營，他和華特一樣，似乎還不想退休，儘管他也早就過了退休年齡了。這樣太不尋常了吧？都七十五歲了，還想一直工作下去。我明白現在時勢艱難，但是這兩個人並不喜歡將自己的客戶交到其他人手上。」

「那位會計師是誰？」

「我們的老朋友泰迪．克萊恩。」

「是那位警探的爺爺嗎？」

「沒錯，我打算利用這則情報作為籌碼，從警探手中拿走某些特定的照片。」

「所以你認為華特殺了法蘭西絲。」我緩慢地說。這符合我的理論，但又不全然吻合。我仍然認為，透過華特的協助，奧利佛殺死了法蘭西絲，就在法蘭西絲發現是華特殺死了艾蜜莉之後。

薩克森點點頭，臉色蒼白憔悴。

「但他是如何拿到藥物並行凶的呢？」

「這就是謎團中最後一塊拼圖了，對吧？不如和我一塊繼承遺產，一人一半吧，我這就告訴你。」

「你為什麼會需要我的協助？」我問道。他終於改變了態度，看起來十分內疚。他盯著窗外看，避開我的眼神。

「啊。」我說。「你會因為私下販售藥品的副業失去一切。」

「只要你幫我，就不會發生這種事。」他說，雙眼突然直盯著我看。

「我才不要掩護你的罪行！」

「我不需要你這麼做，因為我才沒該死的販售那些藥物！是瑪格達，全是她獨自一人行動。但是，我也會因此遭殃，因為我開給她假處方，還偷竊獸醫診所的東西。我和她一起被拍到的那些照片——看起來顯然是我將她用不到的藥品交到她手上，但說到了販售這件事，我能合理地推諉自己毫不知情。我會失去我的醫事人員執照和職業生涯，但我的人生並不會就此結束。」

「那奧利佛呢？如果是華特殺了法蘭西絲姑婆，你認為奧利佛會是同謀嗎？」我很好奇，薩克森是否對奧利佛抱持著任何懷疑。

「不。」薩克森語氣平穩地回答，在房間裡踱步著。「但我一點都不信任奧利佛。目前所有人都是這麼想的——除了你之外的所有人。某種程度上，我們每個人都有罪。」

「現在，我只關切你們之中是誰犯下了謀殺罪。」

「嗯，我已經和你說了。」薩克森聳了聳肩。

「你已經說了你懷疑華特的原因，但我仍要知道你認為他是如何犯案的。」我說。

「你要和我一塊對分遺產嗎？這步棋下得很好，安妮。關於下棋，我叔叔最喜歡說一句話了。」

「**你可以毫無計畫就下棋，但你可能會輸棋**。」我說，多半是對著自己說。

聽聞我引述他叔叔的話，就算薩克森感到驚訝，他也完全沒有表現出來。「目前為止，你的調查進行得怎麼樣了？難道，你只是四處亂晃，深陷於法蘭西絲少女時期的冒險旅程之中？」

我盯視著薩克森許久。這裡是他的家，而他和他的叔叔如此親近，我若是繼承了這一切，從他的立場來看確實太荒唐了。這是個我不曾造訪的地方，擁有的人是我不曾謀面卻在她死後才逐步瞭解的姑婆。

「法蘭西絲之所以將關於入牢監禁的條款寫入遺囑中，有她的道理。」薩克森說。「我想，她希望我認真思考自己的不法行為。一旦碰到糟糕的律師和嚴厲的法官，我就**有可能**會入獄服刑。我不打算讓這種事發生，但我如果真的入獄了，刑期也不會太久。」

「但你繼承的資產就會大打折扣，除非我同意與你一塊對分。」我說。

「我不是壞人，安妮。」薩克森回答。

我沉思著，長長地吐了一口氣。「我和你做個交易吧，薩克森。我會考慮分你一些遺產，但我得告訴你，現在握有一手好牌的人是我。你試著讓我覺得我和你一樣進度落後，但我沒有。所以，你現在就告訴我你所知道的事，幫助我以真相打敗奧利佛和警探，而你最好努力祈禱，盼望我在這一切結束時願意對你慷慨大方。」

薩克森的表情有些不悅，卻還是點了點頭。「好吧。華特本來就有獲得那些藥物的管道，因為他是瑪格達在諾爾城堡鎮的客戶之一。在村莊裡，如果你想從瑪格達手中拿到什麼東西，你只需要撥打她的電話，她就會開著救護車來『治療』你。」

「天啊，這太離譜了。」我說。我狠狠地瞪了他一眼，強調我對於他在這之中扮演的角色有什麼看法。但是，我還記得，昨天我和克萊恩警探在死亡女巫酒吧遇見華特時，看到他服用了止痛藥。

薩克森至少有明智的判斷能力，會假裝自己感到羞恥。「我只是說出事實而已。」

「但依照這個邏輯來看，任何一位瑪格達的『客戶』都有機會拿到她藏匿的那批藥物。」

「確實如此，但由於我也參與其中，因此也知道她在諾爾城堡鎮有哪些客戶，他們沒有任何理由殺害法蘭西絲。」

「那麼，我們該如何證明這一點呢？」

「這就是我們團隊合作能發揮效用的地方了。」薩克森再次展現了笑容。「我們兩人好好合作，接著就能獲勝了。」

第三十一章

我決定在花園附近散散步，好好整理自己混亂的思緒。離開之前，我拿了蘿絲給我的相簿，讓人鬆一口氣的是，無論粗暴搜翻我房間的人是誰，它未受到任何損壞。我在圖書館那張大桌子前止步，從抽屜裡找出一支筆和一些零散的白紙。克萊恩派來的那位私家偵探正在廚房與貝絲交談，所以我又回頭穿過靴室走到戶外，儘管經過此處時仍會讓我顫抖不止。我想，往後那個空間都會讓我毛骨悚然。

第二聲鈴聲響起時，珍妮便接起了電話。「安妮，終於打來了！」她說。「你知道嗎，你都沒回電給我，我開始擔心你在那棟謀殺凶宅裡發生什麼可怕的事了。」

「好吧，結果我就是在一棟謀殺凶宅裡長大的，所以這或許能說明我的適應能力為何這麼好了。」

「告訴我所有的事吧。不要遺漏任何細節，因為我留意並記錄著一切，試著要解開謎題。」

「為什麼？難道你想在一個**充滿**邪惡之人的村鎮裡，謀求一處廣闊莊園的地產嗎？」

「不，我只想追求一些參與感而已。就像我在看《英國烘焙大賽》（*Bake Off*）時會試著進行各種挑戰一樣，只是現在牽涉到的是謀殺案件罷了，而且我或許幫得上忙！」

「珍妮，當你試著進行《英國烘焙大賽》的挑戰時，你總是失敗，你還記得那些瑪德蓮（madeleine）嗎？」

「那次出錯得怪我的烤箱，而且這樣比較符合我的節奏吧，你就快點說吧。」

我找到了一張石凳，它位於圍牆環繞的玫瑰花園中，這次我注意到了明亮的碎石小徑，它們在修剪整齊的樹籬四周構成了圖案。一座華麗的的睡蓮池坐落在中心，低調的噴泉緩緩流淌著泉水。我第一次造訪此處時沒注意到這一切，但話說回來，我當時專注進行著情報的搜集工作。當我向珍妮報告最新動態時，我在那些白紙上寫下了筆記。很快地，我就寫滿了好幾頁——我憑著記憶寫上了未解之謎的清單，甚至根據原先的筆記重新繪製了一張調查關係圖。不過，我並未抽出蘿絲相簿裡的照片貼在上頭。

「薩克森聽起來就像是老舊卡通動畫裡販售萬靈丹的推銷員。」珍妮說。「他有讓你看他說的那些文件嗎？那些足以證明華特詐騙法蘭西絲的資料？那有可能是個徹頭徹尾的謊言。」

「沒有，但我怎樣都會逼他拿出來，因為我也不信任他。但**確實**不太尋常的是，高登先生仍在那家律師事務所堅持不懈地工作，而他那位老朋友仍擔任他的會計師。」

「我真的不想這麼說，但那確實有道理。」珍妮說。「他們之間有一些關鍵的共同點——艾蜜莉失蹤的那個夏天，他們都是艾蜜莉、蘿絲與法蘭西絲的好友。此外，他們倆也同時被法蘭西絲所雇用。抱歉，是**曾經**雇用。」

「有件事我一直想不通，真不明白那束毒堇花是怎麼回事。」我說。「即使要我的命，我仍看不出它在事件中的關鍵之處。」

「或許並沒有什麼關鍵之處，」珍妮簡單地說，「或許只是個巧合。」

「是啦，我想也是。」我說。我的思緒開始變得混亂，感覺似乎在兜圈子，一個圈圈裡還有另一個圈。「我認為，在這兩起謀殺案中，華特都是最大嫌疑人，而奧利佛則是他殺害法蘭西絲姑婆的同謀。但我想知道你的看法，我這個當局者或許靠得太近了，無法看清楚所有細節。」

「在我的想像中，這就像是一部警察題材的電視劇，」珍妮就事論事地說，「最簡單的理由往往就是正解。說真的，人們為什麼要殺人呢？」

「嗯，因為貪婪嗎？」我提出。

「這是原因之一……」。珍妮換上了老師般的口吻，像是試著要引領我解開一道棘手的數學題。

我翻了個白眼，儘管我明白她看不到。

「你已經上谷歌搜尋過了，不是嗎？你都上網瀏覽了某個專門介紹連環殺手或蓄意殺人的家庭主婦，或之類的相關網站了，而你——」

「有又怎麼樣？這真的是一件很有趣的事！連環殺手是異於常人的異類，他們之所以殺人，是因為他們是變態人格者。我不認為這是你目前碰到的狀況，否則大家就會像蒼蠅一樣紛紛死去了。總之呢，根據該網站的理論，最常見的謀殺動機是貪婪、復仇、感情，以及自保……全是胡說八道，還很有可能讓我的電腦中毒。」

「恩哼，我一點也不相信你那個病態網站，但好吧。」我說。「為了這個思考性的實驗，我整理出四個欄位。我們來將謀害法蘭西絲姑婆的嫌疑犯一一放入欄位之中，接著我會在曾經接觸凶器之人的名字上打上星號。」這就是我喜歡跟珍妮討論事情的原因——她總是樂於討論我那些奇怪的情節點子，當我想法過於極端時，她也會毫不猶豫地告訴我。跟她聊完後，我往往就能以一種全新的視角看待一切。

「在這個案件中是……是什麼呀？用於馬匹的鎮靜劑嗎？」

「不完全是。那是一種注射型鐵劑，但獸醫診所被偷的東西不只這個，還有一些其他藥物。好吧，我們現在來填寫第一個欄位：貪婪。」我喜歡寫下動機和欄位這個點子，我一開始就應該這麼做了。

「哦，這真有趣，我來和你一起玩遊戲。等等，我先把這些人的名字都寫下來，然後我們來一一比較。」

「你應該去設計桌遊的，你知道吧。」我平淡地說。

「哎呀，你開什麼玩笑呀，但這肯定會很**好玩**！就像《妙探尋兇》（*Clue*）那個桌遊一樣，而你要做的是解開占卜師設下的謎題，才能擊敗你的朋友們拿到那筆遺產。但你們也都犯下了不為人知的罪行，而且——」

「珍妮。」

「好啦。好了，我填好貪婪的欄位了。你寫了哪些名字進去？」

「薩克森、艾娃、華特和奧利佛。」我緩慢地說，努力思考著自己是否漏掉了任何人。

「我也是，不過我還加上了你剛才提到的那位會計師。」

「泰迪．克萊恩。當然，沒錯，我們也把他放在那裡吧。下個欄位：復仇。」我說。

「好吧，就理論來說，或許諾爾城堡鎮所有鎮民都有嫌疑，因為大家都知道法蘭西絲準備將莊園賣給出價最高的人，也因為所有人的祕密，她都握有證據。不過，我們謹慎保守地思考一下，關於握有他人的私密八卦一事，重點來了：唯有你加以散播流傳，才會毀掉人們的人生，又或是，你利用它來敲詐勒索他人。我不認為法蘭西絲會敲詐他人，對吧？」珍妮問道。

「實際上，克萊恩家族曾發生一起事件。」我說。「但我和警探談了這件事，結果發現是法蘭西絲搞錯了，一切都解釋清楚了。」

「你確定嗎？雖然我不願懷疑那位性感警探涉案，但也有可能吧？」

「我曾有一段時間懷疑他，」我說。「但我已經洗脫他的嫌疑了。不過我發現，法蘭西絲對雷吉．克萊恩和他的祕密特別感興趣，這有異於常態。她所做的事，很有可能只是在莊園裡收集祕密八卦並仔細歸檔，並對自己發現的事保持沉默。我的意思是，她是個邏輯清楚的人，保守祕密是避免樹敵的最佳方法。」

「是呀。」珍妮緩慢地說，我知道她又在看那些網站了。「所以，在復仇的欄位中，這就是當冷盤的最佳菜色——」

「這是寫在網站上的文字，對吧？」

珍妮哼了一聲，說道：「我買了一件特別的T恤給你，上面寫著**冷嘲熱諷小姐**（LITTLE MISS

SARDONIC）。」

「太好了，我們一起玩你新上市的桌遊時，我就會穿上那件。」

「總之，」她慢吞吞地說，「回……到……重……點。不論是誰，我認為殺害法蘭西絲的人，都只是為了報復她近期所做的事。」

「那個約翰有可能嗎？我原本把他放在感情的欄位，但話說回來，這都是過去的事情了。」我說。

「不一定如此。」珍妮反駁我的說法。「我要說的是，很多人會舊情復燃，但他現在是一位神父了，對吧？而那些玫瑰裡的細針……我開始覺得，這之中帶著強烈狂熱的感情。你說她幫教堂做一些花藝設計，對吧？」

「華特第一天就告訴我這件事，而且……哇，我完全沒想到。而我想了想，我應該有所懷疑才對，戀情出了差錯，正是最典型的殺人原因。這其實也正好是我近期一部小說的動機。」我有點不好意思地說，我的劇情實在太容易預料了。

「也許在她勾引他之後，他勃然大怒，而他的心情因罪惡而感到沉重……」珍妮說。她的聲音有些顫抖，我覺得她正強忍著笑意。

「也許約翰再度被法蘭西絲拒絕了，就算是過了這麼久之後。不過，如此一來還得討論凶器的問題。」我補充說道。

我們倆都沉默了好一會，接著珍妮又興高采烈地說：「好吧，那你的復仇欄位裡寫了誰呢？我想寫下艾娃的名字。」

「說得好，艾娃可以放入兩個欄位。」我說。「她可能出於憤怒殺害法蘭西絲，因為法蘭西絲剝奪了薩克森的繼承權。」

「沒錯，但薩克森不是老早就發現這件事了嗎？」珍妮問道。「我的重點是，為什麼現在才要殺她呢？」

「確實。我認為我們還必須考慮福伊爾一家，貝絲和阿奇。法蘭西絲最近發現了阿奇的大麻種植副業，威脅說他若不終止這件事，就要將他趕出農場。阿奇看起來是個頑固的傢伙，而貝絲輕易就能拿到美雪的藥物，她甚至知道診所什麼時候不會上鎖。唯一的問題是，法蘭西絲姑婆握有薩克森和瑪格達的照片，顯示他們參與了藥物的盜竊案。」

「但是，那麼一來大家都能從瑪格達的管道購得藥物，對吧？」珍妮問道。「等等，你認為瑪格達知道是誰殺了法蘭西絲嗎？」

「當然，我認為她也是嫌疑犯之一。我敢打賭，克萊恩正在調查這件事。」我內心痛苦地呻吟著。「因為他把全部的監視畫面檔案都帶走了。但根據薩克森的說法，華特也是瑪格達的常客，他也有可能趁著和她買東西的時候，偷走她那裡的鐵劑。」

「這很合理，」她說，「不然瑪格達就是謀殺案件的凶手了，當她發現法蘭西絲掌握了關於她的情報之後，她為了封住法蘭西絲的嘴巴而下手。」

「我想到一件事。」我說。「當你提到艾娃時，問了一句**為什麼現在才殺她呢**，正是艾蜜莉的屍體送達法蘭西絲姑婆莊園的時間點。」

「是呀，寄送時間選得真好，安妮。」

「我根本不知道裡頭有屍體！當然，我沒有忽略其中的諷刺意味。我知道那具屍體引發了一些事端，我認為這正好向法蘭西絲揭示了凶手的真實身分，讓她得知殺害艾蜜莉的人是誰。」

「是的，這就是其中的關聯性了。」珍妮說。「我們準備進入自保的欄位。」

「回到華特．高登身上，他是唯一跟這兩起犯罪活動都有關聯的人。我們先假設他殺害了艾蜜莉，而法蘭西絲發現了，她雖然感到十分悲痛，卻沒有立即舉報他，而是試著跟他好好談談。他們肯定來回對話了一段時間，但就在會議那天，華特不知為何突然改變了心意。萬一，在那次會議，法蘭西絲準備揭示重大的祕密——你知道的，即使過了這麼多年，她還是想讓大家聚集在同一個空間裡，終於證明是誰殺害了艾蜜莉。就像小說作家阿嘉莎．克莉絲蒂的風格。」

「而華特假裝有那通電話來改動會議，因為他知道她早就死了。他想要安然脫身，於是便說自己在諾爾城堡鎮時就接到她的來電。天呀，你解開謎題了，安妮。」

「若薩克森所說的都沒錯，這還真令我感到不安。」我咬著嘴唇說道。「我同意這一切都很符合邏輯，但我實在很難相信薩克森真心想和我一同合作來解謎。關於法蘭西絲姑婆的圖書館遭到破壞的事，我確信他撒了謊，而我感覺得到他身上確實有哪裡不對勁，但我還沒發現。」我嘆了一口氣。「但現在華特是個大問題。」

珍妮沉默了幾秒鐘。「你必須證明是他幹的。」她最後說道。

「沒錯，最困難的就是證明這點。關於華特，我仍抱持著許多懷疑：肯定有一位大師教導他玩這些遊戲的技巧。」我起身離開石凳，踱踱步以伸展我的雙腿。

「是哪位大師？福特嗎？」

「法蘭西絲。」

第三十二章

「好吧，薩克森。」我說。「你現在想到什麼樣的計畫？」

我們在死亡女巫酒吧中一個燈光昏暗的角落裡，我喝了一品脫的印度淡色艾爾啤酒，薩克森點了菜單上最昂貴的單一麥芽威士忌，容量大約是酒杯裡的兩指高，並不是特別花俏的飲料。法蘭西絲姑婆的勞斯萊斯就停在店門口，所以我猜想阿奇稍早將我送至酒店探望蘿絲後，就決定去酒吧度過接下來的時光。當我們到達時，薩克森將他的跑車停在勞斯萊斯旁邊，以懷疑不解的表情看著那輛老車。我只是用我最難以捉摸的笑容看著他。

我們剛進門時，阿奇試著要加入我們，但薩克森把他趕走了，彷彿他是隻煩人的小獵犬。我看著阿奇聳了聳肩便走遠了，但我沒有空撫慰任何人受傷的心靈。

我綁了兩條長長的法式髮辮，穿著一件垂至腳踝的淺藍色碎花連身裙，外頭套上一件破舊的黑色皮衣，一樣來自商業大街上的樂施會商店。薩克森坐在我對面，一隻腳踝擱放在另一腳的膝蓋上，訂製的褲子褲管下露出菱形圖騰的襪子。這讓他多了一種親切祖父散發出來的氣質，這真是出乎意料。

我們並沒有穩固的合作關係，而我對他仍抱持著疑慮。儘管我比以往都更加確信華特殺了法蘭西絲姑婆，但毫無疑問地，薩克森仍是一位可能的嫌疑犯。一想起他從我衣櫃裡走出來的那一刻，仍然讓我感到毛骨悚然，所以我將這個情景牢牢記在腦海之中。不論他玩的是什麼遊戲，我都不只是他棋盤上的一顆棋子，我仍舊是他的對手。

「作為一個誘餌，你感覺如何呢？」他問道，臉上的笑容讓這個問題聽來就像是個激將法。

「我並不熱衷於此事。」我回答，冷漠地看了他一眼。「你能當那個誘餌嗎？這和我們一同擊敗華特的計畫有什麼關聯嗎？」

「我稍後會談到這部分，但那些藥物就是凶器，你別忘了。不幸的是，我不能當誘餌，因為在我計畫中的第一步，我們要試著透過交易來讓瑪格達上勾。」

「哦，不。絕對不行。」

「首先，我們得要知道她是否仍持有那些藥物。如果我們其中一人可以偷走她手上的藥物容器就更好了。那是個密封的塑膠小藥箱，類似存放剩菜的廚餘桶，密封且透明。」

「我們不能直接闖入救護車之類的嗎？」

他不溫不火地凝視著我，一陣沉默蔓延開來。最後，我開口說：「所以我的工作就是撥打嗑藥者的買藥專線，當她開著救護車出現時，我就上車來個一發之類的嗎？你應該早就發現了，對於這種事，我可說是**最糟糕**的人選了。我一看見血就害怕，醫院讓我恐慌，甚至連醫療人員使用的清潔劑氣味都足以讓我情緒崩潰。」

「所以你才需要一些K他命來抑制焦慮。瑪格達會相信這個說法，特別是你手上有一大筆現金的時候。」

「但我沒有。」

「我會拿一些現金給你。」

我的焦慮不安不斷增加。這箱藥物無法讓我們解開法蘭西絲姑婆的謀殺疑雲，而薩克森牽強的邏輯毫無道理可言，似乎不像是整件事的關鍵。他肯定是在玩弄我，我被設計陷害了，我不明白他為什麼看不出這手法有多麼明顯。

我可以戳破他的謊言，但我更想進一步瞭解他想透過這一切達到什麼目的。他是否想讓我被排除在外，好讓自己取得繼承權呢？讓我入監服獄，使我從此失去繼承的資格？又或者，他有更惡劣的目的？難道是一個讓我喪失行為能力的機會，如此一來，我就無法進一步調查他涉入法蘭西絲姑婆謀殺案件的原因了。

「那麼，所以我就坐在那裡，假裝自己是顧客，那我又該如何取得那箱藥物呢？」我問道。

「經典的轉移注意力手法。瑪格達會時時保持警戒，因為她不想被抓到手上持有那些東西，所以我會向警方密報。」

他一定知道這有多麼顯而易見。我決定試探他一下，看看他想了什麼藉口。「哦，太好了，這麼一來我們不僅拿不到我們所需的證據，還會讓我看起來像個吸毒犯。這個計畫真是太棒了，薩克森。」

「你忘記有兩輛救護車了，瑪格達一向會監聽警察電台，但她會將音量調得很小聲。因此，關鍵點就是當她移動到車子前座調高音量時，你得拿到那個藥箱。當我通報警方時，我會使用一些她知道涉及她副業的字眼，如此一來，當這些字詞開始在警察電台上出現時，她會突然專注聆聽。但我通報的會是另一輛救護車，等你帶著藥箱離開時，我會在車上等你。」

「很好。」我雙手交叉放在大腿上，小心翼翼地觀察薩克森。「我們先**假設**這個方法管用，我們拿到了想要的東西。那我們又該如何證明，幫法蘭西絲姑婆注射鐵劑的人真的是華特呢？」

薩克森向後靠在椅背上，搖晃著杯子裡的琥珀色液體，一隻手臂懶洋洋地搭在他那張椅子的一側。他的表情慎重且認真，但當他說明計畫其餘的部分時，我開始感到憂心，原先脈搏的一陣陣跳動，很快就變成了連番的敲打。

「在某些方面，華特總是有條不紊，但他不擅長掩蓋自己的蹤跡，銀行紀錄就是一個例子。我幾乎可以向你保證，他在搬動箱子時並未戴上手套。」

「所以你確定有他在箱子上留下的指紋就夠了嗎？」我認為，**那並不足以證明**。「我的意思是，上頭也會有瑪格達的指紋。」而且，使用後的廢棄注射針筒也不會放在裡面——他拿來為法蘭西絲姑婆注射後，就不會擺回藥箱了。那個凶器可能早已不見蹤影，被扔進排水溝裡，或被埋在兩個城鎮以外的垃圾桶裡。法蘭西絲姑婆被殺害後已經過了三天了，它現在甚至有可能早已進了垃圾掩埋場。

「但瑪格達並不像華特，有殺害法蘭西絲的動機。」薩克森說。「我想看看那些印出來的資料。」我說。「你曾提到的那些銀行紀錄，足以證明華特不斷竊取法蘭西絲姑婆財產的紀錄。」

薩克森聳了聳肩，拿出擱在椅子旁地板上的皮革公文包。他匆忙翻找著文件好一會，接著將幾張A4大小的紙張遞給我，似乎真的是法蘭西絲姑婆帳戶的影印文件。「高登、歐文斯與麥特洛克有限公司」這名字出現好幾次了，每次收費為五百英鎊。有趣的是，開始支付款項的時間點，正是我將裝有艾蜜莉屍體的皮箱寄出的時候。

「你等下就要還給我。」薩克森說，直盯著我看。

我側頭看著他，接著拿出手機，快速地為每一頁拍下照片。「你怎麼知道他在騙她呢？律師費用本來就相當昂貴，所以這可能只是他正常的收費標準。」

「並不是。我打電話過去，跟他們的祕書通話，我假裝要僱用他們來處理我自己遺囑認證的相關文件。當我成了一位詢問其他法律服務的潛在客戶時，她便提供我一份完整的費用清單。」

我又看了一眼那些文件。考量到法蘭西絲姑婆家財萬貫的背景，這並不是一筆巨款，但也許隨著時間積累，這筆錢加起來會相當可觀。無論如何，如果華特向法蘭西絲姑婆開出高額的費用，那仍然算是一種偷竊。「那麼遺囑認證的收費是多少呢？」

「整個套裝方案為三百英鎊。針對其他服務項目，他們每小時的費率為一百英鎊，也有一些標準的定價，但每天支付五百英鎊？這真是個不錯的整數，也始終保持一致，你發現了嗎？」

他說的沒錯，但仍然讓人感覺不太對勁。華特和法蘭西絲姑婆關係非常親密，如果他需要錢而她拒絕提供援助，這會讓他選擇從她身上騙取金錢嗎？我覺得這背後的故事可能沒有那麼簡單；但我還沒搞清楚是怎麼一回事。

最讓我困擾煩心的是，就算法蘭西絲姑婆發現華特竊取她的錢財，這就足以讓他殺人滅口了嗎？我想起了他充滿暴力的過往，他如何毆打艾蜜莉，然後憤怒地驅車前往倫敦，並在切爾西與她當面對質。如果華特一心想要法蘭西絲姑婆死，那也絕不是為了金錢，是因為她發現是他殺害了艾蜜莉。所有來自過往的心魔洶湧而來，那些是他多年以來不斷逃避的事物。

然而，這場謀殺的執行方式……是如此精心策畫，而且必須如此。我盯著薩克森，監視器拍下的照片，正是他將偷來的藥品交給瑪格達。他叔叔教會他如何玩遊戲，而我深信他是個細心的計畫者。

他擁有醫學知識、動機，以及犯下重大罪行的工具。法蘭西絲姑婆去世時，他也是不在華特．高登辦公室的人之一。

最後，我把文件遞還給他。我不想讓他知道我早盯上他了，不過我有兩個選項：我可以配合演出並藉此獲取更多證據，或者我就禮貌地拒絕他並返回格雷夫史當莊園，並試著在屋內找到有力證據來證明是他所為。第二個選項較為安全，但第一個選項能給予我更多的力量，能迫使薩克森露出馬腳。

你可以毫無計畫就下棋，但你可能會輸棋。我決定要打造屬於自己的計畫，並且讓薩克森在自己的遊戲之中被擊敗。

「我只是……」我先發制人，卻又緊張地盯著窗外看，像是找不到合適的字眼來形容。「想要揭露華特，肯定有不那麼危險的方式，對嗎？也許我們可以從這份詐欺紀錄開始？我們能將這些影印文件拿給克萊恩警探看嗎？」

「這真的太愚蠢了，安妮。我們不能讓警探早一步解開謎題！」薩克森看著我的眼神，就像是把我當成一個傻孩子，但這是好事，我就是要他低估我的本事。

「沒錯。」我緩慢地說。我一口喝完了剩餘的啤酒。

這時，猶如被我的思緒呼喚而來，克萊恩警探走進了死亡女巫酒吧。我看見薩克森突然全身僵硬，然後又刻意顯得無精打采，好掩飾他的驚慌。

薩克森曾在莊園附近看到我和警探一起行動，所以他知道我們會不時交換意見。基於薩克森有潛伏於門外偷聽的習慣，我敢打賭，他早已聽見我們討論的許多內容了。克萊恩警探簡短地點了點頭，然後徑直走向阿奇．福伊爾。

我凝視著空啤酒杯的底部，我該如何用計謀打敗薩克森呢？酒吧裡一群十幾歲的女孩經過我們這邊角落時，我正苦苦思索著這個問題。他們爭論著一些稀鬆平常的事，例如衣服和化妝。一般而言，這通常不會引起我的關注，但我的腦海已深深沉浸於一九六六年夏天，我忍不住想起艾蜜莉、蘿絲和法蘭西絲。這群人經過身旁時，我無意間聽見一個女孩說：「克萊兒，你必須把我的衣服還給我；你已經占用好幾個星期了！我得在安迪的婚禮穿上那件！」

我從一時片刻的白日夢中掙脫出來，並做了一個決定。「好吧。」我對著薩克森微笑。「我們就開始進行吧。你告訴我時間和地點，我們一起打倒華特。」

第三十三章

我們沿著碎石車道行進時，太陽已下沉至房子後方，薩克森在關上自己房門之前向我道了聲晚安。奧利佛的門縫下有條金色的光帶閃耀著，我匆匆經過，盡量讓自己行走於無聲之中。

回到我的房間，我查看我那張未解之謎清單，發現自己遺漏了一項，就是那張用打字機打字的恐嚇字條，於是我潦草地寫下：

> 恐嚇字條——最初寄出恐嚇字條的人是誰（一九六六）（華特），
> 而現在又是誰將字條放在我房間裡（未知）？

就在此時，我的心臟開始狂跳不止，但那卻是種**我真的快要成功了**的興奮感受。就第一張恐嚇字條上的文字來判斷，應該是針對法蘭西絲而來——**在我找你算帳之前，我會拿走你想要的一切**。聽起來好像是**來自**艾蜜莉的威脅，她從法蘭西絲手中奪走了約翰，又差點奪走了福特，以及法蘭西絲的哥哥一直迫切想要的孩子。

一開始，我深信（就像之前的法蘭西絲姑婆一樣，我確信）有人在她不注意的時候將紙條塞進她口袋來威脅她。但是，令人不解的是恐嚇字條上的文字內容。以艾蜜莉最後發生的那些事而言，這一切都太具體了，此外，還有字條上的用字。**妓女**和**騙子**絕非用來形容法蘭西絲的字眼，作為這群人之中最欠缺性經驗、最誠實可信的人，她還得面對眾人的嘲笑。

因此，第二張恐嚇字條上的文字，看來就像是**針對**艾蜜莉而來。但實際上，這兩張恐嚇字條都是針對艾蜜莉，來自同一個人。年老的法蘭西絲姑婆怎麼會擁有這些字條，我根本不需要多想，那可能只是她調查艾蜜莉失蹤案時收集到的部分證據。但是，十多歲的法蘭西絲姑婆曾在她日記中提及這些字條。那麼，十幾歲的法蘭西絲姑婆是怎麼拿到的呢？

當我無意間聽見酒吧裡的少女們為了衣服爭論不休時，便喚起了我的記憶。其中一人要求朋友歸還借用的衣服，這讓我想到了艾蜜莉，她總是穿著法蘭西絲的衣服，一心想要模仿她，甚至到了古怪的程度。

這些恐嚇字條絕對是針對艾蜜莉而來，之所以會到法蘭西絲手中，是因為艾蜜莉在收到字條的當天便放入了身上衣物的口袋之中，而這兩次，她都穿著原先就屬於法蘭西絲的衣服。

我本能地將手插進自己的口袋，儘管我今天才買下這件皮衣。但我這個動作提醒了我一件事——第一天，我從艾娃的西裝外套口袋裡拿走一些東西，她從謀殺調查關係圖上撕下便利貼以及一些紙張。我的心跳開始加速，因為那些有可能是對薩克森不利的證據。我敢打賭，撕爛我的筆記本、砸碎我的筆記型電腦的人正是艾娃。他們倆一直在尋找我從她口袋裡拿走的東西，而我卻完全忘記我曾做過這件事。

我快跑穿過整個房間到衣櫃前方，我曾想起薩克森躲藏在此，告訴我他正在尋找多年前的舊東西。他們倆都曾來我房間尋找東西——我只希望那時薩克森還沒找到他要的東西。

我看見我的舊牛仔褲堆在衣櫃角落，感覺已有了令人難受的氣味。

「拜託，」我低聲說道，「希望薩克森忽略了這些……」我將手伸進口袋，用手指掏出折疊起來的紙張。「太好了！」

我坐在床上，看看那時艾娃撕下了什麼東西。兩張是有法蘭西絲字跡的便利貼，還有另一張法蘭西絲寫下一些文字的紙張。

這是一份列出家中所有遺失物品的清單：

傳家純銀項鍊（小鳥）

純銀餐具——遺失了七件

漢斯・克里斯蒂安・安徒生的《冰雪皇后》[29]古董限量版本

骨瓷茶杯——遺失了四件

---

29 漢斯・克里斯蒂安・安徒生（Hans Christian Andersen, 1805-1875），丹麥作家，作品有人們熟知的《拇指姑娘》、《賣火柴的小女孩》、《國王的新衣》、《小美人魚》等，對全球的兒童文學影響深遠。《冰雪女王》由七個故事組成，呈現善良與邪惡之間的對抗，也是安徒生童話中篇幅最長、人物最多、寓意最豐富的故事。

一時間我感到灰心洩氣。艾娃不是為了保護薩克森，我一開始的直覺看來一點也沒錯，她是為了保護自己。清單的最下方，法蘭西絲以相當潦草的字跡寫下了**艾娃**，便利貼證實了這件事。其中有張列有日期和時間，旁邊寫有**艾娃來訪**的文字，另一張是薩克森的假期行程。

我又想起了薩克森。我知道，如果我上了瑪格達的救護車，犯下了竊盜行為，我最終的下場就是當場被抓到購買非法藥物，這是毫無疑慮的事。而且，不論我怎麼說，都無法為自己開脫罪名——屆時，薩克森將握有將我打入地獄的「證據」，讓我失去繼承的資格，法蘭西絲姑婆的遺囑明確提及了這一點。

我拿出手機，查詢先前的一些案例，這些被抓到亂開處方藥物的醫生，沒有一個人因此被判入獄。他們被吊銷執照、被處以巨額罰款，甚至被列入一些待觀察名單之中，卻都免受牢獄之災。我想，這得視情況而定，也取決於你的律師有多專業，也難怪薩克森這麼有把握，我現在徹底明白了，薩克森知道，只要警方無法建立他與診所盜竊案之間的關聯性，他便能從這一切安然脫身。

因此我也只能想辦法智勝他，而這需要很大的勇氣。在我全然投入腦海中形成的計畫前，我得進行一些核查作業，但我感覺得到，我即將有一些重大的發現了。我的計畫或許既危險又愚蠢，但像隻待宰羔羊般待在屋裡更是糟糕。

因此，我打電話給克萊恩警探，因為他是我第一個要查核的對象。儘管時間已經很晚了，他仍在鈴聲一響起時便接聽了。

「克萊恩。」

「嗨，警探，我是安妮．亞當斯。抱歉，那麼晚打來，但不知道是否能請教你關於法蘭西絲姑婆逝世當天的一個問題。」

「當然。我就快到莊園了，今晚我會接替私家偵探艾凡的工作。一切都還好吧？你安全嗎？我在酒吧裡看見你和薩克森一起——你得小心點。」

他語調之中的擔憂令人感動，因此我當然不會告訴他，我在死亡女巫酒吧裡密謀著要出賣我的同夥薩克森。

「我一直都很好，謝謝。薩克森只是找我想聊聊，沒什麼大問題。」我努力保持輕鬆活潑的聲調，但我迫切需要去上一些表演課程。「我打來只是因為有件事讓我很好奇，而且也想試著全面釐清我所有的思緒。」

「任何一件調查作業，都確實要有個可靠的計畫。」他說。「我幫得上你什麼忙呢？」

「這聽起來很愚蠢，但你知道法蘭西絲姑婆跟大家約定的那場會議吧？她邀請了我、薩克森和奧利佛參與的那場會議？」

「是的，我知道那場會議。」

「她也有邀請你嗎？還是邀請警局裡的其他人呢？」

「我？不，她沒有。你認為她有這麼做的理由嗎？」

我停頓了一下，小心翼翼地使用我的措辭。「如果她沒有打電話給你的話，那麼她應該就是不需要你在場。」我說。「這就是我想知道的事，謝謝。我們很快會再見，也許是早上。」

「好的，安妮，晚安。」

我掛斷電話，再次拿出我的筆記。在華特．高登旁邊畫了一個大叉叉。

如果法蘭西絲姑婆是為了揭穿他才安排那次會議，以一種如此經典的手法，揭露她六十年後偵破案件的一切來龍去脈，她就會邀請警方到場。畢竟，這是她個性中的一塊基石——她有一種異常堅定的正義感，對自己的預言有著近乎信仰般的信念。如果她當時要策畫經典的終幕場景來揭開謀殺之謎，克萊恩警探就會被邀請到場才對。

為了保險起見，今晚我決定要將筆記塞在床墊底下。我也考慮也以同樣方式存放相簿，但它太厚重了，我將它放在包包裡，然後就上床了。

我試著入睡，但當我的雙眼睛望著衣櫃時，我無法停止思考薩克森從衣櫃裡走出來後所說的話。我跳下床打開側燈，忍不住檢查一下衣櫃隱藏底板，我覺得自己這股衝動有些愚蠢。

我的手指毫不費力就觸碰到底座鬆動的板子，我按下時，有個小彈簧彈開來。

這個空間其實相當大，大概是一個亞馬遜中型貨運箱的大小和形狀，裡頭卻是一捆用幾塊抹布包裹起來的幾樣物品。當我拿出一本古董書和七件純銀餐具時，我猛吸了一大口氣，唯一缺少的就是那幾個茶杯了。我在滿是灰塵的木板上摸索著，想找到更多東西，最後卻摸到一個天鵝絨的小袋子。當這條小鳥銀色項鍊滑入我掌心時，我的呼吸變得急促。

薩克森一定知道這是艾娃藏東西的地方，她一直在偷法蘭西絲姑婆的東西，這件事再清楚不過了。或許是先將東西藏在這裡，等到四下無人、可安全行動後再回來拿？但是，為什麼薩克森一開始要告訴我關於暗格的事呢？

或許他毫不在乎。這些偷竊行為似乎只是小事，我想，嚴格來說這甚至算不上是偷竊，因為這些物件不曾離開這棟房子。我不明白為什麼艾娃要拿走這些東西，但我主要的結論是，艾娃這個人或許不老實，但也不足以構成謀殺的動機。

我將那些物品放了回去，並將那個鬆動的板子放回原處。最後，我爬回床上關上燈，但門外的腳步聲讓我一點睡意也沒有。有可能是克萊恩警探想要確認我是否在房內，因為他說自己正在前來的路上。儘管如此，我還是檢查了一下房門鑰匙是否安全地放在我身旁的床頭櫃上。

我進入焦慮不安的夢鄉，夢見了腳步聲、低語聲，以及門把被轉動的聲音。

午夜過後，當我醒來上洗手間時，差點被放在門外的一個小包裹給絆倒。一個以紙張包裹的物件，像是一本小書的形狀。我立刻撕碎包裝紙，而法蘭西絲姑婆的綠色日記便落入我的手中。

我躺回我的小床，如飢似渴地讀到最後一頁。

第三十四章

諾爾城堡鎮檔案，一九六六年十月七日

關於艾審莉失蹤的一個悲傷事實是，這消息一開始震驚了整個小鎮，直到人們無感為止。幾個星期之後，似乎無論走到哪裡，我都聽得見各種流言蜚語與推論，像是艾審莉逃家了、或是艾審莉和不對的男人鬼混。他們最常掛在嘴邊的一句話是「搞事搞到自己都被殺了」。

每次聽見人們這麼說，我就會不自覺地握拳。然而，當我行走於城裡四處，總希望她的臉龐能浮現於人群之中，我開始更關切艾審莉的事，而不是諾爾城堡鎮這個地方。

因為，當我聽得越多、看得越多，我知道的事就越多了，而我得知的一切卻都如此邪惡卑劣。

我們都有討厭艾審莉的時候，但她似乎就是將我們這個小團體凝聚在一塊的黏著劑。她失蹤之後，大家見面的次數就減少了，但我和蘿絲是唯一的例外。

我拒絕與福特來往，但蘿絲就像一條細線，將我與格雷夫史當莊園串在一塊。司機比爾現在花上更多的時間來陪伴蘿絲。然後，過了一段時間，蘿絲成了那個特別樂觀的人，而我則是那個被烏雲籠罩著的人。

我誰都不相信，尤其是跟那個莊園有關聯的男人。甚至有一段時間，我和約翰之間和解了，但如今一切都不一樣了，永遠都不可能一樣了。

福特沒有對我死纏爛打，而是透過比爾送一些小東西來給我，像是一本關於阿富汗的書、一套西洋棋。他送上的每一份禮物，都只是讓我更堅定不移，決定不再和他往來。因為夏天發生的那些事件改變了我，讓我徹底明白，身旁所有人都隱藏著祕密。若在三個月前，那些禮物肯定能達到預期的效果，不僅能讓我受寵若驚，也能讓我產生好感。不過，現在的我看清了這些禮物的本質——這一切都關乎他個人。他心裡想的不是我，而是他自己，他想看見我雙眼中反映出他的形象。

我恨死這種事了。

後來，我更有理由恨透他這些作為，因為約翰後來向我說明，他和華特將我留在我哥哥家那天發生的事。就在那天，所有人都爭先恐後地去切爾西找艾蜜莉，卻再也沒有人再見到她了。

當時，我和約翰試著要重新開始。他費盡心思帶我去一些文雅愜意的地方，而我們正在城堡之家飯店的露台上喝咖啡。關於艾蜜莉的話題揮之不去，如幽靈般飄盪在我們之間。幾個星期以來，我們都不想提起她，但我們無法繼續前進，因為有太多未曾說出的話。

約翰生硬正式的求愛手法，就像一場用動作傳達的默劇，演出他預設福特帶我出門約會時進行的各種安排。福特不會這麼做，因為他知道他害我在家裡惹上了麻煩。母親明確表示，她終於發現我偷溜去哪裡了，但她覺得這個行為不太恰當。她會這麼說並非迷信無知，但她仍提醒我格雷夫史當家族的運氣一向不太好，不過她也說了，不管一個男人多麼富有，如果他真的是一位紳士的話，會等到女孩過了十八歲才帶她外出約會。

「我們要點些蛋糕嗎？」約翰問道，接著將手伸至桌面另一頭，握住我的手。

「我還不餓。」我說。我硬擠出一個微笑，抿了一口咖啡，因為他也確實盡力了。

我們沉默了一會，最後他說：「華特考慮要申請就讀法律系，你知道嗎？」

我嘴裡的咖啡差點噴了出來。「華特？我們認識的那個華特，我上次見到他時，他幾乎因為艾審莉的背叛而精神錯亂那位？」

「我一直想找你談談這一切。」約翰輕聲地說，但那句話有如落地的鐵鎚般沉重。「那真是可怕又翻天覆地的一天。我一直在等你開口問我，當我們到了那裡時發生了什麼事。」

「我很害怕。我一直很害怕你告訴我的事，我聽了之後就再也無法忽視它了。」

「我知道。我一直想告訴你這件事的真相，但不論我在腦海中思考著如何說出這些字句，它都會影響我知道你很在乎的人。但是法蘭西絲，你要知道一件事，我們從未到達切爾西。」

我驚訝地眨了眨眼。「什麼？」

「華特那輛老車在A303公路上拋錨了，我們必須把車推去附近的汽車修理廠。回程我們搭便車回到諾爾城堡鎮，從那時起，那輛掀背車就一直停在汽車修理廠裡。我想，過去幾個星期都困在家裡的狀態，讓華特開始思考如何多為人生努力一些，你也知道他的家人是怎麼一回事。」

「是呀。」我說。「他們就和城鎮裡的其他鎮民一樣邪惡。」

「但重點是，我不想讓你誤會，以為我們是艾審莉失蹤前最後見到的人。因為我們根本沒有，我們連看都沒看見她。」

「但我們大家都看見那輛勞斯萊斯駛出了城鎮。」我將腦袋埋在掌心之中，因為我明白約翰為什麼不想告訴我這件事了。最後見到艾審莉的人若不是彼得和譚茜，就是福特和薩克森了。

「當我提到福特時，我看起來總是像個刻薄的討厭鬼，更糟糕的是，基於我犯下的一切過錯，我沒有權利對你的交往對象感到憤怒。但我注意到你最近離開他身邊了，你認為，你們就此一刀兩斷了嗎？」

「薩絲認為我這麼做不公平，她覺得我應該再給他一次機會，但她不像我一樣能看穿他那些小伎倆。而且，約翰，你說的沒錯，你告訴我這件事，只是讓一切變得更糟而已。」

約翰點了點頭。「但是，法蘭妮，萬一是他動手殺人怎麼辦？他是個有權有勢的男人，這種人行事總是任意妄為，做了什麼都不會有人眨一下眼睛。」

「你認為，如果是福特殺了她，就算不上是一種正義嗎？」

約翰的嘴色抿成了一條細線。「法蘭西絲，我反覆思考那天許多次，但你知道最顯而易見的事是什麼嗎？不是華特的憤怒或是艾審莉的操控，而是你的善良。就在我們驅車出發之前，你提到了寬恕。你的那些話語，以及你大方且沉靜的表情——長達好幾個星期，你的樣子如音樂般平靜，在我心中產生了共鳴。在那以後，我就一直緊緊追逐著那份感受。

「這世上有個孩子的存在，我不確定是因為艾審莉的陰謀，還是我的背叛，又或是因為福特的慾望，但你拋開對我們所有人的負面情緒，讓那個孩子成為一個禮物，送至你所愛之人身邊。」

我從來不曾聽過約翰這樣說話，這讓我對他更有好感了，因為誰知道他如此能言善道呢？我可以預見他發表演說的本事，也許有一天可以競選當地的國會議員。

但是，我又接著產生一個念頭，讓我的雙手開始顫抖不止，因為約翰所說的這種愛——這種愛交到另一人手中，有可能只是被對方加以扭曲。「或許，結束艾蜜莉生命的這一系列事件，我便是其中的一環。」最後，我直接說出口。

「我不知道這麼說是否有幫助，但相較於盧瑟福．格雷夫史當，我更相信你哥哥的良好品格。法蘭西絲，以當時的情況來說，你已經盡力了。你展現了通情達理的態度，我都看見了。我只是想告訴你這件事。」

一滴淚水從我的眼角滑落，順著臉頰流下來，約翰伸出手來，用大拇指為我拭去眼淚。「你知道的，這讓我徹夜難眠。」我說。「重點是……完全不知道她發生了什麼事，但也遠遠不只如此。她這個人有嚴重的缺點，對我也不太好，但她也是個人。看著鎮民們流傳著關於她的故事，每個人都分享著他們認為自己最清楚不過的事，一切都如此淫穢，一切都是八卦……」

「有些是真的。」約翰說，但他一說完就顯露出非常羞愧的樣子。

「即使是真的，聽到他們以言語來批評她的方式也令人相當震驚。如果華特想的話，他有機會成為一名律師——那個在小商店偷色情雜誌，並且經常在考試時作弊的華特。華特會喝酒、抽菸、罵髒話，但他有機會成為自己期望成為的樣子。艾蜜莉本來也有機會的，她的人生本來也有機會向前繼續邁進。但如今，她就像是人們口中流傳的一個可怕故事。」

「法蘭西絲，」約翰說，他的額頭因憂慮而皺了起來，「你心中充滿了善良仁慈，但得要小心，不要讓這件事削弱你信任他人的能力。」

不過我深陷於自己的思緒之中。「羅拉出生於八月八日，你知道是艾審莉幫她取名字的嗎？是彼得告訴我的。他說她非常堅持，她的名字是羅拉．法蘭西絲．亞當斯。羅拉是艾審莉姊姊的名字，所以她以她的名字來命名，但名字之中也有我。」

約翰做了他沮喪時會有的動作，他用手指梳理著頭髮，卻幾乎是使勁拉扯著頭髮。「我看得出來，你覺得受寵若驚，法蘭西絲，我也知道我才叫你不要失去對他人的信任，但這個名字或許是為了暗箭傷人。以你的名字為她的孩子命名，卻和兩個關心你的男人上床？別忘了，她這個人變幻莫測卻又如此執著，而她的焦點——**總是**鎖定著你的方向。」

「我知道，你以前說過這件事。艾審莉有一種癡迷的執念，既不是福特，也不是金錢。」

「是你。」

「那麼，也許這樣也很公平，因為我現在滿腦子都是她。」

「或許，當時有人幫了你一個大忙。」

「約翰！這麼說太冷酷無情了！」

「我知道，但很抱歉，我不得不這麼說！」約翰的雙手握緊又放開，接著又再次握緊。「法蘭西絲，或許你討厭聽見我這麼說，但艾審莉不會像我們其他人一樣成長了，她只會繼續傷害你。華特在法律界前程似錦，而我——你聽了應該會笑出來，法蘭西絲，但我認真考慮進入教會。」

「這……」我眨了幾下眼睛，不確定自己有沒有聽錯。

「我還不確定是否要從事牧師的職業，但至少神學……是我想研讀的方向。在我一生之中，唯有這件事可以如船錨般讓我停泊，我相信對你來說，也會有類似的目標，而蘿絲在這間飯店找了一份工作，但她還沒有告訴你。當她告訴你時，請表現得你很驚訝的樣子，好嗎？」

我的咖啡早已涼了，但我還是喝了一口，不想讓自己的手閒著。一到春天我就要滿十八歲了，我也正朝著某個下錨處漂流著。但那將不會是約翰喜歡的方向，那會是未知之謎、疑問以及理論的船錨，那會是謎題以及占卜的船錨，而且，那也是我決心以智慧取勝的預言之錨。

當我抬起頭，視線從咖啡杯轉向他的雙眼，他那雙充滿信任且清澈的雙眼，我感覺到自己被吸入了黑暗之中，而且，我在他身上看見了希望，他是如此美麗。

你的未來將有一堆枯骨。

我去見占卜師那天，真是如此複雜的一天。這則預言之中，是否有什麼是我應該更仔細傾聽的訊息呢？我的一根手指纏繞著我仍然戴著的小鳥項鍊，如今我無法不戴上它了。

艾審莉的命運本來是屬於我的嗎？難道命運之神殺錯女孩了嗎？

接著，我親吻了約翰，因為我想這將是最後一次。他年紀比我大，當時十九歲，在諾爾城堡鎮這個地方原地打轉。也許教堂終究會很適合他，又或是某處的某所大學。

當我抽離這個吻時，又有一顆眼淚落下，我彷佛感覺到胸口有一部分被撕裂了。這不僅是對約翰的告別；我心裡明白，我正要轉身背離他認定我最為良善的那一部分自己。

我的選擇是追蹤所有關於艾審莉的故事，縱使過程令人不愉快，讓自己融入諾爾城堡鎮裡外的每一個角落，瞭解每個人的一切，直到揭開真相為止。

因為我明白，也遠比任何時刻都清楚，我和艾審莉的命運已經交織在一起。我無法撼動這根深蒂固的信念，它存在於所有事物之下，而我其實也只是喬裝成艾審莉的人。

因此，我必須知道她發生了什麼事，縱使這可能會使我失去性命。我早已安然接受了這點，因為根據我的預言，這很有可能發生。

第三十五章

早晨的陽光打在我臉上，我讓金屬窗簾環扣的叮噹聲充斥著整個房間。我幾乎沒怎麼睡，一直忙著閱讀那本日記。我讀完最後一頁後，又重新閱讀了部分內容，這次也會不時停頓，同時翻閱著蘿絲的相簿。如此一來，就像是法蘭西絲講述著這些照片背後的故事，直到令人感到不安的模式浮現，直到部分照片的內容與她所言相互矛盾。

最後，帶著凌晨三點才有的冷靜清楚思緒，我得知法蘭西絲發現艾蜜莉屍體的當下想到什麼了。在那之後，我的腦子不斷將這些拼圖拼湊在一塊，接下來的幾個小時，我瘋狂調整自己的計畫以解開這個謎團。

我迅速穿好衣服，望向牆面上那面失去光澤的小鏡子，我對自己緊張地點了點頭。我要來做這件事了，真的要動手了。我和薩克森約好今夜稍晚時見面，在那之前，我知道要遏制自己的緊張情緒將會是一件難事。

廚房裡飄來陣陣的菜餚香味，我的肚子已咕嚕叫個不停。我沿著鋪有地毯的樓梯，急忙地一次走兩階。

「貝絲。」當我到達廚房時我說道。她給了我出自真心誠意的燦爛微笑。

「安妮，嗨！我剛做了瑪芬蛋糕，想來一個嗎？」

「聞起來太香了。」我說。我不確定自己緊張不適的腸胃是否吃得下早餐，但我太餓了，所以我決定試試。貝絲不用我開口就幫我倒了一杯咖啡，並將牛奶和糖放在熱氣騰騰的杯子旁邊。沒加牛奶和糖，我喝下了一大口，讓我比較有精神。

「我很想問問你的調查情況如何，」貝絲小心翼翼地說，「但我也不想顯得好管閒事。」

我點點頭，試著展現一個讓她打消疑慮的表情。「你現在身處緊張不安的處境之中，所以我也不想讓你擔心。我正在盡一切努力，要為法蘭西絲姑婆討回公道，並確保莊園未來的保障。」

「你的意思是，如果你在法蘭西絲設計的這場遊戲中獲勝，你會讓一切保持原樣嗎？讓我們留下農場嗎？」她傾身將一塊瑪芬蛋糕放在我面前，我看著桌面上另一頭的瓷杯，大概是備著好讓其他人起床後飲用熱飲。我突然想到在艾娃口袋裡發現的那張遺失物品清單，但這屋子裡肯定還有好幾套骨瓷茶杯。儘管如此，我仍注意到桌上有六個杯子以及碟子，對我來說這似乎是完整的一套了。

「貝絲，」我一邊說，一邊伸手拿起一個杯子，「這問題聽起來或許有些愚蠢，但你有發現有茶杯不見了嗎？」

我認真地看著她。她的臉頰漲紅，並未試圖掩飾臉上愧疚的表情。「我已經把它們放回去了。」她輕聲說道。

我也不試圖掩飾自己的驚訝，因為她的坦白，讓我開始擔心，關於我那些殺害法蘭西絲姑婆凶手的所有結論，都有可能是錯的。貝絲握有房子的鑰匙，也可以進入美雪的診所……如果我完全錯看她了，該怎麼辦？我以為她只是樂於助人，並關注她家族農場的狀況。一直以來，她都是個小偷，偷走了對法蘭西絲姑婆而言意義重大的東西。

我又認真地看著她。「其實呢，我找到了一整張遺失物品的清單。艾娃試圖拿走這份清單並藏了起來，但可能也只是為了弄亂法蘭西絲姑婆的那些筆記。」

貝絲在我對面的椅子坐下。「說實話，我只是想保護法蘭西絲免受她自己造成的傷害。我拿走的那些東西，都是為她帶來壓力的東西，跟她的預言有關的東西。她說，有些叉子甚至會讓她感到緊張，因為那些設計看起來太像是**皇家貴族**會用的餐具，這是她的說法。幾十年來，她一直使用著這些餐具，所以我不明白她為什麼突然變得如此偏執。總之，我想想，眼不見為淨。這些東西都不曾離開這棟房子，我只是藏了起來。」她停頓了一下，打量著我。「你就睡在那個房間裡，我猜你已經找到其他東西了吧？」

我點了點頭。

我打量著貝絲。她看起來如此坦率且誠實，我不認為她會動手殺害法蘭西絲姑婆。我覺得自己凌晨三點時所揭露的種種真相，又穩健地回到了原點，因此我想自己若是誠實地回應她，如果我繼承房產後將會如何處理她家族的農場，也無傷大雅。「貝絲，我不想奪走你家族的農場。我明白，那是你祖父長大的地方。」貝絲稍稍睜大了雙眼，卻什麼也沒說。「但我要請他停止他在做的生意，我願意為他安排其他賺錢的合法事業。我打算將那輛勞斯萊斯送給你們，因為它對我一點用處也沒有。」

貝絲的表情振奮了起來。「你願意這麼做嗎？這對我們來說意義重大，我們很喜歡那輛車。」

「當然囉。」我說。「重點是，只要你們一家沒有殺害法蘭西絲姑婆的話。」我用半開玩笑的方式說明此事，讓貝絲笑了。但無論如何，這些話語至少澄清了一些誤解。我覺得自己吃得下一些早餐了，決定要在貝絲身上賭一把。

「你可以幫我個忙嗎？」我問，我迫切希望我對她的直覺是對的。「你能將我的包包交給高登先生嗎？」我伸手至桌子底下，將放在腳邊的包包拿了出來。萬一今晚發生什麼差錯的話，我需要讓他掌握我目前一切的進展。「裡頭只是一些我不得不簽署的無聊表單，因為我們拖欠那棟切爾西房子的電費。」這是個毫無說服力的說法，但我無法告訴她全部真相，我要承擔的風險太大了。

「當然可以。」她說，然後將包包接了過去。

我只希望她不僅能將包包送達，而且能夠盡快完成，還能不窺看裡面的東西。

「謝謝。」我說，接著走到花園一個私密地點打了電話，正是時候來執行我計畫的另一個階段了。

我從網站上找到諾爾城堡鎮診所的電話號碼，電話才響了兩聲，奧烏蘇醫生便接聽了電話。

「嗨，我是安妮．亞當斯。」我說。

「哦，嗨，安妮。皮疹怎麼樣了呢？我想幾天前就完全痊癒了吧。」

「已經痊癒了，謝謝，但我之所以打來，其實是為了另一件事。我不確定法蘭西絲姑婆去世前向你透露了多少調查內容，但她手上有證明瑪格達正在非法販售藥物的證據。我知道她透過你的診所來取得那些藥品，但就法蘭西絲姑婆的檔案來看，我得知瑪格達編造了合理的文件來向你索取一些東西。因此，我打來並不是為了要指責你參與其中。」

電話另一端安靜了一秒鐘，我聽到了像是輕聲咒罵的聲音。奧烏蘇醫生再次開口時，她的聲音充滿了努力克制的怒氣。「瑪格達告訴我，訂購藥物與庫存進貨的方式做了一些調整。」她說。「她有訂貨清單和收據，一切看起來都很合理。而且，她也不是只有訂購催產素或液態嗎啡之類的，多數都是救護車上必備的標準藥品，像是腎上腺素注射筆以及胰島素之類的東西。」她停頓了一下。「你確定嗎？」

「非常肯定，是的。」我說。

「那我得打電話給羅文了，他必須處理這件事。」

「他已經知道了。」我說，心裡有一種沉沉的感覺。不知道克萊恩警探的尋凶進度目前有多大的進展了。才短短三天，就發生了這麼多事，只剩下四天時間能解開謎團了。不過，若是克萊恩今天偵破案件的話，後面剩下的幾天也不重要了。我甚至無法真心期望他是個表現差勁的警探，或採取什麼行動來破壞他的進展。我只需要堅定地進行我的計畫，並期許計畫也能快速帶我走向我的答案。「不過我有件事想請你幫忙，這需要你找瑪格達談談，但不要透露出你知道她做的那些勾當。你願意這麼做嗎？為了法蘭西絲。」

「安妮，你不會讓自己身陷危險吧？如果你陷入麻煩之中而無法脫身的話，我會毫不猶豫地打電話告知羅文，請他管控你做的事。」

「然後讓他在我面前解開謀殺之謎？讓傑索普．菲爾德房地產公司拿到那塊土地並大賺一筆，接著招致所有鎮民的怒火，這是你所樂見的嗎？」

「我認為你應該多肯定羅文一點才對。」她說。「安妮，他行事小心謹慎，一邊努力確保每個人的安全，一邊繼續做好自己的工作，同時也給你空間進行你自己的調查行動。但是，你要是死了，對任何人都沒有好處。」

我用盡全力壓抑自己的緊張情緒，因為我越是仔細思考我的計畫，它看起來就越是愚蠢。「我要請你幫我散布一則流言，只向瑪格達一人透露，讓她知道我已經解開法蘭西絲謀殺案的謎題了，你能做到這件事嗎？」

「你查出凶手是誰了嗎？如果是這樣的話，我認為你要通話的人應該是華特．高登才對。」她說。

「我認為我已解開了謎團，但我還需要一些物證來證明，所以你能幫我做這件事嗎？」

又是一次長久的停頓，接著是一聲嘆息。「好吧。」她最後說道。

「謝謝。」

「不過，我也會盡我所能來確保你的安全，所以我得告訴羅文我們之間有這些對話。」

我皺起了眉頭。「你就做自己該做的事吧。」我說。

「你也是。」她說，接著掛斷了電話。

第三十六章

我隨著教堂鐘聲的節奏扭動雙手，這才意識到要跟約翰·奧克斯利會面，對我而言是多麼緊張的一件事。在格雷夫史當莊園的時間一點一滴地流逝，我不能在那些空間裡四處閒晃了。於是，我叫了一輛計程車，心想我不能再閃避那個教堂，以及那個地方跟我家族的關係了。

教堂座落在一個小小的斜坡上，就像是回應著城鎮另一端，聳立在高大山丘之上的城堡遺址。我緩緩向上走去，穿梭在傾斜的墓碑以及四處蔓生的紫杉樹之間。

有一群人正要離開教堂，一些婦女頭戴淡紫色以及知更鳥蛋藍色的帽子，與身穿一身皺巴巴西裝的男人聊天。我向身後的山腳下望去，在一輛漂亮的黑色老爺車關上車門之前，我看見穿著寬鬆白色連身裙的人閃現而過。在這個時刻，我若是走到約翰面前說：「嗨，我是安妮，我是你的孫女吧？」時機應該不太對。所以我找到了教堂旁邊的一張長凳，我可以坐在那裡好好觀察一下。沒過多久，人潮便逐漸減少了，我注意到這些車子只開往道路的另一端，即城堡之家飯店的方向。

我看到約翰正在和一位年長的女士聊天，但他沒有看著她，而是看著我。他看起來和教會網站上的照片一樣，一頭白髮梳理得整整齊齊的，瘦削的身材顯示他維持身心活躍的狀態。我說不出為什麼，但他給我的印象像是網球選手，或是划船的人。我試著想像他十八歲時的模樣，暗地裡和艾蜜莉搞在一起，過著他充滿叛逆與欺騙的典型少年歲月。我試著將他想像成殺人犯，當我發現這幾乎不太可能時，我感到相當滿意。

但第二個讓我印象深刻的事，是那些花朵——是玫瑰，全都是玫瑰，而且是非常特別的品種。教堂前面立有兩個大型的陳列架，我猜室內也有點綴裝飾的花朵。這裡全都是我在阿奇．福伊爾農場裡看見的那種玫瑰，連最小的花蕾都是。法蘭西絲去世後，肯定是阿奇延續了這項傳統，親自將這些玫瑰送來教堂，因為這裡全是新鮮的玫瑰。

最後，牧師結束了對話，朝著我的方向走來。我先是十指交叉合掌，但隨後放開手來，思索著該跟他透漏多少自己對他過去的瞭解程度。

「我一直在想是否會遇見你。」他說道，臉上帶著友善的表情。「我聽說你到城裡了，但我確信你沒有來看我的理由，羅拉和她的父母從未踏入教會一步。坐下吧？」他指了指我身旁的長凳。他的微笑溫暖又略帶害羞，他的腦海中肯定閃現了無數的畫面。他注視著我，深思熟慮了片刻。

「當然。」我說。我想知道，當他盯著我看時看見了什麼。我的金髮、間距較寬的雙眼，以及高顴骨——當他看著我時，他看見的是艾蜜莉．史派羅嗎？還是只是他熟悉的奇怪五官？現在當我真正看著他時，我發現自己的顴骨及眼睛可能是遺傳自約翰。當我看著艾蜜莉的照片時，我看不出她和媽媽之間的相似之處，也許原因就在這裡。我們與艾蜜莉唯一的共通點就是金髮，但我們的五官和約翰更為相像。有一股暖流突然流遍我全身，因為我從來就不認識彼得和譚茜，也不認識我的父親。然而，這位和善的老人以如此驚奇的眼神看著我，讓我覺得自己非凡出色，儘管我不過是呆坐在這裡。他看著我，就好像我光是存在於世上就如此與眾不同。

這對我而言是種嶄新的感覺，就像是第一次生火時聽見木頭發出劈啪聲而感受到的愉悅，或是烤麵包時嗅聞到的療癒香味，這兩者都是我一生中不曾經歷過的美好，我心裡認定，這是一種**家人**所帶來的不同感覺。媽媽給予我的那種脫離傳統的生活，並不會因此而減少影響力，但對我來說，現在卻突然增添一個全新的維度。

我決定直接切入重點。「彼得和譚茜或許會擔心媽媽發現你才是她的親生父親，你是嗎？」

即使他對我的坦率感到震驚不已，卻也沒有表現出來。他嘆了一口氣，但聽起來確實是鬆了一口氣。

「彼得和譚茜……」他鼓起了臉頰，思量著自己的用字遣詞。「他們對待羅拉的方式相當小心。我認為，作為他們唯一的孩子，她代表了他們幸福的絕佳平衡，如今回想起來，他們盡了一切努力來確保這樣的平衡得以維持下去。當我被教會任命並獲得這裡的職位之後，他們就再也不上教會了。他們送羅拉去上小丁伯區的私立學校，學費比他們倆的收入還高，也因此她在諾爾城堡鎮沒有什麼朋友。雷吉·克萊恩可能是她在此唯一的朋友，但那也只是因為他曾短暫地和她上同一所學校，而且，當彼得和譚茜拜訪法蘭西絲時，整個過程總是如此短暫、愉快，並且受到監視。」

「你怎麼知道？我是說，關於學校，以及拜訪法蘭西絲姑婆的事。以及你是媽媽生父一事背後的真相究竟是什麼呢？」我至今無法說出**祖父**這個詞。

「我之所以會發現自己是羅拉的親生父親，是因為福特在她出生後便付費做了親子鑑定。當時，那是相對較新穎的科學技術，但他想確定這件事。這是法蘭西絲告訴我的，我很高興她這麼做了。我和法蘭西絲每星期都會見面喝咖啡，事實上，這個習慣我們維持了許多年，她不時會告訴我羅拉的最新動態，還有你的事。我們會去城堡之家飯店，這算是我們的一種傳統。」他溫柔地笑了。「聽聞她過世的消息讓我非常難過，甚至對當時的情況感到更加憤怒。」他眨了好幾次眼，眼裡充滿著淚水，卻未曾移開視線。「我從未停止愛她。」

我真的不知道該如何回應他，所以我暫時不說話。我看約翰的手上沒戴著戒指，我想像他多年以來一直愛著法蘭西絲，卻看著她過著和他有些距離的生活時，我的胸口有一種碎裂的感覺。至少他們兩人始終維持著友誼。

「我很難過自己從未告知羅拉我是她的親生父親，」他最終說道，「但我向彼得和譚茜做出了承諾，我也明白他們想要這麼做的原因。」

「我相信媽媽會很樂意來探望你，從你口中聽見一切真相。」我如此提議。我有太多的最新近況得找媽媽討論，但如今她最新的展覽活動開幕了，我就沒有理由跟她保持距離了。

「關於她的各種成就，我讀了所有的新聞報導。」約翰說，他幾乎是自豪地微笑著。「當你出生時，法蘭西絲便帶著照片來每星期的咖啡閒聊時光。」他停頓了一下，聲音變得沙啞。「我這麼說真是傻，但我非常想念那些一塊喝咖啡的早晨。」

「我知道我無法取代法蘭西絲，但你想和我一起喝咖啡嗎？」我支吾地說。

「你打算住在諾爾城堡鎮嗎？」他問道。他整張臉都明亮了起來，關於**家人**的一陣拉力使勁地拉著我，讓我知道自己想要待在何處。

「是的。」我說，帶著堅定的信念。「我要住下來了。」

第三十七章

我回到屋內後，在法蘭西絲姑婆的檔案室裡打電話給媽媽。「抱歉，不能早一點打電話給你。」我說。「展覽活動進行得如何？」

「哦，活動很順利！」媽媽說。「老實說，評價非常正面，而且藝術作品也銷售得非常好。我有足夠的錢租下一間自己的工作室，這樣我就不用受限於那個地下室了。對了，我想起來了，安妮，你能不能告訴法蘭西絲姑婆的律師，他不需要再繼續寄生活費給我了吧？我猜想，上星期的帳目肯定出了些問題。又寄來了另一張兩百英鎊的支票，但真的沒有必要。」

「等等，法蘭西絲姑婆寄來那些生活費的支票，一向是透過高登、歐文斯與麥特洛克有限公司寄來的嗎？」我問道。我想到了銀行的交易紀錄，有些事開始變得更清楚明確了。

「不，以前一向是法蘭西絲姑婆直接寄來的，但大約在你收到那封信之前的一星期，你知道的，就是關於那次會議的信件，就開始是由律師辦公室寄來了。當時，我並沒有什麼疑問，當時銀行存款少得可憐，但錢就是錢呀，對吧？」媽媽聽起來很樂觀，樂觀到幾乎要喘不過氣來了。「但安妮，你一定不會相信我一幅畫作能賣多少錢。《泰晤士報》還報導了這件事！但錢不是唯一的重點，我的職業生涯又回到正軌了。我之前還很擔心這個展覽活動會失敗，但人們真心理解我的藝術真讓我開心，他們明白我想透過展覽傳達的意義。」

我笑了，很開心聽見媽媽再次對自己的工作感到積極正向。「太棒了，媽媽，我就知道一切都會很順利。」

「不過呢，」她輕聲說道，「你怎麼還在諾爾城堡鎮呢？薩克森對法蘭西絲姑婆的遺囑有提出任何質疑嗎？難道房產會被瓜分嗎？」

我已沒有力氣一一說明我目前的處境，告訴她我何以陷入一場與薩克森的瘋狂遊戲，試圖智取他，以確保我們能保住切爾西的房子，也試著不讓格雷夫史當莊園落入房地產開發商的手中……如今，法蘭西絲姑婆的遺願裡有太多複雜糾結的情感糾葛了。進一步瞭解了艾蜜莉，以及他們十七歲那年夏天的一切跌宕起伏之後，我必須是贏得最終勝利的那個人。然而，我希望自己的思緒盡可能保持清晰敏銳。

「目前仍有一些爭論。我會留在這裡，好好完結這些事，我會盡一切努力保住我們的房子。」我說。「我很快就會再打電話給你，好嗎？」

我掛斷了電話，打開我拍下的銀行紀錄照片。媽媽證實了我第一次看見那些文件資料時注意到的事——在我收到那封信的一星期前，第一筆高額支付的律師費便進帳了，也是法蘭西絲姑婆收到我寄出皮箱那天。在她發現艾蜜莉的屍體那天，她的一切就此改變了。

尋找了這麼多年之後，透過這種方式找到艾蜜莉，她的心情肯定相當惡劣。我想像著，她瘋狂地在她解謎的小房間裡瘋狂地來回走動，念念有詞地背誦那則預言，讓這驚駭之事完全占據了她的心靈。

如果試著抵擋她認定即將到來的死亡，改變遺囑只是一種絕望的行為，也是一種迷信的舉止。在媽媽沒有做錯任何事的前提下，將她排除在遺囑之外，不論就誰看來似乎都是殘酷的行為，除了法蘭西絲之外，我能想像華特試著說服她不要這麼做，貝絲則藏起了書名中有**女王**的書籍、骨瓷製成的茶杯，甚至是看起來不對勁的叉子，這一切都是為了保護法蘭西絲，不讓她為自身的偏執所害。

當華特無法說服她不要改動遺囑時，他決定尋找另一種方法來繼續援助媽媽，雖然媽媽甚至和華特不太熟識。最後幾筆款項足以讓她完成最後幾幅畫作，在經濟上提供支援，讓展覽活動得以實現。我的雙眼刺痛，便眨了眨眼，讓淚水從眼眶中落下。法蘭西絲姑婆是對的——艾蜜莉再也沒有機會變成更好的人，但那些在同一個夏天犯下過錯的人卻都做到了，而且，我認為華特也明白這點，幫助媽媽似乎是華特的表達方式，他仍然關心著艾蜜莉、原諒她違背的承諾，並意識到她被奪走了多少機會。

我想起蘿絲那本相簿，裡頭有一張法蘭西絲姑婆穿著羊毛大衣的照片，也就是大家得知艾蜜莉懷孕當天，她從她身上硬脫下來的那件大衣。此外，再加上約翰和華特不曾到達切爾西的事實，而幻影二號從他們身旁呼嘯而過……我只希望自己沒有搞錯。薩克森一心想破壞我的進度、拖慢我的腳步，想讓我沮喪萬分，讓他更容易將我操縱於掌心。但是，華特並沒有殺害艾蜜莉，華特根本不在現場。

「準備好了嗎？」薩克森的聲音從我身後傳來，我轉身看見他正盯著我看，不知道他在那裡躲了多久。他走進了傍晚的微光之中，那道光線穿越小門，照進了法蘭西絲姑婆的辦公室。

薩克森並未質疑我為什麼沒有隨身帶著背包，我不知道這件事是否該為我帶來一些信心，讓我相信自己有機會以計謀成功打敗他，或者他不過是在等待合適的時機來推移他下一步棋。不過，那個包包裡的東西是我提早規畫的預防措施，我不能冒著風險，再讓他人毀壞一切的努力，而我的筆記就是一切的關鍵——只要它們落入對的人手中。

我現在只有我的手機，啟動了語音發出指令的功能，以及我去村莊裡一家商店買來的拋棄式手機。去買拋棄式手機的體驗讓我特別開心；我竭盡全力忍著，才沒有一進門便興奮地說：「請給我一支拋棄式手機！」

直到晚上八點整，珍妮才會打電話去諾爾城堡鎮警局，向他們報告一切案情。我想提供他們足夠的資訊來確保我的人身安全，但又不希望讓克萊恩警探寫下這個填空題的答案，並比我搶先一步到達終點線。但希望到八點時，我就能提供華特所需要的一切資訊，以達成法蘭西絲姑婆遺囑中的各個條件。

「準備好了。」我說。我又穿上了慈善商店買的那件破舊皮衣，我看得出來薩克森討厭看見它。他努力讓自己不動聲色，卻等不及要將我趕出家門，永遠不要再回來。

我們坐進他的跑車，車子在一片沉默之中開了幾分鐘，我拿起用來混淆視聽的那支手機，查看了時間——此刻是七點二十五分。這支拋棄式手機並非常見的諾基亞基本款，因為我不能冒這個險，使用沒有大量記憶體、欠缺內建頂級麥克風而無錄音功能的手機。當我買下一支全新 iPhone 時，我嚴重透支，但我可以將它作為第二部手機連接到我已經啟動的 iPhone 帳戶，並在幾分鐘內開始使用。我想，理論上來說，它已算不上是拋棄式手機，但無論如何，我就喜愛使用這個術語。我指望著，要在薩克森面前將手機關機，所以我需要外型看起來一樣的手機。我一邊啟動錄音功能，一邊咕噥著那則假簡訊的文字來分散自己的注意力。「星期日的早午餐見了，珍妮，愛你。」我一邊嘀咕著，一邊按下紅色的傳送按鈕。薩克森的目光直視路面，表情冷靜沉著。我將那支手機放進內袋，然後拿出真正的手機操作，好像什麼都沒有改變。

如今我思考著自己要如何掌握時機。我可能不得不拖延一下，希望麥克風在我口袋裡也收得到聲音，一旦放好了位置，我就無法再拿出來改善收音狀況。我也相當恐慌，因為我怕自己搞砸了一切，這晚將以我購買非法藥物被捕來劃下句點。

我很想再測試一下薩克森，並問他我偷走了這些藥物，將**如何**引導我們找到殺害法蘭西絲的凶手，但對他而言，這個計畫一直都和法蘭西絲無關，重點只是為了帶我外出。如果我過度向他施壓，他就會知道我正緊盯著他的一舉一動。

「打開副駕駛座的置物箱，」薩克森說，「你會看見裡頭有現金。瑪格達讓你上救護車之前，就會先要求你先付款。」

有一大疊鈔票落入我的掌心，全捲了起來並以橡皮筋固定。骯髒鈔票的四個角都捲邊了，像是電視上那些癮君子身上的錢，但當我取下橡皮筋，伊麗莎白女王探出頭盯著我看時，法蘭西絲姑婆的預言在我思緒之中激起：

「當你以一隻手的掌心握住女王時，你的緩慢死亡就即刻開始了。」

在任何迷信的想法扎根並加深我的焦慮之前，我得將它們抖落並加以壓制。

我把那些錢塞進皮衣口袋裡，又瞥了一眼薩克森。我敢打賭，這些現金上面完全沒有他的指紋，他卻不遺餘力地要確保上頭滿是我的指紋，這裡連一個信封或塑膠袋也沒有。

「你一進去，她就會問你要什麼。不要脫稿演出，向他要一些獸醫藥物存貨中沒有的東西，你就和他要K他命。」

「明白了。」我說。不要想到針頭，不要想到注射針筒……保持鎮定，安妮。若要完成這件事，你必須成為主角安妮，或偵探安妮才行。

我們到達了村莊，他把車停進街角雜貨店後方一個小停車場。看起來像是供員工使用的用地，雖然已經停了幾輛車，但薩克森不以為意。我想，救護車確實就停在清楚可見之處，即使有人出來開車，他們看見這裡停著救護車也不會多想。

他倒車將跑車停在垃圾箱後方的一個缺口，這裡看得見有車駛入，卻不會被任何人看見，除非有人真的特別監看。「我會在這裡等著，準備好在你拿到藥箱後就立刻離開。如果警察電台真的無法轉移她的注意力，而她一直盯著藥箱的話，就把她賣給你的K他命放在你的口袋裡，就像正常交易一樣進行，好嗎？」

話都講到這裡了，他肯定認為我極為愚蠢。「為什麼我不能突然改變主意，要求她把錢退還給我，然後不帶走任何藥物呢？」

「因為這樣瑪格達就會起疑心，這就是從事非法行為的重點了——它得是互惠的行為。如果你和她一樣參與其中，她就知道你不會出賣她了。」

我想嘲笑這種邏輯之中的不足之處，但還是要讓他誤以為我信任他才行。

「好吧，這麼說也有道理。」我點點頭，咬著我的嘴唇。我希望奧烏蘇博士已經將我偵破謀殺案件的消息傳開來了。這一切都取決於瑪格達是否收到了消息。

「那就太好了，你得看起來有些焦慮。」他說。「將你恐慌發作的事加以誇大，因為瑪格達應該會認定你不像是會嗑藥的人。把你的手機給我，我把電話號碼給你。」

他伸手要拿手機，而我知道事情可能會開始有些變化。他很聰明，他想檢查我是否正在錄音。我下車後，他也會緊抓著手機不放。

我看著他的表情堅定得有如水泥，接著將我的手機解鎖。我死死地看著他的雙眼，然後把它遞交至他手中。他的表情有些失守，因為他預期我會有所猶豫。

他撥通了號碼，並將手機設定為免持擴音——他想監聽我和瑪格達的對話，但說話的人只有我。我毫不懷疑，薩克森將手機放在這輛車內某處並開啟了錄音功能。

鈴聲響了幾聲，然後電話那頭傳來瑪格達懶洋洋的聲音。「瑪格達的輕症救護專線。」她說，字句中輕快的單調節奏，顯然說明了這並非是隨意的台詞。

「嗨，瑪格達，我是安妮．亞當斯。我聽說，如果需要……呃……藥品上的一些協助，就可以撥打這個電話號碼，是嗎？」

「就是這個號碼，」她高興地說，「你有立即的需要嗎？但也取決於你想要什麼東西。我目前手邊沒有太多選擇……」

薩克森用鼓勵的表情向我點頭，所以我得展現自己對這角色的積極投入。「這個謀殺案件快把我逼得失去理智了，我想要能讓我鎮定下來的東西。你有K嗎？」我的城市求生字典告訴我，人們不會直接說出氯胺酮這個字詞，當我說出「K」時，我突然覺得自己像是一位嚴格守法的拘謹公民，但一說出來時卻聽來如此生硬，如此不對勁。

「當然，我想我可以解決你的問題。」她說。她給了我一個金額，並詢問我是否需要時間去領錢。當我說明我不需要時，一切進展得更為快速了。

「有一個治療輕症的好地方，就在鎮上某個停車場。」她說。「你在村莊裡嗎？」

「是的。」我說。「我剛剛離開那家街角雜貨店了，附近有方便會面的地方嗎？」

「後方的停車場就很理想，十分鐘後在那裡見。」

「好的，太好了」。

薩克森結束通話，然後將我的手機放進自己的口袋。「瑪格達不會允許你帶手機的。」他說。

「我相信你明白原因是什麼，她也想確保自己的安全。但別擔心，我會在這裡看守著，最糟糕的情況就是你買了一些K而已。」當他說「K」時，聽起來特別流暢。

我吞了吞口水，突然覺得喉嚨發乾。「是呀。」我說。我試著掩飾自己的緊張，因為這時車上的氣氛如此緊繃，我看起來越是緊張及害怕，薩克森就越是密切地參與。我告訴自己，這只是為了讓他認定自己獲勝了，但我腦袋裡的警鈴卻開始大響。

「你一定會做得很好。」薩克森說。「不過你最好下車等待了，不能讓她看見我把車停在這裡。」

我下了車，感覺車子裡氣氛緊繃得快爆炸了，但傍晚的空氣吹拂在臉上時，讓我得以放慢步調。我走了大約三十公尺進入停車場，我轉身時，發現在遠處的角落才能看見薩克森的車。我走到另一邊，隱藏在他的視線之外，然後把手伸進皮衣內裡的口袋。薩克森的指令可能完全沒錄到，因為皮衣蒙住而讓聲音模糊不清，但也沒有其他地方能存放備用手機了，也只能暗自祈禱這方法能奏效。我看了看手機上的時鐘，現在是七點四十五分，十五分鐘後，珍妮將執行第二階段的任務。在這十五分鐘內，我若還拿不到需要的東西，我就得攤開手上每一張牌，讓克萊恩警探乘虛而入，這案子就得歸他了。或者，更糟的是，我將要為我不曾犯下的過錯背黑鍋，當薩克森釐清是誰殺害了法蘭西絲時，這場遊戲將由薩克森拿下，因為他勝券在握。

我深吸了一口氣，想起一個事實，或許薩克森認定我落入了他的圈套，但其實我正設下了圈套，要誘捕殺害法蘭西絲姑婆的凶手。我要將所有人推向遊戲最後的終局。

我指望著那些流言蜚語為這個小鎮點燃火苗，我也指望瑪格達的生意成了一個公開的祕密，傳到那些與她頻繁相處的人們耳裡。這兩件事，若是讓我高估了其中的任何一個，我就會陷入可怕的困境。

「你在哪裡？」我咬緊牙關低聲地說。我需要這輛救護車快點到達，因為我得在時間結束之前上那輛救護車，我或許早該考量到對方遲到的情況。

最後，救護車開進了停車場，我忍不住了——當我發現自己做對一些事時，我的嘴角總會浮現一絲滿足的微笑。薩克森現在肯定在那輛跑車裡咒罵著，甚至一頭霧水。我迅速地檢查著是否仍持續錄音，接著將手機塞進口袋。

「嗨。」我說，但從駕駛座下車的人卻是喬．勒羅伊。「我是打給瑪格達吧。」我補充說道，假裝自己感到有些困惑。

「哦，我知道。」他說。「但我和她說了，我可以來看看幫得上你什麼忙。她說你有些輕微的狀況，是恐慌症發作吧？你看起來沒什麼大礙。」他說道，神情相當友善。

「我，呃，剛做了一些呼吸練習。」我試著讓自己的聲音更加緊繃，這對我並非難事。我看他手上戴著亮藍色的手套，臉上也用心戴上了面具般的表情。我的計畫現在看來並不夠周密，我做事太魯莽了，卻也想不到其他出路。**十五分鐘**。我只需要讓他繼續講十五分鐘，我希望能拿到我所需要的東西，並安然離開這裡。「我還是有些頭暈，是否能找個地方讓我坐下來？」

喬繞到救護車後方並打開車門，螢光的警示燈閃爍了一下，然後變成微弱的醫院光線，我的胃翻騰不止。「當然，」他說，然後握住我的一隻手臂，扶著我走到後面。他的手術手套在我皮衣上發出吱吱的尖聲，我聞到消毒水跟他鬍後水混合在一起的氣味。他是一隻狐狸，將一隻受驚的小白兔引入他的巢穴之中。當我坐在救護車後方鋪有床墊紙的擔架上時，我開始顫抖不止，但當我注意到眼前一堆物資下方有個塑膠藥盒時，我的思緒便稍稍清醒了一些。這正如薩克森所描述的那樣，但話說回來，我知道確實會是如此。

我聽見門應聲關上，喬突然換上專業的語調。「那麼，安妮。」當我的目光轉向他時，我突然意識到自己確實沒有掌握好時機。因為喬一秒鐘也沒有浪費，他手中早已拿著一支注射針筒了，並開口說道：「不幸的是，你今晚將會吸毒過量。」

第三十八章

諾爾城堡鎮檔案，一九六七年一月十日

這是艾蜜莉失蹤後的第一個聖誕節，我現在肯定有寬厚的胸襟，這才終於同意和蘿絲一同前去格雷夫史當莊園。我看得出來，她一直和福特一同密謀著，因為他在九月後便不再送禮物了，而是開始寫信給我。信裡的字句流利雄辯且有趣，他對我和我未來的夢想感到好奇。每封信件都讓我更心軟一些，到了九月底，我開始怯生生地回覆信件。一開始，並未談論什麼較為私人的內容，但他吸引我關注的方式有時讓我覺得幾乎有些情色，儘管他的信並無什麼明顯指涉的用字。噢，這太難解釋了！

當我們在莊園過聖誕節時，我感受到他極力展現的情感，但又保持著距離。那就像是他當時將那棋子交到我手上，說著：「給你，你拿著皇后吧。」但我意識到，當他這麼說的時候，他是為了騰出他身旁的一個位子給我，而非純粹地引用我預言中的一句話。當我第一次見到他時，我斥責了自己，因為認為他會對我感興趣真是太愚蠢了。後來，當我知道他和艾蜜莉來往之後，我就以他們倆在一起的畫面來徹底消除他在我思緒中占據的位置。

整個十月，我仍然擔憂著他或許殺了她。後來，我突然想到我可以將那個皇后放在棋盤上。因為，只要接近他，可能就代表有機會瞭解艾蜜莉發生的事。

但我知道，至關重要的就是鎮靜清醒地度過這一切。因此，每當他觸及並衝擊我的心時，我都會想像他和艾蜜莉在壁爐前的大地毯上。但飯廳裡的那張地毯最理想，因為它是皮毛材質，我一直很想知道和他一起躺在上頭會是什麼感覺。這是我關於福特最不體面的白日夢了，所以我才將艾蜜莉安放於夢境的中心，要徹底消除這場夢。我想像他們在一起，手臂與雙腿交纏在一起，艾蜜莉總是如此詭計多端。這讓我對福特保有冷靜的態度，並牢記著艾蜜莉可能無法如她所期盼的那樣控制著他。

因為，他如果想要另一位妻子，他早就娶了。

結果，如今他寫著和我談論孤獨的信件。他用上了優美的文字，字跡陽剛且工整，每一行都顯然用上了力氣。當然，我保留了每一封信件。

整個十一月，蘿絲竭盡全力不讓我想起關於艾蜜莉的事。我猜想，約翰在自己就讀的大學裡寫信給她，說我談論太多關於命運占卜以及謀殺的事。

所以我不再和他們兩人談論這件事，我也變得如此孤獨。

到了十二月，我的保留態度開始消退，信件成了我們得以洩漏祕密的空隙。福特向我保證，他和薩克森並未和艾蜜莉一同住在切爾西，如同薩克森去年夏天告訴約翰的那樣。薩克森說了謊；事實上，他們出遠門是去探訪寄宿學校。

他開始在信上署名寫著「深情屬於你的」，並稱呼我「親愛的法蘭西絲」。他說他很想見我，卻相當緊張，畢竟好一段時間沒見面了，在發生了那些事之後。自從四月那一天，我們將艾審莉留在切爾西那棟房子之後，我再也不曾見過他了。隨著時間流逝，我越來越難用他們倆在一起的念頭來擊破我自己的幻想。我對他瞭解越深，就越是明白他不可能對她感興趣。

我更加確信，他早已看穿她是怎樣的人，正如他一下子便看穿我一樣。這才是真正拉動我命運的最後一條細線，讓我圍繞在他身旁。

「法蘭西絲，別煩惱頭髮了。」母親說，看著我試著將頭髮往上梳起。「如果他喜歡你把頭髮放下來，就這麼做吧。」當我們開始以信件交流之後，母親立即轉變了她的態度。她覺得他這些舉止體面且正派，雖然很老套，卻讓她想起自己的過往。她跟我聊到她和父親在戰爭期間通信，現下的年輕人又如何不懂得經營細水長流的浪漫戀情。所以我讓她讀了其中一封（較早期的一封，他問我最喜歡哪幾次的散步經驗、我喜歡什麼樣的花），就像是福特也和她談了一場戀愛。

「我想讓它看起來更精美一點。」我說。「畢竟這是一場聖誕派對。」

母親對我綠色的天鵝絨連身裙下擺大驚小怪的，不喜歡我把裙子的長度改短，卻盡量忍著不多說什麼。

「如果他問你想喝什麼，那就喝一杯香檳雞尾酒。」她說。「但不要喝超過一杯。晚餐時或許還會搭配一些葡萄酒，這樣就不會喝得太醉了。我希望那個司機在午夜之前就把你送回家，我不在乎你現在是否成年了。去年夏天的那些事……」她的眉頭皺得更深了。「如果你想和一個如此富有、有那種頭銜的男人繼續談戀愛的話，就必須談得光明正大。」

「是的，當然。」我說，一股暖流湧遍我全身。

蘿絲按了門鈴，很快就來到我身旁，滔滔不絕地談著我的頭髮、我的衣服、我塗抹的口紅顏色。當媽媽幫我拿取外套時，我將口紅遞給了蘿絲，她小心翼翼地塗了一些，對著鏡子抿了抿嘴唇以確保它不會沾染。

「法蘭妮，今晚就用這款口紅親吻福特吧，當我親吻比爾時，就像是成對的回音呢。」她說。

「蘿絲，你真是太浮誇了！」我說，但我放聲大笑。

「你知道嗎，他開口向我求婚了。」她聲音如此輕柔，臉頰卻泛著紅光。

「蘿絲！」我對她微笑，她發出一聲輕聲的尖叫，緊捏著我的手。

「你答應了，對吧？」

「我說我願意，但要等到你和福特結婚之後。」

我維持慎重沉著的表情，因為我明白蘿絲的性子。此刻的她幸福快樂，所以也想將我拉進那份幸福之中，這真的是很貼心的舉止，但她並不明白我所經歷的一切。在那一刻，我認為沒有人明白我的心事，但有些事也讓我明白事實並非如此。

「蘿絲，請不要將妳的幸福寄託在我身上，好嗎？我不知道我現在和福特的狀況如何，事情真的相當複雜難解。」

「一切很快就會迎刃而解，我感覺得到，」她說，「同時呢，比爾隨時都會到，要開車送你去莊園。福特准許比爾在我需要時開車接送我，這太棒了！感覺就像是我們自己的車。你等著看福特裝飾的那顆聖誕樹吧，我認為，為了我們，他做得也許太過頭了，但也是因為他太久沒見到你了。他非常緊張，法蘭妮。他愛你，真的。」

「只有我們這幾個人嗎？開一場聖誕派對還邀請自己的司機，這不是很奇怪嗎？」

「福特眼睛眨都不眨一下，只要你開心的話，他就會開心了。他也明白，沒有我在場，你就不會來了。」

我點點頭。「我很高興你也會在場。」我說。「有了比爾更像是一個完美的小團隊了。」

「這或許有些不同尋常，但福特的確竭盡全力了，法蘭西絲。」

媽媽拿著我的米色外套回來了，顯得有些慌張。「我找不到你的冬季大衣，法蘭西絲，有金色鈕扣的那一件。」

「哦。」我說，試著不去想這件事。「那件已經消失很多年了，我想不起來我把它扔在哪裡了。」

「那最近這種天氣你都穿什麼？」媽媽突然問道。「我發誓我有看見你穿著大衣外套的呀。」

「那件是蘿絲的，但我昨天去喝咖啡時留在飯店了。我不會有事的。」

「我想，你另外一件也已經很舊了。」母親說。「更何況，那也不是現在人們會喜愛的剪裁，它太鬆垮了。好吧。」她一邊說，一邊把外套遞給我。「無論如何，你在戶外的時間也不會超過一分鐘。我會想想去哪幫你找一件更合身的大衣，也許是腰上繫有漂亮腰帶的。」

「謝謝你，媽媽。」我說，然後親吻了她的臉頰，我和蘿絲便挽著手走進了溫暖的勞斯萊斯，比爾下車扶我們上車入座。

關於格雷夫史當莊園的那棵聖誕樹，蘿絲說的沒錯——它位於飯廳中央，有如一座打著優雅燈光的高塔。它幾乎要和拱形天花板一樣高，樹頂上的水晶星星輕輕擦過水晶吊燈的底部，肯定是經過一絲不苟的構思設計。

房間兩側的爐火都熊熊燃燒著，但不會特別熱。比爾開著車暫時離開了，他接著會去更換衣服。「他堅持要這樣做。」蘿絲說。「他希望大家也將他視為賓客，儘管福特也說了，叫他來接我們時不必穿司機制服。」

我注意到一些新進員工靜默地來去進出。一位先是接過我的外套，另一位則默默地拿著銀製托盤來為我送上香檳。我和蘿絲各自拿了一杯，我們站在那裡凝視那棵樹。

「我應該會在那棵樹裡頭迷路吧。」我說。

「我很高興你喜歡。」我身後傳來福特的聲音，輕柔得不至於讓我受驚，卻充滿了足以讓我脈搏加速的電流。

我一轉身，他的雙眼如此明亮，笑容卻如此柔和。我看得出他的緊張，也看見了他懷抱著希望。這情境讓人放下了戒心，當他親吻我臉頰向我問候時，我情不自禁地嗅聞著他鬍後水的氣味，低聲對他說一聲「你好」。

喝了兩杯香檳後，夜晚變得更舒適輕鬆了。

我想這就是大家喜愛香檳的原因，不是嗎？但開胃小菜和魚子醬這些正式又花俏的食物，很快就變得不足為奇了。對話的氛圍比平時更熱烈一些，成對的壁爐裡同時有劈啪作響的烈火。晚餐後，當我們從飯廳走向圖書館，福特的手撫摸著我的背部，走向銀製托盤上放了咖啡和小蛋糕的地方。一張矮桌旁擺放著兩張沙發，感覺像是刻意的陳列調整。如今福特認定這是個款待客人的地方，而不是一個躲藏的去處了。

他彷彿讀了懂我的心思，問道：「法蘭西絲，你覺得我調整圖書館裡擺設的方式調整得如何？」

我環顧四周，注意到他在窗邊擺放的花朵，窗簾也換上新的顏色。看到許多不同轉變讓我大吃一驚。在這個空間裡，我看見了自己的樣貌，我曾在信件中透露關於自己的許多層面——他將它們一一安放在這棟房子裡了。蘿絲對我微笑，這種感受讓我臉上的表情突然轉變了。被如此**理解看見**，我卻產生了些許的反感。然而，當我看著福特時，我也發現自己如此渴望他。

「這太美好了。」我說。「這個房間總是讓我感到賓至如歸。」

接著，福特傾身過來吻了我，這個瞬間的舉動，如此出人意料卻甜蜜。如出一轍，我聽見對面沙發傳來蘿絲親吻比爾的聲音，對此，我感到莫名惱火。這是屬於我的時刻，而不是蘿絲的時刻，我真不應該讓她借用我的口紅才對。

當福特向後靠著，他的雙肩終於放鬆下來。一時片刻，他閉上了雙眼，臉上露出了滿意的微笑。他一隻手臂隨意搭放在我身後的沙發椅背，卻沒有碰觸到我。

「我有件禮物要給你，法蘭西絲。」他說，這才終於睜開了雙眼。他以幾乎難以察覺的幅度向圖書館門口揮了揮手，一位員工便拿著一個長方形禮盒進來。蓋子上繫有一條粗厚的金色緞帶，當它被放在我的大腿上時，我猶豫了一會。

「快啊。」薩絲催促著。「快打開它。」她給了我一個安心可靠的笑容。

我掀開了蓋子，在一層輕薄如蝴蝶翅膀的薄紙下方，有一件完美的毛皮襯裡羊毛大衣。它是深綠色的，光是看著我就明白它被選中是因為那顏色襯托了我的眼睛。

「太漂亮了。」我吸了一口氣。我真的這麼認為，確實如此。我將它從盒裡拿了出來，感覺又沉重又溫暖，但我看得出來它有時尚的剪裁，穿起來將會無比高雅。一點也不老派，而是經典。

福特對我微笑，朝我的方向舉起了酒杯。「取代你不見的那件大衣。」他說，接著一口氣喝光杯子裡的酒。

第三十九章

「別擔心的，安妮，我會做一些無效的嘗試來讓你甦醒。」喬說。「但作為一個經驗不多的嗑藥新手，這劑量真是太多又太快了。真是可憐的東西，如果我們早點發現並幫你急救就好了。」

在救護車裡，我基於本能一路向後退。喬背對後門，身後兩個門片看起來像是一面牆，將我們阻擋在內。我突然意識到裡頭的空間是如此狹小，在輪床與藥物抽屜、靜脈注射針筒和氧氣罐之間，不論我到哪裡，都在他伸手可及的範圍之內。當我看見唯一的逃生通道就是前門時，我的喉嚨發緊；當喬又向我邁出一步時，我盡量不去看他手上的注射針筒，但如果我想避免受害，就必須緊盯著它。我不知道他會採取這種方式對付我，但我早該預料到才對。如果你試著將一個殺手逼入絕境，那你在過程中被殺害的機率也會不斷攀升，而針筒注射正是喬過往的殺人手法。

最終將我引向他的線索，是那些花朵。再配合法蘭西絲日記中的細節，也就是艾蜜莉最後一次出現那天，她看見有人開著勞斯萊斯前往切爾西。這些事情讓我了解到兩起謀殺案之間的關聯。法蘭西絲姑婆與福特的感情糾纏不清，不論艾蜜莉是否有本事贏回他的心，她乾脆賭一把，讓福特急忙衝回她身邊。

不過，她真正關注的是為福特駕駛的司機比爾・勒羅伊。

正是蘿絲在法蘭西絲日記中的字句，讓我腦海中的線索拼圖得以放上最後一塊。**福特准許比爾在我需要時開車接送我，這太棒了！感覺就像是我們自己的車**。

一陣恐慌威脅著我，但我努力保持清醒。如果我因為針頭、救護車上的氣味，以及確實存在的生命威脅而過度換氣，我就會昏過去，那喬只會更得心應手了。

我想起了法蘭西絲姑婆，以及喬對她做的事，這種怒火讓我得以集中精力。我仰賴這種感受，像不斷戳刺著傷痂，利用這件事讓自己保持鎮定。

「蘿絲怎麼樣了？」我說。我的聲音壓抑且刺耳，但重點是也要讓喬發怒。憤怒的人什麼話都會說出口。

「她如何面對你對她摯友所做的事？法蘭西絲就是她的**全世界**，喬，對吧？但更重要的是，法蘭西絲是蘿絲著迷執著的對象，程度上遠比艾蜜莉多上許多。」

「我已經讓母親**獲得自由**了，安娜貝爾。」他像是一條毒蛇般向我吐出這句話。「你根本不**明白**，她多年來對法蘭西絲的執著，對她自己造成了多少影響。每天看見法蘭西絲牽掛著那該死的艾蜜莉．史派羅，她有多麼痛苦啊。母親幫了法蘭西絲這輩子最大的忙——她確保艾蜜莉再也無法傷害她。這才是強者會做的事！他們會保護自己所愛的人！法蘭西絲正一步步毀掉母親。是時候，換我成為保護她的人了。」他衝向我並抓住我的手臂，但厚厚的皮衣讓我得以掙脫。我抽出皮衣裡的一隻手臂，我脫困時，試著走向救護車前方，尋找喇叭或是無線電廣播系統。我聽見手機從口袋裡掉出來的聲響，摔落於地板上。

一隻手抓住了我裸露的手臂，並將我向後方猛拉，我的頭被喬緊夾於腋下，注射針筒對準了我的喉嚨。我試著要吞口水卻差點噎到。

「喬，」我勉強開口說道，「他們要來了。」

「你胡說八道。」他說，但他開始加快動作。他認為我絕對不會乖乖讓他注射，所以他把注射針筒放在一旁，打開另一盒醫療用品。他的一隻手臂緊緊環抱我的脖子，無論我如何掙扎或拉扯，都無法掙脫他。「至少法蘭西絲還會乖乖坐著不動！」他咆哮著。「別逼我把你打暈！」

「法蘭西絲以為自己是被毒堇毒死的！」我用粗啞的嗓門說。當他伸手去拿藥箱裡的東西時，他緊握的力道稍稍放鬆了一些。「你寄送那些花束給她，是因為你知道她會因此驚慌而打電話給你！你知道她會乖乖就範，因為她對被謀殺的事如此偏執！你利用她最巨大的恐懼來對付她。」我用手肘重敲了喬的肋骨，但他只是將我轉向拉至他面前，接著將我一把推到擔架上。他的膝蓋重重地撞擊我的胸口，我感覺到有一根肋骨應聲斷裂。

「不要亂動，安妮。一切很快就會結束了。」他的聲音平穩得令人害怕，我發出一聲尖叫，卻比我預期微弱許多。我幾分鐘前就應該放聲大叫了，但我專注地想從喬口中獲取他謀殺法蘭西絲的證據，便一時失去了正確的判斷能力。

「我已經把我的調查結果送到警方手上了。」我說。「他們在路上了，那不是謊話。」

「我不知道你是怎麼解開這個謎題的。」喬咬牙切齒地說道。我空出了兩隻手臂，但他的膝蓋卻壓得我喘不過氣來。當我抓他的腿，並試著一把抓住他的手臂時，卻被他抓住了手腕。我踢著雙腿，卻只是空踢著——他的另一條腿讓他穩住身體，給予他更大的槓桿作用，讓他的膝蓋更使力地壓著我的胸骨。「你只是在瞎猜。你什麼證據都沒有！我才不相信你有這種本事，挖出法蘭西絲花了六十年才發現的祕密，接著還將她的死因牽連到我身上。」

「所以就讓我離開吧。」我喘著氣說。我看見有白色的微光悄悄進入視線之中，我知道自己快要暈倒了。這種疼痛令人恐懼，也同時感到噁心不適，而喬的膝蓋不斷重壓著我，讓我的四肢越來越沉重。他的另一隻手伸向我的喉嚨，我無力地抓著他的手。我驚恐地確知我的生命或許只剩下不到一分鐘了。我就像布娃娃，我小小的身體毫無反擊的勝算。淚水從我的臉頰滑落，眼看自己如此輕易就被擊敗，我感到十分憤怒。他只需要不斷擠壓我的身體，我便會就這樣送命。

「現在說什麼都太晚了。」他說。「媽媽這次會康復的，終於！這些年來，她經歷太多事了——法蘭西絲那個賤人讓她身處地獄之中！永遠都是艾蜜莉，開口閉口都關於艾蜜莉。法蘭西絲從來不看看母親為她付出多少，如果法蘭西絲可以放下她對正義的愚蠢追求，他們的人生將會多麼美好。母親記得她每一個生日、每一個週年紀念日、以及每一件對法蘭西絲有意義的小事，但法蘭西絲卻**不曾**給予她任何回報。當法蘭西絲哀悼著她離世的丈夫時，是我母親握著她的手，但當我父親去世時呢？法蘭西絲只是送她一束愚蠢的花束！**花束**！他們一同走過這麼多人生的經歷！母親做了一切的犧牲，擺脫了艾蜜莉、並確保法蘭西絲不會因為愚蠢的羅拉以及她那些浮誇的畫作而困擾擔心！法蘭西絲以前時常盯著羅拉為她繪製的凌亂畫布，尋找畫中是否有『恰好的女兒』的象徵意義，幾乎到了要失去理智的狀態，你知道嗎？」

當我掙扎著要大口呼吸時，我的思緒飄去一些奇怪的地方，但當喬語無倫次地閒扯而分心時，他暫時鬆脫了緊抓著我喉嚨的手掌。此時浮現在我腦海裡的記憶，是我從上鎖的文件抽屜裡拿出了媽媽的畫布，接著又飄向其他一陣陣的影像。但令我震驚的是，法蘭西絲姑婆**確實**很關心媽媽。我突然想到，蘿絲可能曾對媽媽及法蘭西絲姑婆的關係造成多大的傷害。

當喬的手再次收緊時，我作嘔反胃了。

「別以為我會天真地相信法蘭西絲不會向警方舉報她！她只差幾天就要這麼做了，這早晚都會發生的。」

「怎麼……你又怎麼會知道？那個法蘭西絲……」現在我開口說的每個字感覺都像是一道傷痕，我只能祈禱時間快來到八點了。我只能堅持下去，直到克萊恩警探接到那通電話為止。還有薩克森！如果薩克森打算陷害我，讓我因購買非法藥品而被捕，讓我無法跟他爭奪遺產，那麼警方也應該上路了。當我的肺部被進一步重壓時，我皺起了眉頭，因為我有可能錯看薩克森了。珍妮會告訴克萊恩警探全部的事，包括我發現了什麼，以及我人在哪裡。她不會知道情況有多麼急迫嚴重。即使警探知道我讓自己身陷險境之中，他仍需要幾分鐘才能到達這裡，我可能只剩下幾分鐘的時間了。

「她告訴媽媽了，法蘭西絲還真的去找母親，告訴母親她發現了什麼事，對母親來說，這就是一切終結的開始，她開始解開謎團了。我當時就明白，只要法蘭西絲活著一天，母親就永遠無法獲得平靜。**而她值得好好平靜地過日子！**」他當著我的面大聲說出這些話，一陣怒火從我的喉嚨裡升起，因為當我生命消逝之際所經歷的最後一件事，有可能是他那令人作嘔的口臭。「自從十七歲起，母親就一直無法高枕無憂，當時她發現法蘭西絲並不感激她為了擺脫艾蜜莉所做的一切。在我的一生中，法蘭西絲一直支配著母親的憂慮，占據她所有的思緒。這件事得停下來。」他的聲音沙啞，臉部因情緒而扭曲著。「我必須阻斷這件事。」他說，他的話語現在更沉靜了，但壓抑著話語的抽泣，感覺幾乎和他的高聲喊叫一樣危險。

「你的指紋，在……電池……上。」我呼吸困難而哽咽著。喬睜大了雙眼，他的膝蓋實際上放鬆了一些。「你是一位司機的兒子。」我咳嗽了一下。當他的手從我喉嚨滑落時，我急忙以肺部吸了一大口氣。我顫抖著吸了一口氣，並努力吐出更多字句。「你知道怎麼做到這件事。」我喘著氣說。「你只需要用一顆斷了線的電池，就能阻斷她的逃脫之路。那天早上她試著開車卻不成，後來就打電話給華特，要他帶我們去莊園。他們接下來會進行檢查，而你的指紋就會在那上頭。」

「不，這是不可能的事，我戴著手套。」他說。但他看起來仍然很擔心，這只是讓他加快動作。他的膝蓋再次向下壓，這次更用力了，我試著叫喊卻只發出微弱的聲音。

「是誰……」我只想知道最後一件事，我無法釐清的那一件事。「你找誰送上那些花束？」

喬的臉離我只有幾英寸之遙，他雙眼瞪視的樣子幾乎要將我燒傷了。「艾娃。」他說。

我無法呼吸，我想起自己這段時間有多麼愚蠢。我感覺到有東西纏住我的上臂，就像一條阻斷血液循環的橡皮筋，所有我不得不抽血的可怕時刻，一時全在腦海中浮現。我的視線遊移著，試著移動手臂來避開喬的針頭，但我全身都沉重無力。我所聽見的最後一句話是喬開口說：「就和法蘭西絲一樣，安妮……這全都是你自找的。」

我感覺有東西刺穿了我的皮膚，有趣的是，就在那時，我熟悉的針頭恐懼症終於在我體內引發了一絲恐慌的火花。針頭傳來一陣急速的震動，我感到頭暈目眩，那幾乎要吞噬掉我的意識。因此，我毫不猶豫，立刻動作。

喬如此專注地看著我的手臂，專注地保持手臂靜止不動，好為我注入過量藥物，因此他以一種不平衡的姿態站在我上方，而原先緊抓著我的另一隻手臂也鬆脫了。他的膝蓋甚至也從我胸口上滑落，我的一條腿能以閃電般的速度踢向他身體。因為他身體的站姿傾斜，好讓他在擔架上方保持平衡，足以讓我將他推倒至擔架另一側。

我知道他不會倒下太久，但那一腳已用盡我所有力氣，而我的思緒陷入了黑暗之中。在黑暗吞噬我之前，我聽見救護車門打開的吱嘎聲，我不確定那是否只是我的幻想。

第四十章

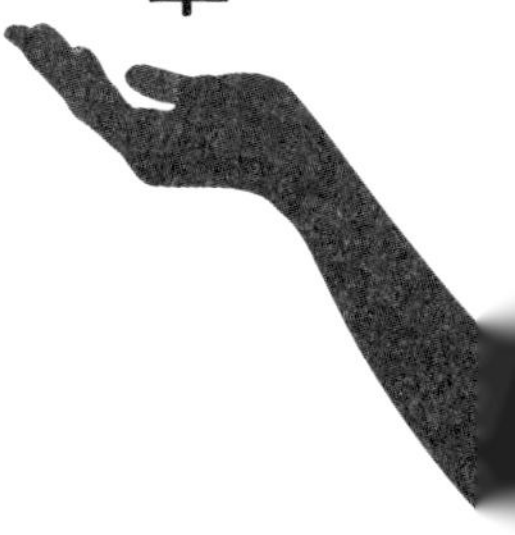

我首先看見華特的臉，儘管我感覺自己像是透著一層霧濛濛的玻璃看著。我還在救護車的擔架上，但喬躺在地板上。他掙扎著要站起來，所以華特將一隻手臂放在我肩膀下方，試著帶著我離開那裡。我的頭正對著救護車的後部，因此喬站起來之前，貝絲幫華特將我從車門裡拉了出來。我不知道是誰關上了救護車的後門，將他關在裡頭。

我對克萊恩警探的看法一點也沒錯——他到此花費的時間太長了。當我倒在人行道上時，轟鳴大作的警車駛入停車場。我一看見他們便鬆了一口氣，稍稍減緩了我的恐慌。但我的手臂正不斷滲血，等到看見注射針筒在我手臂留下長長的擦傷，這才讓我昏了過去。

我從來沒有在這麼短的時間內連續暈倒兩次，隨之而來的噁心感糟透了。我第二次醒來時，聽到警探說話時的隆隆聲，因為我的耳朵正貼在他的胸口上。他聞起來有乾淨衣物的味道，以及香氣樸實的古龍水，但氣味已幾乎消散。正有人與他爭論不休，讓我稍稍清醒了過來。

「反正就不要去那該死的醫院，你到底為什麼要——噢，對不起，安妮——」貝絲看起來有點苦惱。「我不是故意要說**該死的**。」當她意識到自己又說了一遍時便皺起了眉頭。「我只是要說服他們帶你去一個不會讓你驚慌失措的舒適地方。」

「沒關係的。」我說，儘管我的嘴很乾，當我轉動頭部時，膽汁從喉嚨裡湧了上來。我沒有時間讓羞辱向我襲來，因為幾秒鐘後，警探就將我的頭髮撥去後面，因為我在停車場裡嘔吐了。我仍然坐在他的大腿上，這讓整件事又變得更糟了。

「你可以放心，你沒有被注射任何東西。」他堅定地說。「我們做的第一件事就是找到喬試圖注射在你身上的針筒，針筒裡仍是滿的。」

「請不要說**針筒**這個詞。」我低聲說道，貝絲從包包裡拿出一條熨燙過的棉質手帕。我看著手帕搖了搖頭，因為這些精美別致的東西都讓我感到噁心不適。事實證明，搖頭也不是個好主意，當我第二次覺得噁心時，我也又被克萊恩警探第二次抱在懷裡，我像是一隻受了傷的小鹿。

藍色的警車警示燈照亮了一整個停車場，我看得出來他們要花上好幾個小時檢查那輛救護車。這不僅僅是企圖要謀殺安妮．亞當斯的現場，我看見瑪格達坐在一輛警車的後座，喬則坐在另一輛警車的後座。

「接下來蘿絲會怎麼樣？」我對克萊恩警探低聲說道。

「等你感覺好些了，我們再討論這些事。」他說。

貝絲現在正一邊講電話，一邊走來走去，對話過程中她吸引了我的目光。「奧烏蘇醫生答應前來，在你感覺最自在舒適的地方檢查。」她說。

「那我可以回法蘭西絲姑婆家嗎？」我問道。

「當然。」克萊恩說。我伸出一隻手臂搭住他的肩膀，打算把他當作拐杖使用，走向某一輛車，但他實際上比外表看起來更為強健，所以他乾脆一把將我抱起來。如今得扮演一位等待英雄救美的落難少女，我雖然感到惱火卻也無能為力。他輕輕將我放在貝絲車上的副駕駛座，然後讓她開車送我回格雷夫史當莊園，華特和克萊恩的車子跟在後面。我們到達時，我堅持要自己一跛一跛地走入屋內，當大家都拖著腳步走進圖書館時，我拒絕仰賴任何人的協助。

直到那時，我這才發現薩克森不見蹤影。喬和瑪格達被逮捕後，我只希望他能夠發揮自己作為夥伴的作用，說明我們之間完全不具約束力的協議，但他只提供了三心二意的合作夥伴關係。我想知道，克萊恩警探是否將薩克森拘留在另一輛警車裡，同時握有他參與瑪格達非法藥物生意的照片作為證據。

同時，貝絲幾乎找來了房內所有的枕頭，全都堆放在圖書館的沙發上，並命令我躺在那裡。華特又再次坐在那張大桌子前，他打開公事包，我的背包就放在一旁。我必須忍受奧烏蘇醫生對我進行的身體檢查，要我進行胸部X光檢查，並堅持要我接受適當的醫療照護，不能只因為我不喜歡而省略這些事。

就連阿奇．福伊爾也來了，身旁坐著一臉困惑的奧利佛．高登。

「安妮，」華特說，「我想，法蘭西絲應該不曾想過要大家偵破她自己謀殺案的同時，有人身陷險境。也許，她以為這整個事件會以經典的手法進行——在周末時，將大家聚集在同個空間，揭露凶手的身分。又或者，警探會突然乘虛而入並終止這一切，擊敗你們並偵破這個案件。」

華特給了克萊恩一個得意自滿的笑容，因為最終是他的敏捷反應救了我一命。我所做的，也只是請貝絲將我的包包交到他手上。「但我太瞭解法蘭西絲，知道她的偏執有多麼嚴重，而且我早該注意到，在她遭到謀殺的幾天前，她急著要改動自己的遺囑，好將你包含其中時，她早已深信，你將是這一切的無敵救星，那個將會為她伸張正義的**恰好的女兒**。我很抱歉這差點讓你送命，如果我能回到過去改變一切，我肯定會改變做法的。」

「這不是你的錯。」我說。「而且，我也不怪法蘭西絲姑婆。我會完全深陷其中，也都是因為我自己。法蘭西絲姑婆不曾懷疑喬會殺害她，直到為時已晚。我猜想，她以為他並不知道關於艾蜜莉的事，也不知道蘿絲曾做了些什麼。我沒有任何物證能證明確實是喬殺害法蘭西絲，所以我得和他當面對質。我不能當著大家的面控訴他；他只會否認一切。」

「安妮，妳能倒退一下嗎？」克萊恩警探問道。「你怎麼知道是蘿絲下的手？」

「主要是因為那本日記，還有那輛車、外套，以及相簿。」

「你能再進一步解釋嗎？因為除了華特之外，我認為沒有人能夠如此深入瞭解法蘭西絲的想法。」

「最關鍵的問題，並不是誰殺了艾蜜莉．史派羅，儘管這件事也很重要。關鍵在於，法蘭西絲姑婆為什麼突然就解開了這個謎題。」我說。我喝了一口克萊恩警探遞給我的水。「有一件事讓我不斷回頭確認，就是法蘭西絲的衣服在日記中出現的頻率。蘿絲不斷說著艾蜜莉在模仿法蘭西絲，還偷了她的東西。然而，在日記之中，聚焦在衣服一事，便開始一步步揭示出這三個朋友之間存有一種有毒的親密感。艾蜜莉確實拿了法蘭西絲的大衣外套，也拿到了一把左輪手槍。表面上，這不過是無聊使然，但我認為她的真實想法是想要保護自己，因為她那幾個月內不斷收到匿名人士寄出的恐嚇字條。」

「來自蘿絲的恐嚇？」

「我等一下會談到這件事，但沒錯。總之，讓我特別印象深刻的是那件外套，那件法蘭西絲的羊毛大衣，口袋裡留有槍殺艾蜜莉的手槍。後來，當蘿絲將那本相簿給我時，我才恍然大悟。**蘿絲**才是老穿著法蘭西絲衣物的人。具體來說，當法蘭西絲試著偷溜去切爾西，沒有幫鄰居除草那天，蘿絲拿到法蘭西絲的一堆冬裝。當時她的母親一直在監視她做事，法蘭西絲是因為偷溜去格雷夫史當莊園找福特才受到懲罰。」

「所以蘿絲拿到了這件外套，但她怎麼去切爾西的呢？」貝絲問道。

「我第一次讀到這本日記時，以為福特那輛車出城去切爾西的路上，在經過彼得及譚茜家時，後座肯定載了福特和薩克森。但法蘭西絲提到了，開車的人是比爾，這沒什麼不尋常，直到我讀到裡頭寫到，比爾在蘿絲有需要時可以駕駛那輛車。那一天，他載著**她**去了切爾西。」

「你認為比爾是這起謀殺案的共犯嗎？」克萊恩問道。

一想到這件事時我便咬住了嘴唇，但華特插話了。「我猜想，比爾根本不知道蘿絲做了什麼。我想，根據我對他們兩人關係的理解，如果她叫他在車子裡等候，他便會配合。」他說。

「於是，比爾開車送蘿絲到切爾西那棟房子，她在屋內殺死了艾蜜莉，並將她的屍體連同外套、凶器一起藏在地下室的皮箱中。」我說。「我無法想通的一個變數是福特和薩克森，因為薩克森告訴我，當他們到達切爾西時，屋內完全沒人。但後來我想起來了——福特從來沒有開過那輛幻影；他有一輛更喜愛也更時髦的賓士。只要提到艾蜜莉．史派羅，薩克森就會竭盡全力誤導我。」我看著警探，他向我輕輕點了點頭。「我明白，一提到艾蜜莉，薩克森就會使勁地讓我偏離正軌。曾有一段時間，我以為他是在保護他叔叔的聲望，又或者要保護他自己，但他其實只是想把我弄糊塗。」

「但艾蜜莉也告訴約翰，她有東西留在切爾西的房子裡忘了帶走，這就是引發這個事件的原因。」華特說。「在你的筆記中，這個問題目前仍沒有解答。你查出艾蜜莉回去的原因了嗎？」

「約翰相信，艾蜜莉真正想要表達的意思是，她想把羅拉從彼得和譚茜身邊搶回來，但實情其實簡單多了。她忘了帶走她的打字機，她父母送給她帶去倫敦那台。我知道那台打字機再也沒有回到諾爾城堡鎮，因為我幾年前發現了它，覺得好玩就把它拿去我房間用了。法蘭西絲姑婆的日記中對打字機外箱的描述，跟我發現的那個相符，是塑膠材質，上頭有格紋圖案。我想，艾蜜莉第一次回到諾爾城堡鎮時，她的母親曾質問她為什麼沒有帶打字機回來，而艾蜜莉趕回切爾西時，管家正收好行李，準備鎖上房子大門。蘿絲有個完美的理由，因為比爾坐在車子裡等著，這代表布蘭查德太太可以搭他的車回諾爾城堡鎮，不必去搭火車。蘿絲會請她先離開屋子並上車和他一起等待，而她會和艾蜜莉聊聊，並承諾要將門給鎖上。」

「但是，蘿絲鎖上大門後，他們倆為什麼都不懷疑艾蜜莉沒有同行的原因呢？」奧利佛問道。

我很驚訝他竟然對這個話題感興趣，但他盯著我的眼神幾乎像是一種敬畏，好像我是個正要表演戲法的魔術師。我想知道，諾爾城堡鎮這個地方是否真的觸動了他的心，冷漠的樣子是否只是表象，讓他得以應對法蘭西絲姑婆為他帶來的可怕處境。所以我停頓了一下，盯著他看。

「那棟房子的停車場。」他緩慢地說。

「現在你的思考方式開始像個房地產開發商了。」我笑著說。

「停車有一些規定，當時也可能是如此。即使比爾．勒羅伊在那棟房子前停車，時間也不會超過一分鐘。所以他不得不將車子停在馬路的盡頭。」

「完全正確。」我說，看到奧利佛現在坐挺了身子，對自己很得意的樣子。「這讓蘿絲有時間鎖門，接著獨自一人回到車子等待的地點，講述著艾蜜莉決定要去做任何聽起來像艾蜜莉會做的事。去看一場演出、去購物，晚點再搭火車回來之類的說法。」

「但她如何快速處理好那具屍體，並清理謀殺造成的一片混亂呢？」克萊恩問道。當他看著我時，我感覺到自己似乎有些洩氣。他不是要試著阻撓我，他的表情看起來只是特別感興趣，但我老是忘記自己並不是這裡掌權作主的人。

接著，華特插話說：「這不過是猜測，警探得檢查切爾西房子的地下室才能瞭解事情的全貌，但我認為，蘿絲應該是在地下室殺死了艾蜜莉。如果是這樣的話，只有蘿絲知道他們倆為什麼會在那裡，但這就是最有可能的腳本了。」

「地下室有一條排水溝。」我突然想到這件事。「這是媽媽如此熱愛在那裡作畫的原因之一。如果蘿絲殺死艾蜜莉時濺血了，也只要幾桶水就能快速解決問題。」

所有人突然間安靜了下來，因為我已經沒有話要說了。我感到精疲力盡，卻很高興讓法蘭西絲姑婆和艾蜜莉．史派羅能獲得一點正義。我幾乎要為自己感到驕傲了，因為我就是在這一切背後主持正義的人。

然後，我望向窗外，看著屋前一片連綿起伏的草地，突然為阿奇．福伊爾和他的家人們感到一陣愧疚。「我很抱歉。」我對貝絲說。「我盡力了，但最終仍不得不讓警方介入，恐怕要毀了大家的一切希望。傑索普．菲爾德房地產公司將會入駐，這眼前的一切都將成為高爾夫球場。」

「你這是什麼意思？」奧利佛說道，但貝絲還沒有反應過來。

華特清了清嗓子，我們全都緊盯著他，看他翻找著公事包裡的文件。「我想你應該是忘記了，安妮，法蘭西絲讓我有最終的決定權，指出誰是第一位正式解開謀殺之謎的人。這結果應該不證自明，毫無疑問是你了。」

貝絲高興地喘了一大口氣，但我所能做的就是不斷眨眼，試著消化獲得一大筆遺產的人竟是我一事。

我首先感到如釋重負，因為媽媽得以保住她深愛的那棟房子。我發現自己也關切保護著那棟房子——我在那裡度過了童年，從櫥櫃後方挖出一些奇怪物件，像是用老舊錫罐裝著的髮蠟和袖扣，從那時開始，我開始編造一些故事，講述著以前留下這些東西的鬼魂。現在，有了真實故事作為暗示，我覺得更有必要好好保護它了。

我們可能得永遠關閉那個地下室了，讓媽媽去其他地方找專業的工作室空間。

同時讓我感到驚訝的是，贏得這筆遺產竟讓我有點難過，因為感覺法蘭西絲姑婆現在確實離開人世了。當我需要偵破她的謀殺案時，她是我忠實的夥伴。這棟房子裡的一切，在我眼裡都是尋得她生命的線索，甚至是死亡的線索。我當時並不知道的是，深深吸引我的，並非真的是關於艾蜜莉．史派羅的謎團，或者是查明法蘭西絲姑婆身上發生什麼事的任務。

吸引我的，是法蘭西絲姑婆自身的神祕感——她的人生、她的愛情，以及她許許多多的偏執癡迷。她以她有所保留的性情以及敏銳的觀察力跟我對話，在她身上，我看見一個自我意識如此強烈的人，甚至到了災難性的程度，但我也同樣有這種傾向。有那麼一瞬間，我幾乎要繼承了她的命運以及那則預言。

當我意識到，自己確實是那個恰好的女兒時，我慢慢地呼了一口氣。我已經為法蘭西絲姑婆伸張正義了，當然還有艾蜜莉，我真正的祖母。這為我帶來一種沉靜的滿足感，即使我如今也繼承了失去艾蜜莉．史派羅的痛苦，以及對她短暫的生命被如此終結的憤怒。

房間裡的每個人都不停祝賀我，儘管我感覺到克萊恩警探正仔細地看著我。令我感到欣慰的是，這個空間裡至少有一個人意識到，我想花一點時間來哀悼這一切的終結。因為，我才正要開始瞭解法蘭西絲姑婆，卻已經失去她了。

我穿過這個空間，來到桌子後方放著棋盤的架子旁。我將棋盤上的皇后從原來的位置上拿走，走回坐在桌旁並盯著我看的華特身旁。我把它放在正中央，吸了一口氣，眨了眨眼，試著說出正確合宜的話。

「首要的任務，就是好好地告別。」我說。「然而，我希望整個村莊的民眾都到場參與。我想讓他們知道——我想讓每一個人都知道——他們對法蘭西絲的看法，都錯得離譜。因為，她是個如此特別的人。」

第四十一章

「天呀，以前這個地方總會讓我毛骨悚然。」當我們站在格雷夫史當莊園前的草地上，媽媽這麼說。自從我偵破了法蘭西絲姑婆的謀殺案之後，已經過了兩個星期，太陽打定主意要從八月一直炙熱到九月初了。我渴望清爽的秋日到來，一想到自己即將在諾爾城堡鎮體驗秋季，便讓我感到精神煥發。我想像這片草地上布滿了黃色葉子，接著隨著冬季的到來，草皮上又覆蓋了一層冰霜。

「我只來過這裡幾次，」媽媽繼續說道，「但現在看起來好多了。」她轉玩著身上佩戴著的一條長鏈，上面的吊飾叮噹作響，就像她那些風鈴。「我現在不再是七歲孩子了，這應該讓我感覺好多了，我以前總覺得自己若是不乖，阿奇．福伊爾就會拿他的修剪工具把我的手指剪掉。」她渾身發抖。「我以前來這裡時，薩克森會跟我說各式各樣的謊言，他真的是一個非常奇怪的青少年。」

「呃，對一個孩子說謊真是太可怕了。」我回答。

「好吧，從法蘭西絲姑婆的文字來看，薩克森不曾有機會好好當個孩子，所以我現在對他沒那麼憤怒了。」她摩擦著手臂，彷彿空氣中有一絲寒意，但天氣相當炎熱，我像個小孩一樣希望灑水器突然開啟。

當我向媽媽報告一切的來龍去脈後，我做的第一件事就是拿那本日記給她閱讀。她花了很長時間才讀完，但她讀完之後卻拒絕跟我討論此事。不過，最近她開始在這一切之中梳理自己的過往。我認為，幸好她有自己的創作藝術來消化這一切，這有很大的幫助。她不是會主動談論感受的人；她透過創作，將感受具象化並和人們分享。

「但他陷害你購買非法藥物的事，真是邪惡透頂了。」她補充說道。

艾娃被排除了殺害法蘭西絲姑婆的涉案關係，藉由推諉不知情來撇清責任。艾娃聲稱那些花是喬順手交給她的，並聲稱這些花被誤送到酒店，是某個匿名人士要送給法蘭西絲的。他太聰明了——艾娃時常會在莊園附近活動，所以法蘭西絲會認定是她送來這束花的。我想，艾娃對法蘭西絲懷有敬意，會巴結這位能讓她丈夫繼承遺產的女人，所以也不會想糾正法蘭西絲的錯誤假設。因此，這就是我們發現法蘭西絲姑婆時，艾娃沒有選擇報警的原因——當她意識到發生了什麼事時，她這才擔心自己受到牽連。

我以為薩克森會避開我和這棟房子，但他沒有。他因管制藥品相關罪行而被拘捕後，已獲得了保釋並等待審判結果。他好多次特地來看我，我一直密切仔細注意著他，因為我認為他還不打算終結與我之間的那場遊戲。

我信守自己的諾言，將勞斯萊斯送給了福伊爾家族。阿奇清空了他的小型環形溫室，但我決定不追問太多關於這些大麻的處理問題。他決定不做園藝並正式退休，他說自己之所以一直堅持下去，是因為這些花草對法蘭西絲姑婆有重大的意義。他正要將他其中一個穀倉改造成一個廠房，來滿足自己修復老車的愛好。我樂於投資他的全新事業；我認為，他真正想要的不過是有人傾力支持他的事業。他只是選錯了事業而沒能贏得法蘭西絲姑婆的青睞。

「別擔心薩克森的事了。」我說。媽媽並不知道，我打敗薩克森的計畫細節如何讓我差點喪命。我不想讓她擔心，媽媽有她魯莽輕率的個人風格，但她的那些冒險，舉例來說，是在中場休息時偷偷溜進倫敦西區的劇院，或者以法國口音與調酒師調情來挑戰我，沒有一件事會讓她喪命。為了剷除殺害法蘭西絲姑婆的凶手，我這種盡心盡力地投入其中的態度，她是不會理解的。「克萊恩警探最近正密切注意他。」

「說到他，他就到。」她說。警探的車子正開上碎石車道，我注意到華特坐在副駕駛座。

「你確定你不去嗎？」我問道。克萊恩警探帶我去安頓蘿絲的機構，即蘿絲被裁定不適合受審之後的住處。我曾猶豫是否要這麼做，但我想這或許能讓我明白故事已經有了適切的結局。我想，這就是人們常說的「好好說再見」，但克萊恩謹慎地警告我，見蘿絲一面可能不會為我帶來這種效果。

我明白他的意思。面對蘿絲這樣一個人生如此支離破碎的女人，並不會讓人感到稱心如意。她殺害了一個朋友，接著她的兒子又殺害了她最好的朋友。我不知道自己希望從與蘿絲的對話之中獲得什麼，但我仍覺得自己應該這麼做。

「我很確定。」她說。「如果要向前邁進的話，我倒不如去看看約翰，對我來說這是更好的方向。」她說。

「我明白。」我輕聲說。「哦，我差點忘了。」我又說，接著翻遍肩上那個帆布包裡的東西。裡面有一些筆和筆記本，萬一我需要寫下我與蘿絲見面的想法就派得上用場。我開始像法蘭西絲姑婆一樣記錄自己的經歷，這有助於我認知到自己的故事有多少生命力。故事會展開、轉動並再次折疊起來。當你將那些事全寫下來，就能回過頭閱讀，並找到一直存在卻未曾察覺的意義。

我將寫有爸爸名字的一疊厚重文件遞給媽媽。「給你的。」我說。「你要我拿的，我確實稍稍翻閱了一下，但我想這不是我現在感到好奇的事。」

她看著文件夾，臉上掠過一絲悲傷的微笑。「好的。我先暫時保留它，直到你有一天好奇為止，因為呢，安妮……」

「怎麼了？」

「你爸爸就在世上某個角落。他不是一個很好的人，現在我們都上了新聞，我想他可能會再度出現。」

我也想過這件事，但我什麼也沒說。媽媽重返藝術圈已經造成不少熱議了，我的故事又登上國際頭條。光是偵破了兩起謀殺案，並在過程中成為一位女繼承人就已經是新聞了，而且被謀殺的受害者還是我從不知曉的祖母？這幾乎不費吹灰之力就已經是個新聞標題了。**安妮·亞當斯：孫女意外發現多年前少女謀殺案的受害者竟然是她不知存在的祖母，這個小鎮頓時騷動不已。**

「等一下你會回來莊園裡吃晚餐嗎？」我問媽媽。

她嘆了口氣。「我很想回去我的新工作室。」她說。「若是可以的話，我想直接回家了。但我十月會來參加葬禮，我保證。」

華特小心翼翼地靠近我們，但他看見媽媽時，眼裡卻流露出傷感的神情。我完全不怪他，媽媽代表著他沒機會擁有的女兒，或讓他想起那個心愛卻失去了的女人。他轉向面對著我時，雙眼睜得大大的，看著我的二手T恤。

我穿著第一次去樂施會商店時找到的衣服——燈芯絨裙子、衣角紮進去的褪色復古演唱會紀念T恤。你可以清楚看出「奇想樂團：格拉斯哥開爾文廳演唱會，一九六七年」的字樣。

「我以為我早就把那件上衣扔掉了。」他有些含糊地說，也確實稍稍紅著臉。

「我是在樂施會的商店裡找到的。」我說道，聲音裡充滿了驕傲。「你知道嗎，我一直很喜歡〈你真的迷倒我了〉那首歌。」

華特笑了，點了點頭。「那麼，我真高興它來到你身邊。」

「如果你還有的話，我很樂意從你手中接收過來。」我微笑著說。

「我應該在某處還留著一件平克．佛洛依德（Pink Floyd）的T恤。」他說。「奧利佛根本不懂得欣賞。我看看能不能找出來，如果能讓它開啟新生活就太好了。」

我很想感謝他寄錢來照料我和媽媽的事，即使那其實只有短短幾天。他背著法蘭西絲姑婆做這件事，只因為他不同意她的選擇。我認為，他只是想要稍稍幫助艾蜜莉的後代，但我認為，最好還是讓他認定我並不知情。

突然有一陣尷尬的停頓，最後克萊恩警探意味深長地看著我。「安妮，如果我們要準時到達的話，現在就該離開了。他們幫我們安排了一個特別的會面，我們不要遲到了。」

「好吧。」我說。

膽怯的蘿絲蜷縮著，坐在我和克萊恩警探對面的小桌子旁。她的目光最常望向警探，眼神裡帶著不尋常的信任，看來她已認定自己不討厭這個人了。每當她看著我時，都會出現扭曲的表情，但那個臉色不會在她臉上停留太久。就好像她不確定自己看著的人是誰，也分不清我到底是哪一位無禮對待她的女人。

她身旁坐著一位心理治療師，是個四十多歲的男人，我想他會在此，既是為了維護她的權利，也是為了讓她保持冷靜。

我不知道該如何開始。我應該要說，**謝謝你願意見我們**，但她根本別無選擇。我應該要說，**很高興見到你**，但事實並非如此。值得慶幸的是，克萊恩意識到這件事，便率先行動。畢竟，我來到這裡只因為他願意讓我同行，他之所以能見到蘿絲，則是因為這兩起謀殺案負責結案的警探是他。

「嗨，蘿絲。」他說。「我們認為，如果大家能好好聊聊或許會有幫助，只是為了把話講開並澄清事實，沒有人會逼你分享不想分享的資訊。但現在你認罪了，而且也不會再進行審判，我們認為對話或許有助於治癒一些過往的創傷，你覺得如何？」

蘿絲的視線輕快地掃向我，她轉換了姿勢，顯得灰心洩氣。「我也很想喜歡你。」她說。「我試過了，但你讓這件事變得相當困難。」我不確定她想要對話的人，是艾蜜莉、媽媽，還是我。我原先以為，我應該會對蘿絲感到憤怒，但我的情緒卻複雜得難以爬梳整理。她殺死艾蜜莉時，也才十七歲，或許，我只是想知道她是否因此感到抱歉。

「我很喜歡看你給我的那本相簿裡的照片。」我說。至少這件事千真萬確，我很珍惜那本相簿，儘管它也讓我有些難過。我已將艾蜜莉懷著媽媽的照片放入相框並存放在圖書館裡，跟法蘭西絲姑婆一些其他的記憶相伴。

蘿絲的目光看著遠處，但隨後又轉移到我身上，她那雙深邃的深色雙眼直視著我。「你想要一個道歉，」她突然說，「但你不會得到我的道歉，得有人阻止艾蜜莉才對。」

至少，這釐清了我些許複雜的情緒。接著，我會毫不猶豫地將我的想法告訴她。

「蘿絲，」我保持平靜的聲音說道，「如果你沒有殺害艾蜜莉，法蘭西絲可能早就忘了那個預言了，你確實明白這件事嗎？我讀了她的日記，她對自身命運懷抱的信念，始於她在裙子口袋裡發現了**你寫下**的那些恐嚇字條。接著，艾蜜莉失蹤了，這又同時餵養了她的恐懼。她猜想著，是否有人原先要衝著她而來，後來卻找上了艾蜜莉。你以為你是在保護法蘭西絲，不讓艾蜜莉毀掉她的人生，但她最終仍活在**你培養**的恐懼之中。」

當我的話語一句句襲來時，蘿絲大吃一驚，眨了眨眼。她眼中沒有淚水，當我看著她臉上表情的轉換和變化時，我看得出來，她正在將我的話語改寫成她更喜愛的故事。

克萊恩警探在桌子底下，那無人注意的地方，輕輕抓住了我的手肘。我的怒火漸漸消退，只剩下對蘿絲些許敵意的餘燼，我知道這將在我心裡燃燒多年。

不過，我想這就是偵破一樁謀殺案時會發生的事。罪行本身造成的憤慨，並不會因為你將所有線索拼湊在一起而消失不見。這是個令人傷感的事實，但我已明白了這點，這也讓我以不同的方式來看待我的人生以及我的寫作。

「我想今天到這裡就可以了。」心理治療師說。

蘿絲被帶回她的房間之前，我最後又看了她一眼，但她懶得再看我最後一次。我猜想，我的臉龐已深深烙印在她的記憶之中，與艾蜜莉如今的樣貌模糊交織。

第四十二章

我選擇在十月舉行葬禮，因為法蘭西絲的遺囑裡特地指定了秋天。我能理解她的選擇，莊園在金色的光芒下顯得格外壯麗，邊緣的一片林地暈染著絢麗的橙色及紅色。

致詞結束後，我站著看著大家，喝著格雷夫史當酒窖裡的優質香檳，我很高興能暫時置身於一切事物的邊緣。約翰·奧克斯利讓所有人都哭了，不過是以一種溫暖人心的方式，當我看著大家吃著貝絲提供的食物時，我覺得心滿意足。

守靈的聚會活動在莊園前的大草地舉行，這是件好事，因為整個村莊的人都來了。這棟房子感覺像是告別法蘭西絲姑婆的完美背景。人們不斷讚賞著放於草地中央那個重現法蘭西絲小書房的復刻場景。珍妮打造了整個場景，是再適合不過的藝術品。房間裡鋪設了中亞風情的編織地毯，中央是蒂芬妮落地燈和法蘭西絲姑婆的皮革扶手椅。隨著新聞報導以及城鎮上流言四起，我想確保在這一切之中，每個人都記得有個女人處於這一切的中心，而她將被人們深深想念著。

她一系列的藏書（全部都是謀殺懸疑小說）被整齊地堆放在一起，珍妮巧妙地將鮮花塞進扶手椅之間的縫隙以及艾蜜莉的打字機上方（是在我指示下，讓媽媽從切爾西帶來的）。打字機單獨放在一個植物花架上，旁邊擺了一張放在銀色相框裡的艾蜜莉照片。我認為大家也應當向艾蜜莉道別，我也知道這是法蘭西絲會想做的事。

艾蜜莉的姊姊羅拉遠從布萊頓而來，她平靜地站在一切的邊緣。她在致詞開始之前便向我走來，擁抱了我，並低聲說了句「謝謝」，接著便走入人群之中。不過，每當我看見媽媽，她都在和這位同名的人聊天，這真是個溫暖人心的插曲。

薩克森和艾娃也在場，和其他人一起四處走動並稱讚貝絲的食物，喝的香檳遠比他們應得的多上許多。美雪幫貝絲將一盤又一盤的食物從廚房送至草地的長桌上，長桌形成一個寬敞的正方形，圍繞著珍妮中間的擺設。

我注意到奧利佛站在珍妮身邊，試著要跟她交談。珍妮似乎對他有些興趣，所以我便接近他們，想要出手救她。珍妮和媽媽有個共同點：如果眼前出現了一個糟糕失敗的男人，珍妮就會像磁鐵一樣被吸過去。幸好有我出手，我會介入並讓這種磁力退散，就像同極相斥。

「這太棒了，安妮。」珍妮看到我時說。

「謝謝。」我說。「不過，其中大部分都歸功於你，你知道的。」我補充道，然後用手撫平我外套的正面。環顧四周時，我感覺額頭皺了起來。

「你為什麼看起來這麼擔心？」奧利佛問道。

「我只是……不喜歡事情沒有好好收尾。看到大家相聚在同一個地方，思考著所有將我們帶領至此的事件……」我嘆了口氣。「我一直沒想通留下那些恐嚇字條給我的人是誰。」

「哦。」奧利佛抓著自己的後頸，表情嚴肅。「是我。」

「你……**你**？為什麼？而且你是在哪裡找到那些紙條的？等等，砸碎我的筆記型電腦並撕毀我筆記本的人是你嗎？」

「不！我沒有破壞任何東西，是薩克森幹的；如果他說不是他所為，他是在撒謊。但我知道，我在毫無任何解釋的情況下，就將這些恐嚇字條留在你房間裡是個奇怪的舉動。我只是覺得我需要做點什麼，而不是袖手旁觀，看著身邊的一切崩壞。我無法決定我是該做些什麼事來嚇嚇你，還是要幫助你。不過，當我在法蘭西絲的辦公室裡發現這些字條時，感覺這些字條……同時有恐嚇和幫助的效果。確實有效果，不是嗎？」

一時片刻，奧利佛的表情看起來毫無掩飾，也不擺架子，讓我幾乎說不出話來。但我接著就開口了。

「奧利佛，我感覺自己被監視了——這真的很令人毛骨悚然！」

他看起來有點洩氣，隨後又點了點頭。「對不起，安妮。我只是想不到任何其他的辦法……老實說，我一直都很討厭我的工作。我只是欠缺足夠的勇氣去尋找其他出路，但我知道，如果你偵破了這起謀殺案，我就不必面對艱難的選擇了。選擇早就擺在我面前了。」「不過，」他突然停了下來，接著嘆了口氣，「我知道這麼做太懦弱了，但是面對老闆無止盡的壓榨，我也只能這麼做。」

我點點頭，如今回想起來，在八月的那些日子裡，我確實發現奧利佛總是緊張不安地講電話。

「我的意思是，你確實幫了忙，」我緩慢地說，「但我真的認為你應該辭職。」

「哦。」他笑了，但笑聲中帶著憤世嫉俗的語氣。「其實我被解僱了。但話說回來，我本來就打算這麼做，因此，我想問題解決了。」

我聽到後方有人禮貌地咳嗽了一聲，轉身便看到克萊恩警探正耐心地等著與我交談。珍妮對我挑了挑眉，我看了她一眼，彷彿在說，**你不要表現得那麼明顯又那麼可笑**。她和奧利佛找了個藉口，走向另一群人，讚賞著貝絲上桌的餐點。

「安妮。」克萊恩警探雙手插在口袋，腳後跟輕輕搖晃著。他穿得比平常更時髦得體，淺色的斜紋休閒褲，領帶稍微偏斜一側，好像他一整天都在拽著領子似的。他的深色鬍子比平時修得更短一些，頭髮看起來也像是整齊修剪過。我猜他來這裡之前特地去了一趟理髮店。

不過，看著克萊恩警探，他如此小心翼翼地試圖找到向我透露消息的方式，我突然意識到自己有些膽怯，沒有跟上他的心思。於是我直視著他的深色雙眼，深吸了一口氣。

「我需要在喬的審判出庭作證，對吧？」我的聲音如此冰冷，因為我不願再次回想救護車上那個事件發生的過程。

克萊恩警探的肩膀放鬆了許多，他是那種直言不諱的人，對他而言，迴避重要的事幾乎就像在說謊。我暗自微笑，因為我逐漸開始明白，這種誠實坦率有多麼難得。

「檢察官今天早上打電話來了。」他說。「她懷疑辯方會針對你，因為你試著設下陷阱套話，好讓喬開口認罪。但我們有充分的理由這麼做，他們成功的機會不大。但她希望你做好準備，你可能會在法庭上面對這件事。」

我點點頭。「謝謝你的提醒。」我發現，關於法蘭西絲姑婆的謀殺事件，我大部分的矛盾感受都與蘿絲有關。不過，喬在我心目中就像一個直率的惡棍，一個認定自己可以用暴力來控制局勢的人。我並不反對將他早點送進牢裡，所以當時機成熟時，我願意出手做這件事。

克萊恩警探伸出手，那個動作看似是要握住我的手，但這一刻來得太快，或許只不過是我自己的想像。他的手移至我肩膀上，短暫地輕捏了一下，然後讓手臂垂放在自己的身側。

十月的陽光如此強烈，但空氣中的寒意卻讓我多穿了幾件衣服。我的新外套是件美麗的棕色雨衣，是珍妮為我挑選的。我也找到了福特送給法蘭西絲姑婆的那件深綠色羊毛大衣，就掛在她的衣櫃裡，旁邊則是她聖誕節時穿上的綠色天鵝絨連身裙。我很想穿上它，但由於在我的調查中，借用衣服扮演了如此重要的關鍵，所以我想了想又覺得不太對勁。此外，我一看見這件外套的第一個直覺，就是檢查口袋裡是否有武器或任何恐嚇字條。

事實上，法蘭西絲姑婆似乎保留了自一九六六年以來所擁有的每一件衣服，這也讓我感到十分好奇。尚且，還有好幾本寫有她字跡的皮革日記本，是我在屋內另一處找到的。我猜想，因為這些日記的內容無關於艾蜜莉．史派羅或謀殺，法蘭西絲姑婆便將它們擱置他處了。不過，看著她的衣櫃，想著該穿上什麼才好，又想著萬一穿上她另一起罪案調查的涉案衣物該如何是好，最終仍決定不要冒險行事了。可別像她一樣，試著阻止自己被謀殺的同時，卻又捲入另一起謀殺案的調查之中。

然而，我確實偶然發現了一些東西，感覺法蘭西絲姑婆早已等候我許久了。在她臥室裡的那個雪松木箱中，我發現了寫有她字跡的其他日誌，裡面還有幾本空白的皮革裝訂筆記本，那些空白處正等著誰為它們添上一些新的字句。

在我走出屋外參加葬禮之前，我打開了最靠近我的那一本。我將筆放在空白頁面上，開始動筆寫作。

本書完。

作　　者｜克麗絲汀・佩林
譯　　者｜陳柚均

堡壘文化有限公司
總 編 輯｜簡欣彥
副總編輯｜簡伯儒
責任編輯｜簡欣彥
行銷企劃｜黃怡婷
封面設計｜IAT-HUÂN TIUNN
內頁構成｜李秀菊

出　　版｜堡壘文化有限公司
發　　行｜遠足文化事業股份有限公司（讀書共和國出版集團）
地　　址｜231新北市新店區民權路108-3號8樓
電　　話｜(02)2218-1417
傳　　真｜(02)2218-0727
客服信箱｜service@bookrep.com.tw
客服專線｜0800-221-029
郵撥帳號｜19504465遠足文化事業股份有限公司
客服專線｜0800-221-029
法律顧問｜華洋法律事務所　蘇文生律師
印　　製｜呈靖彩藝有限公司

初版一刷｜2025年3月
定　　價｜490元
I S B N｜978-626-7506-62-2(紙本)
978-626-7506-61-5 (EPUB)
978-626-7506-60-8 (PDF)

有著作權　翻印必究
特別聲明：有關本書中的言論內容，
不代表本公司／出版集團之立場與意見，文責由作者自行承擔

Copyright © 2022 by Kristen Perrin Published by arrangement
with The Bent Agency UK Ltd., through The Grayhawk Agency.

國家圖書館出版品預行編目(CIP)資料

自己的命案自己破/克麗絲汀.佩林(Kristen Perrin)著；陳柚均譯. -- 初版. --
新北市：堡壘文化有限公司出版：遠足文化事業股份有限公司發行, 2025.03　　面；14.8 × 21 公分.
-- (New black；34)
譯自：How to solve your own murder : an unmissable mystery with a killer hook!
ISBN 978-626-7506-62-2(平裝)　　873.57　　114001116